스탠 바이 미

different seasons

스탠바이

스탠 바이 미

different seasons

스티븐 킹의 사계 가을·겨울 | 김진준 옮김

STEPHEN KING

황금가지

DIFFERENT SEASONS

by Stephen King

Copyright © 1982 by Stephen King
All rights reserved.

Korean Translation Copyright © 2010 by Goldenbough

Korean translation rights arranged with
Stephen King c/o Ralph M. Vicinanza, Ltd. through Shinwon Agency.

이 책의 한국어판 저작권은 신원 에이전시를 통해
Ralph M. Vicinanza, Ltd.와 독점 계약한 ㈜ 황금가지에 있습니다.

저작권법에 의해 한국 내에서 보호를 받는 저작물이므로
무단 전재와 무단 복제를 금합니다.

| 차 례 |

자각의 가을, 스탠 바이 미 ·· 11

의지의 겨울, 호흡법 ·· 285

지은이의 말 ·· 393

옮긴이의 말 ·· 408

희망의 봄, 리타 헤이워드와 쇼생크 탈출
타락의 여름, 우등생

| **일러두기** |

1. 이 책은 1982년에 출판된 『Different Seasons』를 저본으로 삼아 우리글로 옮겼습니다.
2. 본문 중 스티븐 킹이 의도한 행 바꿈 혹은 어긋난 표기법이 있습니다.
   원서에서 이탤릭으로 사용되거나 강조된 문구는 이탤릭, 고딕 등으로 표기되었습니다.
3. 이 책에 쓰인 본문 종이 E-light는 국내 기술로 개발된 최신 종이로,
   기존에 쓰이던 모조지나 서적지보다 더욱 가볍고 안전하며 눈의 피로를 덜게끔 한 단계 품질을 높인 고급지입니다.

말하는 사람이 누구이든 간에
중요한 것은 이야기로다.

"더러운 일을 저렴하게 처리해드립니다."
— AC/DC

"풍문으로 들었소."
— 노먼 휘트필드

"모두가 떠나가고 모든 것이 사라지네.
강물이 흘러가듯 근심도 잊히네."
— 플로베르

자각의 가을
Fall from Innocence

조지 매클라우드에게 바친다.

스탠 바이 미
The Body

1

제일 중요한 일들은 말하기도 제일 어렵다. 그런 일들은 우리를 부끄럽게 만든다. 말로 표현하면 줄어들기 때문이다. 머릿속에서는 무한히 커 보였는데 막상 끄집어내면 한낱 실물 크기로 축소되고 만다. 그러나 문제는 그것만이 아니다. 제일 중요한 일들은 우리의 은밀한 속마음이 묻힌 곳에 너무 가까이 붙어 있다. 그 일들은 우리의 적들에게 그들이 훔치고 싶어 하는 보물의 위치를 알려주는 표시와 같다. 그리고 우리는 값비싼 대가를 치러가며 고백을 했건만 남들은 우리를 이상한 표정으로 쳐다보기도 한다. 그들은 우리가 털어놓은 이야기를 전혀 이해하지 못하고, 또한 우리가 말을 하다가 자칫하면 울음을 터뜨릴 만큼 그 일을 중요시하는 이유도 이해하지 못한다. 나는 그게 최악이라고 생각한다. 말할 사람이 없기 때문이 아니라 이해하며 들어주는 사람이 없어 비밀이 마음속에 갇혀 있을 때.

내가 죽은 사람을 처음 본 것은 열두 살에서 열세 살로 넘어갈 무렵이었다. 때는 1960년이었다. 아주 오래된 일인데…… 그러나 가끔은 그리 오래되지 않은 듯싶기도 하다. 특히 그 시체의 부릅뜬 눈에 우박이 쏟아지는 꿈을 꾸다가 깨어나는 밤에는 더욱더 그렇다.

2

캐슬록(스티븐 킹의 작품에 자주 등장하는 메인 주의 가상 도시 — 옮긴이)의 공터에는 커다란 느릅나무가 있었고 그 위에는 우리의 나무집이 있었다. 오늘날엔 그 공터에 이삿짐 운송회사가 들어섰고 그 느릅나무는 없어졌다. 발전(發展)이랄까. 아무튼 그 나무집은 일종의 사교 클럽이었다. 비록 명칭은 없었지만 대여섯 명의 고정 멤버가 있었고 가끔 함께 어울리는 얼간이들도 몇 명 있었다. 우리는 카드놀이를 하다가 신선한 활기가 필요할 때 그들을 불러들였다. 게임은 대개 동전 따먹기 블랙잭이었고 한 번에 5센트까지만 걸 수 있었다. 그러나 블랙잭과 파이브카드언더에서는 두 배의 돈을 걸 수도 있었고…… 식스카드언더라면 자그마치 세 배였다. 물론 그런 짓을 할 만큼 미친 녀석은 테디뿐이었지만.

나무집의 벽면은 카빈 로드에 있는 매키 건재상 뒤편의 쓰레기 더미에서 찾아낸 판자들이었다. 여기저기 쪼개지거나 옹잇구멍이 뻥뻥 뚫려 화장지나 종이타월로 막아놓았다. 지붕은 쓰레기장에서 도둑질한 물결 모양의 양철판이었는데, 그것을 훔칠 때 우리는 줄곧 어깨 너머를 살펴야 했다. 쓰레기장 관리인의 개가 정말 아이들을 잡아먹는 괴물이라는 소문 때문이었다. 같은 날 우리는 그곳에서 방충문도 하나 발견했다. 파리는 드나들 수 없었지만 심하게 녹슨 상태였다. 아니, 아주 **무지막지하게** 녹슬었다고 해야겠다. 하루 중 어떤 시간이든 그 방충문으로 바깥을 내다보기만 하면 꼭 해질녘처럼 보일 정도였으니까.

그 클럽은 카드놀이 말고 담배를 피우거나 누드책을 보기에도 좋은 곳이었다. 바닥에는 **카멜**이라고 적힌 찌그러진 양철 재떨이가 대여섯 개 있었고, 갈라진 판자벽엔 잡지에서 뜯어낸 누드 사진들이 잔뜩 꽂혀 있었고, 그밖에도 너덜너덜한 바이크 카드(미국 US 카드회사가 제조하는 트럼프 카드 상품명 — 옮긴이) 이삼십 벌, (이건 테디가 캐슬록 문구점을 운영하는 삼촌에게서 받은 것인데, 어느 날 테디의 삼촌이 그에게 어떤 카드놀이를 하느냐고 물었을 때 테디는 크리비지(2~4명이 하는 카드 놀이 — 옮긴이) 토너먼트를 한다고 대답했고 삼촌은 그거라면 무난하다고 생각했기 때문이다.) 플라스틱 포커칩 한 세트, 그리고 뾰족한 일이 없을 때 뒤적거리는 살벌한 《명탐정》 잡지가 한 무더기나 있었다. 우리는 마루 밑에 30×25센티미터 크기의 비밀칸을 만들어 그런 물건들 대부분을 감춰두었다. 드문 일이긴 하지만 간혹 어떤 아이의 아버지가 '사실은 우리도 꽤 괜찮은 사람들'이라며 생색을 내고 싶어 할 때를 대비해서였다. 비가 내릴 때 클럽에 올라가면 마치 자메이카의 쇠북 속에 들어앉은 듯했지만…… 그해 여름에는 비가 오지 않았다.

1907년 이후 가장 건조하고 가장 뜨거운 여름이었다. 적어도 신문들은 그렇게 보도했는데, 노동절(미국에서는 9월 첫째 월요일 — 옮긴이) 주간과 새로운 학년의 시작을 앞두고 있던 그 금요일에는 들판의 미역취와 오솔길 옆의 개천마저 바싹 말라 초라해 보였다. 그해에는 어느 누구의 정원이든 아무것도 자라지 못했고 '캐슬록 레드 앤드 화이트'의 거대한 통조림 제조 시설은 여전했지만 먼지만 잔뜩 뒤집어쓰고 있었다. 그해 여름에는 통조림을 만들어 오래 저장할 만한 것이 아무것도 없었기 때문이다. 예외라면 민들레술 정도랄까.

그 금요일 아침, 테디와 크리스와 나는 클럽에 함께 있었다. 우리는 학교에 갈 날이 너무 가까워졌다는 사실에 서로 울상을 지으며 카드놀이를 했고 외판원이나 프랑스인에 대하여 흔해빠진 농담을 주고받았다. 프랑스인이 뒷마당에 다녀갔다는 건 어떻게 알지? 그야 쓰레기통은 모두 텅 비고 개는 새끼를 뱄으니까. 테디는 애써 기분 나쁜 표정을 지었지만(테디는 프랑스계 미국인이다 — 옮긴이) 어디서 그런 농담을 듣자마자 제일 먼저 그 얘기를 꺼내는 녀석도 테디였다. 다만 프랑스인은 폴란드인으로 바꿨다.

느릅나무 그늘은 선선한 편이었지만 우리는 셔츠가 땀에 찌들지 않도록 미리 벗어놓았다. 스리페니스캐트(31점에 가장 근접한 점수를 낸 사람이 이기는 게임 — 옮긴이)를 하는 중이었다. 지금까지 발명된 카드놀이 중에서 제일 따분하지만 그보다 복잡한 게임을 생각하기에는 날씨가 너무 더웠다. 우리는 그럭저럭 괜찮은 야구팀을 만들었지만 8월 중순쯤에는 여러 아이들이 빠져버렸다. 너무 더웠기 때문이다.

나는 겨우 차비 정도만 남은 상태에서 스페이드를 모으고 있었다. 13점으로 시작한 후 8점을 얻어 21점을 만드는 데까지는 성공했지만 그 다음엔 진전이 없었다. 크리스가 자기 패를 내보였다. 나도 마지막 카드를 뽑았지만 쓸모없는 카드였다.

"29점."

크리스가 다이아몬드 카드들을 내려놓으며 말했다.

"22점."

테디가 지긋지긋하다는 표정으로 말했다.

"잘 먹고 잘 살아라."

내가 그렇게 말하면서 내 카드들을 탁자 위에 내던지듯이 엎어놓았다.

"고디는 죽었대요! 쫄딱 망해서 알거지가 됐대요!"

테디가 두 손을 입가에 대고 나팔을 불더니 테디 뒤샹 특유의 웃음을 터뜨렸다. "끼이이이, 끼이이, 끼이이!" 마치 썩은 널빤지에서 녹슨 못을 천천히 뽑아내는 듯한 소리였다. 아무튼 괴상한 녀석이었다. 우리 모두 알고 있었다. 나머지 우리들과 마찬가지로 열세 살에 가까웠지만 두꺼운 안경에 보청기까지 끼고 있어 가끔은 노인처럼 보이기도 했다. 길거리에서 아이들이 걸핏하면 그에게 담배를 달라고 졸랐지만 그의 셔츠 속에 들어 있는 불룩한 것은 보청기용 건전지였다.

안경도 끼었고 귓속엔 언제나 살색 단추를 꽂고 다녔지만 테디는 여전히 잘 보지 못했고 사람들의 말을 오해하는 일도 많았다. 야구를 할 때마다 그에게는 외야수를 맡겨 좌익수 크리스와 우익수 빌리 그리어보다 훨씬 뒤쪽으로 보내야 했다. 그런 다음에는 그렇게 멀리까지 공을 보내는 사람이 아무도 없기를 바랄 뿐이다. 테디는 공이 보이든 안 보이든 집요하게 공 쪽으로 달려가기 때문이다. 그러다가 이따금씩 호되게 얻어맞았는데, 한 번은 나무집 근처의 울타리를 전속력으로 들이받고 그대로 뻗어버렸다. 그는 눈을 허옇게 까뒤집고 거의 5분 동안 그 자리에 쓰러져 있었고 나는 더럭 겁이 났다. 그러나 그는 곧 깨어나더니 코는 피범벅, 이마엔 크고 검붉은 혹이 불쑥 돋아난 모습으로 이리저리 돌아다니며 파울볼이었다고 억지를 썼다.

그의 시력은 선천적으로 나빴지만 청력은 결코 타고난 게 아니었다. 두 귀가 항아리 손잡이처럼 고스란히 드러나게 머리를 깎는 것을 멋으로 생각하던 옛날 그 시절, 테디는 캐슬록 최초의 비틀스 스타일을 하고 다녔다. 미국에 비틀스라는 이름이 알려지기 4년 전에 말이다. 그가 그렇게 귀를 덮고 다니는 이유는 양쪽 귀가 녹아내린 촛농 덩어리처럼 생겼기 때문이었다.

테디가 여덟 살이었던 어느 날, 테디의 아버지는 그가 접시를 하나 깨뜨리는 바람에 화가 났다. 그 일이 일어났을 때 테디의 어머니는 사우스패리스에 있는 신발 공장에서 일하고 있었는데, 그녀가 그 일을 알게 되었을 때는 이미 모든 상황이 끝나버린 뒤였다.

테디 아버지는 테디를 부엌 안쪽의 장작 난로로 끌고 가서 무쇠 불판에 테디의 머리 한쪽을 찍어눌렀다. 그는 약 10초 동안 테디의 머리를 누르고 있었다. 그러더니 머리끄덩이를 홱 잡아당겨 테디를 일으켜 세우고 다시 반대쪽을 마저 지져버렸다. 그러고 나서 센트럴메인 종합병원 응급실에 전화를 걸어 아들을 데려가라고 했다. 그런 다음 전화를 끊었고, 벽장에 들어가서 410구경을 꺼냈고, 무릎 위에 그 엽총을 올려놓은 채 텔레비전의 주간(晝間) 연속극을 보고 있었다. 옆집에 사는 버로즈 부인이 테디가 괜찮은지 물어보려고(비명 소리를 들었기 때문이다.) 건너오자 테디 아버지는 그녀에게 엽총을 겨누었다. 버로즈 부인은 대충 빛의 속도와 맞먹는 동작으로 뒤샹 씨 댁을 빠져나갔다. 그러곤 자기 집에 들어가 문을 걸어 잠궜고, 곧바로 경찰에 전화를 걸었다. 이윽고 구급차가 도착하자 뒤샹 씨는 구급요원들에게 문을 열어준 후 뒷베란다로 나갔고, 구급요원들이 테디를 바퀴 달린 들것에 싣고 원형 차창이 있는 구형 뷰익 구급차로 데려가는 동안 보초를 섰다.

테디 아버지는 구급요원들에게 이렇게 설명했다. 고위급 장교 놈들은 이 지역이 깨끗이 정리됐다고 말하지만 아직도 독일군 저격수들이 사방에 깔렸다는 것이었다. 구급요원 한 명이 테디 아버지에게 좀더 버틸 수 있겠느냐고 물었다. 테디 아버지는 딱딱한 미소를 지었고, 필요하다면 지옥이 냉장고처럼 식어버릴 때까지 버티겠다고 대답했다. 구급요원은 경례를 붙였고 테디 아버지도 절도 있는 경례로 답했다. 구급차가 떠나고 몇 분 후, 주(州) 경찰이 도착하여 노먼 뒤샹의 임무를 해제시켰다.

그는 1년이 넘도록 고양이들에게 총을 쏘거나 우편함을 불태우는 등 괴상한 짓을 하고 다녔는데, 자기 아들에게 그런 잔학 행위를 저지른 뒤에야 사람들은 신속하게 공판을 열고 그를 재향군인 보훈국 산하의 토거스 병원으로 보냈다. 토거스는 제8항(미국 군법에서 정신장애자, 신경증 환자 등 정신적 부적격자의 제대 방침을 규정한 항목 — 옮긴이)에 해당하는 사람들이 가는 곳이다. 테디 아버지는 노르망디 해변을 폭풍처럼 휩쓸어버린 사람이었다. 테디는 아버지를 항상 그렇게 표현했다. 자신에게 그런 짓을 했는데도 테디는 아버지를 자랑스럽게 여겼으며 매주 어머니와 함께 아버지를 찾아갔다.

그는 우리와 어울린 친구들 중에서 제일 멍청한 녀석이었다. 게다가 미친놈이었다. 그는 상상할 수도 없을 만큼 미친 짓을 하면서도 번번이 무사히 넘어갔다. 테디가 제일 좋아하는 것은 그가 '트럭 피하기'라고 부르는 놀이였다. 196번 도로에서 트럭 앞으로 뛰어들었다가 살짝 피하는 장난인데, 때로는 트럭이 불과 몇 센티미터 차이로 아슬아슬하게 스쳐 지나갔다. 테디 때문에 기절초풍한 사람이 몇 명인지 모를 일이지만 정작 테디는 지나치는 트럭이 일으킨 돌풍에 옷자락을 휘날리며 깔깔거렸다. 구경하는 우리가 더 무서워했다. 두꺼운 안경을 썼거나 말거나 그의 시력은 너무 형편없었으니까. 언젠가 트럭과의 거리를 오판하는 건 시간 문제일 듯싶었다. 그리고 그에게 용기가 있다면 어떤 일을 해보라고 도전할 때는 절대 신중해야 했다. 테디는 일단 도전을 받으면 물불을 가리지 않으니까.

"고디는 죽었대요! 끼이이이이, 끼이이, 끼이이!"

"엿이나 먹어라."

나는 그들이 게임을 끝낼 때까지 읽으려고 《명탐정》 한 권을 집어들었다. 「그는 고장난 엘리베이터에서 미모의 여대생을 밟아 죽였다」라는 소설을 펼치고 곧장 이야기 속으로 빠져들었다.

테디가 자기 카드들을 집어들고 잠깐 들여다보더니 이렇게 말했다.

"스톱."

그러자 크리스가 외쳤다.

"이 네눈박이 똥덩어리!"

그러자 테디가 진지하게 말했다.

"이 똥덩어리는 눈깔이 천 개란다."

크리스와 나는 둘 다 폭소를 터뜨렸다. 테디는 우리가 왜 웃는지 모르겠다는 듯 얼굴을 약간 찡그리며 우리를 물끄러미 쳐다보았다. 그것도 이 녀석의 유별난 점 가운데 하나였다. 그는 언제나 '이 똥덩어리는 눈깔이 천 개란다.'처럼 괴상망측한 말을 내뱉었는데, 정말 웃기려고 그런 말을 하는 건지, 아니면 그냥 어쩌다가 튀어나온 말인지 도대체 판단할 수가 없었다. 그는 얼굴을 약간 찡그리며 웃어대는 사람들을 쳐다보는데, 그 표정은 이렇게 말하는 듯했다. *맙소사, 이번엔 또 뭐야?*

테디는 처음부터 30점을 고스란히 쥐고 있었다. 클로버의 잭, 퀸, 그리고 킹이었다. 크리스는 겨우 16점이었고 역시 차비 정도만 남은 상태였다.

테디가 그 엉성한 솜씨로 카드를 섞었고 나는 그 살인자 이야기에서 제일 소름끼치는 대목으로 접어들었다. 뉴올리언스에서 온 미치광이 선원은 밀폐된 장소를 무서워했고, 그래서 브린모어 대학에 다니는 여대생을 작신작신 짓밟으며 브리스틀 스톰프춤(발을 세게 구르는 춤 ― 옮긴이)을 추는 장면이었다. 바로 그때 느릅나무 줄기에 못으로 때려 박은 사다리를 누군가 황급히 올라오는 소리가 들렸다. 곧이어 뚜껑문을 주먹으로 탕탕 두드리는 소리가 났다.

"누구냐?"

크리스가 소리쳤다.

"번!"

몹시 들뜨고 숨이 턱에 찬 목소리였다.

나는 뚜껑문으로 다가가 빗장을 당겼다. 뚜껑문이 벌컥 열리더니 또 한 명의 정회원 번 테시오가 클럽하우스로 올라왔다. 땀을 바가지로 흘리고 있었다. 평소에는 우상처럼 섬기는 로큰롤 가수 바비 라이델을 완벽하게 모방하여 가지런히 빗고 다니던 머리카락이 지금은 온통 뭉치고 꼬인 채 그의 동그란 머리에 찰싹 달라붙어 있었다.

"우와, 맙소사! 내 얘기 좀 들어봐."

번이 헐떡거리며 말했다.

"무슨 얘긴데 그래?"

내가 물었다.

"우선 숨부터 돌리고. 우리집에서 여기까지 줄곧 뛰어왔단 말이야."

테디가 리틀 앤서니(고음의 가성으로 유명했던 R&B 가수―옮긴이)를 흉내낸 끔찍한 가성으로 바르르 떨며 노래했다.

"나는 줄곧 집까지 뛰어갔다네에. 그저 미안하다는 말을 하려고오……"

번이 말했다.

"딸딸이나 쳐, 인마."

테디가 재빨리 받아넘겼다.

"넌 똥통에나 빠져죽어라, 짜샤."

크리스가 못 믿겠다는 듯이 말했다.

"너희 집에서 여기까지 줄곧 뛰었다고? 너 미쳤구나. 지금 바깥은 30도도 넘을 텐데."

게다가 번의 집은 그랜드 스트리트를 따라 3킬로미터나 떨어진 곳이었다.

번이 말했다.

"이건 그럴 만한 일이야. 으아, 죽인다. 너희들은 도저히 못 믿을 거야. 이건 진담이라고."

그는 자신의 진심을 우리에게 보여주려고 땀에 젖은 자기 이마를 철썩 때렸다.

"좋아, 뭔데?"

크리스가 물었다.

"너희들, 오늘밤 야영할 수 있겠냐? 내 얘긴 말이지, 너희가 부모님한테 우리 집 뒷들에서 텐트를 치고 놀 거라고 말한다면?"

번은 들뜬 얼굴로, 그러나 진지한 표정으로 우리를 쳐다보았다. 그의 두 눈은 마치 땀에 젖은 시커먼 동그라미 속에 꾹 눌러 박은 건포도 같았다.

크리스가 새 카드 패를 집어 들여다보면서 말했다.

"그래, 될 거야. 그런데 우리 아버지가 요즘 저기압이란 말이야. 알잖아, 술 때문에."

"그래도 꼭 해야 돼. 이건 진담이야. 너희들은 정말 이 얘기 못 믿을 거야. 넌 할 수 있냐, 고디?"

"아마 그럴 거야."

나는 그런 일들을 대부분 허락받을 수 있었다. 사실 나는 그해 여름 내내 '투명인간'이나 마찬가지였다. 4월에 데니스 형이 지프차 사고로 죽은 다음부터였다. 형이 신병 훈련을 받고 있던 조지아 주 포트베닝에서 벌어진 일이었다. 형과 다른 사람 하나가 PX로 가는 길이었는데, 군용 트럭 한 대가 옆에서 달려와 그들의 차를 들이받았다. 데니스는 즉사했고 동승자는 그때부터 계속 혼수상태였다. 사고 당시 데니스는 스물두 살의 생일을 불과 며칠 앞두고 있었다. 나는 캐슬그린에 있는 달리 상점에서 형에게 줄 생일 카드를 미리 사놓은 터였다.

그 소식을 듣고 나는 울었고 장례식장에서 또 울었다. 데니스 형이 죽어버렸다는 사실을 믿을 수가 없었다. 내 머리에 군밤을 먹이던 사람, 고무로 만든 거미로 겁을 주어 나를 울리던 사람, 내가 넘어져 양쪽 무릎이 다 까지고 피가 날 때 뽀뽀를 해주면서 내 귀에 대고 '그만 좀 울어라, 이 젖먹이야!' 하고 속삭여주던 사람이 죽다니, 나를 '만졌던' 사람도 죽을 수 있다니. 형도 죽을 수 있는 사람이었다는 사실에 너무 가슴이 아프고 무서웠는데……
그러나 나의 부모님의 경우에는 그 사건으로 모든 감정을 잃어버린 것 같았다. 나에게 데니스 형은 그저 아는 사람 정도의 선에서 크게 벗어나지 않았다. 독자들이 이해할지 모르겠지만 그는 나보다 열 살 위였으며 그에게도 따로 친구가 있고 급우들이 있었다. 우리는 여러 해 동안 한 식탁에서 밥을 먹었고 그는 때로는 나의 친구였고 때로는 고문자였지만 대개는 그냥 좀 아는 사람에 불과했다. 죽기 전에도 그는 몇 번의 휴가 때를 제외하고는 벌써 1년째 집을 떠나 있었다. 우린 서로 닮지도 않았다. 나는 그해 여름이 지나고 다시 오랜 시간이 흐른 뒤에야 비로소 내가 흘린 눈물의 대부분이 실은 어머니와 아버지를 위한 눈물이었음을 깨닫게 되었다. 물론 그 눈물은 부모님에게도 나에게도 전혀 도움이 되지 않았다.

테디가 물었다.

"그래서 뭘 가지고 그렇게 난리법석이냐, 버노?"

그때 크리스가 말했다.

"스톱."

그러자 테디는 그 즉시 번에 대해서는 깡그리 잊어버리고 고래고래 악을 썼다.

"뭐야? 이 씨발 사기꾼 자식! 네가 완성패(이미 완성되어 더 이상의 카드가 필요없는 패 — 옮긴이)를 가졌을 리가 없어. 내가 완성패를 돌렸을 리가 없다고."

크리스는 능글거리며 웃었다.

"뽑아라, 똥덩어리야."

테디는 바이크 카드 더미 위에서 맨 윗장을 집으려고 손을 내밀었다. 크리스는 등 뒤의 선반에 놓인 윈스턴(담배 상품명 — 옮긴이)을 향해 팔을 뻗었다. 나는 다시 추리소설 잡지를 집어들려고 허리를 굽혔다.

그때 번 테시오가 말했다.

"너희들, 시체 보고 싶지 않냐?"

모두 동작을 멈추었다.

3

 물론 그 얘기라면 우리도 라디오에서 들어 모두 알고 있었다. 케이스에 금이 간 이 필코 라디오도 쓰레기장에서 건진 물건이었는데, 우리는 그것을 끊임없이 틀어놓고 있었다. 채널은 늘 루이스턴의 WALM 방송국에 맞춰두었고, 거기서는 대히트곡과 끝내주는 옛노래들을 계속 틀어주었다. 잭 스코트의 「그대 도대체 왜 그러나요」, 트로이 션들의 「이번에는」, 엘비스의 「킹 크리올」, 로이 오비슨의 「외로운 사람들만」 등등. 그러다가 뉴스가 나오면 우리는 대개 마음속의 다이얼을 돌려 볼륨을 꺼버렸다. 뉴스라고는 온통 케네디와 닉슨, 진먼과 마쭈(金門, 馬祖, 중국과 타이완의 영토 분쟁이 벌어졌던 섬들. 케네디와 닉슨이 경합한 1960년 대통령 선거 당시 중요한 쟁점이 되었다 — 옮긴이), 미사일 격차, 그리고 그 카스트로라는 작자가 결국 얼마나 개똥 같은 놈이었는지 백일하에 드러났다는 따위의 말똥 같은 얘기들뿐이었다. 그러나 레이 브라워에 대한 뉴스에는 우리 모두 좀더 열심히 귀를 기울였다. 그는 우리 또래의 아이였으니까.
 그는 캐슬록에서 동쪽으로 65킬로미터쯤 떨어진 체임벌린에 살았다. 번이 그랜드 스트리트를 3킬로미터나 달려 클럽하우스에 뛰어들기 사흘 전에 레이 브라워는 어머니의 냄비 하나를 들고 블루베리를 따러 나갔다. 어둠이 내렸는데도 그가 돌아오지 않자 브라워 부부는 군(郡) 보안관에게 전화를 걸었고 수색이 시작되었다. 처음에는 그 아이의 집 주변만 뒤졌지만 나중에는 주변 도시인 모턴과 더럼과 파우널까지 범위가 확대되었다. 모든 사람이 수색 작전에 동참했다. 경찰, 보안관, 수렵 관리인, 자원자 등등. 그러나 사흘이 지난 뒤에도 그 아이는 여전히 행방불명이었다. 라디오에서 나오는 얘기를 들어보면 그 불쌍한 녀석은 결코 산 채로 발견되지 않을 게 뻔했다. 수색은 결국 흐지부지 중단되고 말 터였다. 그는 자갈 채취장의 돌무더기에 파묻혀 질식사했거나 개울물에 빠져죽었을지도 모르는데, 앞으로 10년 뒤에나 어느 사냥꾼이 그의 유골을 보게 될 것이다. 사람들은 벌써 체임벌린에 있는 연못들과 모턴 저수지를 샅샅이 훑고 있었다.

오늘날의 메인 주 남서부에서는 그런 일이 결코 일어날 수 없다. 그 지역의 대부분은 교외 주택가가 되었으며 포틀랜드와 루이스턴을 중심으로 수많은 베드타운들이 거대한 오징어의 촉수처럼 뻗어나갔다. 숲은 아직도 그 자리에 있고 서쪽의 화이트 산맥을 향해 나아갈수록 점점 더 울창해지지만 일정한 방향으로 5킬로미터만 침착하게 걸어가면 틀림없이 2차선 아스팔트길을 만날 수 있다. 그러나 1960년 당시에는 체임벌린과 캐슬록 사이의 모든 지역이 미개발 상태였고 제2차 세계대전 이전부터 한 번도 벌목을 하지 않은 곳이 수두룩했다. 그래서 그 시절에는 숲속으로 들어갔다가 방향 감각을 잃고 결국 죽음을 당할 수도 있었다.

4

그날 아침 번 테시오는 자기네 집 베란다 밑에서 땅을 파고 있었다.

우리는 그 말을 당장 알아들었지만 여기서 잠깐 시간을 내어 독자들에게 설명해 주는 것이 좋겠다. 테디 뒤샹은 반편이에 불과했지만 번 테시오 역시 여가 시간을 활용하여 라디오 퀴즈쇼에 귀를 기울일 만한 녀석은 아니었다. 그러나 독자들도 곧 알게 되겠지만 번의 형 빌리는 번보다 더 멍청했다. 아무튼 지금은 우선 번이 왜 베란다 밑을 파헤치고 있었는지부터 얘기해야 한다.

4년 전, 그러니까 그가 여덟 살이었을 때 번은 테시오 씨 댁의 기다란 앞 베란다 밑에 1센트 동전들이 들어 있는 1리터들이 항아리 하나를 파묻었다. 번은 베란다 밑의 그 컴컴한 공간을 '내 동굴'이라고 불렀다. 그는 일종의 해적놀이를 하고 있었으며 그 동전들은 땅에 묻힌 보물이었다. 다만 번과 해적놀이를 할 때는 땅에 묻힌 보물이라고 하지 말아야 했다. 반드시 '약탈물'이라고 불러야 하는 것이다. 아무튼 그는 동전이 들어 있는 항아리를 깊이 파묻었고, 구덩이를 메웠고, 여러 해에 걸쳐 베란다 밑에 쌓여 있던 오래된 낙엽들을 모아 갓 파헤친 흙 위에 덮어놓았다. 그는 보물지도를 그려 다른 잡동사니들과 함께 자기 방에 보관했다. 그리고 한두 달쯤 그 일을 완전히 잊고 지냈다. 그러다가 영화를 보려는데 현금이 모자랐는지 어쨌는지 문득 그 동전들이 생각나서 자기가 그린 지도를 가지러 갔다. 그러나 그 항아리를 묻은 후 그의 어머니가 두어 번 청소를 하러 들어와서 옛날에 했던 과제물과 사탕 껍질과 만화 잡지와 우스개 책 따위를 몽땅 치워버린 뒤였다. 어느 날 아침 그녀가 요리를 하려고 스토브에 불을 지필 때 그것들을 불쏘시개로 써버렸고, 그때 번의 보물지도도 곧장 부엌 굴뚝을 타고 날아가 버렸다.

어쨌든 번은 그랬을 거라고 짐작했다.

그는 기억을 더듬어 그 지점을 찾아내려고 했다. 한 곳을 파보았지만 허사였다. 그 지점에서 오른쪽도, 다시 왼쪽도 파보았다. 여전히 허사였다. 그날은 그것으로 포기했지만 그 이후에도 그는 시시때때로 보물찾기를 시도했다. 4년 동안이나. 자그마치 4년. 얼마나 짜증나는 일이었을까? 웃어야 할지 울어야 할지 모를 지경이다.

그것은 번에게 일종의 강박관념이 되어버렸다. 테시오 씨 댁의 앞 베란다는 그 집의 길이와 일치했는데, 아마 길이가 12미터에 폭은 2미터쯤 되었을 것이다. 그는 그 면적 전처를 두 번, 어쩌면 세 번쯤 구석구석 샅샅이 파보았을 텐데도 동전은 끝내 발견되지 않았다. 그의 마음속에서는 그 동전들의 '액수'가 점점 불어났다. 그 일이 처음 일어났을 때 그는 크리스와 나에게 그곳에 있는 동전이 아마 3달러쯤 될 거라고 말했다. 1년 후에는 5달러로 증가했고, 비록 얼마나 돈이 궁한 상태인지에 따라 약간의 차이는 있었지만 최근엔 대략 10달러 안팎이었다.

이따금씩 우리는 누가 보아도 명백한 결론을 그에게 들려주었다. 즉 빌리가 그 항아리에 대해 알게 되어 몰래 파갔을 거라는 추측이었다. 그러나 번은 그 말을 믿으려 하지 않았다. 그는 아랍인들이 유대인들을 증오하듯이 빌리를 미워했는데도, 그래서 기회만 주어진다면 자기 형이 가벼운 절도죄를 저질렀더라도 흔쾌히 사형 쪽에 찬성표를 던졌을 텐데도 말이다. 그는 또한 빌리에게 단도직입적으로 물어보려고도 하지 않았다. 어쩌면 그는 빌리가 한참 웃고 나서 '당연히 내가 가져갔지, 이 멍청한 겁쟁이야, 씨발, 그 항아리 속엔 동전이 20달러나 들어 있었는데 내가 한 푼도 안 남기고 다 써버렸다, 왜.' 하고 말할까봐 두려웠는지도 모른다. 그래서 번은 기분내킬 때마다 (그리고 빌리가 주위에 없을 때마다) 동전을 찾으려고 땅을 파헤쳤다. 그가 베란다 밑에서 기어나올 때마다 그의 청바지는 엉망으로 더러워졌으며 머리카락은 낙엽 투성이였고 손은 빈손이었다. 우리는 그 일을 두고 짓궂은 말로 그를 놀려댔고 그의 별명은 '땡전'이 되었다. 땡전 테시오. 내가 생각하기에 그가 그 소식을 가지고 그토록 신속하게 클럽으로 달려온 이유는 단순히 그 소식을 전하기 위해서만이 아니었다. 아마도 그는 자신의 동전 사냥에서 마침내 뭔가 좋은 결과가 나왔다는 것을 우리에게 말해주고 싶었을 것이다.

그날 아침 그는 누구보다 일찍 일어나 콘플레이크를 먹고 집 앞의 진입로에서 차고 벽에 못으로 고정시킨 낡은 농구 골대를 향해 슛 연습을 했다. 달리 할 일도 없었고 하다못해 끝말잇기라도 하고 싶지만 상대가 없었다. 그래서 그는 다시 한 번 동전을 찾기 위해 땅을 파헤치기로 마음먹었다. 그가 베란다 밑에 있을 때 머리 위에서 방충문이 덜컥 열렸다. 번은 그대로 얼어붙어 숨소리도 내지 않았다. 밖으로 나온 사람이 아버지라면 기어나가도 되겠지만 만약 빌리라면 빌리와 그의 불량배 친구 찰리 호건이 떠날 때까지 그대로 숨어 있을 작정이었다.

두 사람이 베란다를 지나가는 소리가 들리더니 찰리 호건이 울보처럼 떨리는 목소리로 말했다.

"젠장, 빌리, 우리 어쩌면 좋냐?"

번은 찰리 호건이, 마을에서도 제일 거친 놈들 중 하나로 손꼽히는 찰리가 그런 목소리로 말했다는 사실만으로도 귀가 쫑긋해지더라고 했다. 어쨌든 찰리는 에이스 메릴이나 '개눈깔' 체임버스 같은 놈들과 어울려 다녔는데, 그런 독종들과 어울려 다니려면 거칠어야 했다.

빌리는 이렇게 대꾸했다.

"어쩌긴. 우리가 할 일은 아무것도 없어."

그러자 찰리가 말했다.

"그래도 **뭔가**는 해야지. 너도 그애를 봤잖아?"

두 사람은 번이 쭈그리고 있는 곳에서 그리 멀지 않은 베란다에 걸터앉았다.

번은 군침을 흘리다시피 하면서 모험을 감행하여 계단 쪽으로 기어갔다. 그 시점에서 그는 빌리와 찰리가 진짜 고주망태가 되어 누군가를 차로 친 모양이라고 생각했다. 번은 이동할 때 오래된 낙엽들을 건드리지 않으려고 조심했다. 만약 그가 베란다 밑에서 자기들의 이야기를 엿들었다는 사실을 그들이 알게 된다면 그의 몸뚱이는 개먹이 깡통 하나에 담을 만큼도 남아나지 못할 테니까.

빌리 테시오가 말했다.

"우리하고 상관없는 일이야. 걘 벌써 죽었으니까 그애하고도 상관없는 일이고. 씨발, 사람들이 걜 찾아내건 말건 누가 신경이나 쓴다든? 난 신경 안 써."

그러자 찰리가 말했다.

"라디오에서 얘기하던 그애였어. 틀림없어. 브라커, 브라워, 플라워스…… 성이 뭐였는지 모르겠지만, 씨발, 기차가 받아버린 게 분명하다고."

"그래." 성냥불 긋는 소리. 번은 성냥개비가 휙 날아와 자갈이 깔린 진입로에 떨어지는 것을 보았고 곧이어 담배 냄새를 맡았다. "물론 그랬겠지. 찰리 넌 토해버렸고."

아무 대꾸도 없었다. 그러나 번은 찰리 호건의 수치심이 발산하는 감정의 파동을 느낄 수 있었다.

잠시 후 빌리가 말했다.

"어쨌든 여자애들은 못 봤어. 그나마 다행이지." 소리로 미루어 빌리가 찰리를 격려하려고 그의 등을 두드려주는 듯싶었다. "걔들이 봤다면 여기서부터 포틀랜드까지 떠들썩하게 떠벌였을 거야. 그런데 우린 잽싸게 그 자리를 떴지. 혹시 걔들이 수상한 낌새를 알아차렸을까?"

찰리는 이렇게 대답했다.

"아니야. 어차피 마리는 공동묘지를 지나서 백할로 로드까지 가는 걸 별로 좋아하지 않으니까. 그애는 유령을 무서워하거든."

그러더니 다시 겁먹은 울보 목소리로 말했다.

"제기랄, 우리가 어젯밤에 그 차를 훔치지 않았으면 좋았을 걸 그랬어! 처음 생각대로 쇼나 보러 갈 걸!"

찰리와 빌리는 마리 도허티와 베벌리 토머스라는 못생긴 여자들을 사귀고 있었다. 그렇게 꼴사나운 여자들은 서커스단에서나 찾아볼 수 있을 것이다. 여드름에, 콧수염에, 아무튼 있을 건 다 있었다. 이따금씩 그들 네 명은(털보 브래코위츠나 에이스 메릴이 각자 여자들을 데려가면 여섯 명이나 여덟 명이 될 때도 있지만) 루이스턴의 어느 주차장에서 차를 한 대 훔쳐낸 후 와일드 아이리시 로즈 포도주와 6병들이 진저에일을 싣고 재미삼아 교외로 드라이브를 나가곤 했다. 그들은 여자들을 데려가서 캐슬뷰나 할로나 실로 등지에 차를 세우고 칵테일을 만들어 마시거나 섹스를 즐겼다. 그러고 나서 집 근처 어딘가에 차를 버렸다. 크리스가 가끔 쓰는 표현에 의하면 원숭이 새끼들의 싸구려 환락이었다. 그들이 그런 짓을 하다가 걸린 적은 한 번도 없었지만 번은 줄곧 희망을 버리지 않았다. 일요일마다 교도소에 가서 빌리를 면회하는 장면을 떠올리기만 해도 좋아서 어쩔 줄 몰랐다.

빌리가 말했다.

"경찰에 그 얘길 나불거리면 할로까진 어떻게 갔느냐고 물어볼 거야. 우린 둘 다 차가 없잖아. 그러니 그냥 입 다물고 있는 게 낫지. 그럼 우릴 건드릴 수 없을 테니까."

그러자 찰리가 말했다.

"익명으로 전화를 할 수도 있잖아."

그러자 빌리가 으스스한 어조로 이렇게 말했다.

"씨발, 경찰은 전화를 추적한단 말이야. 「고속도로 순찰대」에서 봤어. 「일망타진」에서도."

그 말을 듣고 찰리가 비참한 듯이 말했다.

"그건 그래. 제기랄. 에이스도 같이 갔으면 좋았을걸. 경찰한테 그애 차를 타고 갔다고 하면 되는 건데."

"어쨌든 갠 없었잖아."

찰리는 한숨을 쉬었다.

"그래. 네 말이 맞는 것 같아."

담배꽁초 하나가 진입로에 날아들었다.

"우리가 왜 하필 그리로 올라가서 기찻길 옆에다 오줌을 눴을까? 왜 반대쪽으로 가지 않았을까? 더군다나 난 새로 산 신발에다 토했단 말이야."

찰리의 목소리가 조금 가라앉았다.

"씨발, 그 애새끼는 즉사한 거야. 너도 그 새끼 봤지, 빌리?"

"봤어."

두 번째 담배꽁초가 진입로에서 첫 번째와 다시 만났다. 빌리가 말을 이었다.

"에이스가 일어났는지 가보자. 술 고프다."

"그애한테 이 얘기 해줄까?"

"찰리, 우린 **아무한테도** 말하지 않는 거야. **아무한테도, 절대로**. 내 말 알아들어?"

"알았어. 염병, 그 좆같은 닷지(자동차 상품명 — 옮긴이)만 안 훔쳤으면 좋았을 텐데."

"야, 씨발, 입 닥치고 가자니까."

징이 달리고 색이 바랜 꽉 끼는 청바지를 입은 두 쌍의 다리와 사이드버클이 달린 검정색 가죽 부츠를 신은 두 쌍의 발이 계단을 내려왔다. 번은 자기가 베란다 밑에 있다는 사실을 형이 알아차리고 당장 끌어내 죽여버릴 것 같아서 네 발로 엎드린 채 그대로 얼어붙었다. (우리에게 그는 '불알이 너무 오그라들어 아예 고자가 되는 줄 알았다.'고 말했다.) 형과 찰리 호건은 그의 머리를 걷어차서 선하신 하느님께서 그에게 적당하다고 생각해서 넣어주신 얼마 안 되는 두뇌가 항아리 손잡이 같은 양쪽 귀로 모조리 쏟아지게 했을 테고, 그 다음에는 가죽 부츠로 마구 짓밟았을 것이다. 그러나 그들은 그냥 계속 걸어갔고, 그들이 정말 가버렸다는 것을 확신하게 되자 번은 베란다 밑에서 기어나와 곧장 이리로 달려왔던 것이다.

5

내가 말했다.
"너 정말 재수 좋았다. 정말 죽도록 얻어터질 뻔했는데."
그러자 테디가 말했다.
"백할로 로드라면 나도 알아. 끝까지 가면 강이 나오지. 우리가 낚시하러 가던 데야."
크리스가 고개를 끄덕였다.
"거기 다리가 하나 있었는데 홍수에 떠내려갔대. 오래 전 일이야. 지금은 철도밖에 없어."
내가 크리스에게 물었다.
"애 혼자서 정말 체임벌린에서 할로까지 그 먼 길을 걸어갔을까? 사오십 킬로미터는 될 텐데."
"그럴 수도 있어. 걘 아마 우연히 기찻길을 만나서 줄곧 그 길을 따라갔을 거야. 그걸 따라가면 구조될 거라고 생각했거나, 필요하면 신호를 해서 기차를 세울 수 있을 거라고 생각했겠지. 하지만 요즘은 화물열차만 다니는데 데리와 브라운스빌까지 가는 GS&WM(그레이트 서던 앤드 웨스턴 메인(Great Southern and Western Maine) 철도의 약자 — 옮긴이)이지. 그나마 요즘은 자주 다니지도 않거든. 무사히 구조되려면 캐슬록까지 걸어가야 했을 거야. 그러다가 어두워지고 나서 드디어 기차 한 대가 나타나고…… 그러고는 콰당."

크리스는 오른쪽 주먹으로 왼쪽 손바닥을 내리쳐 철썩 소리를 냈다. 196번 도로에서 펄프 트럭을 피하며 아슬아슬한 위기를 자주 겪은 테디는 어쩐지 기뻐하는 듯한 표정이었다. 그러나 나는 속이 좀 메슥거렸다. 집으로부터 그토록 먼 곳에서 죽도록 겁에 질렸으면서도 GS&WM 철도를 따라 묵묵히 걸어가는 그 아이의 모습이 떠올랐기 때문이다. 늘어진 나뭇가지들과 덤불 속, 그리고 철도 노반(路盤) 아래로 지나가는 배수로 등에서 들려오는 야밤의 온갖 소음 때문에 그는 아마 철도 침목(枕木)을 밟으며 걸어갔을 것이다. 그러다가 기차가 달려온다. 기관차의 커다란 전조등이 그를 최면 상태에 빠뜨린다. 정신을 차리고 뛰어내리려 했을 때는 이미 늦어버렸다. 아니면 그 기차가 왔을 때 그는 굶주림에 지쳐 정신을 잃고 선로 위에 쓰러져 있었는지도 모른다. 어느 쪽이든 간에 크리스의 말이 정답이다. 최종 결과는 '콰당'이었다. 그 아이는 죽었다.

"그래, 어쨌든 가서 볼래?"

번이 물었다. 그는 흥분을 가누지 못하고 마치 화장실이 급한 사람처럼 몸을 비비 꼬았다.

우리는 아무 말 없이 한동안 멍하니 번을 바라보았다. 그러다가 크리스가 카드를 내던지며 말했다.

"당연히 가야지! 그리고 내가 장담하는데, 신문에 우리 사진이 실릴 거야!"

그러자 번이 말했다.

"응?"

테디가 트럭 피하기를 할 때처럼 광기서린 표정으로 씨익 웃으며 말했다.

"정말 그럴까?"

크리스가 낡아빠진 카드 테이블 너머로 몸을 숙이며 말했다.

"잘 들어. 우리가 그 시체를 찾아서 신고하는 거야! 우리 얘기가 뉴스에 나간다고!"

그러자 번이 당황한 표정으로 말했다.

"글쎄. 거길 어떻게 알았는지 빌리 형이 다 눈치 챌 거야. 나를 똥줄 빠지게 두들겨 팰 거라고."

그때 내가 이렇게 말했다.

"아니, 그럴 리가 없어. 그애를 찾아내는 건 우리니까, 훔친 차를 타고 간 빌리와 찰리 호건이 아니니까. 그렇게 되면 자기들이 그 문제로 걱정할 필요가 없잖아. 아마 땡전 너한테 훈장까지 달아줄 걸."

"정말 그럴까? 그래, 정말 그렇게 생각해?"

번은 충치가 보일 정도로 활짝 웃었다. 황홀경에 빠진 듯한 미소였다. 자기가 빌리에게 기쁨을 줄 수 있다니, 그 생각만으로도 턱을 한 방 호되게 얻어맞은 듯한 상태인 것 같았다.

테디도 씨익 웃고 있었다. 그러더니 곧 얼굴을 찡그리며 말했다.

"아, 이런."

그러자 번이 물었다.

"뭔데 그래?"

그는 다시 몸을 꼬기 시작했다. 방금 테디의 이성이…… 아니,

테디의 머릿속에서 그나마 이성에 제일 가까운 부분이 이 계획에 대하여 정말 심각한 반대 의견을 생각해 냈을까봐 두려웠기 때문이다.

테디가 대답했다.

"우리 부모님들. 우리가 내일 사우스 할로에서 그 시체를 찾아내면 우리가 오늘밤 번네 뒷들에서 캠핑하지 않았다는 걸 부모님들이 알게 되잖아."

그러자 크리스가 말했다.

"맞아. 우리가 걔 찾으러 갔다는 걸 알게 되겠지."

그때 내가 말했다.

"아니, 모를 거야."

왠지 기분이 묘했다. 흥분과 두려움이 동시에 찾아왔다. 우리가 거짓말을 하고도 무사히 넘어갈 수 있다는 것을 나는 알았기 때문이다. 이런 감정의 혼란 때문에 마치 더위를 먹은 듯 골치가 아팠다. 나는 손을 가만히 둘 수가 없어 공연히 바이크 카드를 집어들고 툭툭 치며 섞기 시작했다. 데니스가 형노릇을 한답시고 나에게 전수한 것이라고는 크리비지 비결과 함께 그렇게 카드를 섞는 방법이 거의 전부라고 할 수 있었다. 다른 아이들도 이 방법을 부러워했다. 아마도 나를 아는 아이들이라면 모두 한 번쯤은 요령을 가르쳐달라고 졸랐을 것이다······. 딱 한 명, 크리스만 예외였다. 누군가에게 그 요령을 가르쳐준다는 것은 데니스 형의 일부를 나눠주는 것과 같다는 것, 그런데 나에게 데니스 형에 대한 추억은 이리저리 나눠줄 만큼 많지 않다는 것을 크리스만 알고 있었던 듯싶다.

나는 이렇게 말을 이었다.

"번네 들판에 텐트를 치는 데 싫증이 났다고 말하면 돼. 전에도 많이 해봤으니까. 그래서 우린 오솔길을 따라 걷다가 숲속에서 야영하기로 한 거야. 그래도 매 맞을 걱정은 없어. 우리가 그애만 찾아내면 다들 흥분할 테니까."

그러자 크리스가 말했다.

"우리 아빤 그래도 때릴 거야. 아빤 요즘 정말 저기압이거든." 그는 시무룩하게 고개를 흔들었다. "젠장, 이 정도 일이라면 매 맞더라도 해야지."

그러자 테디가 벌떡 일어나면서 말했다.

"좋아." 그는 아직도 미친놈처럼 씨익 웃고 있었는데 금방이라도 그 특유의 높고 깩깩거리는 웃음을 터뜨릴 것 같았다. "점심 먹고 번네 집에 모이기로 하자. 저녁밥은 어떻게 한다고 할까?"

크리스가 대답했다.

"너하고 나하고 고디는 번네 집에서 먹는다고 하면 돼."

그러자 번이 말했다.

"그럼 난 우리 엄마한테 크리스네 집에서 먹는다고 할게."

그만하면 우리도 어쩔 수 없는 돌발사태가 발생하거나 부모님들끼리 우연히 마주치지 않는 한 무사히 넘어갈 것이 분명했다. 게다가 번이나 크리스네 집에는 전화기도 없었다. 그 시절에는 아직도 전화가 사치품이라고 생각하는 사람들이 많았고, 특히 어려운 집안일수록 더 그랬다. 그리고 우리 가운데 상류층 출신은 아무도 없었다.

우리 아버지는 은퇴하셨다. 번의 아버지는 공장에서 일했고 아직도 1952년식 디소토를 타고 다녔다. 테디 어머니는 댄버리 스트리트에 집을 갖고 있었는데 하숙생을 구할 수만 있으면 방을 빌려주었다. 그러나 그해 여름에는 하숙생이 없었다. 거실 유리창에는 6월부터 **가구 딸린 하숙방 있음**이라는 표지판이 붙어 있었다. 그리고 정도 차이는 있었지만 크리스의 아버지는 언제나 '저기압'이었다. 그는 정부로부터 생활보조금을 받다 말다하는, 그러나 받을 때가 더 많은 주정뱅이였는데, 에이스 메릴의 아버지 주니어 메릴을 비롯한 몇몇 동네 술꾼들과 어울려 수키 주점에서 빈둥거리며 대부분의 시간을 보냈다.

    크리스는 자기 아버지에 대해 별로 말을 안 했지만 그가 아버지를 독사처럼 증오한다는 사실은 우리 모두 알고 있었다. 크리스는 2주마다 한 번꼴로 상처투성이가 되었다. 두 뺨과 목에 멍이 들거나 한쪽 눈이 부어올라 저녁놀처럼 화려하게 물들기 일쑤였는데, 한 번은 뒤통수에 크고 꼴사나운 붕대를 붙이고 학교에 나타나기도 했다. 아예 등교하지 않는 날도 잦았다. 그의 어머니는 학교에 전화를 걸어 크리스가 병이 났다고 말했지만 사실은 너무 크게 다쳐 걸을 수도 없었기 때문이었다. 크리스는 똑똑했다. 정말 똑똑했다. 그러나 무단결석을 많이 했다. 우리 마을의 결석 학생 지도원 핼리버튼 씨는 앞 유리 한 구석에 '아무도 이 차에 타지 않기를'이라는 스티커를 붙인 낡은 검정색 시보레를 몰고 크리스네 집 앞에 나타나곤 했다. 물론 면전에서는 안 그랬지만 우리는 그를 버티라고 불렀다. 크리스가 무단결석을 했다가 버티에게 걸리면 곧장 학교로 끌려가서 일주일 동안 방과 후에도 남아 있어야 하는 벌을 받았다. 그러나 크리스가 아버지에게 똥줄 빠지게 두드려 맞아 어쩔 수 없이 집에 있다는 것이 밝혀지면 버티는 찍소리도 하지 않고 그냥 가버렸다. 내가 그의 이런 방침에 의문을 품게 된 것은 그로부터 이십 년쯤 지난 뒤였다.

한 해 전에 크리스는 3일 정학을 받은 적이 있었다. 크리스가 교실 당번이 되어 우유 값을 걷을 때 상당한 액수가 없어졌는데, 별볼일없는 체임버스 집안의 일원이라는 죄로 벌을 받게 되었던 것이다. 그는 한사코 그 돈을 훔치지 않았다고 주장했지만 소용없었다. 체임버스 씨가 크리스를 하룻밤 병원에 입원시켰던 것이 바로 그때였다. 크리스가 정학 당했다는 말을 듣자 그는 크리스의 코와 오른쪽 손목을 부러뜨렸다. 크리스가 형편없는 집안에 태어난 것은 사실이었고 누구나 크리스도 결국 나쁜 길로 빠져들 거라고 생각했는데…… 크리스 자신도 예외가 아니었다. 그의 형들은 마을 사람들의 기대에 훌륭하게 부응하는 삶을 살았다. 만형 프랭크는 열일곱 살 때 가출하여 해군에 입대했다가 강간 및 폭행죄로 포츠머스 교도소에 장기복역중이었다. 둘째형 리처드는 (움찔움찔 우스꽝스럽게 움직이는 오른쪽 눈 때문에 누구나 그를 개눈깔('의안(義眼)'의 속어 — 옮긴이)이라고 불렀다.) 10학년 때 고등학교를 중퇴하고 찰리와 빌리 테시오를 비롯한 불량배들과 어울려 다녔다.

나는 크리스에게 이렇게 말했다.

"다 잘될 거야. 그런데 존이랑 마티는 어떡하지?"

존과 마티 디스페인도 우리 패거리의 정규 멤버였다.

"걔들은 아직 안 왔어. 월요일은 돼야 돌아올 거야."

"아. 그거 아쉽네."

"그럼 모두 결정된 거야?"

번이 아직도 비비 꼬면서 물었다. 대화가 잠시라도 곁길로 빠지는 것을 참을 수 없었던 것이다.

크리스가 대답했다.

"그런 것 같네. 스캣트 더 하고 싶은 사람?"

아무도 없었다. 다들 카드놀이나 하고 있기에는 너무 들뜬 상태였다. 우리는 나무집에서 내려와 울타리 너머 공터로 가서 절연 테이프를 감아놓은 번의 낡은 야구공을 가지고 한동안 '플라이볼 땅볼'(선수가 모자랄 때 두 명 이상만 있으면 할 수 있는 간단한 야구 게임―옮긴이)을 하며 놀았지만 그것도 별로 재미가 없었다. 기차에 받힌 그 브라워라는 아이, 그리고 우리가 그애를, 아니, 그의 시체를 보러 간다는 사실, 그것 말고는 아무것도 생각할 수 없었기 때문이다. 결국 10시쯤에 우리는 부모님과의 일을 처리하기 위해 각자 집으로 흩어졌다.

6

내가 약국에 들러 보급판 책들을 살펴본 후(미국의 약국은 의약품과 함께 잡화류도 취급한다―옮긴이) 집에 도착한 것은 10시 45분이었다. 나는 2, 3일에 한 번씩 약국에 들렀다. 존 D. 맥도널드(다작으로 유명한 미국 추리작가―옮긴이)의 새 책이 나왔는지 확인하기 위해서였다. 나에게는 25센트 동전이 하나 있어서 새 책이 나왔으면 사려고 했다. 그러나 그곳에는 예전에 나왔던 책들밖에 없었고 대부분 벌써 대여섯 번씩 읽은 것들이었다.

집에 도착하니 우리 차가 보이지 않았고, 어머니가 여자친구 몇 명과 함께 음악회를 보러 보스턴에 가셨다는 사실이 그제야 생각났다. 우리 어머니는 음악회를 끔찍이도 좋아하신다. 무리도 아니다. 외아들처럼 애지중지하던 자식이 죽어버렸으니 잠시라도 그 사실을 잊고 싶으신 거다. 꽤나 한 맺힌 말로 들리겠지만 똑같은 경험을 한 사람이라면 내 심정을 이해할 수 있을 것이다.

아버지는 집 뒤편에서 망쳐버린 텃밭에 호스로 미세한 물보라를 뿌려주고 있었다. 그래봤자 소용없는 일이라는 것을 그의 우울한 얼굴을 보고도 모르겠다면 텃밭 그 자체를 보면 누구나 알 수 있었을 것이다. 그곳의 흙은 밝은 잿빛의 밀가루 같았다. 그 밭에서 자라던 것들은 모조리 죽어버리고 옥수수만 남았는데 그나마 먹을 만한 옥수수는 한 자루도 나오지 않았다. 아버지는 텃밭에 물을 어떻게 줘야 하는지 감을 못 잡겠다고 하셨다. 대자연이 도와주지 않으면 아무도 못할 일이라는 것이었다. 그는 한 곳에 너무 오랫동안 물을 뿌려 식물들을 익사시켰다. 다음 이랑에 심은 것들은 갈증으로 죽어갔다. 아버지는 좀처럼 적당한 수준을 맞추지 못했다. 그러나 그 문제에 대해서도 자주 얘기하지는 않으셨다. 아버지는 4월에 아들을 잃었고 8월에는 텃밭을 잃었다. 그리고 그 두 가지에 대해 이야기하기 싫다면 그건 아버지의 특권이라고 생각한다. 다만 나를 괴롭힌 것은 아버지가 그밖의 모든 일에 대해서도 일절 말하지 않는다는 사실이었다. 젠장, 민주주의도 좋지만 그건 좀 심했다.

"안녕, 아빠." 내가 아버지 곁에 서서 말했다. 나는 약국에서 산

롤로 캔디를 권했다. "하나 드실래요?"

"안녕, 고든. 고맙지만 싫다."

아버지는 가망 없는 잿빛 땅에 미세한 물보라를 계속 뿜어주었다.

"오늘밤 애들하고 번 테시오네 들판에서 캠핑해도 돼요?"

"어떤 애들 말이냐?"

"번. 테디 뒤샹. 어쩌면 크리스도요."

나는 아버지가 당장 크리스에 대한 설교를 시작할 줄 알았다. 크리스는 나쁜 친구라는 둥, 사과통 밑바닥의 썩은 사과라는 둥, 도둑이며 불량배 견습생이라는 둥.

그러나 아버지는 그냥 한숨만 내쉬고 이렇게 말했다.

"그것도 괜찮겠지."

"야호! 고맙습니다!"

나는 집 안에 들어가 바보상자에서 어떤 방송이 나오나 보려고 돌아섰다. 그때 아버지가 나를 불러 세웠다.

"꼭 그애들하고만 놀아야겠니, 고든?"

나는 논쟁을 벌일 각오를 하며 아버지를 돌아보았지만 그날 아침 아버지는 논쟁을 할 여력이 없었다. 차라리 말다툼이라도 할 수 있었다면 좋았을 것이다. 그러나 아버지의 어깨는 축 늘어져 있었다. 내가 아니라 죽어버린 텃밭 쪽을 바라보는 얼굴도 완전히 맥 빠진 표정이었다. 아버지의 눈이 부자연스럽게 반짝거렸다. 아마 눈물이었을 것이다.

"에이, 아빠, 괜찮은 애들인데……"

"그야 그렇겠지. 도둑놈 하나에 돌대가리 둘. 내 아들한테 잘도 어울리는 친구들이구나."

"번 테시오는 돌대가리가 아니에요."

테디의 경우는 반박하기가 좀 까다로웠다.

"열두 살인데 아직도 5학년이잖니. 그리고 지난번에 우리 집에서 자고 가던 날 말이다. 다음날 아침에 일요판 신문에서 만화란을 읽는 데만 한 시간 반이나 걸리더라."

그 말은 나를 화나게 했다. 아버지가 너무한다고 생각했다. 번에 대한 아버지의 평가 방식은 아버지가 내 친구들 모두를 평가하는 방식과 일치했다. 즉 어쩌다가 한 번씩 본 것을 기준으로 삼았다. 그나마 대개는 우리 집에 드나들 때 잠깐씩 마주쳤을 뿐인데 말이다. 그들에 대한 아버지의 판단은 옳지 않았다. 그리고 아버지가 크리스를 도둑놈이라고 부를 때마다 화가 치밀었다. 아버지는 크리스를 **전혀** 모르기 때문이다. 나는 그렇게 말하고 싶었지만 지금 아버지를 화나게 했다가는 집에 붙잡혀 있게 될 것이 뻔했다. 그리고 어차피 아버지는 지금 진짜로 화를 내는 게 아니었다. 이따금씩 아버지가 저녁 식탁에서 화를 낼 때는 엄청나게 큰 소리로 호통을 치기 때문에 다들 입맛이 뚝 떨어질 정도였다. 그러나 지금은 그저 슬픔과 피로에 지쳐 녹초가 된 모습이었다. 이때 아버지는 예순세 살이었다. 누가 보면 내 할아버지라고 오해할 만한 나이였다.

어머니는 쉰다섯 살이었다. 역시 영계는 아니다. 어머니와 아버지는 결혼하자마자 아이를 가지려 했고 어머니는 곧 임신을 했지만 유산되고 말았다. 어머니는 두 번 더 유산을 했고, 의사는 그녀가 해산일까지 임신 상태를 유지하기는 불가능할 거라고 말했다. 어머니나 아버지가 나를 훈계할 때마다 나는 그 얘기를 구구절절 다시 들어야 했다는 것을 알아줬으면 좋겠다. 부모님은 내가 나 자신을 하느님의 특별 선물로 생각하기를 바랐다. 두 분은 내가 어머니의 머리가 희끗희끗해지기 시작한 마흔두 살의 나이에 잉태되었으면서도 이 굉장한 행운을 감사할 줄 모른다고 하셨다. 그렇게 굉장한 행운을 고마워하지 않을 뿐만 아니라 어머니의 엄청난 고통과 희생마저 고마워하지 않는다는 것이었다.

어머니가 아기를 낳지 못할 것이라고 의사가 말한 지 5년이 지났을 때 어머니는 데니스 형을 임신했다. 어머니는 여덟 달 동안 형을 뱃속에 품고 있었는데 때가 되자 3.6킬로그램도 넘는 덩치가 그냥 간단히 떨어져나왔다. 아버지는 만약 어머니가 데니스를 만삭까지 배고 있었다면 아마 7킬로그램 정도는 나갔을 거라고 종종 말씀하셨다. 의사는 이렇게 말했다. 글쎄요, 가끔 자연이 우리를 속일 때도 있죠. 하지만 이 녀석이 처음이자 마지막일 겁니다. 이 아이를 주신 하느님께 감사드리고 만족하세요. 그러나 10년 후 어머니는 다시 나를 임신했다. 어머니는 나를 만삭까지 품고 있었을 뿐만 아니라 너무 커버린 나를 끄집어내기 위해 의사가 겸자(鉗子)를 사용해야 했다. 이렇게 엉망진창인 일가족을 본 적이 있는가? 나는 결코 앞날이 창창하다고 말할 수 없는 두 제리톨(노인용 강장제 상품명 — 옮긴이) 복용자의 아들로 이 세상에 나왔고, 하나밖에 없는 형은 내가 기저귀를 떼기도 전에 큰 애들이 노는 공원에서 야구 리그전을 하고 있었다.

어머니와 아버지는 하느님의 선물은 하나로도 충분하다고 생각했다. 그렇다고 그들이 나를 푸대접했다는 말은 아니고, 나를 한 번도 때리지 않은 것도 사실이다. 그러나 어쨌든 나는 부모님에게 굉장히 놀라운 사건이었는데, 사람이 사십대가 되면 이십대 때만큼 놀라운 일을 좋아하지는 않는 것 같다. 내가 태어난 후 어머니는 곧바로 친구분들이 '반창고'라고 부르는 수술을 받았다. 또다시 하느님이 선물을 주시는 일이 없도록 백 퍼센트 확실히 해두고 싶었던 모양이다. 나중에 대학에 갔을 때 나는 저능아로 태어나지 않은 것만 해도 뜻밖의 행운이었다는 사실을 알게 되었는데…… 물론 아버지는 내 친구 번이 비틀 베일리(군대 이야기를 다룬 미국 만화. 모트 워커 작. 1950년부터 지금까지 신문에 연재되고 있다 — 옮긴이)의 대화를 이해하는 데 십 분이나 걸리는 것을 보고 혹시 나도 저능아가 아닐까 의심하셨을 것이다.

이렇게 무시당하는 일에 대하여 말해 보자. 사실 나는 그것이 어떤 현상이라고 딱 꼬집어 말할 수 없었다. 그러다가 고등학교 때 『투명인간』(미국 흑인 작가 랠프 엘리슨의 장편소설. 국내에는 『보이지 않는 인간』이라는 제목으로 소개되었으며, 영국 작가 H.G. 웰스의 과학소설과 동일한 제목이다 — 옮긴이)이라는 소설에 대한 독후감을 쓰게 되었다. 하디 선생님에게 그 책을 하겠다고 말할 때만 하더라도 나는 그 책이 온몸에 붕대를 칭칭 감고 '포스터 그랜트' 선글라스를 낀 남자(영화에서는 클로드 레인스가 그 역할을 맡았다.)에 대한 공상과학소설인 줄 알았다. 그러나 곧 전혀 다른 이야기라는 것을 알고 그 책을 반납하려 했지만 하디 선생님은 나를 올가미에서 풀어주려 하지 않았다. 나도 나중에는 그렇게 된 것이 정말 다행이라고 생각했다. 이 『투명인간』은 어느 흑인에 대한 이야기다. 그가 사고를 치지 않는 한 아무도 그를 눈여겨보지 않는다. 사람들은 그가 있는 쪽을 보면서도 그의 등 뒤에 있는 것들만 본다. 그가 말을 걸어도 대답하는 사람이 없다. 그는 마치 검은 유령과 같다. 일단 그 책을 읽기 시작하자 나는 마치 존 D. 맥도널드의 책을 읽듯이 단숨에 읽어내려 갔다. 왜냐하면 그 랠프 엘리슨이라는 작자는 바로 '나'에 대한 이야기를 써놓았기 때문이다. 우리 집 저녁 식탁에서의 대화는 이를테면 이런 식이었다. "데니 너 삼진 아웃을 몇 번이나 당했니.", "데니 너한테 세이디 홉킨스 댄스파티에 같이 가자고 한 애가 누구니.", "데니 우리가 봤던 그 차에 대해서 남자 대 남자로 얘기 좀 하자.", 내가 "버터 좀 주세요." 하면 아버지는 이렇게 말했다. "데니, 너 정말 군대에 꼭 가고 싶니?", 내가 "누구 버터 좀 주실래요?" 하면 어머니는 이렇게 말했다. "데니, 시내에서 펜들턴 셔츠를 세일하던데 하나 사다줄까?", 그래서 버터는 결국 내 손으로 집어와야 했다. 내가 아홉 살이었던 어느 날 밤, 그냥 반응을 보고 싶어 이렇게 말한 적이 있었다. "그 염병할 놈의 감자 좀 주세요." 그랬더니 어머니는 이렇게 말했다. "데니, 오늘 그레이스 이모가 전화했는데 너하고 고든 안부를 묻더라."

데니스 형이 캐슬록 고등학교를 우등생으로 졸업하던 날 밤, 나는 꾀병을 부리고 혼자 집에 남았다. 그리고 스티비 대러본트의 맏형 로이스에게 와일드 아이리시 로즈 한 병을 내 대신 사달라고 부탁하여 절반이나 마셔버리고 한밤중에 침대에다 토해버렸다.

이런 가정환경에서는 대개 형을 증오하거나 정신없이 우상화하기 마련이다. 적어도 대학교 심리학 시간에는 그렇게 가르친다.

헛소리 아닌가? 어쨌든 내가 아는 한 데니스에 대한 나의 감정은 두 가지 중 어느 쪽도 아니었다. 우리는 말다툼을 하는 일도 드물었고 주먹다짐을 하는 일은 절대로 없었다. 주먹다짐이라니 우스꽝스럽다. 열네 살짜리가 네 살짜리 동생을 두들겨 팰 일이 뭐가 있을까? 그리고 우리 부모님은 언제나 형을 너무 높이 평가했기 때문에 동생을 보살피는 시시한 일은 맡기지 않았고, 그래서 그는 다른 형들이 흔히 동생들을 원망하는 것처럼 나를 원망할 일이 없었다. 데니스 형이 나를 어디론가 데려가는 것은 언제나 그의 자유 의지에 따른 선택이었고, 내가 가장 행복했던 순간을 손꼽는다면 그때의 추억들이 꼭 들어간다.

"어이 라챈스, 그 새끼 누구냐?"

"내 동생인데 너 말조심하는 게 좋을 거야, 데이비스. 똥줄 빠지게 얻어터질지도 몰라. 고디는 꽤 세다고."

그들은 잠시 내 주위에 모여든다. 거대한 사람들, 믿어지지 않을 만큼 키가 큰 사람들, 해가 반짝 비치듯이 잠깐 동안 보여주는 그들의 관심. 그들은 너무나 크고, 또 너무나 나이가 많다.

"어이, 꼬마야! 이 얼간이가 진짜 너네 형이냐?"

나는 수줍게 고개를 끄덕인다.

"얘 진짜 개자식이지? 안 그러냐, 꼬마야?"

나는 다시 고개를 끄덕이고, 데니스를 포함하여 모두 폭소를 터뜨린다. 그러고 나면 데니스가 기운차게 두 번 손뼉을 치면서 말한다.

"자자, 연습들 할 거야, 아니면 계속 이렇게 멍청히 서 있을 거냐?"

그들은 각자 자기 자리로 달려가면서 벌써부터 내야 곳곳으로 속구(速球)를 주고받는다.

"저기 저 벤치에 앉아 있어, 고디. 조용히 해야 돼. 아무도 귀찮게 하지 말고."

나는 그리로 가서 벤치에 앉는다. 참 편안하다. 여름날의 아름다운 구름 아래 앉아 있는 내가 믿어지지 않을 만큼 작아진 기분이다. 나는 형이 공을 던지는 것을 구경한다. 나는 아무도 방해하지 않는다.

그러나 그런 때는 많지 않았다.

형은 가끔 내가 잠들기 전에 어머니가 읽어주는 책보다 더 재미있는 책을 읽어주기도 했다. 어머니의 이야기는 생강 빵 인간이나 아기돼지 삼형제 따위의 평범한 것들이었지만 데니스의 이야기는 푸른 수염이나 살인마 잭 같은 것들이었다. 그가 들려주는 숫염소 삼형제 얘기에서는 다리 밑에 있던 괴물이 이겼다. 그리고 이미 말했듯이 그는 나에게 크리비지 게임과 카드 섞는 요령도 가르쳐주었다. 별로 대단할 것은 없지만 이 세상에서는 그냥 주는 대로 받고 만족할 줄 알아야 하는 거 아닌가?

나이가 들수록 데니스를 향한 나의 애정은 거의 병적인 수준의 경외심으로 바뀌었다. 아마 평범한 기독교인들이 하느님에 대하여 갖는 경외심과 비슷했을 것이다. 그리고 형이 죽었을 때 나는 웬만큼 충격을 받았고 또 웬만큼 슬펐다. 《타임》이 신은 죽었다고 보도했을 때 앞서 말한 평범한 기독교인들이 느꼈던 감정도 그때의 나와 비슷했을 거라고 생각한다. 이렇게 말할 수도 있겠다. 나는 댄 블로커(미국 배우. 인기 텔레비전 시리즈 「보난자」의 주연으로 인기를 끌었다 — 옮긴이)가 죽었다는 소식을 라디오에서 들었을 때 슬펐던 만큼 데니의 죽음을 슬퍼했다. 내가 그들 두 사람의 모습을 볼 수 있었던 빈도는 대충 비슷했다. 다만 데니의 경우는 재방송도 없었다.

그는 미국 국기를 얹은 관 속에 누워 땅에 묻혔다. (사람들은 관을 내리기 전에 국기를 걷어 삼각 모자 모양으로 잘 접은 다음, 관이 아니라 국기를, 어머니에게 건네주었다.) 부모님은 완전히 무너져버렸다. 4개월이 지난 뒤에도 정상을 되찾지 못했다. 과연 그들이 다시 온전해질 수 있을지 나로서는 짐작할 길이 없었다. 시무룩 씨와 시무룩 부인. 내 방 바로 옆에 있는 데니의 방은 가사(假死) 상태였다. 가사 상태라고 해도 좋고 시간이 멈춰버렸다고 해도 좋겠다. 벽에는 여전히 아이비 리그 대학의 삼각기들이 붙어 있었고, 형이 엘비스처럼 머리를 빗어 넘겨 덕테일(양쪽 옆머리를 길게 길러 오리 꼬리처럼 뒤로 합친 머리 모양 — 옮긴이)을 만드느라고 한 번에 몇 시간씩 들여다보는 것 같던 그 거울에는 형이 졸업반 때 데이트를 했던 여자들의 사진이 여전히 꽂혀 있었다. 형의 책상 위에 쌓인 《트루》와 《스포츠 일러스트레이티드》도 그대로였지만 시간이 갈수록 발행일이 오래된 티가 났다. 지겹도록 감상적인 영화에서 흔히 볼 수 있는 장면이었다. 그러나 내가 보기에는 감상적인 장면이 아니었다. 지긋지긋했다. 나는 꼭 필요할 때가 아니면 데니스의 방에 들어가지 않았다. 금방이라도 형이 문짝 뒤에서, 침대 밑에서, 혹은 벽장 속에서 불쑥 나타날 것 같았기 때문이다. 그 중에서도 나를 제일 많이 괴롭힌 것은 벽장이었는데, 어머니가 데니의 엽서 앨범이나 사진을 담아둔 구두 상자를 보고 싶어 나에게 가서 가져오라고 시킬 때마다 나는 그 문이 천천히 열리는 순간 공포에 질려 우두커니 서 있는 내 모습을 상상했다. 그리고 어둠 속에서 나타나는 형의 모습을 상상했다. 얼굴은 창백하고 피투성이에 머리 한쪽은 움푹 꺼지고, 셔츠엔 잿빛 줄무늬 같은 뇌수와 핏물이 엉겨 붙어 말라가고…… 나는 형이 두 팔을 서서히 들어 올리고 피범벅이 된 손을 맹수의 발톱처럼 구부리며 목쉰 소리로 이렇게 말하는 것을 상상했다. *네가 죽었어야 했어, 고든. 네가 죽었어야 했다고.*

7

「가식(假飾)의 도시」.

고든 라챈스 작.

《계간 그린스펀》 1970년 가을호, 통권 45호에 처음 게재. 저자의 허가로 재수록.

3월.

치코는 창가에 서 있다. 팔짱을 끼고 위아래 유리창을 가로지른 창틀에 양쪽 팔꿈치를 얹은 채 알몸으로 창밖을 내다본다. 입김 때문에 유리가 뿌옇게 흐려진다. 외풍이 그의 배를 쓰다듬는다. 오른쪽 아래칸에 창유리가 없기 때문이다. 골판지로 막아놓았을 뿐.

"치코."

그는 돌아보지 않는다. 그녀도 다시 부르지 않는다. 그는 유리에 비쳐 유령처럼 보이는 그녀를 바라본다. 그녀는 그의 침대에 앉아 있고, 끌어올린 담요가 중력을 무시하고 허공에 떠 있는 것처럼 보인다. 눈화장이 번져 눈 밑의 우묵한 곳으로 흘러내렸다.

치코는 그녀의 유령 너머 집 밖으로 시선을 옮긴다. 비가 내린다. 군데군데 눈이 녹아 헐벗은 땅이 드러났다. 그는 작년에 죽은 잔디와 빌리의 플라스틱 장남감과 녹슨 갈퀴를 바라본다. 그의 형 조니의 닷지가 받침대 위에 올려져 있다. 타이어를 빼낸 바퀴들이 나무 그루터기처럼 뭉툭하다. 그는 조니와 함께 그 차를 수리하던 때를 회상한다. 그들은 조니의 낡은 트랜지스터 라디오에서 쏟아져 나오는 루이스턴의 WLAM 방송국에서 틀어주는 대히트곡과 끝내주는 옛노래들을 들었다. 두어 번쯤은 조니가 그에게 맥주를 주기도 했다. 조니는 그렇게 말하곤 했다. *아주 빠를 거야, 치코. 이 차는 게이츠폴스에서 캐슬록까지 순식간에 달려갈 거야. 허스트 변속기만 달면 두고 보라고!*

그러나 그때는 그때였고 지금은 지금이다.

조니의 닷지 너머에는 고속도로가 있다. 루트 14번. 포틀랜드와 뉴햄프셔 남부로 가는 길인데, 토머스턴에서 좌회전하여 유에스 1번 도로를 타면 곧장 캐나다 북부까지 이어진다.

"가식의 도시."

치코가 유리창을 향해 말한다. 그는 담배를 피우고 있다.

"뭐라고?"

"아무것도 아니야."

"치코?"

어리둥절한 음성이다. 치코는 아버지가 돌아오기 전에 침대 시트를 갈아야 한다. 그녀가 피를 흘렸기 때문이다.

"왜?"

"사랑해, 치코."

"그래."

더러운 3월. 치코는 이런 생각을 한다. *너는 늙어빠진 갈보야. 젖통이 축 늘어지고 얼굴엔 빗물이 줄줄 흘러내리는 늙고 더럽고 비틀거리는 3월.*

그는 불쑥 이렇게 말한다.

"이 방은 원래 조니의 방이었어."

"누구?"

"우리 형."

"아. 지금 어디 있는데?"

"군대."

치코는 그렇게 대답하지만 조니는 군대에 있는 게 아니다. 작년 여름에 조니는 옥스퍼드 플레인스 자동차 경주장에서 일했다. 그러던 어느 날, 운전자의 통제를 벗어난 자동차 한 대가 경주장 내야를 가로질러 정비 구역 쪽으로 미끄러져 들어왔다. 그곳에서는 조니가 셰비를 개조한 차저급 경주차의 뒷바퀴를 갈아 끼우고 있었다. 몇 사람이 그에게 조심하라고 소리쳤지만 조니는 듣지 못했다. 그때 소리친 사람들 중에는 조니의 동생 치코도 끼어 있었다.

"춥지 않아?"

그녀가 묻는다.

"아니. 글쎄, 발은 좀 시리네. 약간."

그러다가 그는 문득 생각한다. *그래, 젠장. 조니에게 일어난 일*

은 조만간 나에게도 일어나겠지. 그날의 그 장면이 눈에 선하다. 미끄러지며 다가오는 포드 머스탱, 하얀 헤인즈 티셔츠를 입은 형의 등줄기에 한 줄로 늘어선 척추 뼈의 오톨도톨한 그림자. 형은 쭈그리고 앉아 셰비의 뒷바퀴를 빼는 중이었다. 순식간에 벌어진 일이지만 달려드는 머스탱의 타이어에서 깎여 날아가는 고무 조각도 보였고 축 늘어진 머플러가 내야 바닥을 긁어 불꽃이 튕기는 것도 보였다. 그 차는 조니가 막 일어나려고 할 때 그를 들이받았다. 다음 순간 치솟는 샛노란 불길.

치코는 생각한다. *그래, 천천히 죽는 것보다야 차라리 그게 낫지.* 그러면서 할아버지를 떠올린다. 병원 냄새. 환자용 변기를 들고 다니는 젊고 예쁜 간호사들. 최후의 가냘픈 숨결. 잘 죽는 방법이 따로 있을까?

그는 부르르 떨면서 신을 떠올린다. 목에 건 목걸이에 달린 작은 은제(銀製) 성 크리스토퍼 메달(여행자들의 수호성인 성 크리스토퍼의 이름과 초상을 새긴 메달. 흔히 목에 걸거나 자동차에 비치하는데, 사고로 인한 죽음을 막아주는 힘을 가졌다고 믿어진다—옮긴이)을 만져본다. 그는 천주교인도 아니고 물론 멕시코인도 아니다. 그의 진짜 이름은 에드워드 메이인데, 친구들이 그를 치코라고 부르는 것은 그의 머리카락이 새까맣고 평소 브릴크림을 발라 뒤로 빗어 넘기는 데다 앞이 뾰족하고 뒷굽이 높은 부츠를 신기 때문이다. 게다가 천주교인도 아닌데 이 메달을 달고 다닌다. 만약 조니가 이 메달을 달고 있었더라면 그 폭주하던 머스탱이 그를 비껴 지나갔을지도 모른다. 아무도 알 수 없는 일이다.

그는 담배를 피우며 창밖을 내다본다. 그의 등 뒤에서 여자가 침대를 빠져나오더니 종종걸음을 치다시피 재빨리 다가온다. 그가 자기를 돌아볼까봐 그랬는지도 모른다. 그녀의 따뜻한 손이 그의 등에 와 닿는다. 그녀의 젖가슴이 그의 옆구리를 지그시 누른다. 그녀의 배가 그의 엉덩이를 건드린다.

"아. 정말 차갑네."

"이 집이 좀 그래."

"날 사랑해, 치코?"

"물론이지!" 그는 아무렇게나 대답하고 나서 좀더 진지하게 말한다. "넌 약병아리더라."

"그게 무슨……"

"숫처녀더라고."

그녀의 손이 더 위로 올라온다. 손가락 끝으로 그의 목덜미를 쓸어 올린다.

"내가 그렇다고 했잖아?"

"힘들었어? 아팠어?"

그녀가 웃는다.

"아니. 그렇지만 무서웠어."

그들은 내리는 비를 바라본다. 루트 14번에 새 올즈모빌 한 대가 물보라를 일으키며 지나간다.

치코가 말한다.

"가식의 도시."

"뭐?"

"저 친구. 가식의 도시로 가는 길이지. 번쩍거리는 가식차를 타고."

그녀가 손가락으로 만지던 곳에 다정하게 입을 맞춘다. 그는 마치 파리를 쫓듯이 손을 내젓는다.

"왜 그래?"

그는 그녀를 향해 돌아선다. 그녀의 시선이 얼핏 그의 성기로 내려갔다가 황급히 도로 올라온다. 그녀가 두 팔로 자기 몸을 가리려고 하다가 문득 영화에서는 절대로 그러지 않는다는 것을 상기하고 도로 내린다. 그녀의 머리카락은 까맣고 겨울을 지낸 피부는 크림처럼 하얗다. 그녀의 젖가슴은 탄탄하지만 배는 조금 물렁한 듯싶다. 치코는 지금 이것이 영화가 아님을 말해주는 결점 하나를 발견했다고 생각한다.

"제인?"

"왜?"

그는 자기가 다시 할 준비가 된 것을 느낀다. 준비 시작이 아니라 준비 완료.

그는 이렇게 말한다.

"괜찮아. 우린 친구잖아."

그는 그녀를 유심히 훑어보면서 자신의 속마음을 시선에 담아 고스란히 그녀에게 보낸다. 이윽고 다시 그녀의 얼굴을 바라보니 그새 발갛게 물들었다.

"내가 네 몸을 보는 게 싫어?"

"난…… 아니야. 괜찮아, 치코."

그녀가 뒤로 물러서서 눈을 감더니 침대에 앉았다가 곧 드러누워 다리를 벌린다. 그는 그녀의 몸을 살살이 살펴본다. 근육들, 허벅지 안쪽의 작은 근육들…… 그것들이 제멋대로 실룩거리는데,

갑자기 그 모습이 그를 더 흥분시킨다. 원뿔 모양의 탄탄한 유방보다도, 성기의 연분홍 진주보다도 자극적이다. 흥분으로 몸이 마구 떨린다. 마치 용수철을 탄 어릿광대가 된 기분이다. 그는 생각한다. 사랑은 시인들의 말처럼 거룩한 것인지도 모르지만 섹스는 용수철을 타고 이리저리 콩콩 뛰어다니는 어릿광대와 같다고. 도대체 여자들은 어떻게 남자의 발기한 성기를 보고도 미친 듯이 웃지 않을까?

비가 지붕을 두드리고, 유리창을 두드리고, 유리가 없는 아래쪽 창을 막아놓은 축축한 골판지를 두드린다. 그는 한 손으로 자신의 가슴을 꾹 누른다. 그 순간의 그는 연극 무대에서 막 연설을 시작하려는 로마인 같은 모습이다. 그러나 손이 너무 차갑다. 그는 그 손을 도로 내린다.

"눈 떠봐. 우린 친구라고 했잖아."

그녀가 고분고분 눈을 뜬다. 그리고 그를 쳐다본다. 지금 그녀의 눈은 보랏빛으로 보인다. 유리창에서 흘러내리는 빗물이 그녀의 얼굴과 목과 가슴에 물결무늬를 그린다. 침대 위에 몸을 쭉 펴고 누워 있으니 배가 당겨져 팽팽하다. 이 순간의 그녀는 완벽하다.

그녀가 말한다.

"아. 아, 치코, 기분이 이상해."

전율이 그녀의 몸을 휩쓸고 지나간다. 그녀는 무의식적으로 발가락을 구부리고 있다. 그는 그녀의 양쪽 발등을 내려다본다. 발등이 분홍색이다.

"치코. 치코."

그는 그녀에게로 다가간다. 그의 몸이 부들부들 떨리고 그녀의 눈이 휘둥그레진다. 그녀가 뭐라고 한 마디 했지만 그는 무슨 말인지 알아듣지 못한다. 지금은 물어볼 때가 아니다. 그는 잠깐 동안 그녀 앞에 반쯤 무릎을 꿇고, 눈살을 찌푸린 채 방바닥을 뚫어져라 노려보며 그녀의 무릎 바로 위를 어루만진다. 그는 자기 몸속의 밀물을 느껴본다. 밀물의 힘은 무분별하고 막강하다. 그는 동작을 멈추고 조금 더 기다린다.

들리는 소리는 베드테이블에 놓인 자명종 시계가 째깍거리며 내는 쇳소리뿐이다. 놋쇠발이 달린 시계는 스파이더맨 만화책 더미 위에 놓였다. 그녀의 호흡이 점점 빨라진다. 그가 몸을 일으키는 동시에 앞으로 밀어붙일 때 그의 근육들이 유연하게 출렁인다. 두 사람은 움직이기 시작한다. 이번에는 아까보다 더 좋다. 밖에서는 계속 내리는 비가 눈을 녹인다.

반 시간 후 치코는 얕은 잠에 빠진 그녀를 흔들어 깨운다.

"이젠 나가야겠어. 아버지와 버지니아가 금방 집에 올 거야."

그녀는 손목시계를 들여다보고 곧 일어나 앉는다. 이번에는 알몸을 가리려고 하지 않는다. 그녀의 태도가(그녀의 신체언어가) 완전히 달라졌다. 그녀는 더 성숙해지지도 않았고(아마 그녀 자신은 더 성숙해졌다고 생각하겠지만) 고작 신발끈 대는 일처럼 간단한 일 하나를 새로 배웠을 뿐이다. 그런데도 태도가 달라졌다. 그는 고개를 끄덕이고 그녀는 어렴풋한 미소를 짓는다. 그는 베드테이블에 놓인 담배로 손을 뻗는다. 그녀가 팬티를 끌어올릴 때 그는 재미있는 옛노래의 가사 한 줄을 떠올린다. *내가 죽을 때까지 계속 불어주게, 블루…… 디제리두*(호주 원주민들의 목관 악기 — 옮간이)를 *계속 불라고*. 롤프 해리스(호주 가수 — 옮긴이)의 「내 캥거루를 묶어주게」(1960년대의 세계적인 히트곡. 노랫말은 한 오스트레일리아 목장주가 임종의 자리에서 친구들에게 뒷일을 부탁하는 내용이다. — 옮긴이) 치코는 빙그레 웃는다. 조니가 즐겨 부르던 노래다. 노래는 이렇게 끝난다. *그래서 그 친구가 죽은 후 우린 가죽을 벗겨 무두질했네, 클라이드, 헛간벽에 걸린 게 바로 그걸세.*

그녀가 브라의 후크를 걸고 블라우스 단추를 채우기 시작한다.
"왜 웃는 거야, 치코?"
"아무것도 아니야."
"지퍼 좀 올려줄래?"
그는 아직 벌거벗은 채 그녀에게 다가가 지퍼를 올려준다. 그는 그녀의 뺨에 입을 맞춘다.
"필요하면 화장실에 가서 화장을 고쳐. 너무 오래 끌지만 말고. 알았지?"

그녀는 우아하게 복도를 걸어가고 치코는 담배를 피우면서 그녀를 지켜본다. 그녀는 키가 큰 여자라서(치코보다 더 크다.) 화장실 문을 들어설 때 살짝 고개를 숙인다. 치코는 침대 밑에서 자기 속옷을 찾아낸다. 그는 그것을 벽장문 바로 안에 걸린 빨래주머니에 집어넣고 옷장에서 새것을 꺼낸다. 그는 그 속옷을 입고 침대 쪽으로 걸어가다가 네모난 골판지에서 흘러내린 빗물에 미끄러져 하마터면 넘어질 뻔한다. 그는 화를 내면서 작은 소리로 내뱉는다.
"우라질."

그는 조니가 죽을 때까지(도대체 내가 왜 형이 군대에 있다고 말했을까? 그는 의아하게 생각하면서 조금 꺼림칙한 기분을 느낀다.)

조니의 방이었던 방 안을 둘러본다. 섬유판으로 지은 벽은 너무 얇은 데다 천장까지 닿지도 않아서 아버지와 버지니아가 밤일을 하는 소리가 다 들린다. 그리고 방바닥이 약간 기우뚱해서 방문을 열어놓으려면 꼭 뭔가로 막아둬야 한다. 그걸 잊어버리면 등을 돌리자마자 슬그머니 닫혀버린다. 반대쪽 벽에는 「이지 라이더」의 영화 포스터가 붙어 있다. **두 남자가 아메리카를 찾아나섰으나 어디서도 발견하지 못했다.** 조니가 여기서 살았을 때는 이 방에도 좀더 생기가 감돌았다. 치코는 무엇이 어떻게 달라졌는지 모르지만 분명히 달라졌다는 것을 안다. 그는 다른 것도 알고 있다. 자기가 밤에는 간혹 이 방을 무서워한다는 것을 안다. 간혹 그는 벽장문이 스르르 열리고 조니가 그곳에 서 있을 거라고 상상한다. 형의 몸은 새까맣게 타서 비틀어지고, 누런 틀니 같은 이빨이 드러나서 마치 부분적으로 녹았다가 다시 굳어진 밀랍 속에 박혀 있는 것처럼 보일 것이다. 그리고 조니는 이렇게 속삭일 것이다. *내 방에서 당장 나가, 치코. 그리고 내 닷지에 손댔다가는, 씨발, 아주 죽여버린다. 알았냐?*

알았어, 형. 치코는 속으로 그렇게 대답한다.

그는 여자의 피가 묻은 구겨진 시트를 내려다보며 잠시 가만히 서 있다가 단 한 번의 빠른 동작으로 담요들을 휙 끌어올려 그곳을 덮어버린다. 자, 바로 여기야. 이거 맘에 들어, 버지니아? 당신 사타구니에도 신호가 오나? 그는 바지를 입고 가죽 부츠를 신고 스웨터 한 벌을 찾아 입는다.

그가 거울 앞에서 머리를 빗고 있을 때 그녀가 화장실에서 나온다. 세련된 모습이다. 조금 물렁한 배는 점퍼에 가려져 보이지 않는다. 그녀가 침대를 내려다보더니 한두 번 툭툭 매만진다. 그러자 대충 펼쳐놓았던 이부자리가 마치 새로 깐 듯 깔끔해진다.

치코가 말한다.

"잘했어."

그녀는 조금 수줍은 미소를 지으며 몇 가닥의 머리를 귀 뒤로 쓸어 올린다. 도발적이고 자극적인 동작이다.

그가 말한다.

"가자."

그들은 복도를 지나 거실로 나간다. 제인이 텔레비전 위에 놓인 스튜디오 사진 앞에 멈춰 선다. 그의 아버지와 버지니아, 고등학교 때의 조니, 중학교 때의 치코, 그리고 갓난아기였던 빌리가 보인다. 사진 속에서는 조니가 빌리를 안고 있다. 모두 돌처럼 굳은 미소를 짓고 있는데…… 버지니아만 예외다. 그녀의 얼굴은 평소와 다름없이 졸린 듯하고 표정을 읽을 수 없다. 치코는 아버지와 그 잡년이 결혼한 지 한 달도 안 되었을 때 그 사진을 찍었던 것을 기억한다.

"너희 엄마 아빠야?"

"우리 아버지는 맞지만 그 여자는 계모 버지니아야. 자, 가자."

"이 분 아직도 이렇게 예뻐?"

제인이 자기 외투를 집어들고 치코의 윈드브레이커를 건네주며 묻는다.

"우리 아버진 그렇게 생각하는 것 같더라."

치코가 대답한다.

그들은 차고로 나간다. 그곳은 축축하고 외풍이 심하다. 쫙쫙

갈라진 흙벽의 틈새로 바람이 윙윙거리며 들어온다. 그곳에는 트레드가 다 지워진 낡은 타이어들이 쌓여 있고, 치코가 열 살 때 물려받았다가 금방 망가뜨린 조니의 낡은 자전거, 추리소설 잡지 한 무더기, 환불받을 수 있는 펩시 콜라병들, 기름투성이의 일체형 엔진블록 한 개, 그리고 보급판 책들을 담아둔 오렌지 상자 따위가 있다. 그밖에도 번호마다 다른 색을 칠해 완성시킨 오래된 그림 한 장이 있는데, 흙먼지로 뒤덮인 푸른 풀밭에 말 한 마리가 서 있는 그림이다.

치코는 그녀가 잡동사니를 피해가며 밖으로 빠져나가도록 도와준다. 비는 마음이 울적해질 만큼 끊임없이 쏟아진다. 진입로의 물웅덩이에 서 있는 치코의 낡은 세단도 풀이 죽은 것처럼 보인다. 조니의 닷지는 받침대 위에 올라가 있고 앞 유리 대신 빨간 플라스틱판을 덮어놓았는데도 치코의 차에 비하면 한결 고급스러워 보인다. 치코의 차는 뷰익이다. 페인트는 이미 광택을 잃었고 곳곳에 녹이 슬어 꽃이 핀 듯하다. 앞좌석 시트에는 갈색 군용 담요를 덮었다. 조수석 차양판에 꽂힌 커다란 배지에 이런 말이 적혔다. *날마다 그 짓을 하고 싶어.* 뒷좌석에는 녹슨 시동장치 하나가 놓여 있다. 그는 생각한다. 이 비가 그치면 저걸 잘 닦아 닷지에 장착해 볼까. 아니, 하지 말까.

뷰익에서는 곰팡내가 난다. 정작 그의 차에 장착된 시동장치는 한참이나 헛돌다가 겨우 시동이 걸린다.

"배터리 때문에 그래?"

그녀가 묻는다.

"이 망할 놈의 비 때문이겠지."

그는 후진으로 차도까지 내려간 후 앞 유리 와이퍼를 켜고 잠시 멈춰 서서 집 쪽을 바라본다. 그 집은 정말 꼴사나운 옥색이다. 그 집에 괴상한 각도로 붙어 있는 차고 건물은 너덜너덜해 보이는 지붕널과 타르지로 뒤덮였다.

라디오를 켜자 갑자기 큰 소리가 터져나오고 치코는 곧바로 꺼 버린다. 이마 부근에서 일요일 오후의 두통이 시작될 기미가 느껴진다. 그들은 농민회관과 자원 소방서와 브라우니 상점을 지나간다. 브라우니 상점의 고급 휘발유 급유기 앞에 샐리 모리슨의 티버드(포드의 고급 승용차 '선더버드'의 약칭 — 옮긴이)가 서 있다. 치코는 루이스턴 구도(舊道)로 접어들면서 샐리를 향해 한 손을 들어준다.

"저 여자 누구야?"

"샐리 모리슨."

"예쁘네."

아주 태연스러운 말투.

그는 담배를 더듬어 찾는다.

"저 여잔 두 번 결혼했고 두 번 다 이혼했어. 이 빌어먹을 촌동네에 퍼진 소문들을 반쯤만 믿어도 저 여자는 이제 아무나 올라타는 동네 나룻배야."

"젊어 보이는데."

"실제로 젊어."

"너도 혹시……"

그는 그녀의 다리를 쓰다듬으며 미소 짓는다.

"아니. 우리 형은 몰라도 난 아니야. 어쨌든 나도 샐리를 좋아하긴 해. 저 여자는 이혼 수당에다 저 큼직한 흰색 티버드까지 받아 냈어. 그래서 남들이 자기에 대해 뭐라고 떠들어도 눈 하나 깜짝 안 하지."

문득 차를 꽤 오래 탄 것 같은 기분이 들기 시작한다. 오른쪽에 흐르는 앤드로스코긴 강은 음산해 보이는 암회색이다. 얼음은 다 녹았다. 제인은 생각에 잠겨 말이 없다. 유일한 소리는 앞 유리 와이퍼가 꾸준히 철커덕거리는 소리뿐이다. 길이 우묵하게 내려간 곳을 지날 때마다 안개가 자욱하다. 저녁이 되면 그런 분지에서 기어 나온 안개가 강변도로 전체를 뒤덮을 것이다.

이윽고 오번 시내로 들어서자 치코는 출구를 빠져나가 마이노트 애비뉴 쪽으로 운전대를 꺾는다. 왕복 사차선 도로는 거의 텅 비었고 교외의 집들은 모두 똑같아 보인다. 두 사람은 노란 비닐 비옷을 입고 인도 위를 걸어가는 어린 소년을 바라본다. 소년은 물웅덩이만 골라가며 철벅철벅 지나간다.

"잘한다, 꼬마야."

치코가 조용히 말한다.

"뭐?"

제인이 묻는다.

"아무것도 아니야. 계속 잠이나 자."

그녀는 조금 수상쩍다는 듯이 웃는다.

치코는 케스턴 스트리트를 달리다가 똑같이 생긴 집들 중 하나의 진입로로 들어간다. 시동은 끄지 않는다.

"들어와. 과자 좀 줄게."

그는 고개를 가로젓는다.

"집에 가야 돼."

"나도 알아." 그녀가 그를 껴안으며 입을 맞춘다. "내 평생 제일 멋진 시간을 갖게 해줘서 고마워."

그는 문득 미소를 짓는다. 그의 얼굴이 환하게 빛난다. 거의 마술 같은 변화다.

"월요일에 보자, 제이니 제인. 우린 여전히 친구 맞지?"

"그렇다는 거 알잖아."

그녀는 그렇게 말하면서 다시 입을 맞추고…… 그러나 그가 점퍼를 입은 그녀의 한쪽 젖가슴을 움켜쥐자 그녀가 얼른 물러난다.

"이러지 마. 우리 아빠가 볼지도 몰라."

그는 그녀를 놓아준다. 조금 전의 그 미소는 조금 남아 있을 뿐이다. 그녀는 재빨리 차에서 내려 빗속을 뚫고 뒷문 쪽으로 달려간다. 다음 순간 그녀는 보이지 않는다. 치코는 담뱃불을 붙이려고 잠시 멈춰 있다가 후진으로 진입로를 빠져나간다. 그때 뷰익의 엔진이 꺼져버린다. 시동장치가 영원히 헛돌기만 할 것 같더니 한참 만에 겨우 시동이 걸린다. 집까지 갈 길이 까마득하다.

집에 도착해서 보니 진입로에 아버지의 스테이션왜건이 서 있다. 그는 그 옆에 차를 대고 엔진을 끈다. 잠시 동안 조용히 차 안에 앉아 빗소리에 귀를 기울인다. 마치 쇠북 속에 들어온 것 같다.

집 안에서는 빌리가 텔레비전의 「칼 스토머와 카우보이 친구들」을 보고 있다. 치코가 들어가자 빌리가 흥분하며 벌떡 일어난다.

"에디 형, 어이, 에디 형, 피트 삼촌이 뭐랬는지 알아? 전쟁 때 삼촌이랑 전우들이 독일 잠수함을 침몰시켰대! 다음 토요일에 영화관에 데려다줄래?"

치코는 빙그레 웃는다.

"글쎄. 앞으로 일주일 동안 저녁마다 밥 먹기 전에 내 신발에 뽀뽀한다면 혹시 또 모르지."

그는 빌리의 머리카락을 홱 잡아당긴다. 빌리는 고함을 지르고 깔깔거리며 형의 정강이를 걷어찬다.

그때 샘 메이가 거실로 들어오면서 말한다.

"그만들 해라, 당장. 둘 다 그만 하란 말이야. 그렇게 집 안에서 난리를 치면 너희 엄마가 어떻게 생각하는지 알잖아."

그는 넥타이를 풀어 내리고 와이셔츠 윗단추를 열어젖혔다. 붉은 핫도그 소시지 몇 개가 담긴 접시를 들고 있다. 소시지마다 흰 식빵에 싸고 겨자 소스를 뿌려놓았다.

"너 어디 갔었니, 에디?"

"제인네 집에요."

화장실에서 변기물 내리는 소리가 들린다. 버지니아. 잠깐 동안 치코는 제인이 혹시 세면대에 머리카락이나 립스틱이나 머리핀을 남기지나 않았을까 생각해 본다.

"너도 우리하고 같이 피트 삼촌과 앤 숙모를 보러 가는 건데 그랬어."

아버지가 말한다. 그는 세 입 만에 소시지 하나를 후딱 먹어치운다.

"에디 너 요즘 집에서 생판 남처럼 군다. 마음에 안 들어. 우리가 먹여주고 재워주는 동안은 용납할 수 없어.'

치코는 이렇게 대꾸한다.

"네, 먹도 잘 먹여주고 먹도 잘 재워주시죠.'

샘이 고개를 번쩍 든다. 처음에는 화를 내기보다 속상한 표정이다. 그가 말할 때 치코는 그의 이에 묻은 노란 겨자 소스를 본다. 치코는 어렴풋이 혐오감을 느낀다.
"저 주둥아리. 저 망할 놈의 주둥아리. 넌 아직 다 자란 게 아니야, 코흘리개 녀석아."

치코는 어깨를 으쓱거리고 아버지의 의자 옆에 있는 탁자에서 원더브레드 식빵 한 장을 집어들고 케첩을 바른다.
"어차피 석 달만 지나면 나갈 거예요."
"도대체 그게 무슨 소리냐?"
"조니 형 차를 고쳐 캘리포니아로 갈 거예요. 일자리를 찾아봐야죠."
"아, 그래. 잘도 그러겠다."

아버지는 몸집이 크다. 뒤뚱거리며 걸어 다닐 만큼 크다. 그러나 치코는 아버지가 버지니아와 결혼한 후 예전보다 작아졌고 조니가 죽은 후 다시 더 작아졌다고 생각한다. 그때 치코의 마음속에 아까 제인에게 했던 말이 문득 떠오른다. *우리 형은 몰라도 난 아니야.* 그 다음에 떠오른 생각은, *디제리두를 불어주게, 블루.*
"그 차로는 캘리포니아는커녕 캐슬록까지도 못 간다."
"그렇게 생각해요? 씨발, 어디 두고 보시죠."

아버지는 잠시 치코를 노려보다가 들고 있던 프랑크 소시지를 홱 던진다. 소시지는 치코의 가슴을 때리고 그의 스웨터와 의자에 겨자 소스를 흩뿌린다.
"그 욕지거리 한 번만 더 하면 코를 부러뜨린다, 건방진 놈아."

치코는 소시지를 집어들고 내려다본다. 겨자 소스로 범벅이 된

붉은 싸구려 소시지. **햇빛 한 줌 뿌리세요.** 그는 소시지를 도로 아버지에게 던진다. 아버지가 벌떡 일어난다. 옅굴이 낡은 벽돌처럼 불그죽죽하고 이마 한복판의 핏줄이 마구 펄떡거린다. 그의 허벅지에 걸려 탁자가 쓰러진다. 빌리가 부엌 문간에서 그들을 지켜본다. 빌리는 프랑크 소시지와 콩을 담은 접시를 들고 있는데 접시가 기울어져 콩즙이 바닥으로 줄줄 흘러내린다. 휘둥그레진 눈, 벌벌 떨리는 입술. 텔레비전에서는 칼 스토머와 카우보이 친구들이 「길고 검은 베일」을 무서운 속도로 열창한다.

아버지가 목쉰 소리로 말한다.

"자식이라고 정성껏 길러봤자 결국 이렇게 침을 뱉는구나. 그래. 다 그런 거지."

그는 내려다보지도 않고 자기 의자 위를 손으로 더듬어 반쯤 먹은 그 소시지를 집어든다. 마치 절단된 음경처럼 움켜쥐고 있다. 그러더니 어이없게도 그것을 다시 먹기 시작하고…… 그 순간 치코는 아버지가 울고 있는 것을 발견한다.

"그래, 부모한테 침을 뱉는 거야. 다 그런 거라고."

치코는 갑자기 이렇게 소리친다.

"도대체 그 여자랑 왜 결혼하셨어요?"

그러나 나머지 말은 이를 악물고 참을 수밖에 없다. *아버지가 그 여자와 결혼하지만 않았다면 조니 형은 아직 살아 있을 거라고요.*

샘 메이가 눈물을 흘리며 으르렁거린다.

"젠장, 그건 네가 상관할 문제가 아니야! 내 문제라고!"

치코도 똑같이 소리친다.

"그래요? 정말 그럴까요? 저도 그 여자와 함께 살아야 한다고요! 저와 빌리도, 우리도 그 여자와 함께 살아야 한단 말예요! 그 여자는 아버지를 말려 죽이려고 하잖아요! 게다가 아버진 모르지만……"

"내가 뭘?" 아버지가 불쑥 묻는다. 갑자기 낮고 위협적인 음성으로 바뀌었다. 그의 주먹에 남아 있는 핫도그 조각이 마치 피투성이 뼛조각처럼 보인다. "내가 뭘 모른다는 거냐?"

"아버진 똥오줌도 구별 못한다고요."

치코는 하지 말아야 할 말을 하마터면 입 밖에 낼 뻔했다는 사실에 가슴이 철렁해서 그렇게 둘러댄다.

"이쯤에서 끝내는 게 좋을 거야. 안 그러면 늘씬하게 패줄 테니까, 치코."

아버지는 정말 화가 머리끝까지 났을 때만 그를 치코라고 부른다.

치코는 돌아서다가 반대쪽에 서 있는 버지니아를 본다. 그녀는 치마를 꼼꼼히 매만지면서 그 커다랗고 침착한 갈색눈으로 그를 쳐다본다. 그녀의 눈은 아름답다. 나머지 부분은 그리 아름답지도 않고 그리 싱싱하지도 않지만 치코는 그녀가 그 두 눈만 가지고도 꽤 오랫동안 버틸 수 있을 거라고 생각한다. 그러자 메스꺼운 증오심이 되살아난다. 그래서 그 친구가 죽은 후 우린 가죽을 벗겨 무두질했네, 클라이드, 헛간벽에 걸린 게 바로 그걸세.

"저 여자가 아버지를 막 깔아뭉개도 아버지는 찍소리할 배짱도 없죠!"

이렇게 고함 소리가 계속되자 마침내 빌리가 견디지 못하고 무너져버린다. 겁에 질린 목소리로 길게 울부짖더니 소시지와 콩이 담긴 접시를 떨어뜨리고 두 손으로 얼굴을 가린다. 그가 제일 좋아하는 신발에 콩즙이 쏟아지고 카펫도 엉망진창이 된다.

샘이 앞으로 한 걸음 내딛다가 치코의 간단한 손짓을 보고 우뚝 멈춰 선다. 치코의 손짓은 이런 의미를 담고 있다. *그래요, 어디 덤벼보시죠, 한번 해봅시다, 씨발, 왜 그렇게 오래 걸렸어요?* 두 사람이 동상처럼 우두커니 서 있을 때 버지니아가 말문을 연다. 낮은 음성, 그녀의 갈색눈처럼 침착한 음성이다.

"에드, 너 혹시 여자애를 데려왔었니? 아버지랑 내가 그런 일을 어떻게 생각하는지 잘 알잖니." 그러더니 마치 방금 생각났다는 듯이 덧붙인다. "손수건을 두고 갔더라."

치코는 멍하니 그녀를 쳐다본다. 비참하게도 자신의 감정을 표현할 길이 없기 때문이다. 그녀의 비열함에 대하여, 이렇게 번번이 등을 찌르는 일에 대하여, 이렇게 뒤에서 살금살금 다가와 오금을 잘라버리는 짓에 대하여.

그 침착한 갈색눈은 이렇게 말하고 있다. *네가 원한다면 나에게 타격을 줄 수도 있겠지. 그애가 죽기 전에 무슨 일이 있었는지 네가 안다는 걸 나도 알고 있단다. 하지만 네가 나에게 타격을 줄 방법은 그것뿐이잖니, 치코? 더구나 그래봤자 아버지가 네 말을 믿어주지 않으면 헛일이지. 그리고 네 말을 믿게 된다면 아버지는 죽어버릴 게 뻔하고.*

새로운 화제가 등장하자 아버지가 먹이를 본 곰처럼 덤벼든다.
"이 망할 자식, 내 집에서 씹질이나 하고 있었냐?"
그러자 버지니아가 침착하게 말한다.

"말 좀 가려 써요, 제발, 샘."

"그래서 우리랑 같이 안 가려고 한 거냐? 그래야 집에서 씹…… 집에서……"

그때 치코가 울며 말한다.

"그냥 말해 버려요! 저 여자한테 쩔쩔매지 말라고요! 그냥 말해요! 하고 싶은 말을 하라고요!"

그러자 아버지가 무뚝뚝하게 말한다.

"나가라. 너희 엄마랑 나한테 사과하기 전엔 돌아오지 마."

치코는 버럭 고함을 지른다.

"그러지 말아요! 저런 잡년을 우리 엄마라고 하지 말라고요! 자꾸 그러면 죽여버릴 거야!"

그때 빌리가 악을 쓴다.

"그만 해, 에디 형!" 여전히 두 손으로 얼굴을 가리고 있어 발음이 불분명하다. "아빠한테 소리지르지 말란 말이야! 그만 해, 제발!"

버지니아는 문간에서 움직이지 않는다. 그녀의 침착한 두 눈이 치코를 응시한다.

샘이 비틀거리며 한 걸음 뒤로 물러나자 그의 무릎 뒤쪽이 안락의자 가장자리에 부딪친다. 그는 무겁게 털썩 주저앉아 고개를 돌리고 털북숭이 팔에 얼굴을 묻는다.

"네가 그런 말을 입에 담을 때마다 난 너를 차마 볼 수가 없다, 에디. 넌 정말 아비 마음을 아프게 하는구나."

"아버지 마음을 아프게 하는 건 바로 저 여자라고요! 왜 그걸 인정 안 하세요?"

아버지는 대답하지 않는다. 여전히 치코를 보지 않으면서 그는 탁자에 놓인 접시 위를 더듬어 식빵으로 싼 소시지 하나를 집어 든다. 그리고 더듬더듬 겨자를 찾는다. 빌리는 계속 울어댄다. 칼 스토머와 카우보이 친구들은 트럭 운전사의 노래를 부른다. "내 트럭은 낡았지만 느리지는 않다네." 칼이 메인 주 서부의 시청자들에게 그렇게 말한다.

버지니아가 부드럽게 말한다.

"저애는 자기가 무슨 말을 하는지도 몰라요, 샘. 저 나이 때는 힘든 거예요. 성장한다는 건 힘든 거라고요."

그녀가 이겼다. 확실한 결론이다.

치코는 돌아서서 차고를 거쳐 바깥으로 나가는 문 쪽으로 걸어간다. 그 문을 열면서 버지니아를 돌아본다. 그녀도 태연하게 그를 응시한다. 그가 그녀를 부른다.

"왜 그래, 에드?"

"시트에 피가 묻었어요." 그는 잠시 멈추었다가 이렇게 덧붙인다. "내가 첫 남자였거든요."

그는 그녀의 눈동자가 조금 흔들렸다고 생각한다. 그러나 그건 희망 사항일 것이다.

"제발 그냥 가, 에드. 너 때문에 빌리가 무서워하잖니."

그는 집을 나선다. 뷰익의 시동이 잘 걸리지 않는다. 결국 빗속을 뚫고 걸어가야겠다고 체념하려는 순간 드디어 엔진이 켜진다. 그는 담뱃불을 붙이고 후진으로 14번 도로에 내려선다. 시동이 꺼질 듯 덜덜거리는 순간 클러치를 다시 밟고 가속 페달을 힘껏 밟는다. 발전기 표시등이 애처롭게 두 번 깜박거리더니 차는 어렵사리 공회전 상태를 유지한다. 마침내 그는 게이츠폴스로 가는 언덕길을 올라간다.

그는 조니의 닷지를 마지막으로 한 번 더 돌아본다.

조니는 게이츠 직물공장에서 안정된 일자리를 얻을 수도 있었지만 그 일은 야간 근무에 국한되었다. 그는 치코에게 이런 말을 했었다. 밤일도 상관없고 급료도 플레이스 경주장보다 공장 쪽이 낫다. 그러나 아버지가 낮에 일하는데 자기가 공장에서 야간 근무를 하게 되면 낮에는 집에서 그 여자와 단둘이 있거나 옆방에 치코도 함께 있을 테고…… 게다가 벽은 너무 얄팍하다. 나도 그만둘 수가 없고 그 여자도 나를 놓아주질 않아. 그래, 아버지한테 그게 얼마나 큰 충격을 줄지 나도 잘 알아. 하지만 그 여자가…… 그 여자가 그만두려 하질 않고 나도 도저히 그만둘 수가 없고…… 그 여자는 걸핏하면 나한테 덤벼드는데, 무슨 뜻인지 너도 알지? 너도 그 여자를 봤으니까, 빌리는 너무 어려서 잘 모르겠지만, 너도 그 여자를 봤으니까……

그래, 나도 봤어. 그래서 조니는 플레이스 경주장에서 일하게 되었다. 아버지에게는 닷지의 부속품을 싸게 구할 수 있기 때문이라고 설명했다. 그리하여 그 머스탱이 소음기에서 불꽃을 튕기면서 내야를 가로질러 미끄러지듯 달려들 때 그는 타이어를 갈아 끼우고 있었다. 그리하여 계모는 조니 형을 죽였고, 그러니까 내가 죽을 때까지 계속 불어주게, 블루, 우린 이 뷰익 똥차를 타고 가식의 도시로 갈 테니까. 치코는 그날의 고무 냄새를 떠올린다. 그리고 새하얀 티셔츠를 입은 형의 척추뼈를 따라 한 줄로 늘어선 작은 초승달 모양의 그림자들, 쭈그린 채 일하던 형이 엉거주춤 일어서는 순간 머스탱이 형을 들이받아 셰비의 차체에 뭉개버리는 장면, 잭으로 들어올린 셰비가 쿵 떨어지는 공허한 소리, 다음 순간 치솟는 샛노란 불길, 지독한 휘발유 냄새……

치코는 양쪽 발로 브레이크를 꽉 밟는다. 차가 으지직 소리를 내고 덜덜 떨다가 질척질척한 갓길에 멈춰 선다. 그는 정신없이 의자 너머로 몸을 던져 조수석 문을 열어젖히고 진흙과 눈 위에 노란 토사물을 뿜어낸다. 그 모습을 보니 다시 구역질이 나고 그 생각을 하니 이번엔 헛구역질이 난다. 엔진이 꺼져버릴 뻔했지만 가까스로 살려낸다. 가속 페달을 밟았더니 발전기 표시등이 내키지 않는 듯 머뭇머뭇 꺼진다. 그는 앉은 채로 떨림이 가라앉을 때까지 기다린다. 반짝거리는 흰색 포드 한 대가 크고 더러운 부채꼴로 흙탕물을 튕기며 빠른 속도로 지나간다.

치코가 말한다.

"가식의 도시. 새로 산 가식차를 타고 가는구나. 멋지다."

입술과 목구멍, 그리고 콧구멍 속에 남아 있는 토사물의 맛이 느껴진다. 담배를 피우고 싶지는 않다. 오늘밤은 대니 카터가 재워 줄 것이다. 그 다음 일은 내일 결정해도 된다. 그는 14번 도로 위로 올라가 다시 달리기 시작한다.

8

젠장, 너무 감상적이다.

세상에는 이보다 나은 소설도 한두 개쯤은 있다는 걸 나도 잘 안다. 아니, 십만에서 이십만 개쯤이라고 해야 정확하겠다. 페이지마다 이 **작품은 학부생 창작 교실의 산물입니다** 라는 도장을 찍어놓아야 마땅할 텐데…… 왜냐하면 이 소설이 바로 그때 쓴 작품이니까. 적어도 일부분은 그랬다. 지금 보면 애처로울 정도로 아류적이며 불쌍할 정도로 유치하다. 문체는 헤밍웨이를 베꼈고 (다만 무슨 이유 때문인지 작품 전체를 현재 시제로 썼는데, 젠장, 이것도 유행을 흉내 냈을 뿐이고) 주제는 포크너를 베꼈다. 자, 이보다 더 '진지한' 작품이 어디 있느냐? 이보다 더 '문학적인' 작품이 어디 있느냐?

그러나 이 소설이 아무리 허세를 부려도 결코 감출 수 없는 사실이 있다. 즉 이것이 지극히 경험이 부족한 젊은이의 지극히 성적인 소설이라는 점이다. (「가식의 도시」를 쓸 때까지 내가 동침했던 여자는 겨우 두 명이었고 그나마 그 중 한 여자에게는 미처 시작하기도 전에 몸 바깥에 사정을 하고 말았다. 소설 속의 치코와는 별로 닮지 않았던 것이다.) 이 소설이 여성을 대하는 태도는 적대감을 넘어 거의 추할 지경이다. 「가식의 도시」에 나오는 여자들 중에서 둘은 화냥년이고 나머지 한 명은 "사랑해, 치코." 또는 "들어와. 과자 좀 줄게." 같은 말이나 늘어놓는 단순한 정액받이에 불과하다. 반면에 담배를 피워대는 주인공 치코는 노동자 계급이며 남자다운 남자다. 마치 브루스 스프링스틴의 레코드판에서 방금 튀어나온 듯하다. 물론 내가 대학 문집에 이 소설을 실었던 시절에는 (내 소설 앞에는 「나의 이미지」라는 시가 있었고 뒤에는 학칙에 대하여 처음부터 끝까지 소문자로만 쓴 수필이 있었다.) 아직 스프링스틴의 노래를 들을 수 없었지만. 아무튼 이 소설은 경험이 부족한 만큼이나 자신감도 부족한 젊은이의 작품이다.

그래도 그때까지 내가 쓴 소설 중에서 '내 소설'이라는 느낌이 들었던 첫 번째 작품이다. 5년 동안 노력한 끝에 정말 '온전하다'는 느낌이 들었던 첫 번째 작품, 받침대를 치워버려도 홀로 설 수 있는 첫 번째 작품, 비록 추하지만 살아 있는 작품. 그 허세와 짐짓 냉혹한 체하는 태도에 웃음을 참아가며 이 소설을 읽어보면 지금도 그 활자화된 문장들 속에 숨어 있는 고든 라챈스의 진짜 얼굴을 볼 수 있다. 지금 살아서 글을 쓰는 고든 라챈스보다 훨씬 젊었던 고든 라챈스, 비평가들이 작품 자체보다 보급판 계약서에 더 큰 관심을 갖는 이 베스트셀러 소설가보다 확실히 더 이상주의적이었던 고든 라챈스, 그러나 그날 친구들과 함께 레이 브라워라는 아이의 시체를 보러 갔던 그 고든 라챈스만큼 어리지는 않았던 그 시절의 고든 라챈스가 보인다. 말하자면 찬란한 광채를 잃어가는 과정이 반쯤 진행된 고든 라챈스랄까.

그렇다, 그리 훌륭한 소설은 아니다. 이 소설의 작가는 다른 목소리들을 듣는 데만 급급해서 정작 자기 내면으로부터 들려오는 목소리에는 충분히 귀를 기울이지 못했다. 그러나 내가 아는 장소와 내가 느낀 것들을 소설 속에 실제로 담아낸 것은 그때가 처음이었는데, 여러 해 동안 나를 괴롭히던 것들이 새로운 형태로, 즉 '내가 통제한 형태로' 나타나는 것을 보면서 나는 두려움 섞인 흥분 같은 것을 느꼈다. 어렸을 때는 섬뜩할 정도로 완벽하게 보존된 자기 방 벽장 속에 데니 형이 숨어 있을 거라고 상상했지만 그 시절은 벌써 오래 전에 지나갔다. 나는 내심 그 일을 이미 잊었다고 믿었을 것이다. 그런데 그것이 「가식의 도시」 속에 다시 나타났다. 아주 조금 변형된 형태로…… 그리고 '통제된' 형태로.

나는 그 작품을 훨씬 더 많이 변형시키고 싶은 충동, 즉 수정해서 더 재미있게 만들고 싶은 충동을 억눌러왔다. 이것은 꽤 강렬한 충동이다. 지금 그 작품을 보면 너무 창피스럽기 때문이다. 그러나 그 속에는 내가 아직도 좋아하는 요소들이 있다. 하나둘씩 새치가 나타나기 시작하는 지금의 고든 라챈스가 개작을 해버리면 그 요소들은 오히려 더 조잡해질 것이 분명하다. 이를테면 조니의 하얀 티셔츠에 나타난 그림자들의 이미지, 혹은 빗물이 제인의 알몸에 그려 넣는 물결무늬의 이미지 같은 것들이 그렇다. 이런 요소들은 그 작품에 어울리지 않을 만큼 멋지게 표현되었다.

그리고 그 작품은 내가 어머니와 아버지에게 보여드리지 않은 첫 번째 소설이다. 그 속에는 데니 형의 모습이 너무 많이 들어 있기 때문이다. 캐슬록의 모습도 너무 많고. 무엇보다 1960년의 모습이 너무 많다. 진실은 언제나 한눈에 알아볼 수 있다. 진실을 가지고 자신이나 남을 다치게 하면 반드시 피투성이가 되는 법이다.

9

내 방은 2층에 있었는데 그곳의 기온은 최저 32도 이상이었다. 창문을 모두 열어놓아도 오후만 되면 43도까지 올라갔다. 나는 그날 밤 그 방에서 자지 않게 되어 정말 기뻤고, 우리가 가려는 곳에 대한 생각이 떠오르면서 또다시 흥분을 느꼈다. 침낭 대신 담요 두 장을 둘둘 말아서 낡은 허리띠로 묶었다. 전 재산을 모아

보니 68센트였다. 그것으로 준비가 다 끝났다.

나는 집 앞에서 아버지와 마주치는 일을 피하려고 뒷계단으로 내려갔지만 필요없는 걱정이었다. 아버지는 아직도 텃밭에서 호스로 허공에 쓸모없는 무지개를 만들면서 그 무지개 너머를 멍하니 바라보고 계셨다.

나는 서머 스트리트를 따라 걷다가 공터를 가로질러 카빈 스트리트로 건너갔다. 지금은 《캐슬록 콜》의 사옥이 있는 곳이다. 내가 카빈 스트리트를 따라 클럽 쪽으로 걷고 있을 때 자동차 한 대가 길가에 멈춰 서더니 크리스가 뛰어내렸다. 한 손에는 낡은 보이스카우트 배낭이 있었고 다른 손에는 둘둘 말아 빨랫줄로 묶은 담요 두 장이 있었다.

"고맙습니다, 아저씨."

차가 출발하자 그는 빠른 걸음으로 나에게 다가왔다. 끈을 목에 걸고 한쪽 겨드랑이 밑으로 늘어뜨린 낡은 보이스카우트 수통이 그의 허리춤에서 통통 뛰었다. 그의 눈이 반짝거렸다.

"고디! 너 이거 좀 볼래?"

"그러지 뭐. 뭔데?"

"우선 이쪽으로 와봐."

그는 블루포인트 식당과 캐슬록 약국 사이의 좁은 공간을 가리켰다.

"뭔데 그래, 크리스?"

"빨리 와보라니까!"

그는 골목 안쪽으로 달려갔고, 잠깐 있다가 (내가 더 현명한 판단을 팽개치는 데 걸린 시간은 그렇게 짧았다.) 나도 뒤따라 달려갔다. 그 두 건물은 평행이 아니라 서로 조금씩 가까워지게 지어져 안으로 들어갈수록 골목이 점점 좁아졌다. 우리는 묵은 신문지가 너저분하게 흩어져 있는 곳을 지나고 깨진 맥주병이나 음료수병이 수북이 쌓여 살벌하게 번쩍거리는 곳을 건너갔다. 크리스는 모퉁이를 돌아 블루포인트 뒤쪽으로 가서 침구 보따리를 내려놓았다. 그곳에는 쓰레기통이 여덟 개나 아홉 개쯤 줄줄이 놓여 있어 악취가 지독했다.

"어휴! 크리스! 야, 나 좀 살자!"

그러자 크리스가 덤덤하게 말했다.

"손 좀 내밀어봐."

"싫어, 이거 진담인데, 나 정말 토해버릴……"

그 순간 말문이 콱 막혔고 냄새나는 쓰레기통 따위는 완전히 잊어버렸다. 크리스는 그새 벌써 배낭을 내려 덮개를 열고 그 속에 손을 넣었는데, 지금은 어두운 빛깔의 나무 손잡이가 있는 커다란 권총을 꺼내들고 있었다.

"너, 론 레인저(19세기 후반의 미국 서부를 무대로 한 라디오 및 텔레비전 시리즈의 주인공 — 옮긴이) 할래, 시스코·키드(서부를 무대로 한 라디오, 텔레비전, 만화 시리즈의 주인공 — 옮긴이) 할래?"

크리스가 씨익 웃으며 물었다.

"얼씨구나 맙소사! 그거 어디서 났어?"

"아버지 옷장에서 쌔볐지. 45구경이야."

"그래, 나도 알아."

그러나 그 총이 38구경인지 357구경인지 내가 알 턱이 없었다. 존 D. 맥도널드와 에드 맥베인(『경찰 혐오자』로 잘 알려진 추리작가——옮긴이)의 소설을 그토록 많이 읽었지만 내가 가까이서 본 총은 배너먼 순경의 권총뿐이었고…… 아이들이 그 총을 총집에서 뽑아 보여달라고 애원해도 배너먼 순경은 절대로 보여주지 않았다.

"야, 네 아빠한테 들키면 또 얻어터질 텐데. 안 그래도 네 아빠 요즘 저기압이랬잖아."

그러나 크리스의 눈에는 기쁨이 가득했다.

"**바로 그거야.** 아빤 **아무것도** 모를 거라고. 다른 술꾼들이랑 포도주 예닐곱 병을 갖고 해리슨에 놀러갔거든. 일주일 동안은 안 돌아올 거야. 씨발, 주정뱅이들."

그는 입술을 일그러뜨렸다. 우리 패거리에서 술을 입에도 안 대는 녀석은 크리스뿐이었다. 사내대장부라는 것을 증명하기 위해 꼭 마셔야 하는 경우에도 그는 한사코 거부했다. 그는 자기 아버지 같은 주정뱅이가 되긴 싫다고 말했다. 언젠가 디스페인 쌍둥이가 자기네 아버지한테서 캔 맥주 여섯 개를 훔쳐왔을 때 크리스는 한 깡통은커녕 한 모금도 마시지 않아서 모두의 놀림감이 되었는데, 그날 그는 남몰래 나에게 술을 마시기가 '무섭다'고 고백했다. 자기 아버지는 술기운이 가실 날이 없고, 큰형이 그 여자를 강간했을 때도 인사불성으로 취한 상태였고, 작은형 '개눈깔'도 걸핏하면 에이스 메릴과 찰리 호건과 빌리 테시오와 함께 싸구려 칵테일을 퍼마신다는 것이었다. 그러면서 자기가 한번 술을 마시기 시작하면 나중에라도 끊을 가능성이 얼마나 될 것 같으냐고 물었다. 열두 살짜리가 벌써부터 알코올중독자가 될까봐 걱정하다니 우습다고 생각할지도 모르지만 크리스에게는 전혀 웃을 일이 아니었다. 그는 이미 그 가능성을 충분히 생각해 보았다. 그럴 기회는 많았으니까.

"총알도 있어?"

"아홉 발. 상자 속에 그것밖에 없더라. 아버지는 술에 취했을 때 깡통을 쏘다가 다 써버린 줄 알 거야."

"장전은 돼 있어?"

"**천만에!** 맙소사, 날 뭐로 보는 거냐?"

나는 마침내 총을 받아 쥐었다. 손에 와 닿는 묵직한 느낌이 마음에 쏙 들었다. 나는 87번 분서의 스티브 카렐라(『경찰 혐오자』의 주인공 ─ 옮긴이)가 되어 '헤클러'라는 범인을 추적하거나 어느 자포자기한 마약중독자의 초라한 아파트에 뛰어드는 마이어 마이어와 클링을 엄호해 주는 내 모습을 그려보았다. 그러다가 냄새나는 쓰레기통 하나를 겨누고 방아쇠를 당겼다.

콰앙!

손에 쥔 권총이 덜컥 튀어올랐다. 총구에서 불길이 솟구쳤다. 손목이 부러져버린 듯한 느낌이었다. 심장이 철렁 내려앉아 바들바들 떨었다. 올록볼록한 금속제 쓰레기통 표면에 커다란 구멍이 생겼다. 마치 사악한 마법 같았다.

"맙소사!"

내가 비명을 질렀다.

크리스가 미친 듯이 킬킬거렸다. 정말 재미있어서 그러는지 아니면 겁에 질렸기 때문인지 알 수 없었다.

"잘했다, 잘했어! 고디가 그랬대요! 어어이, 고든 라챈스가 캐슬 록에서 총질을 한다!"

그는 두 손을 입가에 대고 소리쳤다.

"입 닥쳐! 빨리 튀자!"

나는 고래고래 소리치며 크리스의 옷자락을 잡아당겼다.

우리가 도망치고 있을 때 블루포인트의 뒷문이 벌컥 열리더니 하얀 레이온으로 된 웨이트리스 제복을 입은 프랜신 터퍼가 밖으로 나왔다.

"누구야? 여기서 딱총 쏜 녀석 누구야?"

우리는 꽁지 빠지게 도망쳐 약국 뒤를 지나고 철물점을 지나고 골동품과 잡동사니와 싸구려 책 따위를 파는 엠포리엄 걸로리엄을 지났다. 그리고 손바닥을 가시에 찔려가며 울타리를 기어올라 마침내 커런 스트리트로 빠져나왔다. 나는 달려가면서 45구경 권총을 크리스에게 던져주었다. 그는 웃느라고 정신이 없었는데도 권총을 떨어뜨리지 않았고 어찌어찌 배낭 속에 집어넣은 후 걸쇠를 채웠다. 커런 스트리트에서 모퉁이를 돌아 다시 카빈 스트리트로 나간 우리는 속도를 늦춰 걷기 시작했다. 이 더위에 뛰어다니면 의심받을 것이 뻔했다.

"야, 네 얼굴 정말 볼 만하더라. 아, 맙소사, 돈 주고도 볼 수 없는 표정이었어. 정말 대단했다니까. 씨발, 최고였다고."

그는 고개를 흔들고 다리를 철썩 때려가며 깔깔대고 웃었다.

"장전된 거 알고 있었지? 이 멍청아! 난 이제 큰일 났어. 그 터퍼라는 여자가 날 봤단 말이야."

"젠장, 그 여자는 딱총인 줄 알았다고. 그리고 너도 알다시피

'대포젖통' 터퍼는 눈뜬장님이나 마찬가지야. 안경을 쓰면 그 '어여쁜 얼굴'이 망가진다고 생각하잖아."

그는 한쪽 손바닥을 등허리에 갖다 대고 엉덩이를 요염하게 흔들더니 다시 웃기 시작했다.

"글쎄, 어쨌든 못된 장난이었어, 크리스. 정말이야."

"그러지 마, 고디." 크리스는 내 어깨에 한 손을 올려놓았다. "장전된 줄은 몰랐어. 하느님을 걸고 맹세, 우리 엄마를 걸고 맹세. 아버지 옷장에서 방금 꺼내온 거야. 아버지는 항상 총알을 빼놓거든. 지난번에 총을 치울 땐 정말 곤드레만드레였나봐."

"정말 네가 장전한 거 아니야?"

"천만의 말씀."

"그게 거짓말이면 너희 엄마가 지옥에 간다고 해도 엄마를 걸고 맹세할 거야?"

"맹세할게."

크리스는 십자가를 긋고 침을 뱉었다. 성가대원처럼 정직하고 참회의 빛이 역력한 얼굴이었다. 그러나 나무집이 있는 공터에 들어섰을 때 침구 보따리를 깔고 앉아 우리를 기다리는 번과 테디를 보더니 크리스가 다시 웃기 시작했다. 그는 그들에게 방금 있었던 일을 모두 말해주었다. 다들 한바탕 웃고 나서 테디가 크리스에게 권총은 왜 가져왔느냐고 물었다.

크리스가 대답했다.

"이유 같은 건 없어. 하지만 곰을 만나게 될지도 모르잖아. 아니면 그 비슷한 거라도. 그리고 밤중에 숲속에서 자려면 좀 으스스하니까."

그 말을 듣고 모두 고개를 끄덕였다. 크리스는 우리 패거리에서 제일 크고 제일 힘센 녀석이었으므로 그런 말을 하고도 무사히 넘어갈 수 있었다. 만약 테디가 그렇게 어둠을 무서워한다는 말을 언뜻 비치기라도 했다면 실컷 놀림을 당했을 것이다.

"들판에 텐트 쳐놨니?"

테디가 번에게 물었다.

"그래. 그리고 밤에도 우리가 있는 것처럼 보이라고 안에다 손전등 두 개를 켜놨어."

"대단하다!"

내가 그렇게 말하면서 번의 등을 두드려주었다. 번이 그런 생각을 해내다니 정말 놀라웠다. 그는 씨익 웃으며 얼굴을 붉혔다.

그때 테디가 말했다.

"그럼 가자. 빨리, 벌써 열두 시가 다 됐단 말이야!"

크리스가 일어서자 우리는 그의 곁으로 모여들었다.

크리스가 말했다.

"우린 비먼네 밭을 가로질러 서니네 텍사코 주유소 옆에 있는 가구점 뒤로 가는 거야. 거기서 쓰레기장 뒤로 지나가는 철길을 따라 걷다가 다리를 건너 할로로 들어가면 돼."

"거리가 얼마나 될까?"

테디가 물었다.

크리스는 어깨를 으쓱했다.

"할로는 꽤 넓어. 적어도 40킬로미터는 걸어야 할 거야. 그쯤 되겠지, 고디?"

"그래. 어쩌면 50킬로미터일지도 몰라."

"50킬로미터라고 해도 내일 오후쯤엔 도착할 수 있을 거야. 중간에 누가 겁내지만 않으면."

그 말이 떨어지기가 무섭게 테디가 말했다.

"여기 겁쟁이는 한 명도 없어."

잠깐 동안 우리는 서로의 얼굴을 쳐다보았다.

"야아옹."

번의 흉내에 모두 웃었다. 크리스가 배낭을 어깨에 메면서 말했다.

"자, 가자."

우리는 함께 공터에서 걸어나갔다. 크리스가 조금 앞서갔다.

10

비먼네 밭을 지난 후 그레이트서던 앤드 웨스턴메인 철도로 올라가려고 쇄석(碎石)이 깔린 제방을 힘겹게 기어오를 때쯤 우리는 모두 셔츠를 벗어 허리에 두르고 있었다. 모두 돼지처럼 땀을 뻘뻘 흘렸다. 제방 위에서 우리가 가려는 방향의 철도 저편을 바라보았다.

아무리 나이를 먹어도 나는 그 순간을 영원히 잊지 못할 것이다. 손목시계를 가진 사람은 나 혼자였다. 작년에 클로버린표 연고를 팔고 부상으로 받은 싸구려 타이멕스였다. 시계바늘 두 개가 똑바로 정오를 가리키고 있었다. 그늘도 없는 건조한 풍경 속에 강렬한 태양이 무자비한 열기를 내뿜었다. 금방이라도 햇볕이 두개골 속으로 파고들어 두뇌를 구워버릴 것 같았다.

우리 뒤에는 캐슬뷰라고 부르는 기다란 언덕 위에 펼쳐진 캐슬록이 푸르고 그늘진 공원을 품고 있었다. 캐슬 강 하류 쪽의 직물 공장이 폐수를 강물에 쏟아버리는 것도 보였고 짙은 잿빛 연기를 하늘 높이 토해내는 굴뚝들도 보였다. 우리 왼쪽에는 졸리 가구점이 있었다. 그리고 우리 앞에는 햇살 아래 눈부시게 빛나는 철도가 있었다. 이 철도는 우리 왼쪽에 있는 캐슬 강과 평행을 이루고 있었다. 우리 오른쪽에는 광활한 잡목 숲이 있었다. (지금은 그곳에 오토바이 트랙이 생겨 일요일마다 오후 2시에 스크램블 레이스(요철이 심한 코스를 달리는 오토바이 경주—옮긴이)가 열린다.) 버려진 급수탑 하나가 지평선에 서 있었다. 낡고 녹슬어 왠지 무시무시했다.

우리는 정오 무렵 잠시 그곳에 서 있었다. 이윽고 크리스가 조바심을 내며 말했다.

"자, 빨리 가자."

우리는 철도 옆의 쇄석을 밟으며 걸어갔다. 한 걸음 한 걸음 내디딜 때마다 거무스름한 흙먼지가 피어올랐다. 양말과 운동화가 곧 먼지로 뒤덮였다. 번이 「클로버 풀밭에 나를 쓰러뜨려요」라는 노래를 부르기 시작하더니 금방 그만두었다. 듣기 괴로웠는데 짧게 끝나서 다행이었다. 수통을 가져온 사람은 테디와 크리스뿐이었지만 다들 정신없이 물을 들이켰다.

내가 말했다.

"수통은 쓰레기장 펌프에서 다시 채우면 돼. 우리 아빠가 그러는데 그 물은 마셔도 된대. 우물을 지하 60미터까지 팠거든."

그러자 크리스가 씩씩한 소대장처럼 말했다.

"좋아. 어차피 거기서 쉬는 게 좋을 테니까."

그때 테디가 불쑥 말했다.

"음식은 어떡하지? 먹을 걸 가져올 생각은 아무도 못했을걸. 나도 그 생각은 못했거든."

크리스가 우뚝 멈춰 섰다.

"젠장! 나도 생각 못했어. 고디는?"

나도 고개를 가로저었다. 내가 그렇게 멍청하다니 어처구니가 없었다.

"번은?"

"아무것도 없어. 미안."

"그럼 돈이 얼마나 있는지 확인해 보자."

그렇게 말하면서 나는 셔츠를 풀어 쇄석 위에 펼쳐놓고 내 돈 68센트를 떨어뜨렸다. 동전들이 햇살 아래서 눈부시게 반짝거렸다. 크리스는 너덜너덜한 1달러 지폐와 2센트를 갖고 있었다. 테디에게는 25센트 동전 두 개와 5센트 두 개가 있었다. 번은 정확히 7센트를 갖고 있었다. 내가 말했다.

"2달러 37센트. 이 정도면 괜찮네. 쓰레기장으로 가는 저 샛길 끝에 가게가 있어. 다른 애들이 쉬는 동안에 누가 가서 햄버거랑 탄산수를 사와야 해."

"누가 가지?"

번이 물었다.

"쓰레기장에 도착하면 동전 던지기로 결정하지 뭐. 가자."

나는 돈을 모두 내 바지 주머니에 집어넣었다. 내가 막 셔츠를 허리에 둘러 묶을 때 크리스가 소리쳤다.

"기차다!"

나도 벌써 기차 소리를 들었지만 선로에 손을 대고 진동을 느껴보았다. 선로는 미친 듯이 덜덜거렸다. 잠깐 동안이었지만 마치 기차를 손에 쥐고 있는 것 같았다.

"낙하산 부대, 뛰어내려!"

번이 고함을 지르더니 미친 어릿광대처럼 폴쩍 뛰어 단숨에 제방의 절반을 내려갔다. 번은 바닥이 푹신푹신한 곳이라면 어디서나(자갈 채취장이나 건초 더미, 그리고 이번 경우처럼 제방에서도) 낙하산 부대 흉내내기를 좋아했다. 크리스도 뒤따라 뛰어내렸다. 그때쯤에는 기차 소리가 정말 시끄러웠다. 아마 우리 쪽 강둑을 따라 곧장 루이스턴까지 가는 기차인 듯싶었다. 그런데 테디가 빨리 뛰어내리지 않고 오히려 기차가 오는 방향으로 돌아섰다. 그의 두꺼운 안경알이 햇빛에 번뜩였다. 땀에 쫓어 뒤엉킨 긴 머리가 어수선하게 이마를 가리고 있었다.

"내려가, 테디."

내가 말했다.

"아니, 싫어. 저걸 피해볼 거야."

그는 나를 쳐다보았다. 안경 때문에 커 보이는 눈에서 광적인 흥분을 엿볼 수 있었다.

"기차 피하기, 알았냐? 씨발, 기차 피하기를 하고 나면 트럭 따위는 시시할 거야."

"너 미쳤구나. 죽고 싶어?"

"노르망디 해변이랑 똑같은 거야!"

테디가 고함을 지르며 철도 한복판으로 걸어 들어갔다. 그는 침목 위에 올라서서 가볍게 균형을 잡았다.

나는 잠시 멍하니 서 있었다. 너무 멍청한 짓이라서 어처구니가 없었기 때문이다. 다음 순간 나는 테디를 붙잡았고, 몸부림치며 항의하는 그를 제방으로 끌고 가서 확 밀어버렸다. 그리고 나도 뒤따라 뛰어내렸는데, 내가 아직 공중에 떠 있을 때 테디가 내 배에 정통으로 한 방 먹였다. 숨이 콱 막혔지만 테디가 미처 일어나기 전에 무릎으로 그의 가슴을 가격했다. 테디가 벌렁 나가떨어졌다. 내가 땅바닥에 나뒹굴며 숨을 몰아쉴 때 테디가 내 목을 움켜쥐었다. 우리는 서로 때리고 할퀴며 제방 아래까지 데굴데굴 굴렀다. 한편 크리스와 번은 너무 놀라서 멍하니 쳐다보기만 했다.

테디가 나에게 고래고래 소리쳤다.

"이 개새끼! 이 씨발놈! 나한테 힘자랑하지 말란 말이야! 죽여버린다, 이 멍청한 새끼!"

그때쯤 나는 한숨 돌리고 간신히 일어섰다. 테디가 다가오자 나는 양손을 펼쳐 그의 주먹을 막아내며 뒤로 물러섰다. 겉으로는 웃고 있었지만 속으로는 두려웠다. 테디가 이렇게 악을 쓰며 발광할 때는 장난삼아 상대할 때가 아니었다. 테디가 그런 상태일 때는 자기보다 훨씬 큰 아이들에게도 덤벼들었고, 그 큰 아이가 양쪽 팔을 모두 부러뜨린다면 이빨로 물어뜯기라도 할 태세였다.

"테디, 우리가 보러 가는 걸 본 다음엔 네가 뭘 피한다고 해도 안 말리겠지만 (마구 휘두르는 주먹 하나가 나를 스쳐 지나가면서 내 어깨에 픽!) 그때까지는 아무도 우릴 보면 안 된단 말이야, 이 (얼굴에도 한 대 픽!) 멍청한 자식아!"

그때 크리스와 번이 뜯어말리지 않았다면 우리는 진짜 싸움을 시작했을 것이다. 우리 위에서는 기차가 요란하게 지나가고 있었다. 디젤 배기가스가 천둥소리를 내며 분출되었고 무거운 화차 바퀴도 꽈당꽈당 엄청난 굉음을 일으켰다. 쇄석 몇 개가 제방 아래로 굴러 떨어졌고 우리의 실랑이는 잠시 중단되었는데…… 적어도 말소리가 다시 들릴 때까지는 그럴 수밖에 없었다.

기차는 짤막한 화물열차였다. 맨 끝의 승무원 차까지 지나갔을 때 테디가 말했다.

"저 새낄 죽여버릴 거야. 최소한 입술이 퉁퉁 붓게 만들어준다."

그는 크리스를 뿌리치려고 몸부림을 쳤지만 크리스가 더 힘껏 끌어안았다.

크리스가 조용히 말했다.

"진정해, 테디."

그는 테디가 몸부림을 멈추고 가만히 서 있을 때까지 그 말을 되풀이했다. 테디의 안경은 기우뚱하게 걸려 있었고 청바지 주머니에 꽂아둔 건전지에 연결된 보청기 전선이 가슴팍에 늘어져 흔들거렸다.

테디가 움직임을 완전히 멈추었을 때 크리스가 나를 돌아보며 물었다.

"도대체 왜 싸운 거야, 고든?"

"쟤가 기차를 피해보겠다고 하잖아. 난 기관사가 쟤를 보면 신고할지도 모른다고 생각했어. 경찰을 보낼 수도 있고."

"아이, 그 사람은 너무 놀라서 바지에 똥 싸느라고 그럴 정신도 없을 거라고."

테디는 그렇게 말했지만 이젠 화가 좀 가라앉은 듯했다. 폭풍은 지나갔다.

번이 말했다.

"고디가 잘한 거야. 자자, 화해해."

크리스도 맞장구를 쳤다.

"그래, 화해해, 짜식들아."

나는 손바닥이 위로 향하도록 손을 내밀었다.

"그래, 알았어. 화해하자, 테디?"

그러자 테디가 말했다.

"얼마든지 피할 수 있었어. 너도 알지, 고디?"

"그래, 알아."

말은 그렇게 했지만 생각만 해도 피가 얼어붙을 지경이었다.

"좋아. 그럼 화해하자."

"어서 비벼."(서로 손바닥을 맞대고 비비거나 내리쳐 우정, 단결, 화해, 승리감 등을 표시하는 동작 — 옮긴이)

크리스가 그렇게 말하면서 테디를 놓아주었다.

테디는 손바닥이 얼얼하도록 내 손을 힘껏 내리치고 자기 손을 내밀었다. 나도 그의 손을 내리쳤다.

테디가 말했다.

"씨발, 겁쟁이 라챈스."

나는 이렇게 대꾸했다.

"이야아옹."

그러자 번이 말했다.

"자, 얘들아. 이제 가자, 응?"

"'이제'가 어딘지 몰라도 너 혼자 가라."

크리스가 엄숙하게 말하자 번은 그를 때릴 것처럼 주먹을 치켜들었다.

11

우리는 1시 반쯤 쓰레기장에 도착했다. 번이 "낙하산 부대, 뛰어내려!" 하고 외치며 앞장서서 제방을 내려갔다. 우리는 몇 번 펄쩍펄쩍 뛰면서 아래까지 내려갔고 쇄석밭에 박힌 배수관에서 졸졸 흘러나오는 기수(汽水, 강어귀에서 민물이 섞여 염분이 적어진 바닷물 ― 옮긴이)를 뛰어넘었다. 이 작은 늪지대 너머에는 쓰레기장의 경계선을 따라 여기저기 잡동사니가 널린 모래땅이 있었다.

2미터 높이의 보안 울타리가 쓰레기장을 둘러싸고 있었다. 비바람에 바랜 표지판이 6미터 간격으로 걸려 있었다. 표지판에는 이렇게 적혀 있었다.

캐슬록 쓰레기장
운영시간 오후 4~8시
월요일 휴무
무단침입 엄금

우리는 울타리 꼭대기로 기어올라 건너편으로 몸을 옮긴 다음 뛰어내렸다. 테디와 번이 앞장서서 우물가로 향했다. 옛날식 수동 펌프로 물을 퍼야 하는 우물이었다. 육체노동을 해야만 물을 끌어올릴 수 있는 그런 종류 말이다. 펌프 손잡이 옆에는 물이 담긴 크리스코 쇼트닝 깡통이 있었다. 다음에 올 사람을 위해서 그 깡통에 다시 물을 받아둬야 하는데, 그걸 잊어버리는 것은 크나큰 죄악이었다. 쇠로 된 펌프 손잡이는 비스듬히 달려 있어 마치 날개가 하나뿐인 새가 날아오르려 하는 듯한 모습이었다. 원래는 초록색이었지만 1940년부터 수천 개의 손이 그 손잡이로 펌프질을 했기 때문에 페인트가 거의 다 벗겨졌다.

캐슬록에 대한 기억 중에서 가장 선명하게 떠오르는 것들을 손꼽는다면 이 쓰레기장도 포함시켜야 한다. 나에게 그곳은 언제나 초현실주의 화가들을 연상시킨다. 이를테면 나뭇가지에 시계 문자판이 축 늘어져 있는 그림, 사하라 사막 한복판에 빅토리아 시대의 거실이 있는 그림, 혹은 벽난로 속에서 증기기관차가 빠져나오는 그림 따위를 그리는 사람들 말이다. 어린 내가 보기에는 캐슬록 쓰레기장에 있는 것들 중에서 그곳에 어울리는 것은 '아무것도' 없는 것 같았다.

우리가 들어간 곳은 쓰레기장 뒤쪽이었다. 앞쪽으로 들어가면 정문을 지나자마자 넓은 흙길이 나오는데, 이 길은 마치 흙으로 된 활주로처럼 평평하게 불도저로 밀어놓은 반원형 공터에서 확 넓어졌다가 쓰레기 구덩이의 가장자리에서 갑자기 끊어져버렸다. 펌프는 (테디와 번은 지금 그 앞에 서서 누가 마중물을 부을 것인가를 놓고 다투고 있었다.) 이 거대한 구덩이 뒤에 있었다. 구덩이의 깊이는 25미터 정도였는데, 미국인들이 쓰다가 다 비웠거나 낡았거나 그냥 고장나버린 온갖 물건들로 가득했다. 너무 많은 것들이 있어서 바라보기만 해도 눈이 아플 지경이었다. 어쩌면 아픈 것은 머리 쪽이었는지도 모르겠다. 도대체 어디쯤에서 눈길을 멈춰야 할지 결정을 내릴 수 없기 때문이다. 그러다가 문득 눈길이 저절로 멈추거나 무엇인가에 붙잡힌다. 가령 축 늘어진 시계나 사막의 거실처럼 그곳에 전혀 어울리지 않는 물건들이 있기 때문이다. 마치 술에 취한 듯 햇살 아래 기우뚱하게 누워 있는 황동 침대틀. 뱃속에 들어 있던 솜을 낳으면서 놀랍다는 듯 자기 다리 사이를 들여다보는 어느 여자아이의 인형. 크롬 도금을 한 뾰족한 코가 벅 로저스(SF 만화 및 텔레비전 시리즈의 주인공 — 옮긴이)의 미사일처럼 햇빛에 번뜩이는, 그러나 벌렁 뒤집어진 스튜드베이커 자동차. 사무실에서 흔히 사용하는, 그러나 지금은 여름 햇살에 뜨겁게 달아올라 눈부신 사파이어로 변해버린 커다란 물통.

그곳에는 야생동물도 많았다. 그러나 자연을 소재로 한 월트 디즈니 영화에서, 또는 길들인 동물들을 만져볼 수 있는 동물원에서 흔히 볼 수 있는 그런 종류는 아니었다. 포동포동한 들쥐, 썩어가는 햄버거와 구더기가 우글거리는 야채처럼 기름진 먹이를 잔뜩 먹어 윤기가 자르르 흐르고 움직임마저 둔해진 다람쥐, 수천 마리의 갈매기, 그리고 이따금씩 나타나서 마치 명상하는 성직자처럼 갈매기들 사이를 배회하는 거대한 까마귀. 그곳은 또한 마을의 떠돌이 개들이 굳이 쓰러뜨릴 만한 쓰레기통도 찾지 못하고 사슴 사냥도 할 수 없을 때 먹이를 구하러 모여드는 곳이기도 했다. 꼴사납고 흉악스러운 잡종개들이었다. 앙상한 갈비뼈를 드러내고 쓴웃음을 짓는 듯한 이 개들은 구더기가 들끓는 볼로냐소시지 한 조각이나 햇살 아래서 김이 모락모락 피어오르는 닭

내장 한 무더기를 놓고 서로 싸우기 일쑤였다.

그러나 그들이 쓰레기장 관리인 마일로 프레스먼을 공격하는 일은 절대로 없었다. 왜냐하면 마일로는 언제나 '맷돌'을 데리고 다니기 때문이다. 맷돌은 (이십 년 뒤에 조 캠버의 개 쿠조(스티븐 킹의 장편소설 『쿠조』에 나오는 개 — 옮긴이)가 광견병에 걸리기 전까지는) 캐슬록 사람들이 제일 무서워하는 개였지만 실제로 본 사람이 드물기로도 으뜸이었다. 이 개는 사방 15킬로미터 안에서 제일 사나웠고 (어쨌든 우리는 그렇게 들었다.) 종을 치던 시계가 중간에 뚝 멎어버릴 만큼 못생겼다고 했다. 아이들은 맷돌의 사나움에 대하여 전설적인 이야기들을 주고받았다. 어떤 아이들은 그 놈이 절반은 독일 셰퍼드라고 했고, 또 어떤 아이들은 주로 복서 혈통이라고 했고, 캐슬뷰에 사는 어떤 아이는(해리 호어라는 불행한 이름('Horr'라는 성은 '매춘부'라는 뜻의 'whore'와 발음이 같다 — 옮긴이)을 가진 아이였다.) 맷돌이 도베르만 핀셔종인데 성대 제거수술을 받았기 때문에 미리 짖지도 않고 소리없이 공격한다고 주장했다. 그밖에도 맷돌은 미친개 같은 아일랜드산 울프하운드종이며 마일로 프레스먼이 게인스 밀(개 사료 상품명 — 옮긴이)에 닭피를 섞은 특제 사료를 먹인다고 주장하는 아이들도 있었다. 그들의 주장에 의하면 마일로 자신도 맷돌에게 사냥용 매처럼 두건을 씌우기 전에는 감히 개장에서 풀어주지 못한다고 했다.

제일 유명한 이야기는 프레스먼이 맷돌에게 단순히 사람을 공격하는 훈련이 아니라 인체의 '특정 부위'를 공격하는 훈련을 시켰다는 것이었다. 그래서 금단의 보물을 얻으려고 무단으로 쓰레기장 울타리를 넘어간 불행한 아이는 마일로 프레스먼이 이렇게 외치는 소리를 듣게 된다고 했다. "맷돌! 물어라! 손!" 그러면 맷돌은 그 아이의 손을 물고 늘어지는데, 침이 질질 흐르는 그 아가리 속에서 살과 힘줄이 너덜너덜해지고 뼈가 으스러져도 마일로가 그만 하라고 말하기 전에는 절대로 놓아주지 않는다고 했다. 소문에 의하면 맷돌은 귀를 물어뜯을 수도 있고 눈이나 한쪽 발이나 아니면 다리를 물어뜯을 수도 있고…… 그런데 그 아이가 또다시 무단 침입을 하다가 마일로와 언제나 충성스러운 맷돌에게 두 번째로 발각되면 이번엔 정말 무서운 고함 소리를 듣게 된다. "맷돌! 물어라! 불알!" 그러면 그 아이는 평생 동안 소프라노의 목소리로 살아가야 한다. 맷돌에 비하면 마일로는 자주 눈에 띄는 편이었고, 그래서 사람들은 그를 비교적 평범한 사람이라고 생각했다. 그는 사람들이 버린 물건들을 고쳐 읍내에 내다팔아 소읍에서 주는 급료를 보충하며 생활하는 덜떨어진 노동자에 불과했다.

오늘은 마일로도 맷돌도 보이지 않았다.

크리스와 나는 번이 펌프에 마중물을 붓고 테디가 미친 듯이 손잡이를 오르락내리락하는 것을 지켜보았다. 마침내 맑은 물이 쏟아져나오기 시작했다. 다음 순간 그들은 둘 다 출수관 밑으로 머리를 들이밀었고 테디는 여전히 분당 1킬로미터의 속도로 펌프질을 하고 있었다.

내가 작은 소리로 말했다.

"테디는 미친놈이야."

그러자 크리스가 당연하다는 듯이 말했다.

"아, 그렇고말고. 쟤는 지금 나이의 두 배가 될 때까지 살지도 못할 거야. 틀림없어. 아버지라는 인간이 귀를 저렇게 태워버렸으니. 그래서 저렇게 된 거야. 트럭 피하는 장난도 미친 짓이지. 안경을 쓰든 안 쓰든 시력도 형편없는 주제에."

"지난번에 그 나무에서 있었던 일 기억하지?"

"그래."

작년에 테디와 크리스는 우리집 뒤에 있는 커다란 소나무에 기어 올라갔다. 거의 꼭대기까지 올라갔을 때 크리스가 그 위에 있는 가지들은 다 삭아서 더이상 올라갈 수 없다고 말했다. 그러자 테디는 그 광기서린 고집스러운 표정을 지으면서, 웃기지 마라, 어차피 두 손이 송진투성이가 돼버렸으니 내친 김에 끝까지 올라가 꼭대기를 만져보겠다고 말했다. 크리스가 무슨 말을 해도 그를 말릴 수 없었다. 그래서 테디는 더 위로 올라갔고 마침내 성공했다. 몸무게가 34킬로그램 정도에 불과했기 때문에 가능했던 것이다. 그리하여 그는 송진이 묻어 끈적끈적한 손으로 소나무 꼭대기를 움켜쥐고 자기가 전 세계의 왕이라는 등 헛소리를 외쳐대고 있었다. 바로 그때 테디가 딛고 서 있던 나뭇가지가 삭아버린 나무 특유의 끔찍한 소리를 내며 우두둑 부러져버렸고 그는 곧장 아래로 곤두박질쳤다. 그 다음 순간, 하느님이 틀림없이 계신다는 것을 확신하게 해주는 일이 벌어졌다. 크리스가 순전히 반사적으로 손을 내밀었을 뿐인데 그 손에 테디 뒤샹의 머리카락 한 줌이 잡혔던 것이다. 그는 테디가 비명을 지르고 욕을 하면서 자기 몸무게를 지탱할 만큼 굵고 싱싱한 나뭇가지를 밟고 설 때까지 놓치지 않고 버텨냈다. 나중에 크리스의 손목은 통통 부어올랐고 거의 2주 동안은 오른손을 제대로 쓸 수 없었지만, 그때 그가 엉겁결에 손을 내밀어 잡아주지 않았다면 테디는 빙글빙글 돌면서 우지끈 와지끈 떨어져내려 마침내 36미터 아래의 땅바닥에 처박혔을 것이다. 이윽고 그들이 땅에 내려섰을 때 크리스는 얼굴에 핏기가 하나도 없었고 공포 반응 때문에 토하기 일보 직전이었다. 그런데도 테디는 자기 머리카락을 잡았다는 이유로 크리스와 싸우려고 들었다. 함께 있던 내가 말리지 않았다면 그들은 정말 대판 싸웠을 것이다.

"난 요즘도 가끔 그때 꿈을 꿔." 그렇게 말하면서 크리스는 무방비 상태의 낯선 눈빛으로 나를 바라보았다. "그런데 꿈속에서는 매번 테디를 놓쳐버려. 내 손엔 머리카락 몇 가닥만 남고 테디는 비명을 지르면서 곤두박질치는 거야. 섬뜩하지?"

"섬뜩하네."

나도 맞장구를 쳤다. 그리고 우리는 잠깐 동안 서로의 눈을 들여다보았고, 그 속에서 우리를 친구로 만들어주는 어떤 진실을 발견할 수 있었다. 우리는 곧 고개를 돌려 테디와 번을 바라보았다. 그들은 서로 물을 뿌리고 소리를 지르고 웃어대면서 서로 겁쟁이라고 놀려대고 있었다.

내가 말했다.

"그래, 어쨌든 넌 테디를 놓치지 않았어. 크리스 체임버스는 뭐든 절대로 놓치지 않으니까. 안 그래?"

"여자들이 변기 시트를 올려놓지 않아도 정확하게 맞힐 수 있지."

크리스는 나에게 윙크를 하더니 엄지와 검지로 오(O)자를 만들고 그 사이로 절묘하게 침을 뱉어 하얀 총알처럼 날려보냈다.

"웃기지 마, 체임버스."
"웃으라고 한 소리가 아닌데."
우리는 마주 보며 빙그레 웃었다.
그때 번이 소리쳤다.
"물 빠지기 전에 빨리 와서 마셔!"
그러자 크리스가 제안했다.
"경주하자."
"이 더위에? 돌았구나."
크리스가 여전히 웃으면서 말했다.
"한번 해보자. 내가 신호할게."
"좋아."
"출발!"

우리는 두 주먹을 불끈 쥐고, 청바지를 입었는데도 날아갈 듯 움직이는 두 다리보다 상체를 더 앞으로 기울인 채, 햇볕에 구워진 단단한 흙을 운동화로 차 던지며 정신없이 달렸다. 결과는 무승부였다. 번은 크리스를 향해, 그리고 테디는 나를 향해 동시에 가운데손가락을 들어올렸다. 우리는 한없이 적막하고 연기 냄새가 감도는 그곳에 털썩 주저앉았고 크리스는 번에게 자기 수통을 던져주었다. 이윽고 수통이 가득 찼을 때 크리스와 나는 펌프 앞으로 걸어갔다. 먼저 크리스가 나를 위해 펌프질을 해주었고, 그 다음에는 내가 그를 위해 펌프질을 해주었다. 정신이 번쩍 날 만큼 차가운 물이 검댕과 더위를 순식간에 씻어주었고, 갑자기 머리가 꽁꽁 얼어붙어 마치 1월이 넉 달 일찍 찾아온 것 같았다. 그러고 나서 나는 그 쇼트닝 깡통에 다시 물을 채웠고, 우리는 모두 그 쓰레기장에 하나뿐인 나무 그늘로 가서 앉았다. 루핑을 씌운 마일로 프레스먼의 판잣집에서 12미터쯤 떨어진 곳에 홀로 서 있는 지지러진 물푸레나무였다. 그 나무는 서쪽으로 약간 구부러졌는데, 마치 늙은 여자가 치맛자락을 들어올리는 듯한 그 자세는 금방이라도 땅에 박힌 뿌리를 끄집어내서 이 쓰레기장을 떠나버리고 싶어 하는 것 같았다.

"기분 최고다!"

크리스가 웃으면서 이마에 흐트러진 머리카락을 뒤로 넘겼다.

"끝내준다!"

나도 여전히 웃으며 고개를 끄덕였다.

"정말 신난다."

번이 말했다. 비록 짤막하게 말했지만 그 말은 단순히 쓰레기장에 무단 침입했다는 사실이나 부모들을 속였다는 사실, 혹은 철도를 따라 할로까지 나들이를 하는 중이라는 사실만 의미하는 것은 아니었다. 그가 말하고 싶은 것에는 물론 그런 것들도 포함되었겠지만 지금 돌이켜 생각해 보면 그 이상의 무엇이 더 있었던 것 같다. 그날 우리 모두가 그렇게 느꼈을 것이다. 더 이상 바랄 것이 아무것도 없었다. 우리는 우리가 누구인지 정확히 알고 있었으며 우리가 어디로 가는지도 정확히 알고 있었다. 멋진 일이었다.

우리는 한동안 그 나무 밑에 앉아서 평소처럼 쓸데없는 잡담을 나누었다. 이를테면 최고의 야구팀은 어느 팀이냐, (물론 맨틀과 매리스가 있는 양키스가 여전히 최고였다.) 최고의 자동차는 무엇이냐, (정답은 55년식 선더버드였지만 테디는 58년식 코르벳이라고 고집을 부렸다.) 우리 패거리가 아닌 아이들 중에서 누가 캐슬록에서 제일 용감한 놈이냐.(우리는 제이미 갤런트라는 데 만장일치를 보았는데, 그 녀석은 유잉 선생을 향해 가운데손가락을 치켜들었고 그 여선생이 고래고래 소리치는데도 양손을 주머니에 찔러 넣고 유유히 교실을 빠져나갔다.) 최고의 텔레비전 프로그램은 무엇이냐(정답은 「언터처블스」와 「피터 건」이었는데, 엘리엇 네스 역의 로버트 스택도 멋있었고 피터 건 역의 크레그 스티븐스도 멋있었기 때문이다.) 따위의 이야기였다.

물푸레나무의 그림자가 꽤 길어진 것을 처음 알아차리고 나에게 시간을 물어본 사람은 테디였다. 시계를 들여다본 나는 벌써 2시 15분이라는 것을 알고 놀랐다.

번이 말했다.

"맙소사. 누가 빨리 가서 먹을 것 좀 사와야겠다. 4시엔 쓰레기장 문을 연다고. 마일로와 맷돌이 나타날 때까지 여기 있긴 싫단 말이야."

그 말에는 테디조차도 반대하지 않았다. 최소한 마흔 살도 넘은 데다 배불뚝이인 마일로를 무서워하는 건 아니었지만 맷돌이라는 이름만 나오면 캐슬록 아이들은 모두 다리 사이의 불알부터 움켜쥐었다.

내가 말했다.

"좋아. 혼자만 다르게 나온 사람이 가는 거다?"

그러자 크리스가 웃으며 말했다.

"그럼 네가 가야 돼, 고디. 너야말로 괴상한 놈이거든."

"그건 너희 엄마도 마찬가지야." 나는 그렇게 대꾸하며 그들에게 동전 하나씩을 나눠주었다. "자, 던져."

네 개의 동전이 햇빛에 반짝거리며 날아올랐다. 네 개의 손이 허공에서 동전을 낚아챘다. 네 개의 때묻은 팔뚝에서 찰싹 하고 네 번의 소리가 났다. 우리는 각자 손을 치웠다. 앞면 둘에 뒷면 둘. 우리는 다시 던졌고 이번에는 네 명 모두 뒷면이었다.

"맙소사, '쪽박'이잖아."

번이 그렇게 말했지만 그건 우리 모두가 이미 아는 사실이었다. 네 개의 앞면, 즉 '대박'이 나오면 큰 행운을 의미했다. 네 개의 뒷면은 '쪽박'이라고 하는데 몹시 재수가 없을 거라는 징조였다.

크리스가 말했다.

"헛소리 집어치워. 이건 아무 뜻도 없어. 다시 던져."

그러자 번이 진지하게 말했다.

"아니야. 쪽박은 정말 나쁜 징조라고. 클린트 브래큰 패거리가 더럼에 있는 시로이스 언덕에서 떼죽음당한 거 기억나지? 빌리가 그러는데 그때 개네들이 차 타기 직전에 맥주 내기를 하면서 동전을 던졌는데 쪽박이 나왔대. 그러고 나서 차를 탔는데 콰당! 몽땅 죽어버린 거지. 정말 기분 나빠. 진담이야."

그러자 테디가 조바심을 내면서 말했다.

"대박이니 쪽박이니 하는 헛소린 아무도 안 믿어, 번. 어린애들이나 믿는 거라고. 자, 던질 거야, 말 거야?"

번은 동전을 던졌지만 내키지 않는다는 표정이 역력했다. 이번에는 번과 크리스와 테디가 모두 뒷면이었다. 나는 5센트 동전에 새겨진 토머스 제퍼슨의 초상을 보고 있었다. 그러자 갑자기 무서워졌다. 마치 방금 어떤 그림자가 내 마음속의 태양을 가리며 지나간 것 같았다. 나를 뺀 나머지 세 명에게는 아직도 쪽박이 유효

했다. 말하자면 어느 눈먼 운명이 또다시 그들을 가리킨 셈이었다. 문득 크리스가 했던 말이 떠올랐다. *내 손엔 머리카락 몇 가닥만 남고 테디는 비명을 지르면서 곤두박질치는 거야. 섬뜩하지?*

뒷면 셋, 앞면 하나.

그때 테디가 나를 가리키며 그 미치광이처럼 끽끽거리는 웃음을 터뜨렸고 그 불길한 느낌은 금방 사라져버렸다.

"귀신들만 그렇게 웃는다고 들었는데."

나는 그렇게 말하면서 가운데손가락을 치켜들었다. 테디는 계속 웃어댔다.

"끼이이이, 끼이이이, 끼이이이, 고디. 빨리 가서 먹을 거나 사와라, 돌연변이야."

사실 내가 가게 되었다고 해서 그리 섭섭할 건 없었다. 지금까지 충분히 쉬었으니 플로리다 마켓까지 다녀오는 것도 별로 부담스럽지 않았다. 나는 테디에게 이렇게 대꾸했다.

"그건 네 엄마 별명이잖아."

"끼이이이, 끼이이, 끼이이이, 넌 정말 웃기는 놈이야, 라챈스."

그러자 크리스가 말했다.

"어서 가, 고디. 철도 옆에서 기다릴게."

내가 말했다.

"나만 빼놓고 가면 죽을 줄 알아."

그러자 번이 웃었다.

"널 빼놓고 가는 건 버드와이저를 놔두고 김빠진 슐리츠 맥주를 마시는 거나 마찬가지란다, 고디."

"아, 닥쳐."

그들은 다 함께 노래하듯이 외쳤다.
"난 닥치지 않아, 난 솟구치지. 네 얼굴만 보면 구역질이 나지."
"그럼 너희 엄마가 깨끗이 핥아먹지."
나는 그렇게 말하고 재빨리 도망치면서 어깨 너머로 그들을 향해 가운뎃손가락을 치켜들었다. 나는 열두 살 때의 그 친구들처럼 멋진 친구들을 두 번 다시 만날 수 없었다. 젠장, 누구나 그렇지 않을까?

12

흔히 '십인십색(十人十色)'이라는 말을 하는데 제법 괜찮은 표현이다. 가령 내가 여러분에게 '여름'이라고 말하면 여러분은 저마다 나와는 전혀 다른 개인적인 이미지들을 떠올릴 것이다. 그것도 좋은 일이다. 그러나 나에게 '여름'이라는 말은 언제까지나 내가 케즈 운동화를 신고 플로리다 마켓을 향해 그 길을 달려 내려가던 그날 그 순간을 의미할 것이다. 내 호주머니 속에서는 동전들이 딸랑거리고, 기온은 30도를 훌쩍 넘었고…… 나에게 '여름'이라는 말은 GS&WM 철도의 두 선로가 나란히 달려가다가 저 멀리 소실점에서 만나는 그 이미지를 연상시킨다. 선로는 햇살 아래 눈부시게 빛났고, 그래서 눈을 감아도 여전히 볼 수 있었다. 다만 하얗지 않고 푸르스름하게 빛나는 것이 다를 뿐이었다.
그러나 그해 여름에는 우리가 레이 브라워를 찾으러 강을 건너간 일 말고도 많은 일들이 있었다. (물론 우리에게는 그 일이 제일 중요했지만.) 플리트우즈가 「가만히 내게로 오세요」를 불렀고, 로빈 루크가 「수지 달링」을 불렀고, 리틀 앤서니가 보컬을 맡은 「나는 줄곧 집까지 뛰어갔다네」도 나왔고…… 그 노래들이 모두 1960년 여름의 히트곡이었느냐고? 그렇기도 하고 아니기도 하다. 대체로 그런 편이었다. 보랏빛으로 물드는 기나긴 밤, WLAM의 로큰롤이 WCOU의 야간 야구 경기로 바뀔 무렵이면 시간의 벽도 허물어졌다. 나는 그 모든 일이 1960년에 일어났고 그해 여름은 온갖 소리로 만들어진 거미줄에 붙잡혀 마술처럼 몇 년 동안이나 계속되었다고 생각한다. 귀뚜라미의 달콤한 콧노래, 어떤 아이가 얇게 썬 햄과 아이스티를 곁들여 늦은 저녁을 먹으려고 열심히 페달을 밟으며 집으로 달려갈 때 자전거 바큇살에 부딪치며 타르륵거리는 기관총 같은 카드 소리, 버디 녹스가 단조로운 텍사스 사투리로 '그대가 내 연인이 되어준다면 나 그대를 사랑하리, 사랑하리.' 하고 노래하는 소리, 그리고 그 노래와 새로 깎은 잔디의 냄새에 섞여 들려오는 야구 아나운서의 목소리. '볼카운트는 스리 투. 화이티 포드가 상체를 숙입니다……. 포수의 사인에 고개를 흔듭니다……. 이제야 동의하는군요……. 포드가 동작을 멈추고…… 던집니다……. **아, 날아갑니다! 윌리엄스가 힘차게 쳤습니다! 홈런입니다! 레드삭스가 3대 1로 앞서갑니다!**' 테드 윌리엄스가 1960년에도 레드삭스 팀에서 뛰었느냐고? 물론이다. 우리의 테드는 타율 3할 1푼 6리를 기록했다. 나는 아주 분명하게 기억하고 있다. 그 2년쯤 전부터 야구는 나에게 아주 중요했다. 야구선수들도 나와 똑같이 살과 피로 이루어진 인간이라는 사실을 인정할 수밖에 없게 된 다음부터였다. 내가 그 사실을 깨달은 것은 로

이 캄파넬라의 자동차가 전복되고 신문마다 그 비보를 1면에 대서특필했을 때였다. 그의 선수 경력은 영영 끝나버렸고 앞으로 평생 휠체어 신세를 질 거라는 보도였다. 그날의 기분을 다시 맛보게 된 것은 지금으로부터 2년 전의 어느 날 아침이었다. 그날도 지난번과 똑같이 가슴이 철렁 내려앉으면서 속이 느글거릴 만큼 아찔한 충격을 느꼈다. 나는 이 타자기 앞에 앉아 있다가 서면 먼슨이 비행기를 착륙시키려다 사망했다는 소식을 들었다.

이미 오래 전에 헐렸지만 옛날 그 시절에는 젬 극장에서 온갖 영화를 다 볼 수 있었다. 리처드 이건이 나오는 「고그」 같은 공상 과학 영화도 보았고, 오디 머피가 나오는 서부 영화도 보았고(테디는 오디 머피가 찍은 모든 영화를 최소한 세 번 이상 보았는데, 그는 머피가 거의 신 같은 존재라고 믿었다.) 존 웨인의 전쟁 영화도 보았다. 우리는 여러 가지 놀이도 했고, 밥을 씹지도 않고 허겁지겁 삼켜버릴 때도 많았고, 잔디도 깎아야 했고, 여기저기 뛰어다녀야 했고, 벽에 동전 던지기도 했고, 사람들이 우리 등을 두드려주기도 했다. 그리고 지금 나는 여기 이렇게 앉아서 IBM 키보드를 뚫어져라 들여다보며 그 시절을 되살리려고 노력한다. 녹색과 갈색이 공존하던 그해 여름 중에서 제일 좋았던 일과 제일 나빴던 일을 기억해 내려고 노력한다. 그러자 문득 이 늙어가는 몸뚱이 속에 아직도 그 깡마르고 상처 딱지 투성이였던 소년이 숨어 있는 것이 거의 생생하게 느껴지고 그때의 소리까지 들리는 듯하다. 아무튼 그 시절과 그 기억의 절정은 호주머니 속에 잔돈을 잔뜩 넣고 등줄기에서 땀을 줄줄 흘리며 플로리다 마켓을 향해 그 길을 달려 내려가던 고든 라챈스의 모습이다.

나는 햄버거 세 근을 주문했고 내가 직접 가서 햄버거 빵 적당량과 콜라 네 병, 그리고 그 병을 따는 데 필요한 2센트짜리 병따개 하나를 가져왔다. 가게 주인은 조지 듀세트라는 사람이었는데, 그는 고기를 가져오더니 금전등록기 옆에서 몸을 숙였다. 완숙 계란이 들어 있는 커다란 병 옆의 카운터에 두툼한 손을 올려놓고 입에는 이쑤시개를 물고 있었다. 그의 거대한 맥주배가 마치 순풍을 잔뜩 받은 돛처럼 하얀 티셔츠를 둥글게 부풀리고 있었다. 그는 내가 장을 보는 동안 거기에 서서 내가 물건을 훔치지나 않나 감시하고 있었다. 햄버거의 무게를 달 때까지 그는 아무 말도 하지 않았다.

"내가 아는 애구나. 너 데니 라챈스 동생이지. 안 그러냐?"

이쑤시개가 마치 볼베어링이 달린 듯 그의 한쪽 입가에서 반대쪽으로 옮겨갔다. 그는 금전 등록기 뒤로 팔을 뻗어 'S'OK' 크림소다 한 병을 집어 들고 꿀꺽꿀꺽 마셨다.

"맞아요. 그런데 데니는……"

"그래, 나도 안다, 꼬마야. 슬픈 일이지. 성경책에 이런 말씀이 있단다. '생의 한가운데에서도 우리는 죽음에 사로잡힌 몸이로다.' 알고 있었냐? 그래. 나도 한국 전쟁 때 형을 잃었지. 넌 데니와 똑같이 생겼구나. 사람들이 그러지 않더냐? 그래. 아주 쏙 빼닮았어."

나는 시무룩하게 대답했다.

"그래요, 가끔."

"그애가 전국연맹에서 뛰던 해가 생각난다. 하프백이었지. 그래. 정말 잘 뛰더구나. 그래, 정말 대단했지! 넌 그때 너무 어려서 기억도 못할 거다."

그는 마치 우리 형의 아름다운 환상을 보는 듯이 내 머리 너머로 방충문 바깥에서 작열하는 열기를 내다보고 있었다.

"저도 기억나요. 그런데요, 듀세트 아저씨?"

"왜 그러냐?"

그의 눈은 아직도 추억에 젖어 몽롱했다. 입술 사이의 이쑤시개가 조금 떨렸다.

"아저씨 엄지손가락이 저울 위에 있네요."

"뭐?"

그는 하얀 에나멜 판을 꾸욱 누르고 있는 자신의 엄지손가락을 놀란 눈으로 내려다보았다. 그가 데니스에 대해 이야기하기 시작했을 때 내가 조금 뒤로 물러서지 않았다면 다진 고기에 가려져 안 보였을 것이다.

"아니, 그렇구나. 그래, 네 형 생각을 하다가 그랬나 보다. 하느님도 그애를 사랑하실 거야."

조지 듀세트는 자기 가슴에 십자를 그었다. 그가 저울에서 손가락을 치우자 중량이 170그램이나 줄어들었다. 그는 고기를 좀 더 올려놓고 하얀 정육점 포장지로 고깃더미를 쌌다.

그가 이쑤시개를 입에 문 채로 말했다.

"다 됐다. 어디 보자, 모두 얼마냐. 햄버거 세 근, 1달러 44센트. 햄버거 빵, 27센트. 콜라 네 병, 40센트. 병따개 하나, 2센트. 합계……"

그는 그 물건들을 넣을 봉지에 액수를 적어가며 합산을 했다.

"2달러 29센트."

"13센트."

그러자 그는 얼굴을 찌푸리며 아주 천천히 고개를 들고 나를 쳐다보았다.

"응?"

"2달러 13센트예요. 계산을 잘못하셨어요."

"얘야, 너 지금……"

"계산을 잘못하셨다고요, 듀세트 아저씨. 조금 전엔 엄지손가락을 저울에 올려놓더니 이번엔 물건 값을 더 받으려고 하시네요. 스펀지케이크도 몇 개 사려고 했는데 그만둘래요."

나는 카운터에 깔린 슐리츠 식탁 매트에 2달러 13센트를 탁 내려놓았다.

그는 그 돈을 보고 다시 나를 쳐다보았다. 찌푸린 표정이 더욱 더 험악해졌다. 얼굴의 주름살이 협곡처럼 깊었다. 이윽고 으스스할 만큼 은밀한 어조로 그가 물었다.

"넌 뭐냐, 꼬마야? 무슨 천재라도 되냐?"

"아뇨. 그래도 저를 속일 생각은 하지 마세요. 아저씨가 아이들한테 속임수를 쓰는 걸 아저씨 엄마가 아시면 뭐라고 하시겠어요?"

그는 빠르고 뻣뻣한 동작으로 물건들을 종이 봉지에 마구 쑤셔 넣었다. 콜라병이 서로 부딪쳐 땡그랑거렸다. 그는 그 봉지를 팽개치듯 거칠게 내 품에 들이밀었다. 내가 봉지를 떨어뜨려 콜라병을 깨뜨려도 상관없다는 태도였다. 그의 가무잡잡한 얼굴은 붉으락푸르락했고 찌푸린 표정 그대로 딱딱하게 굳어 있었다.

"좋다, 꼬마야. 가져가라. 이제 내 가게에서 썩 나가는 게 좋을 거다. 네 녀석이 또 나타나면 내가 밖으로 내팽개칠 테니 명심해

라. 그렇고 말고. 똑똑한 체하는 건방진 애새끼."

나는 방충문 쪽으로 걸어가 그것을 밀어 열면서 이렇게 말했다.
"다시는 안 올 거예요."

바깥에는 정해진 시간의 흐름에 따라 나른하게 웅웅거리는 뜨거운 오후가 기다리고 있었다. 녹색과 갈색으로 느껴지는 소리, 그리고 소리 없는 빛이 가득했다.

"그리고 내 친구들도 다시는 안 올 거예요. 제 친구는 쉰 명도 넘을걸요."

그러자 조지 듀세트가 고함을 질렀다.
"네 형은 너처럼 잘난 체하는 놈이 아니었어!"

"엿먹어라!"

나도 고함을 지르고 부리나케 길 쪽으로 도망쳤다.

방충문이 총소리를 내며 쾅당 열리더니 황소처럼 으르렁대는 목소리가 내 뒤를 따라왔다.

"다시 나타나기만 하면 입술이 **통통 부을 줄 알아라, 돼먹지 못한 애새끼!**"

나는 무섭기도 했지만 혼자 웃어대면서 첫 번째 언덕을 넘을 때까지 계속 달렸다. 가슴 속에서 심장이 망치질을 하듯이 마구 두근거렸다. 이윽고 속도를 늦춰 빠른 걸음으로 걸으면서 나는 혹시 그가 차를 타고 나를 쫓아오지나 않는지 이따금씩 어깨 너머로 뒤를 돌아보았다.

그는 따라오지 않았고 나는 곧 쓰레기장 정문에 이르렀다. 나는 봉지를 셔츠 속에 집어넣고 정문을 기어올라 원숭이처럼 반대쪽을 타고 내려왔다. 쓰레기장 구내를 반쯤 지났을 때 마음에 안

드는 장면이 눈에 띄었다. 타르지를 바른 마일로 프레스먼의 판잣집 뒤에 둥근 창이 있는 56년식 뷰익이 서 있었다. 마일로에게 들키는 날에는 크게 다치게 될 판이었다. 아직 사람도 보이지 않았고 악명 높은 맷돌의 모습도 안 보였지만 갑자기 쓰레기장 뒤쪽의 철망 울타리가 굉장히 멀어 보였다. 나는 쓰레기장을 우회할 걸 그랬다고 생각했지만 이미 깊숙이 들어 와버린 마당에 도로 나가기는 싫었다. 쓰레기장 울타리를 기어오르다가 마일로의 눈에 띄면 집에 돌아갔을 때 좀 난처해지긴 하겠지만 마일로가 맷돌에게 나를 공격하라고 소리치는 경우에 비하면 그리 두렵지 않았다.

내 머리 속에서 으스스한 바이올린 음악이 들려오기 시작했다. 나는 계속 걸음을 옮겼다. 식료품을 담은 종이 봉지가 셔츠 밖으로 삐져나온 상태로 쓰레기장과 철도 사이의 울타리를 향해 가면서도 마치 이곳에 사는 사람처럼 태연하게 걸어가려고 노력했다.

이윽고 울타리에서 15미터쯤 떨어진 곳에 이르러 결국 무사히 넘어가는구나 하고 생각하려는 찰나, 마일로의 고함 소리가 들려왔다.

"어이! 어이, 너! 꼬마야! 울타리 쪽으로 가지 마라! 빨리 나가!"

그의 말대로 순순히 돌아서는 것이 현명했을 텐데 이때쯤 너무 긴장한 상태였던 나는 현명한 행동은커녕 오히려 미친 듯이 소리를 지르고 흙먼지를 일으키며 울타리를 향해 냅다 뛰기 시작했다. 번과 테디와 크리스가 울타리 건너편의 덤불 뒤에서 나타나 철망 너머로 조마조마하게 지켜보았다.

마일로가 호통을 쳤다.
"이리 와! 빌어먹을, 빨리 안 오면 개를 풀어놓는다!"

정상적인 정신을 가진 사람이라면 그런 목소리로 상대방을 설득하려 할 리가 없었다. 그래서 나는 두 팔을 앞뒤로 마구 휘두르며 더 빨리 울타리 쪽으로 달렸다. 갈색 식료품 봉지가 맨살에 스쳐 부스럭거렸다. 테디가 그 백치 같은 웃음을 터뜨렸다.

"끼이이, 끼이이, 끼이이이!"

마치 미치광이가 연주하는 관악기 같은 소리가 허공으로 울려 퍼졌다.

번이 목청껏 소리쳤다.

"달려라, 고디! 달려라!"

마일로도 고함을 질렀다.

"물어라, 맷돌! 저 놈을 물어버려!"

나는 울타리 너머로 봉지를 던졌고 번이 팔꿈치로 테디를 밀치면서 무사히 받아냈다. 등 뒤에서 맷돌이 지축을 뒤흔들며 달려오는 소리가 들렸다. 벌름거리는 한쪽 콧구멍으로 불길을 내뿜고 다른 콧구멍으로 얼음을 내뿜으면서, 그리그 으드득거리는 아가리에서는 유황을 뚝뚝 흘리며 달려오는 것 같았다. 나는 비명을 지르며 펄쩍 뛰어 울타리 중간쯤에 매달렸다. 그리고 3초 안에 꼭대기로 올라가 곧바로 뛰어내렸다. 이것저것 생각할 겨를도 없었고 떨어질 자리를 미리 살펴보지도 않았다. 하마터면 테디를 깔아뭉갤 뻔했다. 그는 배를 움켜쥐고 미친 듯이 웃어대고 있었다. 안경은 벗겨졌고 두 눈에서 눈물이 줄줄 흘러내렸다. 나는 아슬아슬하게 그를 스치면서 바로 왼쪽에 있는 흙과 자갈이 깔린 제방에 떨어졌다. 그 순간 내 뒤에서 철망 울타리를 들이받은 맷돌이 고통과 실망을 못 이겨 길게 울부짖었다. 나는 껍질이 까진 한쪽 무릎을 움켜쥐며 돌아서서 드디어 그 유명한 맷돌을 처음으로 보게 되었다. 그리고 신화와 현실의 크나큰 차이에 대한 첫 번째 교훈을 얻었다.

내가 발견한 것은 아가리에 경주용차의 배기관 같은 이빨들이 즐비하고 시뻘겋고 사나운 눈을 가진 거대한 지옥의 맹견이 아니었다. 맷돌은 중간 크기의 잡종개였고 흰색과 검정색이 섞인 흔해빠진 모습이었다. 그 놈은 아무 소득도 없이 펄펄 뛰거나 뒷발로 서서 울타리를 긁어대며 요란하게 짖어댔다.

테디가 울타리 바로 앞에서 한 손으로 안경을 빙빙 돌리며 으쓱으쓱 걸어 다녀 맷돌을 더욱더 약 올리기 시작했다.

"내 엉덩짝에 뽀뽀해 줄래, 맷돌돌아?"

테디가 마구 침을 튀기며 부탁했다.

"내 엉덩짝에 뽀뽀해 줘! 똥이나 깨물어!"

그는 철망 울타리에 엉덩이를 탕탕 부딪쳤고 맷돌은 테디의 부탁을 들어주려고 정말 최선을 다했다. 그러나 수고의 대가로 코를 호되게 짓찧었을 뿐이었다. 놈은 주둥이에서 거품을 뿜어내며 미친 듯이 짖어대기 시작했다. 테디는 계속 엉덩이를 울타리에 부딪쳤고 맷돌은 계속 테디를 물려고 덤볐지만 번번이 허탕이었고 자기 코만 고생시켰다. 놈의 코에서 피가 흐르기 시작했다. 테디는 왠지 기분 나쁜 '맷돌돌이'라는 애칭으로 놈을 부르며 간곡한 권유를 계속했고 크리스와 번은 제방에 힘없이 누워 있었다. 그들은 너무 신나게 웃다가 지쳐 이젠 간신히 헐떡거리는 웃음소리만 낼 수 있었다.

그때 마일로 프레스먼이 다가왔다. 땀으로 얼룩진 작업복을 입고 뉴욕 자이언츠 야구 모자를 쓰고 있는 그의 입이 미칠 듯한 분노로 일그러져 있었다.

마일로가 버럭버럭 고함을 질렀다.

"야, 야, 너희들! 개 좀 그만 놀려라! 내 말 안 들려? 당장 그만두란 말이야!"

테디도 소리쳤다.

"물어라, 맷돌돌아!" 그는 울타리 바깥에서 마치 군대를 사열하는 미치광이 프로이센인처럼 으스대며 이리저리 걸어 다녔다. "자, 어서 물어봐! 나 좀 물어봐!"

맷돌은 완전히 미쳐버렸다. 이 말은 과장이 아니다. 놈은 입에 거품을 물고 깽깽 컹컹 짖으면서 큰 원을 그리며 허둥지둥 달렸다. 단단하게 굳어진 흙덩어리가 뒷발에 차여 이리저리 날았다. 아마 용기를 내기 위해서인 듯 그렇게 세 바퀴쯤 돌더니 곧바로 보안 울타리에 몸을 던졌다. 놈이 울타리어 부딪칠 때의 속도는 시속 45킬로미터도 넘었을 것이다. 이 말도 농담이 아니다. 그 여파로 놈의 입술이 뒤로 젖혀져 이빨이 드러나고 귀가 마구 펄럭거릴 정도였다. 철망이 말뚝에 부딪쳤다가 뒤로 쭈욱 늘어나면서 울타리 전체가 나지막한 음악 소리를 냈다. 마치 치터(기타 비슷한 현악기의 일종 — 옮긴이) 소리와 비슷했다. 지이이이잉. 맷돌의 아가리에서 목이 졸린 듯한 외마디 소리가 터져나오고 두 눈이 흐리멍덩해지더니 대단히 놀라운 거꾸로 공중돌기를 성공시킨 후 땅바닥에 나동그라졌다. 쿵 하는 둔탁한 소리와 함께 흙먼지가 풀썩 피어올랐다. 놈은 잠시 그대로 누워 있다가 왼쪽 입가에 혓바닥을 축 늘어뜨린 채 엉금엉금 기어가버렸다.

그 꼴을 본 마일로도 노발대발하여 이성을 잃고 말았다. 안색이 붉어지다 못해 무시무시한 서양자두 색깔로 변했다. 그는 정수리 부분의 머리를 평평하게 깎았는데 고슴도치 털처럼 짧고 뻣뻣한 그 머리카락 속의 피부까지 온통 자줏빛이었다. 너무 아슬아슬하게 탈출해서 아직도 두근거리는 가슴을 안고 청바지는 양쪽 무릎이 다 찢어진 채 멍하니 땅바닥에 앉아 있던 나는 마일로가 인간판 맷돌처럼 보인다고 생각했다.

마일로가 미친 듯이 소리쳤다.

"네놈들이 누군지 알아! 넌 테디 뒤샹이지? 네놈들 **전부** 누군지 알아! 너 이놈, 내 개를 그렇게 놀리다니 엉덩짝에 불이 나게 해주마!"

테디도 지지 않고 소리쳤다.

"어디 한번 해보시지! 울타리를 넘어와서 잡아보셔, 뚱보 아저씨!"

"뭐? 너 방금 뭐라고 했냐?"

테디는 즐겁다는 듯이 목청껏 외쳤다.

"뚱뚱보! 비곗덩어리! 똥배! 와봐! 와보라고!"

그는 두 주먹을 움켜쥐고 머리카락에서 땀방울을 흩날리며 펄쩍펄쩍 뛰었다.

"멍청한 개새끼를 사람한테 덤비게 하다니 내가 본때를 보여준다! 빨리 와봐! 얼마나 잘하는지 보자!"

"요 족제비 같은 새끼, 미치광이 촌놈의 애새끼! 네 어미가 법정에 불려가서 네놈이 내 개한테 무슨 짓을 했는지 판사한테 해명하게 될 테니 두고 봐라!"

그때 테디가 목쉰 소리로 물었다.

"방금 뭐랬지?"

그는 이제 펄쩍펄쩍 뛰지 않았다. 두 눈은 크고 흐리멍덩했으며 안색도 납빛이었다.

마일로는 이미 테디에게 여러 가지 욕설을 퍼부었지만 그 중에서 어느 것이 소기의 효과를 거두었는지는 조금만 생각해 보면 금방 알 수 있는 일이었다. 그때 이후로 나는 사람들이 그런 짓에 얼마나 천재적인지 무수히 목격할 수 있었다. 즉 사람의 마음속에 감춰진 '미치광이 단추'를 찾아내고 그걸 그냥 누르는 게 아니라 아예 망치질을 해대는 그런 재주 말이다.

마일로가 씩 웃으며 말했다.

"그래, 네 애비는 그 미친놈이지. 토거스 정신병원에 갇힌 미친놈, 바로 그거야. 뒷간에 사는 쥐새끼보다 더 미쳤지. 진드기 병걸린 사슴새끼보다 더 미쳤고, 흔들의자가 수두룩한 방에 갇혀버린 꼬리 긴 고양이새끼보다 더 미쳤고. 그래, 너 행실이 이 따위인 것도 이해할 만하다. 애비랍시고 그런 미친놈……"

그때 테디가 바락바락 악을 썼다.

"너네 엄마는 죽은 쥐새끼 자지를 빨아준단 말이야! 그리고 너 이 새끼, 우리 아빠를 한 번만 더 미친놈이라고 부르면, 씨발, 죽여버린다, 이 좆대가리야!"

그러나 마일로는 느긋하게 대꾸했다.

"미친놈." 그는 확실히 그 단추를 찾아냈던 것이다. "미친놈의 애새끼, 미친놈 새끼, 네 애비는 해까닥 돌았단다, 꼬마야, 정말 안 됐구나."

번과 크리스의 웃음 발작이 차츰 가라앉던 참이었다. 아마 문제의 심각성을 깨닫고 곧 테디를 말리려 했을 것이다. 그런데 마일로의 엄마가 죽은 쥐새끼 자지를 빨아준다는 테디의 말에 그들은 다시 히스테리를 일으켰다. 둘 다 제방 위에 벌러덩 누워 떼굴떼굴 구르고 발길질을 하면서 배를 움켜쥐고 웃어대는 것이었다. 크리스가 힘없이 중얼거렸다.

"그만. 그만 좀 웃겨라, 제발, 그만 하라고, 이러다가 정말 배가 **터져버리겠어!**"

마일로의 등 뒤에서는 맷돌이 얼빠진 모습으로 커다랗게 팔(8) 자를 그리며 걸어 다녔다. 놈의 꼬락서니는 (심판이 시합을 중단시키고 승자에게 TKO승을 선언한 지 십 초쯤 지났을 때의) 패배한 권투선수를 연상시켰다. 한편 너무 늙고 뚱뚱한 마일로가 도저히 기어오를 수 없는 철망 울타리를 사이에 두고 테디와 마일로는 서로 얼굴을 맞대고 테디의 아버지에 대한 토론을 계속하고 있었다.

"우리 아빠에 대해선 더 이상 말하지 마! 우리 아빠는 노르망디 해변을 폭풍처럼 휩쓸었단 말이야, 이 씨발 새꺄!"

"그래, 다 좋은데, 지금은 어디 있냐, 요 쪼끄맣고 못생긴 네눈박이 똥자루 새끼야? 네 애비는 지금 토거스에 있지? 안 그래? 토거스에 갇혀 있어. 왜냐하면 네 애비는, **씨발, 해까닥 돌아버렸으니까!**"

그러자 테디가 말했다.

"됐어. 그래, 좋다고. 더 이상은 못 참아. 너 이 새끼, 내가 죽여버린다."

그는 울타리에 몸을 던지고 기어 올라가기 시작했다.

"그래, 어디 해봐라, 이 뺀질뺀질한 자식아."

마일로는 뒤로 물러서서 빙글빙글 웃으며 기다렸다.

"가지 마!"

내가 소리쳤다. 나는 벌떡 일어나 테디의 헐렁한 청바지 궁둥이를 움켜쥐고 억지로 울타리에서 떼어냈다. 우리는 둘 다 비틀거리며 뒷걸음질을 치다가 벌렁 넘어졌다. 그가 내 위에 쓰러지면서 불알을 호되게 깔아뭉개는 바람에 신음소리가 저절로 흘러나왔다. 불알이 짓이겨질 때처럼 지독한 고통은 없다는 걸 아시는가? 그런데도 나는 테디의 허리를 얼싸안고 한사코 놓아주지 않았다.

테디가 내 품속에서 몸부림치면서 흐느꼈다.

"이거 놔! 빨리 놔, 고디! 우리 아빠를 욕하는 건 도저히 못 참아. **이거 놔, 씨발, 빨리 놓으라니까!**"

나는 그의 귀에 대고 이렇게 소리쳤다.

"저 사람이 바라는 게 바로 그거야! 네가 저쪽으로 넘어가면 실컷 두들겨 패서 경찰서에 끌고 가려는 거란 말이야!"

"응?"

테디가 고개를 돌려 내 얼굴을 보았다. 얼떨떨한 표정이었다.

그때 마일로가 햄 덩어리만 한 두 주먹을 불끈 쥐고 다시 울타리로 다가왔다.

"혼자 똑똑한 체하지 마라, 꼬마야. 자기 싸움은 자기가 하게 내버려둬."

나는 이렇게 대꾸했다.

"그렇겠죠. 아저씨는 얘보다 겨우 250킬로그램쯤 무거울 뿐이니까."

그러자 마일로가 험악하게 말했다.

"네놈도 누군지 알아. 너 라챈스지?"

그는 너무 웃어대서 아직도 숨을 몰아쉬며 간신히 몸을 일으키는 번과 크리스를 가리켰다.

"저 놈은 크리스 체임버스, 그리고 저 놈은 멍청한 테시오네 애새끼들 중 한 놈이지. 네놈들 애비한테 일일이 전화를 걸어주마. 토거스에 있는 그 미친놈만 빼고. 네놈들은 소년원에 가게 될 거야. 한 놈도 빠짐없이. 불량배들 같으니!"

그는 마치 묵찌빠 놀이를 하려는 사람처럼 주근깨투성이의 커다란 손을 둘 다 앞으로 내밀고 우뚝 서 있었다. 눈을 가늘게 뜨고 씩씩거리면서 그는 우리가 울어버리거나 잘못했다고 싹싹 빌기를, 혹은 우리가 테디를 자신에게 넘겨주기를 기다리고 있었는지도 모른다. 그래야 테디를 맷돌의 먹이로 던져줄 수 있을 테니까.

그때 크리스가 엄지와 검지로 오(O)자를 만들더니 그 사이로 절묘하게 침을 뱉었다.

번은 콧노래를 흥얼거리며 하늘만 쳐다보았다.

테디가 말했다.

"자, 고디. 나 구역질하기 전에 저 똥구멍 같은 새끼한테서 멀찌감치 떨어지자."

"아, 넌 이번에 한번 호되게 당할 거다. 요 쪼끄맣고 말버릇 고약한 뚜쟁이 새끼야. 순경한테 끌고 갈 테니 두고 봐라."

그 말에 내가 대꾸했다.

"아저씨가 얘네 아빠를 뭐라고 욕하는지 다 들었어요. 우리가 증인이에요. 그리고 아저씨는 저 개한테 나를 물라고 시켰어요. 그건 불법이에요."

마일로는 조금 불안한 표정이었다.

"네가 무단 침입을 했잖아."

"웃기는 소리 하지 마세요. 쓰레기장은 공공재산이라고요."

"울타리를 넘었잖아."

"물론 그랬죠. 하지만 그건 아저씨가 개를 보낸 다음이었어요." 나는 내가 울타리를 넘어 밖으로 나오기 전에 정문을 넘어 안으로 들어갔다는 사실을 마일로가 기억해 내지 못하기를 바랐다. "내가 어쩔 거라고 생각했어요? 그냥 그 자리에 서서 저 개한테 갈가리 물어 뜯겨야 했나요? 자, 얘들아. 빨리 가자. 여긴 냄새가 너무 지독해."

"소년원. 너희 애새끼들은 소년원으로 직행이다."

마일로가 목쉰 소리로 다짐했지만 그의 음성은 이미 흔들리고 있었다.

그 자리를 떠나면서 크리스가 어깨 너머로 대꾸했다.

"경찰서에 가서 아저씨가 참전용사를 씨발 미친놈이라고 불렀다고 말해야겠네요. 전쟁 때 **댁은 뭘 했죠**, 프리스먼 씨?"

그 말을 듣고 마일로가 버럭 소리쳤다.

"**이런 염병, 그건 네가 상관할 일이 아니야! 너놈들은 내 개를 다치게 했잖아!**"

그러자 번이 중얼거렸다.

"그 놈한테 '일급비밀' 딱지를 붙여 교도관한테 보내시죠."

그리고 우리는 다시 철도 제방을 올라갔다.
"가긴 어딜 가!"
마일로가 외쳤다. 그러나 그의 목소리는 더욱더 풀이 죽었고 그는 이미 흥미를 잃어버린 것 같았다.

테디가 걸어가면서 그를 향해 가운뎃손가락을 번쩍 치켜들었다. 우리가 제방의 꼭대기에 이르렀을 때 나는 어깨 너머로 뒤를 돌아보았다. 마일로는 보안 울타리 너머에 그대로 서 있었다. 야구모자를 쓴 덩치 큰 남자, 그리고 그 옆에 앉아 있는 개 한 마리. 마일로는 철망의 작은 마름모꼴에 손가락을 걸고 우리에게 버럭버럭 소리쳤다. 문득 그가 불쌍하다는 생각이 들었다. 마치 세상에서 제일 큰 초등학교 3학년생이 실수로 놀이터에 갇혀 빨리 내보내달라고 외치는 것처럼 보였다. 그는 한동안 계속 소리를 질렀는데, 그러다가 포기했는지 아니면 우리가 그의 목소리가 들리는 범위를 벗어났는지 모르겠다. 아무튼 그날은 마일로 프레스먼과 맷돌의 모습을 더 이상 볼 수 없었고 소리도 들을 수 없었다.

13

잠시 토론이 벌어졌다. 징그러운 마일로 프레스먼에게 우리가 겁쟁이들이 아니라는 걸 보여주었다는 이야기였는데, 겉으로는 다들 잘했다고 말했지만 실제로는 좀 어색한 분위기였다. 나는 플로리다 마켓 주인이 바가지를 씌우려 했던 일을 그들에게 들려주었고, 우리는 곧 우울한 침묵 속에서 저마다 깊은 생각에 빠져들었다.

 나는 쪽박에 대한 허무맹랑한 미신에도 일리가 있는 모양이라고 생각했다. 지금의 상황이 더 나빠질 수 없을 만큼 최악이었기 때문이다. 차라리 이대로 가출해 버리는 것이 부모님의 고통을 덜어주는 길이 아닐까 싶기도 했다. 아들 하나는 캐슬뷰 공동묘지에 있는데 이번엔 다른 아들마저 사우스 윈덤 소년원에 들어가게 생겼으니 말이다. 그 사건이 벌어질 때 쓰레기장은 분명히 닫혀 있었다. 마일로의 둔한 머리에 이 중요한 사실이 떠오른다면 그는 당장 경찰서로 달려갈 것이 뻔했다. 쓰레기장이 공공재산이든 아니든 간에 나는 실제로 무단 침입을 했기 때문이다. 그렇다면 마일로가 그 멍청한 개를 풀어 나를 공격한 것은 그의 정당한 권리였는지도 모른다. 그리고 비록 소문과 달리 맷돌이 지옥의 맹견은 아니었지만 그 경주에서 내가 이기지 못했다면 놈은 틀림없이 내 청바지 궁둥이를 물어뜯어 찢어버렸을 것이다. 그 사건은 그날의 기분에 크고 어두운 그늘을 드리웠다. 그리고 내 마음속에는 또 하나의 우울한 생각이 맴돌고 있었다. 이번 여행은 재미삼아 덤벼들 일이 아니었다는 생각, 그러므로 우리의 불행은 당연한 죗값인지도 모른다는 생각이었다. 어쩌면 어서 집으로 돌아가라는 하느님의 경고인지도 모른다. 화물열차에 치어 박살나버린 아이를 구경하러 가다니 도대체 이게 무슨 짓인가?

 그러나 우리는 그런 짓을 하는 중이었고 아무도 그만두고 싶어 하지 않았다.

 철도가 강을 건너가는 교각(橋閣) 앞에 거의 다다랐을 때 테디가 울음을 터뜨렸다. 마치 내면의 거대한 해일(海溢)이 정교하게 건설된 정신적인 둑을 무너뜨리고 한꺼번에 쏟아져 내리는 것 같았다. 이건 과장이 아니다. 그만큼 갑작스럽고 격렬한 울음이었다. 테디는 터져 나오는 흐느낌을 가누지 못하고 마치 주먹으로 얻어맞은 듯 배를 움켜쥐며 몸을 꺾더니, 배를 잡았던 두 손을 양쪽 귀로 옮겨 그 뭉개진 살덩어리를 감싸 쥐면서 풀썩 무너져버렸다. 그리고 걷잡을 수 없이 격렬하게 엉엉 울었다.

우리는 모두 어쩔 줄 몰랐다. 그 울음은 가령 유격수로 뛰다가 직선 타구에 얻어맞거나 공원에서 태클 축구를 하다가 머리를 부딪치거나 자전거를 타다가 넘어졌을 때 너무 아파서 우는 것과는 전혀 달랐다. 그의 몸에는 아무 이상도 없었다. 우리는 조금 떨어진 곳으로 가서 호주머니에 손을 찔러 넣고 테디를 지켜보았다.

"야, 인마……"

번이 아주 작은 소리로 말했다. 크리스와 나는 한 가닥 기대를 걸고 번을 쳐다보았다. '야, 인마'는 언제 어느 때나 훌륭한 도입부가 될 수 있으니까. 그러나 번은 더 이상 말을 잇지 못했다.

테디는 침목 위에서 몸을 숙이고 한 손으로 눈을 가렸다. 지금의 모습은 마치 알라에게 기도를 드리는 것처럼 보였다. 만화에서 '살라미, 살라미, 볼로냐' 하고 중얼거리던 뽀빠이처럼. 그러나 테디의 경우는 전혀 우습지 않았다.

마침내 테디의 격렬한 울음이 조금 잦아들기 시작하자 그에게 다가간 사람은 크리스였다. 크리스는 우리 패거리에서 싸움도 제일 잘했지만 (내가 보기에는 제이미 갤런트보다도 셀 것 같았다.) 사람을 달래는 일에도 제일 유능했다. 그에게는 특별한 재능이 있었다. 언젠가 나는 무릎이 까져 울고 있는 어떤 아이를 크리스가 달래주는 모습을 보았다. 서로 아는 사이도 아니었지만 크리스는 그 아이 곁에 나란히 앉아 자꾸 말을 시켰다. 아마 당시 마을에 들어올 예정이었던 슈라인 서커스단이나 텔레비전의 허클베리 하운드에 대한 이야기였을 것이다. 결국 그 아이는 무릎이 아프다는 사실마저 잊어버리고 말았다. 크리스는 그런 일도 잘 할 수 있을 만큼 강한 녀석이었다.

"야, 테디. 그 뚱뚱한 똥덩어리가 너희 아버지에 대해 뭐라고 지껄이든 무슨 상관이야? 응? 잘 생각해 봐! 그런다고 뭐가 달라지냐? 그 뚱뚱한 똥덩어리가 뭐라고 지껄이든 간에? 응? 응? 뭐가 달라져?"

테디는 격렬하게 고개를 가로저었다. 그런다고 달라질 것은 아무것도 없다. 그러나 벌건 대낮에 그런 말을 듣게 되다니…… 잠자리에 들어서도 쉽게 잠들지 못할 때마다 테디는 창밖에 떠오른 달을 바라보며 끊임없이 아버지를 생각하고 또 생각했을 텐데, 그 둔하고 산만한 머리로 어떻게든 아버지를 이해해 보려고 열심히 노력했을 텐데, 그리하여 마침내 아버지가 거의 신성한 존재처럼 느껴졌을 텐데, 그런 아버지를 다른 사람들은 한낱 미친놈이라고 생각한다는 것을 깨닫게 되었으니…… 바로 그 깨달음이 그를 뒤흔들었던 것이다. 그러나 달라지는 것은 없다. 아무것도 없다.

"너희 아버지가 노르망디 해변을 폭풍처럼 휩쓸어버린 건 사실이잖아?"

크리스는 땀에 젖고 때 묻은 테디의 한 손을 쥐고 토닥거렸다.

테디가 울면서 격렬하게 고개를 끄덕였다. 코에서 콧물이 줄줄 흘러내렸다.

"그 똥덩어리가 노르망디에 가보기나 했을까?"

테디는 격렬하게 고개를 저었다.

"아, 아, 아니!"

"그 새끼가 너를 잘 알아?"

"아, 아니! 아냐, 하, 하, 하지만……"

"그럼 너희 아버지를 잘 알아? 그 새끼가 너희 아버지 친구냐?"

"아니야!"

분노와 혐오감이 가득한 외침이었다. 생각만 해도 역겨운 일이니까. 테디의 가슴이 크게 부풀더니 다시 흐느낌이 터져 나왔다. 귀를 가렸던 머리카락을 뒤로 넘겨 오른쪽 귀에 꽂혀 있는 갈색 플라스틱 보청기가 보였다. 동그란 단추형 보청기였는데, 그의 귀에 비하면 차라리 보청기 모양이 더 자연스러웠다. 무슨 뜻인지 짐작할 수 있을 것이다.

크리스가 조용히 말했다.

"말은 중요한 게 아니야."

테디는 고개를 끄덕였지만 여전히 고개를 들지 않았다.

"몇 마디 말 때문에 너하고 너희 아버지 사이가 달라질까?"

테디는 명확하지 않게 고개를 가로저었다. 달라질지 안 달라질지 확신할 수 없었기 때문이다. 그의 고민거리에 대하여 누군가 새로운 정의를 내렸다. 그것도 충격적일 만큼 일상적인 용어를 사용하여 새로 정의했다. 이 문제는

(미친놈)

나중에 다시

(씨발, 해까닥 돌아버렸으니까.)

검토해 봐야 할 것이다. 철저하게. 잠들지 못하는 기나긴 밤에.

크리스가 테디의 어깨를 흔들었다. 그리고 자장가처럼 마음을 어루만지는 목소리로 말했다.

"그 새끼가 너를 약 올리려고 그랬던 거야. 너를 약 올려 울타리를 넘어오게 하려고 그랬던 거라고. 너도 알지? 신경 쓸 거 없어, 인마. 씨발, 쥐뿔도 신경 쓸 거 없다고. 그 새낀 너희 아버지에 대해 아무것도 몰라. 멜로 타이거에 죽치고 있는 주정뱅이들한테서 들은 것 말고는 아무것도 모른단 말이야. 그 새낀 그냥 개똥 같은 놈이야, 인마. 그렇지, 테디? 응? 그렇지?"

테디는 울음을 그치고 훌쩍거리고 있었다. 이윽고 그는 눈물을 닦고 똑바로 앉았다. 검댕이 뭉개져 양쪽 눈 주위에 동그란 자국이 남았다.

"난 괜찮아." 테디는 그렇게 말하는 자신의 목소리에서 힘을 얻은 듯했다. "그래, 난 괜찮아."

그는 일어서서 안경을 다시 썼다. 마치 벌거벗은 얼굴에 옷을 입히는 것 같았다. 그가 희미하게 웃더니 윗입술에 흘러내린 콧물을 팔뚝으로 쓱 문질렀다.

"씨발, 나 울보 같지?"

그러자 번이 조심스럽게 말했다.

"아냐, 인마. 누가 우리 아빠를 그렇게 욕하면······"

그 순간 테디가 거만해 보일 만큼 씩씩하게 말했다.

"그럼 그 새낄 죽여버려야지! 그런 새끼는 죽어도 싸. 그렇지, 크리스?"

"맞아." 크리스가 상냥하게 대답하며 테디의 등을 두드려주었다. "그렇지, 고디?"

"당연하지."

대답은 그렇게 했지만 나는 테디가 자기 아버지 때문에 하마터면 죽을 뻔했는데도 어떻게 아버지를 그토록 극진히 생각하는지, 그리고 내가 기억하는 한 우리 아버지는 내가 세 살 때 싱크대 밑에서 표백제를 꺼내 먹었을 때 말고는 나에게 손찌검을 한 적이 없는데도 나는 어째서 아버지를 별로 좋아하지 않는지 이해할 수 없었다.

우리는 다시 철도를 따라 걷기 시작했다. 200미터쯤 갔을 때 테디가 한층 더 차분해진 음성으로 이렇게 말했다.

"야, 내가 너희들 즐거운 시간을 망쳐버린 것 같아서 미안하다. 아까 그 울타리 앞에선 내가 너무 멍청하게 굴었어."

그러자 번이 불쑥 이렇게 말했다.

"글쎄, 이 시간이 즐거워도 되는 건지 잘 모르겠어."

크리스가 그를 돌아보았다.

"집에 돌아가고 싶다는 거야?"

"아니, 천만에!" 번은 생각에 잠겨 얼굴을 찡그렸다. "하지만 죽은 애를 보러 가는 길인데…… 무슨 파티처럼 신나는 일로 생각하면 안 될 것 같아. 무슨 말인지 알겠어? 내 말은……" 그는 조금 흥분한 표정으로 우리를 둘러보았다. "내 말은, 내가 좀 겁먹을 수도 있다는 거야. 내 말 알겠어?"

아무도 대답하지 않자 번이 구체적으로 설명했다.

"내 말은 있지, 내가 가끔 악몽을 꾸거든. 예를 들자면…… 아,

대니 노튼이 낡은 만화책 한 무더기 두고 가던 날 생각나지? 흡혈귀도 나오고 사람들이 토막토막 잘리는 그런 만화책 말이야. 맙소사…… 난 말이지, 가끔 얼굴이 온통 초록색이라든지 뭐 그런 괴물이 나타나는 꿈을 꾸다가 한밤중에 깨어나곤 했어. 그럴 때는 침대 밑에 꼭 뭐가 있을 것 같은 기분이 드는데, 내가 침대 밖으로 손을 늘어뜨리면 그게 나를 콱 움켜쥐고……"

우리는 모두 고개를 끄덕이기 시작했다. 한밤중에 잠이 깬 경험은 누구에게나 있었다. 그러나 그 당시 누군가 나에게 오래지 않아 내가 어린 시절의 공포와 심야의 식은땀을 이용하여 백만 달러를 벌어들이게 될 거라고 말했다면 나는 웃어버렸을 것이다.

"그래도 나는 아무 말도 할 수가 없어. 왜냐하면 젠장, 우리 형이…… 너희들도 빌리를 알지만…… 빌리가 소문을 낼까봐……" 그는 비참한 표정으로 어깨를 으쓱거렸다. "그래서 난 그애를 보기가 겁나. 혹시 그애가, 있잖아, 그애가 정말 끔찍하게……"

나는 침을 꿀꺽 삼키고 크리스를 힐끗 훔쳐보았다. 그는 심각한 얼굴로 번을 바라보며 계속 말해 보라고 고개를 끄덕였다.

번이 말을 이었다.

"혹시 그애가 정말 끔찍한 꼴이라면 그때부터 나는 **그애에 대한** 악몽을 꾸게 될 테고, 그러다가 깨어나면 **바로 그애가** 내 침대 밑에 있다고 생각하게 될 거라고. 텔레비전 광고에 나오는 샐러드 매스터(야채 등을 썰고 다질 때 사용하는 주방 기구 ― 옮긴이) 같은 기계에서 방금 튀어나온 것처럼 온통 토막이 나서 핏물 속에 널려 있는데, 그래서 눈알이랑 머리카락만 겨우 남았는데, 어떻게 된 건지 그 시체가 **움직이는** 거야. 무슨 말인지 알겠냐? 어떻게 된 건지 그게 우, 움직이면서, 있지, 나를 붙잡으려고……"

그때 테디가 목쉰 소리로 말했다.

"맙소사. 씨발, 더럽게 끔찍하네."

그러자 번이 변명조로 말했다.

"글쎄, 나도 어쩔 수가 없어. 하지만 난 우리가 그애를 **반드시** 봐야 할 것 같아. 설사 무서운 꿈을 꾸게 되더라도 말이야. 내 말 알겠어? 우리가 **반드시** 봐야 할 것 같다고. 그렇지만…… 그렇지만 이걸 즐거운 일로 생각하면 안 될 것 같아."

그때 크리스가 조용히 말했다.

"그래. 그럴지도 모르지."

그러자 번이 애원하듯이 말했다.

"다른 애들한테는 말하지 않을 거지? 악몽 얘기가 아니야. 악몽은 누구나 꾸는 거니까. 내 말은, 잠에서 깼을 때 침대 밑에 뭐가 있을지도 모른다고 생각하는 거 말이야. 씨발, 난 도깨비 얘기를 믿을 나이가 아니잖아."

우리는 모두 말하지 않겠다고 약속했다. 그러고 나서 다시 우울한 침묵이 흘렀다. 겨우 3시 15분 전이었지만 왠지 훨씬 더 긴 시간이 지나간 것 같았다. 날씨도 너무 더웠고 지금까지 너무 많은 일이 일어났기 때문이다. 우리는 아직 할로에 들어서지도 못하고 있었다. 날이 어두워지기 전에 웬만큼 멀리까지 가려면 이제부터는 속도를 높여 부지런히 걸어야 했다.

이윽고 우리는 녹슨 철봉에 신호기가 높이 매달려 있는 철도 교차점을 지나갔다. 모두 멈춰 서서 꼭대기에 달린 쇠로 된 깃발에 쇄석을 던져보았지만 아무도 맞히지 못했다. 그리고 3시 반쯤에 우리는 GS&WM 철도가 캐슬 강을 건너가는 교각 앞에 이르렀다.

14

1960년에는 그 지점의 강폭이 100미터도 넘었다. 나중에 그곳을 다시 보러 갔더니 그새 강폭이 많이 좁아졌다. 사람들은 각종 공장의 편리를 위해 걸핏하면 이 강에 장난을 친다. 게다가 댐을 너무 많이 건설해서 강은 이제 길들인 짐승처럼 온순해졌다. 그러나 그 시절에는 뉴햄프셔 주 전체와 메인 주의 절반을 가로지르는 이 강에 댐이라고는 세 군데밖에 없었다. 그 당시만 해도 캐슬 강은 꽤 자유로운 상태였고, 3년마다 한 번꼴로 봄철에 강물이 범람하면 할로나 댄버스 정션, 또는 두 지역 모두에서 루트 136번 도로가 물에 잠겼다.

지금은 메인 주 서부에서 대공황 이후 가장 건조했던 여름의 막바지인데도 강폭은 여전히 넓었다. 우리가 서 있는 캐슬록 쪽에서 보면 할로 쪽의 거대한 숲이 마치 다른 나라인 것 같았다. 그쪽 땅의 소나무와 가문비나무들이 뜨거운 오후의 아지랑이 속에서 푸르스름하게 보였다. 두 줄기 선로가 수면으로부터 15미터 상공에서 강을 가로질렀다. 타르를 칠한 나무 기둥과 엑스자로 교차시킨 들보들로 건설된 지지대가 철도를 떠받치고 있었다. 강물이 너무 얕아서 아래를 내려다보면 가대(架臺)를 지탱하기 위해 강바닥에 3미터 깊이로 박아놓은 시멘트 받침대의 윗면이 훤히 들여다보였다.

  가대 자체도 매우 허술했다. 두 선로는 15×10센티미터 굵기의 통나무를 차례로 깔아놓은 길고 좁다란 나무 상판 위로 지나갔다. 침목의 사이사이에는 10센티미터 정도의 간격이 있었는데 그 틈으로 저 아래 강물이 곧장 내려다 보였다. 양쪽 옆에는 선로와 교각 가장자리 사이의 45센티미터쯤 되는 공간이 전부였다. 기차가 오더라도 그 정도의 공간만 있으면 납작해지는 꼴은 면하겠지만…… 그러나 질주하는 화물열차가 지나가면 우리는 꼼짝없이 돌풍에 휘말려 아래로 떨어질 테고, 그렇게 되면 흘러가는 얕은 강물의 수면 바로 밑에 도사리고 있는 바위에 부딪쳐 죽게 될 것이 뻔했다.

  교각을 바라보면서 우리는 두려움으로 아랫배가 근질거렸고…… 그 두려움 속에는 도전의 흥분도 불안하게 섞여 있었다. 이거야말로 끝내주는 도전, 집에 돌아가서도 몇 주 동안이나 자랑할 수 있는 최고의 도전인데…… 단, 집에 돌아갈 수만 있다면. 테디의 눈이 다시 그 야릇한 빛을 발하기 시작했다. 그때 테디는 GS&WM의 철도 교각이 아니라 긴 모래 해변을 보고 있었을 것이다. 거품을 일으키는 파도를 타고 밀려드는 천여 척의 상륙정, 전투화가 푹푹 빠지는 모래밭을 가로질러 돌격하는 만여 명의 군인들…… 그들이 철조망을 뛰어넘는다! 토치카를 향해 수류탄을 던진다! 기관총 포대를 돌파한다!

  우리는 쇄석길이 캐슬 강의 절벽을 향해 기울어지는 지점(즉 제방이 끝나고 교각이 시작되는 곳)에서 철도 옆에 서 있었다. 아래쪽을 내려다보니 경사가 급해지기 시작하는 부분이 보였다. 그곳에서 쇄석길이 끝나면서 잿빛 암반이 드러났고 강인해 보이는 덤불들이 드문드문 흩어져 있었다. 더 아래쪽에는 지지러진 전나무 몇 그루가 매달려 있었는데, 암반의 틈새를 비집고 나온 뿌리가 용틀임을 하는 듯 구불구불했다. 이 나무들은 흘러가는 강물에 비친 자신의 비참한 모습을 내려다보는 것 같았다.

이 지점에서는 캐슬 강도 제법 깨끗해 보였다. 이 강은 캐슬록에서 비로소 메인 주의 직물공장 지대로 들어서기 때문이다. 그러나 강바닥이 보일 만큼 물이 맑은데도 수면 위로 뛰어오르는 물고기는 한 마리도 볼 수 없었다. 캐슬 강에서 물고기를 보려면 상류 쪽의 뉴햄프셔 주를 향해 15킬로미터쯤 더 올라가야 했다. 물고기가 없을 뿐만 아니라 강변 근처의 바위 주변에 더러운 거품이 떠다니는 것도 볼 수 있었다. 오래된 상아 같은 빛깔의 거품이었다. 물냄새도 그리 상쾌하지 않았다. 곰팡이 핀 타월이 가득한 빨래 바구니 같은 냄새였다. 잠자리들이 마음 놓고 수면 위에서 바느질을 하듯이 알을 낳았다. 그들을 잡아먹을 송어가 없기 때문이다. 송어는커녕 송사리 한 마리도 없었다.

크리스가 조용히 말했다.

"맙소사."

테디가 씩씩하고 거만하게 말했다.

"자, 가자. 빨리 가자고."

벌써 그는 빛나는 두 선로 사이의 15×10센티미터짜리 침목을 밟으며 조금씩 나아가고 있었다.

번이 불안한 듯이 말했다.

"있잖아, 너희들 혹시 다음 기차가 언제 오는지 알아?"

우리는 모두 어깨를 으쓱거렸다.

내가 말했다.

"루트 136번 도로에 다리가 하나 있는데……"

그 말을 듣고 테디가 외쳤다.

"야, 제발 이러지 마라! 그 다리로 건너가려면 여기서 하류 쪽으로 8킬로미터나 내려갔다가 건너편에서 다시 8킬로미터를 걸어 올라와야 하는데…… 그러다가 해 넘어간다! 이 다리만 건너면 겨우 **십 분만**에 갈 수 있다고!"

그러자 번이 말했다.

"하지만 기차가 오면 피할 데가 없잖아."

그는 테디를 보지 않고 빠르게 흘러가는 무심한 강물을 내려다보고 있었다.

"씨발, 없긴 왜 없냐!"

테디가 화를 내며 말했다. 그는 선로 밑에 깔린 침목의 끄트머리에 대롱대롱 매달렸다. 아직 멀리 나가지 않은 곳이라서 테디의 운동화가 땅에 닿을락말락했지만 강 한복판까지 가서 그런 짓을 한다는 것은 생각만 해도 아찔했다. 나는 15미터 높이의 허공에 매달려 있고, 바로 위에서는 기차가 콰르릉거리며 달려가고, 아마도 뜨거운 불똥이 내 머리와 목덜미로 화려하게 쏟아져 내릴 테고…… 그런 것들을 생각하니 그다지 유쾌하지 않았다.

"얼마나 쉬운지 봤지?"

테디가 말했다. 그는 제방으로 떨어져내려 두 손을 툭툭 털고 다시 우리 곁으로 올라왔다.

크리스가 물었다.

"이백 량짜리 화물열차가 올지도 모르는데 그런 식으로 버티겠다는 거야? 5분이나 10분 동안 그렇게 맨손으로 매달려 버틸 수 있어?"

그러자 테디가 소리쳤다.

"왜, 겁나냐?"

크리스가 빙그레 웃었다.

"아니야. 네가 어떻게 할 건지 물어봤을 뿐이라고. 진정해, 인마."

그러자 테디가 큰 소리로 외쳤다.

"돌아서 가고 싶으면 너희들 맘대로 해! 씨발, 누가 뭐래? 느긋하게 기다려줄게! 낮잠이나 한숨 자면서!"

내가 마지못해 이렇게 말했다.

"아까 열차 하나가 지나갔어. 이제 남은 건 하나뿐일 거야. 할로를 지나가는 열차는 하루에 두 번이거든. 여기 좀 봐."

나는 철도 침목 사이로 돋아난 잡초를 발로 찼다. 캐슬록과 루이스턴 사이를 운행하는 철도에는 잡초가 자라지 못했다.

테디가 의기양양하게 말했다.

"그것 봐. 이제 알겠냐?"

나는 이렇게 덧붙였다.

"그래도 **가능성은** 있어."

그때 크리스가 말했다.

"그래."

그는 반짝거리는 눈으로 나만 뚫어지게 쳐다보았다.

"내기 하자, 라챈스."

"내기 하자는 놈이 먼저 가기야."

"좋아."

크리스는 테디와 번을 돌아보며 물었다.

"여기 겁쟁이들 있냐?"

"없어!"

테디가 외쳤다.

번은 목청을 가다듬었지만 목소리가 갈라져 나왔고 다시 목청을 가다듬더니 아주 작은 소리로 대답했다.

"없어."

그는 속이 메스꺼운 듯 힘없는 미소를 지었다.

크리스가 말했다.

"좋았어."

그러나 우리는(심지어 테디까지) 철도 이쪽저쪽을 유심히 살펴보면서 잠시 머뭇거렸다. 나는 무릎을 꿇고 강철 선로 하나를 꽉 쥐어보았다. 손바닥에 물집이 생길 만큼 뜨거웠지만 아랑곳하지 않았다. 선로는 잠잠했다.

"좋아."

그렇게 말하는 순간 내 뱃속에서 누가 장대높이뛰기를 하는 것 같았다. 그 놈이 장대를 내 불알에 처박으며 뛰어올라 심장에 턱 걸터앉는 느낌이었다.

우리는 한 줄로 서서 교각 위로 나아갔다. 크리스가 제일 먼저, 그 다음은 테디, 다음은 번, 그리고 내기를 건 놈이 먼저 가야 한다고 말한 내가 마지막이었다. 우리는 두 선로 사이의 가대 침목을 밟으며 걸어갔는데, 고소 공포증이 있든 없든 발치를 주시해야 했다. 자칫 발을 헛디디면 침목에 사타구니를 부딪치거나 발목이 부러질 수도 있었다.

발밑에서 제방이 점점 멀어져갔다. 한 발 한 발 내디딜 때마다 우리의 결정이 점점 더 확고해지는 것 같았고…… 가면 갈수록 어리석은 자살 행위처럼 느껴졌다. 발 아래 저 멀리서 암반이 끝나고 강물이 보이기 시작했을 때 나는 걸음을 멈추고 고개를 들어보았다. 크리스와 테디는 벌써 꽤 멀리 가서 다리 중간쯤에 있었고 번은 그들 뒤에서 신중하게 발치를 내려다보며 주춤주춤 천천히 나아가고 있었다. 고개를 수그리고 등을 구부린 채 균형을 잡으려고 두 팔을 내밀고 있는 번의 모습이 마치 죽마(竹馬)를 처음 타보는 할머니 같았다. 나는 어깨 너머로 뒤를 돌아보았다. 너무 멀리 와버렸다. 이젠 앞으로 나아가는 수밖에 없었다. 뒤에서 기차가 올지도 모르지만 그 때문만이 아니었다. 지금 되돌아가면 나는 평생 겁쟁이로 살아가야 하기 때문이었다.

그래서 나는 다시 걷기 시작했다. 끝없이 이어지는 침목들과 그 사이로 언뜻언뜻 보이는 흐르는 강물을 한동안 내려다보고 있자니 점점 어지럽고 혼란스러웠다. 한 걸음 한 걸음 내디딜 때마다 그 발이 허방을 짚을 것만 같았다. 눈으로는 분명히 침목을 보고 있는데도 내 두뇌의 일부분은 자꾸 그런 착각을 일으켰다.

나는 나의 내부와 외부의 모든 소리를 예민하게 의식하고 있었다. 마치 엉터리 관현악단이 연주를 시작하기 전에 악기를 조율하고 있는 것 같았다. 내 심장이 규칙적으로 쿵쿵거리는 소리, 붓으로 연주하는 북소리처럼 귓속에서 칙칙거리는 맥박 소리, 힘줄들이 너무 높게 조율된 바이올린 줄처럼 끽끽거리는 소리, 쏴아쏴아 한결같이 흐르는 강물 소리, 단단한 나무껍질에 달라붙은 매미의 열띤 노랫소리, 박새의 단조로운 울음소리, 그리고 어느 먼 곳에서 개 짖는 소리…… 어쩌면 '맷돌'이 짖는 소리일 수도 있었다. 캐슬 강의 곰팡내가 코를 자극했다. 허벅지의 긴 근육들이 부들부들 떨렸다. 차라리 네 발로 엎드려 엉금엉금 기어가면 훨씬 더 안전할 거라는 (그리고 십중팔구 더 빠를 거라는) 생각이 뇌리를 떠나지 않았다. 그러나 차마 그럴 수는 없었다. 우리 네 사람 중에서 그런 짓을 할 사람은 아무도 없었다. 토요일 오후에 젬 극장에서 상영하는 영화들을 보면서 우리가 배운 것이 있다면 '패배자들만 기어다닌다.'는 교훈이었다. 그것은 '할리우드판(版) 복음서'의 핵심 교리 가운데 하나였다. 선한 사람들은 똑바로 서서 당당하게 걸어야 한다. 그러다가 몸 속에 아드레날린이 폭증하더라도, 그래서 힘줄들이 너무 높게 조율된 바이올린 줄처럼 끽끽거리고 허벅지의 긴 근육들이 부들부들 떨리더라도 어쩔 수 없는 일이다.

　나는 결국 다리 중간쯤에 멈춰 서서 잠시 하늘을 올려다보았다. 어지럼증이 더 심해졌기 때문이다. 게다가 환각 현상까지 나타났다. 침목들이 눈앞에서 오락가락하는 것 같았다. 이윽고 환각이 사라져버리자 마음이 한결 편해졌다. 앞을 바라보니 어느새 내가 번을 거의 따라잡았다는 것을 알 수 있었다. 그는 아까보다 더 느리게 걷고 있었다. 그리고 크리스와 테디는 벌써 다리를 거의 다 건너갔다.

　그날 이후 지금까지 나는 남의 마음을 읽거나 미래를 예견하는 등의 특별한 능력을 지닌 사람들에 대한 책을 일곱 권이나 썼다. 그러나 내가 그런 영적 계시를 경험한 것은 그날 그 순간이 처음이자 마지막이었다. 나는 그날의 그 경험이 틀림없이 계시였다고 확신한다. 그게 아니라면 무엇으로 설명할 수 있겠는가? 나는 쭈그리고 앉아 왼쪽 선로를 손에 쥐었다. 선로는 내 손아귀 속에서 드르르 진동하고 있었다. 진동이 너무 심해서 마치 쇠붙이로 만들어진 치명적인 독사들을 한 줌 쥐고 있는 것 같았다.

여러분은 혹시 '창자가 흐물흐물해졌다.'는 표현을 들어본 적이 있는가? 나는 그 말이 무슨 뜻인지 안다. 무슨 뜻인지 **확실히** 안다. 그 말은 지금껏 만들어진 상투어 중에서 가장 정확한 표현일 것이다. 나는 그 이후에도 간혹 크나큰 두려움을 경험했지만 살아 움직이는 뜨거운 선로를 손에 쥐고 있던 그 순간만큼 무서웠던 일은 한 번도 없었다. 마치 순간적으로 내 목구멍 아래의 내장이 모두 무기력해지면서 한꺼번에 기절해 버린 것 같았다. 한쪽 허벅지 안쪽으로 가느다란 오줌줄기가 느릿느릿 흘러내렸다. 입이 딱 벌어졌다. 내가 벌린 게 아니라 마치 돌쩌귀 못을 갑자기 뽑아버린 뚜껑 문처럼 아래턱이 덜컥 떨어지면서 저절로 벌어졌다. 혀가 입천장에 찰싹 달라붙어 숨이 콱 막혔다. 근육이 모두 돌처럼 굳어버렸다. 그것이 최악이었다. 내장이 무기력해진 것도 문제였지만 모든 근육이 자물쇠로 잠긴 듯 꼼짝도 할 수 없게 된 것은 정말 끔찍한 일이었다. 비록 한순간에 불과했지만 나의 주관적인 느낌으로는 한없이 긴 시간이었다.

모든 감각의 입력(入力)이 증폭되었다. 마치 내 두뇌 속을 흐르는 전류에 과전압이 발생하여 모든 감각 기관을 110볼트에서 220볼트로 승압시킨 것 같았다. 나는 가까운 하늘 어딘가에 비행기가 지나가는 소리를 들었다. 내가 그 비행기에 타고 있었으면 좋겠다고 생각했다. 지금 한 손에 코카콜라를 들고 창가 쪽 좌석에 앉아서 내가 이름도 알지 못하는 강의 빛나는 곡선을 무심히 내려다보고 있다면 얼마나 좋을까. 나는 내가 쭈그리고 앉아 있는 타르칠한 침목의 작은 가시와 홈들을 낱낱이 볼 수 있었다. 시야의 한쪽 구석에서는 내가 아직도 손에 쥐고 있는 선로가 미친 듯이 번쩍거렸다. 선로의 진동이 손바닥에 깊이 파고들어 선로를 놓은 뒤에도 내 손은 여전히 진동하고 있었다. 마치 혈액 순환이 멈췄다가 다시 시작될 때 손발이 저리듯이 신경 마디마디가 쿡쿡 쑤시고 따끔거렸다. 나는 내 침의 맛을 느꼈다. 갑자기 전기가 통한 듯 신맛을 내는 마른침이 잇몸에 끈적끈적 엉겨 붙었다. 그러나 그 중에서도 최악이었던 것은(왠지 제일 무서웠던 것은) 내가 아직 그 열차의 소리를 **들을 수 없다는** 사실이었다. 그것이 내 앞에서 달려오는지, 뒤에서 달려오는지, 얼마나 가까이 왔는지 전혀 알 수 없었다. 열차의 모습도 보이지 않았다. 진동하는 선로 말고는 열차가 다가오고 있음을 알려주는 것이 아무것도 없었다. 열차가 곧 들이닥칠 것을 말해주는 것은 그것뿐이었다. 빨래주머니가 찢어져 빨래가 쏟아진 듯 끔찍한 만신창이가 되어 어느 도랑에 처박힌 레이 브라워의 모습이 눈앞에 생생히 떠올랐다. 이제 곧 우리도 그런 꼴이 될 터였다. 아니, 최소한 번과 나는, 그것도 아니면 최소한 나 혼자라도 그렇게 될 터였다. 우리는 스스로 무덤을 파고 만 것이다.

그 마지막 생각이 마침내 마비 상태를 깨뜨렸고 나는 벌떡 일어섰다. 그때 누가 내 모습을 보았다면 마치 도깨비상자에서 튀어오르는 인형 같다고 생각했겠지만 나 자신이 느끼기에는 마치 물

속에서 슬로모션으로 떠오르는 듯했다. 약 1.5미터의 공기 중에서 일어나는 것이 아니라 150미터 깊이의 물 속에서 천천히 움직이면서, 놓아주기 싫어하는 물을 억지로 가르면서 무시무시하게 느린 속도로 솟아오르는 것 같았다.

그러나 마침내 나는 수면을 뚫고 밖으로 나왔다.

그리고 목이 터져라 소리쳤다.

"기차가 온다!"

그러자 마비 상태의 마지막 잔재마저 떨어져나갔고 나는 곧 달리기 시작했다.

번이 고개를 홱 돌려 어깨 너머로 뒤를 보았다. 그의 얼굴이 확 일그러졌다. 그 경악한 표정은 유아용 글자 공부책의 활자처럼 크게 과장되어 우스꽝스러울 정도였다. 그는 내가 아찔한 허공에 내걸린 침목 위에서 마치 춤을 추듯이 꼴사납게 비틀거리며 허둥지둥 뛰는 것을 보고 내 외침이 결코 농담이 아니라는 것을 알았다. 번도 뛰기 시작했다.

저 앞쪽에서 크리스가 침목을 벗어나 든든하고 안전한 제방으로 내려섰다. 그 순간 나는 문득 4월의 나뭇잎에 흐르는 수액처럼 쓰디쓴 질투심과 강렬한 증오심을 느꼈다. 그는 이제 안전했다. **저 씨발놈은 안전하다.** 나는 그가 무릎을 꿇고 선로를 움켜쥐는 것을 보았다.

그때 내 왼발이 미끄러지는 바람에 하마터면 침목 사이로 빠질 뻔했다. 그 순간 마치 폭주하는 기계의 볼베어링처럼 두 눈이 화끈 달아올랐지만 양팔을 휘둘러 간신히 균형을 되찾고 그대로 계속 달렸다. 나는 곧 번의 바로 뒤에 따라붙었다. 우리가 다리의 중간 지점을 지났을 때 처음으로 열차 소리가 들렸다. 그것은 우리 뒤에서, 즉 강을 기준으로 캐슬록 쪽에서 달려오고 있었다. 처음엔 우르릉거리는 작은 소리였지만 조금씩 커지더니 곧 디젤 엔진이 부릉거리는 소리와 그보다 높고 더 불길한 소리, 즉 홈이 팬 커다란 바퀴들이 선로 위에서 육중하게 회전하는 소리로 구분되었다.

"으아아아아아아아아, 제기랄!"

번이 비명을 질렀다.

"뛰어, 이 겁쟁아!"

나는 고함을 지르며 그의 등을 탁 때렸다.

"못 뛰겠어! 넘어질 것 같아!"

"더 빨리 뛰라니까!"

"으아아아아아아아아아 제기랄!"

그러면서도 그는 더 빨리 뛰었다. 그 모습은 마치 햇볕에 탄 등을 드러내고 비틀거리는 허수아비 같았다. 허리에 동여맨 셔츠의 목깃이 엉덩이 밑에서 마구 펄럭거렸다. 나는 껍질이 벗겨진 그의 어깨뼈에 땀방울이 맺힌 것을 보았다. 작고 완벽한 구슬 같았다. 나는 그의 목덜미에 돋아난 가느다란 솜털들을 보았다. 그의 근육들이 뭉쳤다 펴지고 뭉쳤다 펴지고 뭉쳤다 펴졌다. 마디마디 도드라진 척추 뼈도 보았다. 뼈마디마다 초승달 모양의 그림자가 있었다. 목에 가까워질수록 뼈마디 사이의 간격이 점점 좁아졌다. 그는 아직 자기 침구를 들고 있었고 나도 아직 내 침구를 들고 있었다. 번의 발이 닿을 때마다 침목이 쿵쿵 울렸다. 그는 하마터면 침목 하나를 놓칠 뻔하고 팔을 앞으로 뻗으며 허우적거렸다.

나는 계속 뛰라고 다시 그의 등을 때렸다.

"고디 못 가겠어 으아아아아아아아아아 제에에기라아아아아알……!"

"더 빨리 뛰어, 새꺄!"

나는 고래고래 악을 썼다. 혹시 그 상황을 '즐기고' 있었던 것일까?

그렇다. 그날 이후에는 오직 곤드레만드레 취했을 때만 경험할 수 있었던 즐거움, 그렇게 이상야릇하고 자기 파괴적인 즐거움이었다. 나는 마치 특별히 잘 키운 우량소를 장터로 데려가는 소몰이꾼처럼 번 테시오를 마구 몰아붙였다. 그리고 어쩌면 번도 나처럼 그 공포를 즐겼는지도 모르겠다. 장터로 끌려가는 소처럼 울부짖으면서, 목청껏 항변하고 땀을 뻘뻘 흘리면서, 흉곽(胸廓)이 대장간 풀무처럼 바삐 오르내리도록 가쁜 숨을 몰아쉬면서, 고꾸라질 듯 허둥지둥 달리면서.

열차 소리가 굉장히 요란해졌다. 규칙적으로 쿵쿵거리는 엔진 소리도 훨씬 커졌다. 열차는 아까 우리가 멈춰 서서 신호기를 향해 쇄석을 던졌던 교차점을 지나면서 길게 경적을 울렸다. 좋든 싫든 나는 드디어 지옥의 맹견을 만나게 된 것이다. 금방이라도 발밑에서 교각이 마구 흔들릴 것 같았다. 그때는 이미 열차가 우리 바로 뒤에 있다는 것을 알게 될 터였다.

"더 빨리 뛰어, 번! 더 빨리!"

"오 하느님 고디 오 하느님 고디 오 하느님 으아아아아아아 제에에에기라아아알!"

그때 갑자기 화물 열차의 전기 경적 소리가 길고 요란하게 울려 퍼지면서 대기를 갈기갈기 찢어발겼다. 그 순간 영화나 만화책이나 공상 속에서 보았던 것들이 모두 허공으로 흩어져버렸고, 나는 비로소 뭇 영웅과 겁쟁이들이 죽음이 덮쳐오는 순간에 실제로 들었던 소리가 어떤 것이었는지 알게 되었다.

뿌아아아아아아아아아아앙! 뿌아아아아아아아아아아아앙!

그때 저 아래 오른쪽에 서 있는 크리스가 보였고, 그 뒤에 테디도 서 있었고, 테디의 안경이 햇빛에 번쩍거렸고, 그들은 둘 다 낱말 하나를 외치고 있었고, 그 단어는 '뛰어내려!'였다. 그러나 기차가 그 낱말의 피를 모조리 빨아먹었으므로 나는 그들의 입 모양만 보았을 뿐 아무 소리도 듣지 못했다. 기차가 돌진해 오자 드디어 교각이 흔들리기 시작했다. 우리는 허둥지둥 뛰어내렸다.

번은 몸을 길게 뻗은 채 흙과 쇄석이 깔린 땅바닥에 철퍼덕 떨어졌고 나는 바로 그 옆에 착륙했다. 하마터면 번을 깔아뭉갤 뻔했다. 나는 그 열차를 보지도 못했고, 따라서 기관사가 우리를 보았는지 못 보았는지도 알 수 없다. 그러나 몇 년 뒤에 크리스에게 그날 기관사가 우리를 보지 못했을지도 모른다고 했더니 그는 이렇게 말했다.

"다람쥐 때문에 그렇게 경적을 울리진 않아, 고디."

그러나 정말 우리를 못 보았을 수도 있다. 그저 요란한 소리가 좋아서 경적을 울렸는지도 모른다. 어쩌면. 아무튼 그 당시에는 그렇게 세세한 부분까지 신경쓸 겨를이 없었다. 화물열차가 지나갈 때 나는 양손으로 귀를 막고 뜨거운 흙 속에 얼굴을 파묻었다. 쇠붙이와 쇠붙이가 마찰되면서 날카로운 비명을 질렀고 세차게 휘몰아치는 바람이 우리를 후려갈겼다. 나는 그 열차를 보고 싶다는 충동을 전혀 느끼지 못했다. 긴 화물열차였지만 나는 끝내 고개를 들지 않았다. 기차가 완전히 지나가기 전에 내 목에 와 닿는 따스한 손길을 느꼈고 보나마나 크리스의 손이라는 것을 알았다.

이윽고 기차가 지나간 후(즉 기차가 완전히 지나갔음을 '확신'하게 되었을 때) 나는 하루 종일 퍼붓던 폭격이 끝난 후 참호 속에서 기어 나오는 병사처럼 조심스럽게 고개를 들었다. 번은 아직도 땅바닥에 널브러져 부들부들 떨었다. 크리스는 우리 둘 사이에 책상다리를 하고 앉아서 한 손은 땀에 젖은 번의 목에, 또 한 손은 여전히 내 목에 얹고 있었다.

번이 마침내 일어나 앉아 강박적으로 혀를 핥아가며 부르르 떨고 있을 때 크리스가 말했다.

"우리 그 콜라 지금 마시는 게 어떨까? 난 목이 마른데 너희들은 괜찮아?"

모두 만장일치로 목이 말랐다.

15

할로 쪽으로 건너간 후 400미터쯤 들어간 지점에서 GS&WM 철도는 곧장 숲속으로 뛰어들었다. 나무가 울창한 땅이 점점 낮아지더니 이내 늪지대가 나타났다. 그곳에는 전투기처럼 커다란 모기들이 우글거렸지만 기온은 선선했다. 황홀할 정도로 선선했다.

우리는 그늘에 앉아 콜라를 마셨다. 번과 나는 벌레들을 막으려고 셔츠를 어깨에 걸쳤지만 여전히 상체를 드러내고 있는 크리스와 테디는 얼음집에 들어앉은 에스키모들처럼 시원하고 침착해 보였다. 우리가 그곳에 앉은 지 5분도 안 되었을 때 번이 수풀 속으로 들어가서 쭈그리고 앉았다. 그래서 그가 돌아왔을 때 우리는 실컷 농담을 하면서 그를 놀려먹었다.

"기차 때문에 너무 무서웠나 보다, 번?"

번은 이렇게 대답했다.

"아냐. 안 그래도 강만 건너면 똥 누려고 했어. 똥 마려운 건 어쩔 수 없잖아?"

그러자 크리스와 테디가 합창하듯이 말했다.

"버어어어어어언?"

"이러지 마, 짜식들아, 진짜 마려웠어. 진담이라고."

"그럼 네 빤쓰에 허시 초콜릿이 묻었는지 안 묻었는지 확인해 봐도 되겠지?"

테디가 그렇게 묻자 번은 그제야 자기가 놀림을 받았다는 것을 깨닫고 웃음을 터뜨렸다.

"나가 뒈져라."

크리스가 이번에는 나를 돌아보았다.

"기차 때문에 무서웠냐, 고디?"

"아니."

나는 그렇게 말하고 콜라를 마셨다.

"그래, 별로였겠지, 이 사기꾼."

크리스는 내 팔을 주먹으로 툭 때렸다.

"진담이야! 하나도 안 무서웠어."

그러자 테디가 나를 유심히 바라보면서 물었다.

"그래? 정말 안 무서웠냐?"

"그래, 씨발, 무서운 정도가 아니라 아주 **혼비백산했다**."

그 말에 모두 뒤집어졌다. 번을 포함하여 우리 모두가 한참 동안 배꼽을 쥐고 웃어댔다. 그러고 나서 우리는 더 이상 시시덕거리지 않고 콜라를 마시며 조용히 누워 있었다. 내 몸은 운동을 해서 뜨거웠지만 자못 평화로웠다. 내 몸의 모든 부분이 다른 부분과 조화를 이루고 있었다. 나는 살아 있었고 그 사실이 기뻤다. 나의 모든 것이 각별히 소중하게 여겨졌다. 그런 말을 입 밖에 낼 수는 없었지만 아무래도 상관없다고 생각했다. 어쩌면 그 특별한 느낌을 나 혼자 간직하고 싶었던 것인지도 모른다.

그날 나는 무엇이 사람을 무모하게 만드는지를 어렴풋이 이해했던 것 같다. 지금으로부터 몇 년 전에 나는 이블 크니블(오토바이 점프로 유명한 미국 스턴트맨 ― 옮긴이)이 스네이크 강의 협곡을 건너뛰는 것을 보려고 20달러를 지불했는데, 그날 내 아내는 나에게 크게 실망했다. 그녀는 내가 만약 로마인으로 태어났다면 콜로세움에 가서 포도를 우물거리며 사자들이 기독교인들의 배를 가르는 장면을 구경했을 거라고 말했다. 그 말은 사실이 아니었지만 그녀에게 내 심리를 설명하기는 쉽지 않았다. (그녀는 내가 얼버무린다고 생각했을 것이다.) 그러나 나는 전국에 방송된 유료 프로그램에서 그 사람이 죽는 장면을 보기 위해 20달러를 토해 낸 것이 아니었다. 물론 앞으로 일어날 일이 바로 그것이라고 확신했던 것은 사실이다. 그러나 내가 그 프로그램을 시청한 진짜 이유는 언제나 우리의 마음속에 도사리고 있는 어떤 그림자 때문이었고, 브루스 스프링스틴이 어느 노래에서 '도시 변두리의 어둠'이라고 불렀던 그것 때문이었고, 이따금씩 나는 어떤 장난꾸러기 신이 우리 인간들에게 고물딱지 같은 육체를 주었음에도 불구하고 누구나 한 번쯤은 그 어둠에 도전하고 싶어 한다고 생각하기 때문이었다. 아니다…… 고물딱지 같은 육체에도 '불구하고'가 아니라 고물딱지 같은 육체 '때문에'.

크리스가 갑자기 일어나 앉으며 말했다.

"어이, 고디, 그 얘기 좀 해봐라."

무슨 말인지 이미 알면서도 나는 이렇게 되물었다.

"무슨 얘기?"

대화가 내 소설에 대한 화제로 흘러가면 나는 언제나 거북스러웠다. 그러나 아이들은 모두 내 소설을 좋아하는 것 같았다. 남들에게 이야기를 들려주거나 아예 글로 쓰고 싶어 하는 것…… 그것은 이를테면 나중에 자라서 하수도 검사관이 되거나 경주용차 정비사가 되고 싶어 하는 것처럼 너무 특이해서 오히려 멋있어 보이는 일이었다. 내가 어른이 되면 작가가 되고 싶어 한다는 것, 그 일을 직업으로 삼고 싶어 한다는 것을 처음 알게 된 아이는 1959년에 온 가족이 네브라스카 주로 이사 갈 때까지 우리와 함께 놀던 리치 제너였다. 우리가 내 방에 올라가서 그냥 빈둥거리고 있을 때 그가 내 벽장에 있던 상자 속의 만화책 밑에서 손글씨가 적힌 종이 한 뭉치를 찾아냈던 것이다. 리치가 물었다. "이게 뭐야?" "아무것도 아니야." 그렇게 대답하면서 나는 그 원고를 낚아채려 했다. 리치는 내 손이 닿지 않도록 원고를 높이 들어올렸고…… 내가 그것을 빼앗으려고 **아주 열심히** 노력하지는 않았다는 사실을 고백해야겠다. 나는 리치가 그것을 읽어주기를 바라기도 했고 바라지 않기도 했다. 그것은 자랑스러움과 부끄러움이 불안하게 뒤섞인 미묘한 감정이었는데, 요즘도 누가 내 원고를 보고 싶다고 할 때마다 나는 그 시절과 별반 다르지 않은 감정을 느낀다. 글을 쓰는 행위 자체가 자위행위처럼 은밀하게 하는 것이기 때문이다. 아, 내 친구 한 명은 가끔 서점이나 백화점의 진열창에서 소설을 쓰기도 했지만 그는 용감하다 못해 미치광이에 가까웠고, 아는 사람이 아무도 없는 낯선 도시에서 심장마비로 쓰러졌을 때 곁에 있다면 좋을 만한 친구였다. 내 경우에 글쓰기는 언제나 섹스를 대신하고 싶어 하지만 언제나 섹스에 미치지 못하는 어떤 것이다. 말하자면 그것은 언제나 화장실에서 문을 잠가놓고 해야 하는 사춘기의 손장난 같은 일이다.

리치는 곧바로 내 침대 끄트머리에 걸터앉아서 내가 쓴 소설을 읽으며 그날 오후의 대부분을 보냈다. 대체로 번에게 악몽을 꾸게 했던 것들과 비슷한 만화책에서 영향을 받은 작품들이었다. 다 읽고 나서 리치는 아주 야릇한 기분이 들 만큼 낯설고 색다른 표정으로 나를 쳐다보았다. 마치 나라는 인간을 전면적으로 재평가해야 한다고 생각하는 듯한 표정이었다. 그는 이렇게 말했다. "너 아주 잘 쓰는데. 크리스한테도 보여주지 그래?" 나는 이렇게 대답했다. "아니, 비밀로 하고 싶어." 그러자 리치가 말했다. "왜? 이건 계집애 같은 짓이 아니잖아. 넌 이상한 놈이 아니야. '시'를 쓰는 것도 아니니까."

그래도 나는 내 소설에 대해 아무에게도 말하지 않겠다는 약속을 받아냈고, 물론 그는 소문을 퍼뜨렸고, 결국 대부분의 아이들이 내 소설을 읽고 싶어 했다. 내가 쓴 소설은 대부분 사람이 산 채로 불에 타죽는다든지, 혹은 어떤 악당이 죽었다가 되살아나 자신에게 유죄판결을 내린 배심원들을 '열두 가지 흥미진진한 방법'으로 차례차례 죽인다든지, 혹은 어떤 정신병자가 발광하여 많은 사람을 칼로 저며 포를 뜨는데 마침내 주인공 커트 캐논이 '그 인간 이하의 시끄러운 미치광이에게 45구경 자동권총을 연사(連射)로 드르륵 갈겨 산산조각을 내버렸다.' 따위의 이야기들이었다.

　내 소설에서는 언제나 연사였다. 빵 하고 한 방만 쏘는 일은 **절대로 없었다.**

　다른 분위기의 작품으로는 르디오 연작이 있었다. 르디오는 프랑스의 한 마을인데, 1942년 당시 비록 지쳤으나 불굴의 투지를 가진 미군 보병 일개 분대가 그 마을을 나치로부터 탈환하려고 노력한다는 내용이었다. (연합군이 프랑스에 처음 상륙한 것은 1944년이었다는 사실을 알게 된 것은 그로부터 2년 뒤의 일이었다.) 내가 아홉 살 때부터 열네 살 때까지 썼던 마흔 편 가량의 단편소설에서 그들은 이 거리 저 거리를 전전하며 마을을 탈환하기 위한 싸움을 계속했다. 테디는 르디오 연작에 완전히 미쳐버렸다. 마지막 열두 편 가량은 오로지 테디를 위해 썼을 것이다. 그 무렵 나는 르디오도 지긋지긋했고 '몽 디유(맙소사)'니 '셰르셰 르 보슈!(독일군을 조심해라!)'니 '페르메 르 포르트!(문을 닫으시오!)' 따위의 말을 써야 하는 것도 지긋지긋했다. 르디오에서는 프랑스인 농부들이 걸핏하면 "페르메 르 포르트!" 하면서 미군들을 꾸짖었다. 그러나 테디는 구부정하게 앉아서 눈을 휘둥그레 뜨고 이마에는 땀방울이 맺히고 얼굴은 잔뜩 일그러뜨린 채 정신없이 원고를 읽어 내려갔다. 때로는 그의 머리 속에서 공랭식 브라우닝 권총이나 휘파람 소리 같은 88구경이 발사되는 소리가 내 귀에까지 들리는 듯했다. 그가 르디오 연작을 더 보여달라고 아우성을 지를 때마다 기쁘기도 했지만 왠지 두렵기도 했다.

지금은 글을 쓰는 것이 나의 직업이다. 그래서인지 즐거움이 조금은 줄어들었고 자위행위처럼 죄책감이 섞인 이 쾌감이 내 머릿속에서 인공 수정처럼 냉정하고 분석적인 이미지와 결합되는 일이 점점 더 많아진다. 다시 말하자면 출판 계약서에 명시된 규칙과 규범에 따라 사정(射精)을 하게 되는 것이다. 그리고 나를 우리 세대의 토머스 울프라고 부를 사람은 아무도 없겠지만 내가 사기꾼이 된 듯한 기분을 느끼는 일은 별로 없다. 언제나 최선을 다하여 열심히 쓰기 때문이다. 최선을 다하지 않는 것은 어떤 면에서는 매춘과 다름없고, 그 시절에 우리가 쓰던 표현을 빌리자면 '유치찬란한' 짓이다. 내가 걱정하는 것은 요즘 그 일이 종종 고통스럽다는 사실이다. 어린 시절에는 글쓰기가 너무 즐거워 간혹 불쾌할 정도였다. 그런데 요즘은 가끔 이 타자기를 바라보면서 언제쯤 좋은 낱말들이 바닥나버릴까 하는 궁금증을 느낀다. 나는 그런 일이 영영 일어나지 않기를 바란다. 좋은 낱말들이 바닥나지만 않는다면 기꺼이 이 고통을 감내할 수 있을 것 같다.

번이 걱정스레 물었다.

"이번 소설은 어떤 건데? 혹시 공포소설은 아니겠지, 고디? 공포소설이라면 별로 듣고 싶지 않아. 난 그런 거 좋아하지 않는단 말이야."

그러자 크리스가 말했다.

"아니, 공포소설은 아니야. 정말 웃기는 얘기지. 좀 지저분하지만 웃겨. 어서 해봐, 고디. 그 얘기 좀 해보라고."

그러자 테디가 물었다.

"르디오에 대한 얘기야?"

크리스가 테디의 뒤통수를 탁 때렸다.

"아니, 르디오 얘기도 아니야, 이 사이코야. 이건 파이 먹기 대회에 대한 얘기야."

그때 내가 말했다.

"야, 그 얘기는 아직 쓰지도 않았단 말이야."

"그래도 해봐."

"너희들도 듣고 싶냐?"

그러자 테디가 대답했다.

"당연하지. 좋아."

"아, 이건 내가 지어낸 어떤 마을에 대한 얘기야. 그레트나라고 이름을 붙였어. 메인 주 그레트나."

그러자 번이 빙그레 웃으며 말했다.

"**그레트나?** 무슨 이름이 그래? 메인 주에 '그레트나'라는 마을은 없는데."

그러자 크리스가 말했다.

"닥쳐, 멍청아. 방금 고디가 지어낸 마을이라고 했잖아."

"그래도 '그레트나'라니, 그건 너무 웃기는……"

그때 크리스가 말을 가로챘다.

"진짜 마을 중에도 웃기는 이름은 쌔고 쌨어. 예를 들자면 메인 주 '앨프레드'는 어때? 아니면 메인 주 '사코'는? 아니면 '예루살렘스 롯'은? 아니면 '캐슬, 씨발, 록'은? 이 근방엔 성(castle)도 없잖아. 마을 이름은 거의 다 웃기는 거야. 그런데도 그런 생각이 안 드는 건 우리가 그 이름에 익숙해졌기 때문이라고. 내 말이 맞지, 고디?"

"당연하지."

나는 그렇게 대답했지만 속으로는 번의 말이 옳다고 생각했다. 그레트나는 마을 이름 치고는 좀 웃기는 이름이었다. 그저 다른 이름은 생각해 낼 수 없었을 뿐이다.

"그래서 아무튼, 캐슬록처럼 그 마을에서도 매년 개척자 주간을 기념했는데……"

그때 번이 진지하게 말했다.

"그래, 개척자 주간, 그거 정말 **신나지**. 난 우리 집 식구들을 죄수 마차에 가둬버렸어. 빌리 형까지 모조리. 겨우 반 시간 동안이었고 그 덕분에 용돈을 다 써버렸지만 그때만이라도 그 새끼가 어디 있는지 알 수 있어서 충분히 보람 있는……"

그때 테디가 버럭 고함을 질렀다.

"고디가 얘기하게 입 좀 닥칠래?"

번은 눈을 껌벅거렸다.

"그러지 뭐. 그래. 알았어."

"계속해, 고디."

크리스가 말했다.

"사실 별로 대단한 얘기도 아닌데……"

그러자 테디가 말했다.

"그야 그렇겠지. 너 같은 얼간이한테 그렇게 대단한 걸 기대하지도 않아. 그래도 그냥 해봐."

나는 목청을 가다듬었다.

"그래서 아무튼. 때는 개척자 주간이었는데, 그 마을에서는 마지막 날 밤에 세 가지 큰 행사가 열렸어. 아주 어린 아이들은 달걀 굴리기 경주, 여덟 살이나 아홉 살쯤 된 아이들은 자루 경주, 그 다음이 파이 먹기 대회야. 그리고 이 이야기의 주인공은 아무도 좋아하지 않는 데이비 호건이라는 뚱뚱한 애야."

"찰리 호건한테 동생이 있다면 그 녀석일 수도 있겠네."

번이 그렇게 말했다가 크리스가 다시 뒤통수를 때리자 움츠러들었다.

"그 아이는 우리 또래였지만 너무 뚱뚱했어. 몸무게는 80킬로그램 정도였는데 걸핏하면 얻어터지고 괴롭힘을 당했지. 그리고 아이들은 모두 그애를 데이비라고 부르지 않고 뚱보 호건이라고 부르면서 틈만 나면 못살게 굴었어."

그들은 진지하게 고개를 끄덕이며 뚱보에 대한 동정을 표시했다. 그러나 만약 그런 아이가 캐슬록에 나타났다면 우리 모두 그 아이를 놀려대고 죽도록 괴롭혔을 것이다.

"그래서 그애는 복수를 하기로 결심하는 거야. 괴롭힘을 당하는 데 넌더리가 났으니까. 그애는 파이 먹기 대회에만 출전했지만 그 대회는 개척자 주간의 마지막 행사인 데다 모두가 좋아하는 경기였어. 상금은 5달러였고……"

그때 테디가 말했다.

"그러니까 그애가 우승해서 사람들을 엿 먹인다는 얘기구나! 끝내준다!"

그러자 크리스가 말했다.

"아니, 더 멋있는 얘기야. 입 다물고 듣기나 해."

"뚱보는 혼자 이런 생각을 하지. 그까짓 5달러가 대수냐? 2주만 지나면 다들 그 일을 깨끗이 잊어버릴 테고, 그나마 기억하는 게 있다면 돼지 같은 호건이 남들보다 많이 처먹었다는 사실뿐일 텐데. 그리고 아이들은 이렇게 말하겠지. 돼지가 많이 먹는 건 당연하니까 빨리 걔네 집에 가서 실컷 괴롭히기나 하자. 그리고 앞으로는 그냥 뚱보라고 부르지 말고 파이 뚱보라고 부르자."

그들은 다시 고개를 끄덕이며 데이비 호건이 꽤 똑똑한 놈이라는 데 동의했다. 나는 곧 이야기에 열중하기 시작했다.

"그런데 말이야, 사람들은 다들 그애가 대회에 참가할 걸 예상했어. 걔네 엄마 아빠도 마찬가지였지. 그래서 뚱보가 상금 5달러를 받기도 전에 벌써 그만큼의 돈을 다 써버렸어."

"맞아, 그랬겠지."

크리스가 말했다.

"그래서 그애는 모든 게 지긋지긋하다고 생각했어. 왜냐하면 그애가 뚱뚱한 건 사실 그애 잘못도 아니었거든. 있잖아, 그애는 내분비선 이상인지 뭔지 하는 괴상한 병 때문에……"

그때 번이 흥분한 목소리로 끼어들었다.

"우리 사촌누나도 그래! 정말이야! 그 누나는 135킬로그램도 넘는다고! 하이보이드 선(腺)인지 뭔지 때문에 그렇대. 하이보이드 선이 뭔지는 모르지만 아무튼 굉장한 뚱뚱보야, 농담이 아니라고. 그 누나는 추수감사절 칠면조처럼 둥글둥글한데 한 번은……."

그러자 크리스가 난폭하게 내뱉었다.

"씨발, 번, 너 입 좀 **닥치지** 못하겠냐? 마지막 경고야! 이거 진담이다!"

어느새 콜라를 다 마신 그는 모래시계 모양의 녹색 병을 거꾸로 쥐고 번의 머리 위에서 흔들었다.

"그래, 맞다, 미안해. 계속해라, 고디. 정말 재미있는 얘기야."

나는 빙그레 웃었다. 사실 번이 자꾸 끼어들어도 특별히 불쾌하지는 않았다. 물론 크리스에게는 그런 말을 할 수 없었다. 그는 '예술의 수호자' 역할을 자임했기 때문이다.

"그래서 그애는 대회를 앞두고 일주일 동안 이런저런 궁리를 했어. 학교에 가면 애들이 자꾸 이렇게 물었어. '어이, 뚱보, 넌 몇 개나 먹을 수 있냐? 열 개 먹을래? 스무 개? 씨발, 여든 개?' 그러면 뚱보는 이렇게 대답했지. '내가 어떻게 알아. 어떤 파이인지도 모르는데.' 그런데 말이야, 그 대회에는 큰 이권이 걸려 있었어. 그건 작년 챔피언 때문인데 이름이, 아, 빌 트레이너라는 어른이었어. 이 트레이너라는 사람은 뚱뚱하지도 않았어. 오히려 꼬챙이처럼 비쩍 말랐지. 그런데도 게눈 감추듯이 파이를 먹어치웠는데, 작년에는 5분 만에 파이를 여섯 개나 먹어버렸거든."

"통째로?"

테디가 경이롭다는 듯이 물었다.

"물론이지. 그리고 뚱보는 역대 출전자들 중에서 제일 어렸어."

그러자 테디가 흥분한 목소리로 외쳤다.

"잘한다, 뚱보! 신나게 먹어치워라!"

그때 크리스가 말했다.

"다른 출전자들은 누구누군지 말해 봐."

"좋아. 뚱보 호건과 빌 트레이너 말고도 캘빈 스파이어가 있었는데 마을 전체에서 제일 뚱뚱한 사람이었어. 코석상을 운영했는데……"

"그레트나 보석상?"

번이 그렇게 말하고 킥킥 웃었다. 크리스가 험악한 표정으로 노려보았다.

"다음 사람은 루이스턴에 있는 라디오 방송국의 디스크자키였는데, 뚱뚱하다고 할 수는 없지만, 뭐랄까, 통통한 편이었어. 그리고 마지막 출전자는 휴버트 그레트나 3세였는데 바로 뚱보 호건이 다니는 학교의 교장이었어."

그러자 테디가 물었다.

"그럼 자기네 학교 '교장'하고 파이 먹기 시합을 했다는 거야?"

크리스가 두 무릎을 움켜쥐고 신난다는 듯이 앞뒤로 몸을 흔들었다.

"정말 멋있지 않냐? 계속해, 고디!"

나는 이제 그들의 마음을 완전히 사로잡았다. 모두 몸을 앞으로 기울이고 있었다. 나의 지배력을 느낄 수 있었다. 나는 빈 콜라병을 숲속으로 던져버리고 땅바닥에 엉덩이를 비벼 좀더 편안하게 자리를 잡았다. 나는 그때 숲속에서 박새가 다시 울기 시작했던 것을 기억한다. 이번에는 아까보다 더 멀리서 그 단조롭고 끝없는 외침을 하늘로 날려보내고 있었다. 삐이이, 삐이이, 삐이이,

삐이이……

나는 이렇게 말을 이었다.

"그애는 어떤 계획을 세웠어. 아무도 생각하지 못한 기막힌 복수였지. 드디어 대망의 그날이 왔어. 개척자 주간의 마지막 날. 파이 먹기 대회는 불꽃놀이 직전에 하는 거였어. 그레트나 중심가는 사람들이 걸어다닐 수 있도록 차량 통행이 통제됐고 도로 한복판에는 넓은 무대를 설치하고 장식 천을 늘어뜨렸어. 많은 사람들이 무대 앞으로 모여들었지. 신문사에서 온 사진 기자도 있었어. 블루베리로 뒤범벅이 된 우승자의 얼굴을 찍으려고 말이야. 금년 대회는 블루베리 파이로 결정됐거든. 그리고 깜박 잊을 뻔했는데, 출전자들은 등 뒤로 양손을 묶인 채 파이를 먹어야 했어. 자, 그래서 출전자들이 무대 위로 올라가는데……"

16

「뚱보 호건의 복수」에서 발췌.

고든 라챈스 작.

1975년 3월 《캐벌리어》지에 처음 게재됨. 허가 인용.

그들은 한 명씩 무대 위로 올라가 리넨 식탁보가 깔린 긴 나무 탁자 뒤에 늘어섰다. 무대 가장자리에 놓인 이 탁자에는 수많은 파이가 산더미처럼 쌓여 있었다. 탁자 위에는 100와트 알전구들이 목걸이처럼 드리워졌다. 나방을 비롯한 날벌레들이 후광처럼 알전구를 둘러싸고 툭툭 부딪치며 날아다녔다. 스포트라이트가 무대 위에 매달린 길다란 현수막을 비추었다. 거기에는 이런 말이 적혀 있었다. 1960년 그레트나 파이 먹기 대회! 현수막 양쪽에는 그레이트데이 전파상의 척 데이가 제공한 낡아빠진 스피커가 걸려 있었다. 척은 작년 챔피언 빌 트래비스의 사촌이었다.

　무대에 올라간 출전자들은 단두대로 향하는 시드니 카튼(찰스 디킨스의 소설 『두 도시 이야기』의 주인공. 사랑하는 여자의 남편을 대신하여 처형당한다 — 옮긴이)처럼 셔츠 앞자락을 열어젖히고 양손을 등 뒤로 묶였다. 샤보노 시장은 척 데이가 설치한 방송 시스템으로 출전자의 이름을 밝히고 그 사람의 목에 커다란 흰색 턱받이를 묶어주었다. 캘빈 스파이어는 형식적인 박수를 받는 데 그쳤다. 그의 배는 75리터짜리 물통만큼 불룩했지만 호건이라는 꼬마 다음으로 약자라는 평가였다. (뚱보 호건이 유망주라는 것은 대부분의 사람들이 인정했지만 그는 너무 어리고 경험도 없어 올해는 두각을 나타내기 힘들 거라고 생각했다.)

　스파이어 다음으로 밥 코미어가 소개되었다. 코미어는 루이스턴의 WLAM 방송국에서 인기 있는 오후 프로그램을 진행하는 디스크자키였다. 그는 더 큰 갈채를 받았고 객석에서 몇몇 십대 소녀가 환호성을 지르기도 했다. 그들은 코미어가 '꽃미남'이라고 생각했다. 코미어 다음은 그레트나 초등학교의 교장 존 위긴스였다. 주로 나이가 지긋한 관객들이 열띤 박수갈채를 보내주었다. 그리고 그의 학생들 중에서 유난히 말 안 듣는 몇몇 아이들이 여기저기서 야유를 던졌다. 위긴스는 관객들을 향하여 인자한 미소를 짓는 동시에 근엄하게 눈살을 찌푸렸다.

그 다음에 샤보노 시장은 뚱보를 소개했다.

"이번 참가자는 연례 그레트나 파이 먹기 대회에 처음 출전했지만 장래가 촉망되는 젊은이…… 데이비드 호건!"

샤보노 시장이 턱받이를 묶어줄 때 뚱보에게 요란한 박수갈채가 쏟아졌다. 그 소리가 잦아들 때쯤 100와트 전구의 빛이 미치지 않는 곳에서 미리 연습한 짓궂은 합창 소리가 일제히 울려퍼졌다.

"이겨라, 뚱보!"

입을 가리고 낄낄거리는 웃음소리, 후다닥 도망치는 발걸음 소리, 아무도 정체를 알지 못하는 (혹은 모르는 체하는) 몇 사람의 그림자…… 몇 명은 조심스럽게 웃었고 몇 명은 못마땅한 듯이 얼굴을 찡그렸다. (그 자리에서 제일 높은 권위를 가진 히조녀 샤보노 시장이 제일 크게 찡그리고 있었다.) 그러나 뚱보는 아무 소리도 듣지 못한 것처럼 보였다. 시장이 여전히 크게 찡그린 채 뚱보의 목에 턱받이를 묶어주면서 객석의 바보들을 신경 쓰지 말라고 말해줄 때도 (시장은 뚱보 호건이 나치의 타이거 탱크처럼 요란하게 굴러다니면서 지금까지 얼마나 지독한 바보들에게 괴롭힘을 당했는지, 그리고 앞으로도 얼마나 괴롭힘을 당할는지 다 안다는 듯이 말했지만 사실은 짐작도 못할 터였다.) 뚱보의 두툼한 입술에 묻어 있고 불룩한 볼살을 주름지게 하는 그 어렴풋한 미소는 조금도 달라지지 않았다. 시장의 뜨거운 입김에서 맥주 냄새가 풍겼다.

장식 천이 드리워진 무대 위에 마지막으로 올라간 출전자는 제일 오랫동안 제일 우렁찬 박수갈채를 받았다. 바로 전설적인 빌 트래비스였다. 그는 키 195센티미터에 체격은 호리호리했지만 엄청난 대식가였다. 트래비스는 철도 옆의 아모코 주유소에서 일하는 자동차 정비공이었고 누구에게나 호감을 주는 사람이었다.

이 마을에서는 누구나 알고 있는 사실이지만 그레트나 파이 먹기 대회에 걸린 돈은 단돈 5달러가 아니었다. 적어도 빌 트래비스에게는 그랬다. 거기에는 두 가지 이유가 있었다. 첫째, 빌이 대회에서 우승할 때마다 많은 사람들이 그를 축하해 주기 위해 주유소에 들렀고, 축하해 주러 찾아온 사람들 대부분이 자기 차에 기름을 가득 채웠다. 대회가 끝난 뒤에는 정비 예약이 빗발쳐 꼬박 한 달 동안 두 개의 정비 공간이 빌 틈이 없을 정도였다. 소음기를 교환하거나 휠베어링에 윤활유를 넣으러 온 사람들이 한쪽 벽에 놓인 극장용 의자에 나란히 앉아 (아모코 주유소의 주인 제리 맬링이 1957년 젬 극장이 헐릴 때 구한 의자였다.) 자동판매기에서 뽑은 코카콜라나 '목시' 소다를 마시면서 빌과 함께 파이 먹기 대회에 대한 잡담을 나누었다. 빌은 점화 플러그를 교환하거나 바퀴 달린 판자에 누워 누군가의 인터내셔널 하비스터 픽업트럭 밑을 이리저리 돌아다니며 배기 시스템에 뚫린 구멍을 찾는 동안에도 이야기를 계속했다. 빌은 언제나 대화를 즐기는 것 같았고 그레트나 사람들이 그를 좋아하는 이유 중 하나가 바로 그것이었다.

마을 사람들은 빌이 해마다 실력을 발휘하여 (혹은 해마다 식력(食力)을 발휘하여) 벌어들이는 별도의 매상에 대하여 제리 맬링이 어떤 보상을 주느냐를 두고 논쟁을 벌이기도 했다. 일정한 상여금을 줄까, 아니면 그냥 봉급을 올려줄까? 어느 쪽이든 간에 트래비스가 대부분의 소도시 '공돌이'들보다 돈을 잘 번다는 점에는 의문의 여지가 없었다. 그는 사바터스 로드에 멋진 2층집을 갖고 있었는데, 헐뜯기 좋아하는 사람들은 그것을 '파이로 지은 집'

이라고 불렀다. 그 말은 과장이겠지만 빌이 그런 소리를 들을 만한 이유가 하나 더 있었다. 빌 트래비스에게 이 대회가 단돈 5달러짜리 문제일 수 없는 두 번째 이유였다.

그레트나에서 파이 먹기 대회는 큰 돈이 걸리는 도박이었다. 대부분의 사람들은 그저 한바탕 웃으려고 대회장에 나오겠지만 상당수의 소수파가 돈을 걸기 위해 찾아오는 사람들이었다. 돈을 거는 사람들은 마치 경마 도박꾼이 경주마들을 관찰하고 토론하듯 열심히 출전자들을 관찰하고 토론했다. 이 도박꾼들은 출전자들의 친구나 친척은 물론이고 그냥 좀 아는 사이인 사람들에게도 질문을 던졌다. 그렇게 해서 출전자들의 식생활 습관을 샅샅이 알아냈다. 해마다 달라지는 공식 파이에 대해서도 활발한 토론이 벌어졌다. 대체로 사과 파이는 좀 어렵고 살구 파이는 쉬운 편이라는 평가였다. (그러나 살구 파이를 서너 개쯤 먹어치운 출전자들은 하루나 이틀 정도 설사를 할 각오를 해야 했다.) 올해의 공식 파이로 선정된 블루베리의 난이도는 중간이었다. 돈을 거는 사람들은 당연히 자기가 선택한 출전자가 블루베리 요리를 얼마나 잘 먹는지에 대해 각별한 관심을 가질 수밖에 없었다. 그 사람은 블루베리 버클(밀가루 반죽에 과일을 섞어 만드는 파이 ― 옮긴이)을 얼마나 먹는가? 딸기잼보다 블루베리잼을 더 좋아하는가? 아침식사 때 시리얼에 블루베리를 뿌려 먹는가, 아니면 바나나와 생크림만 섞어 먹는가?

그밖에도 꽤 중요한 문제들이 있었다. 빨리 먹다가 조금씩 느려지는 스타일인가, 혹은 천천히 먹는 편이지만 긴박한 상황에서는 점점 빨라지는가, 혹은 처음부터 끝까지 꾸준히 먹어대는 대식가

인가? 세인트돔 야구장에서 베이브 루스 리그전을 보는 동안 핫도그를 몇 개나 먹어치울 수 있는가? 평소 맥주를 마시는 사람인가? 만약 그렇다면 하룻밤에 몇 병쯤 마시는가? 트림을 하는 사람인가? 트림을 잘하는 사람은 장기전에 강하다는 것이 일반적인 믿음이었다.

사람들은 이 모든 정보와 그밖의 정보들을 종합하여 확률을 계산한 후 돈을 걸었다. 파이 먹기 대회 이후 대략 일주일 사이에 주인이 바뀌는 돈이 모두 얼마인지는 나도 모른다. 그러나 누가 내 머리에 총을 들이대면서 추측해 보라고 강요한다면 천 달러쯤 될 거라고 대답하겠다. 너무 적다고 생각하겠지만 15년 전에 그런 소읍에서 그 정도의 금액이라면 꽤 큰 돈이 움직이는 셈이었다.

이 대회는 매우 공정했으며 10분으로 정해진 경기 시간도 엄격하게 지켜졌다. 따라서 출전자가 자신에게 돈을 거는 것을 반대하는 사람은 아무도 없었고 빌 트래비스는 해마다 그렇게 했다. 1960년의 그 여름밤에 트래비스가 관중들을 향해 미소를 지으며 고개를 끄덕일 때 사람들이 주고받던 소문에 의하면 그는 이번에도 자신에게 상당한 금액을 걸었다. 그러나 그의 배당률은 1:5에 불과했다. 도박을 즐기지 않는 분들을 위해 다시 설명하자면 그는 고작 50달러를 따려고 250달러를 걸어야 했던 것이다. 바람직한 상황은 아니었지만 강자가 치러야 하는 대가였다. 그리고 무대 위에서 박수갈채를 받으며 느긋하게 미소 짓는 그의 얼굴은 그 돈에 대해 별로 걱정하지 않는 듯했다.

샤보노 시장이 외쳤다.

"이번 참가자는 방어전에 나선 **챔피언**, 그레트나의 자랑, **빌 트**

래비스!"

"야호, 빌!"

"오늘밤은 몇 개 먹겠나, 빌?"

"열 개쯤 해치울 수 있겠지, 빌리?"

"자네한테 2달러 걸었어, 빌! 실망시키지 말게!"

"내 몫으로 파이 하나만 남겨줘, 트래비스!"

시장이 턱받이를 묶어주는 동안 빌 트래비스는 예의바르고 겸손하게 미소를 지으며 고개를 끄덕였다. 이윽고 그는 탁자의 오른쪽 끄트머리, 즉 대회가 진행되는 동안 샤보노 시장이 서 있을 위치와 가까운 자리에 앉았다. 그리하여 출전자들의 자리 배치는 오른쪽에서부터 왼쪽으로 빌 트래비스, '뚱보' 데이비드 호건, 밥 코미어, 존 위긴스 교장, 그리고 맨 왼쪽 걸상에 앉은 캘빈 스파이어의 순서였다.

샤보노 시장이 실비아 닷지를 소개했다. 그녀는 이 대회에서 빌 트래비스보다도 중요한 인물이었다. 몇 년인지도 모를 만큼 오랫동안 (마을 재담꾼들에 의하면 남북전쟁 첫해부터) 그레트나 부인회장이었으며 매년 파이를 굽는 일을 감독하는 사람도 바로 그녀였다. 그녀는 엄격한 품질 기준에 의거하여 파이 하나하나를 철저히 심사했는데, 그 중에는 프리덤 마켓에서 밴시첵 씨의 정육점 저울로 무게를 달아보는 순서도 있었다. 각각의 파이가 25그램 이상 차이가 나지 않도록 하기 위한 절차였다.

실비아는 관객들을 내려다보며 여왕처럼 미소 지었다. 그녀의 푸르스름한 머리카락이 전구의 뜨거운 불빛을 받아 반짝거렸다. 그녀가 짤막한 연설을 시작했다. "강인한 개척자였던 선조들을 기리기 위해 마을 사람들이 이렇게 많이 모여 얼마나 기쁜지 모르겠습니다. 우리의 선조들이야말로 이 나라를 위대하게 만든 분들입니다. 우리나라는 정녕 위대합니다. 지역 차원에서는 올 11월에 샤보노 시장이 다시 우리 시의 공화당원들을 이끌고 시의회의 신성한 의석을 향해 전진할 것이며, 국가 차원에서는 닉슨과 로지가 팀을 이루어 우리가 사랑하는 위대한 장군으로부터 자유의 횃불을 이어받아 높이 받들고……"

그때 캘빈 스파이어의 배에서 요란한 소리가 났다. **꼬르르륵!** 웃음 소리와 더불어 박수갈채까지 터져나왔다. 캘빈이 민주당원이면서 가톨릭교도라는 것을 잘 알고 있는 실비아 닷지는 (어느 한쪽이라면 용서해 줄 수도 있겠지만 두 가지가 합쳐지면 절대로 용서할 수 없는 일이었다.) 얼굴을 붉히는 동시에 미소와 격분한 표정까지 한꺼번에 보여주었다. 그녀는 곧 목청을 가다듬고 객석의 소년 소녀들에게 주는 쩌렁쩌렁한 훈계 말씀으로 연설을 끝마쳤다. 즉 언제나 두 손과 마음속에 성조기를 소중히 간직하고 흡연은 기침을 하게 만드는 더럽고 나쁜 습관이라는 사실을 명심하라는 충고였다. 그러나 앞으로 8년만 지나면 대부분 평화의 메달을 목에 걸고 카멜 담배가 아니라 대마초를 피우게 될(월남전 말기의 반전 시위와 당시 젊은이들 사이에 유행하던 히피 문화에 대한 언급 — 옮긴이) 소년소녀들은 발을 동동 구르며 빨리 시합이 시작되기를 기다리고 있었다.

뒷줄에서 누군가 소리쳤다.

"말은 그만 하고 빨리 먹기나 해라!"

다시 박수갈채가 터져나왔다. 이번에는 더욱 열렬한 반응이었다.

샤보노 시장이 실비아에게 스톱워치와 은색 경찰 호루라기를 건네주었다. 10분 동안의 필사적인 파이 먹기가 끝나면 그녀가 호루라기를 불고, 그 다음에는 샤보노 시장이 앞으로 나서서 승리자의 손을 들어줄 터였다.

그레이트데이 전파상의 스피커에서 흘러나오는 샤보노 시장의 우렁찬 목소리가 그레트나 중심가를 뒤흔들었다.

"준비됐습니까?"

파이를 먹을 다섯 사람이 준비가 되었다고 대답했다.

샤보노 시장이 다시 물었다.

"준비됐나요?"

출전자들은 확실히 준비가 되었다고 외쳤다. 도로 저쪽에서 한 소년이 폭죽 한 다발을 따르륵 터뜨렸다.

샤보노 시장이 오동통한 손을 들어올렸다가 아래로 내렸다.

"시작!"

다섯 개의 머리가 다섯 개의 파이 접시 속으로 푹 처박혔다. 마치 다섯 개의 커다란 발이 진흙을 힘껏 밟는 소리 같았다. 우적우적 씹는 소리가 온화한 밤공기 속에 울려 퍼졌다. 그러나 곧이어 객석의 지지자들과 돈을 건 사람들이 저마다 자기가 좋아하는 출전자를 응원하기 시작하면서 그 소리는 들리지 않게 되었다. 그리고 첫 번째 파이를 다 먹기도 전에 이미 대부분의 사람들은 예상이 빗나갔음을 깨달았다.

뚱보 호건은 나이와 무경험 때문에 배당률 7:1의 약자로 평가받았지만 신들린 사람처럼 먹고 있었다. 그의 턱은 기관총처럼 눈부신 속도로 파이 껍질을 먹어치웠고(대회 규정에 따르면 파이의 바닥 껍질은 남겨두고 윗껍질만 먹으면 된다.) 껍질이 사라진 다음에는 그의 입에서 요란하게 빨아들이는 소리가 터져나왔다. 마치 대형 진공청소기가 작동하는 소리 같았다. 잠시 후 그의 머리 전체가 파이 접시 속으로 사라졌다. 그는 15초 후에 고개를 들고 다 먹었다는 표시를 했다. 두 뺨과 이마가 온통 블루베리 즙으로 뒤범벅이 되어 마치 순회극단의 엑스트라를 보는 듯했다. 그는 벌써 파이 하나를 끝내버렸다. 전설적인 빌 트래비스가 첫 번째 파이의 '절반'을 먹기도 전에 끝내버린 것이다.

시장이 뚱보의 파이 접시를 검사한 후 깨끗이 먹어치웠다고 선언하자 경악한 박수 소리가 터져나왔다. 시장은 선두주자 앞에 재빨리 두 번째 파이를 내려놓았다. 뚱보는 규정 크기의 파이 하나를 겨우 42초 만에 먹어치웠다. 대회 신기록이었다.

그는 더욱더 맹렬하게 두 번째 파이에 덤벼들었다. 부드러운 블루베리 속에 처박힌 그의 머리가 끊임없이 오르내리며 후루룩거렸다. 빌 트래비스가 두 번째 블루베리 파이를 달라고 외치면서 걱정스러운 눈으로 뚱보를 곁눈질했다. 트래비스는 나중에 친구들에게 1957년 이후 처음으로 호적수를 만났다는 생각이 들었다고 고백했다. 그해에는 조지 가마슈가 파이 세 개를 4분 만에 먹어치우고 곧바로 기절해 버렸다. 트래비스는 자기가 어린애를 상대하고 있는지 악마를 상대하고 있는지 모르겠더라고 말했다. 그는 이번 시합에 자기가 건 돈을 떠올리며 배전의 노력을 기울였다.

그러나 트래비스가 두 배로 노력했다면 뚱보는 세 배로 노력했다. 그의 두 번째 파이 접시에서 튀어오르는 블루베리가 주변의 식탁보를 잭슨 폴록의 그림처럼 물들였다. 그의 머리카락도 블루베리 범벅이었고 턱받이도 블루베리 범벅이었고 이마도 온통 블루베리 범벅이었다. 혼신의 힘을 기울이느라 '블루베리 땀'을 흘리는 것처럼 보일 정도였다.

"끝!"

빌 트래비스가 새 파이의 껍질을 다 먹기도 전에 뚱보가 두 번째 파이 접시에서 고개를 들고 소리쳤다.

"속도를 좀 늦추는 게 좋을 거다, 애야. 끝까지 버티려면 속도 조절을 잘 해야지."

샤보노 시장이 중얼거렸다. 시장도 빌 트래비스에게 10달러를 걸었던 것이다.

그러나 뚱보는 그 말을 듣지도 못한 것 같았다. 그는 무서운 속도로 세 번째 파이를 파헤쳤다. 그의 턱이 번개처럼 빠르게 움직였다. 그러더니……

여기서 잠깐 말을 멈추고 지금 뚱보 호건의 집 화장실 선반에 빈 병 하나가 있다는 사실을 밝혀야겠다. 원래 그 병에는 진주 빛이 도는 노르스름한 피마자기름이 4분의 3쯤 들어 있었다. 이 기름은 무한한 지혜를 가진 하느님께서 지상 또는 지하에 허락하신 액체 중에서 제일 고약한 액체일 것이다. 그 병을 비운 사람은 바로 뚱보였다. 그는 한 방울도 남김없이 마셔버리고 병 주둥이까지 싹싹 핥았다. 입이 저절로 일그러지고 속이 메슥거렸지만 그의 머릿속에는 달콤한 복수에 대한 생각만 가득했다.

그리고 지금 세 번째 파이를 신속하게 먹어치우면서 (예상대로 꼴찌를 달리는 캘빈 스파이어는 아직 첫 번째 파이도 끝내지 못하고 있었다.) 뚱보는 일부러 혐오스러운 상상을 하며 자신을 고문하기 시작했다. 나는 지금 파이를 먹는 게 아니다. 쥐똥을 먹는 중이다. 더럽고 기름진 들쥐 창자를 허겁지겁 퍼먹는다. 잘게 다진 다람쥐 내장에 블루베리 소스를 끼얹어 먹는다. **상해버린 블루베리 소스를.**

그는 세 번째 파이를 끝내고 네 번째 파이를 달라고 외쳤다. 이제 전설적인 빌 트래비스를 파이 한 개 차이로 따돌리고 있었다. 변덕스러운 군중은 예상치 못한 새 챔피언의 탄생을 알아차리고 그를 열렬히 응원하기 시작했다.

그러나 뚱보에게는 승리하겠다는 바람도 의지도 없었다. 자기 어머니의 목숨이 상으로 걸려 있더라도 지금과 같은 속도로 계속 먹어댈 수는 없을 터였다. 더구나 그에게 승리는 오히려 패배였다. 그가 원하는 유일한 상은 복수였다. 피마자기름 때문에 뱃속이 꾸르륵거리고 구역질이 치밀어 목구멍이 열렸다 닫혔다 하는 상태에서 그는 네 번째 파이를 먹어치우고 다섯 번째 파이를 요구했다. 그것이 '결정적인 파이'였다. 다시 말하자면 '엘렉트라(그리스 신화에 나오는 아가멤논의 딸. 동생 오레스테스를 설득하여 어머니 클리템네스트라와 그 정부를 살해하게 함으로써 아버지의 원수를 갚았다. 복수의 집념으로 유명하다 — 옮긴이)가 된 블루베리'였다. 뚱보는 파이 접시 속에 얼굴을 처박아 껍질을 부순 후 블루베리를 코로 들이마셨다. 블루베리가 그의 셔츠로 줄줄 흘러내렸다. 뱃속의 내용물이 갑자기 무거워지는 것 같았다. 그는 물컹물컹한 파이 껍질을 대충 씹어 꿀꺽 삼켰다. 블루베리를 숨 쉬듯이 들이마셨다.

복수의 순간은 갑자기 찾아왔다. 견딜 수 없을 만큼 가득 차버린 위장이 반란을 일으켰다. 반질반질한 고무장갑을 낀 힘센 손처럼 위장이 단단히 조여들었다. 목구멍이 저절로 벌어졌다.

뚱보는 고개를 들었다.

그는 퍼렇게 물든 이를 드러내고 빌 트래비스를 바라보며 빙그레 웃었다.

터널 속을 질주하는 6톤 트럭 같은 굉음과 함께 뚱보의 목구멍에서 토사물이 솟구쳤다.

뚱보의 입에서 퍼렇고 누런 물줄기가 왈칵 쏟아져 나왔다. 김이 모락모락 나는 이 뜨끈한 토사물은 곧장 빌 트래비스를 덮쳐버렸다. 트래비스는 뜻 모를 외마디 소리를 지를 여유밖에 없었다. '구욱!' 하는 소리였다. 객석에서 여자들이 비명을 질렀다. 구경꾼들이 입을 딱 벌리고 있을 때였다. 너무 놀라 얼이 다 빠진 표정으로 이 뜻밖의 사건을 바라보던 캘빈 스파이어가 마치 구경꾼들에게 정확히 무슨 일이 벌어지고 있는지 설명해 주려는 듯이 탁자 너머로 몸을 숙이더니 시장 부인 마거릿 샤보노의 머리에 왈칵 토해버렸다. 그녀는 비명을 지르며 뒷걸음질을 쳤다. 머리를 마구 문질렀지만 헛일이었다. 그녀의 머리는 으깨진 블루베리와 삶은 콩과 반쯤 소화된 소시지로 엉망진창이었다. (뒤의 두 가지가 캘빈 스파이어의 저녁식사였던 것이다.) 시장 부인이 친구 마리아 래빈을 향해 돌아서더니 마리아가 입고 있는 사슴가죽 재킷의 앞가슴에 대고 구역질을 해버렸다.

그때부터 폭죽이 터지듯이 빠른 속도로 다음과 같은 장면들이 이어졌다.

빌 트래비스가 맨앞 두 줄에 앉아 있는 관객들에게 굉장한(꽉 꽉 눌러담은 듯한) 토사물을 좌르르 퍼부었다. 그의 얼떨떨한 표정은 모두에게 이렇게 말하는 것 같았다. 맙소사, 내가 이런 짓을 하다니!

빌 트래비스의 깜짝 선물을 푸짐하게 뒤집어쓴 척 데이가 자신의 신발에 토하더니 신기하다는 듯이 눈을 껌벅거리며 내려다보았다. 스웨드 가죽 신발에 묻은 토사물을 깨끗이 지우기란 '절대로' 불가능하다는 것을 그는 잘 알고 있었다.

그레트나 초등학교의 교장 존 위긴스가 시퍼렇게 물든 입을 벌리고 마치 타이르듯이 말했다.

"정말 이런 짓은…… **우웩!**"

그는 자신의 교양과 지위에 걸맞게 자기가 먹던 파이 접시에 대고 토했다.

자기가 사회를 맡은 이 행사가 파이 먹기 대회라기보다 식중독 병동처럼 돌변한 것을 본 히조너 샤보노 시장이 대회 중단을 선언하려고 입을 열다가 마이크에 대고 왕창 토해버렸다.

"**예수님, 살려주세요!**"

실비아 닷지가 신음 소리를 내는 순간 그녀가 먹은 저녁식사가 (즉 조개 볶음, 양배추 샐러드, 버터와 설탕을 뿌린 옥수수 두 자루 분량 그리고 뮤리엘 해링턴의 보스코 초콜릿 케이크 상당량이), 힘차게 비상구를 탈출하더니 시장이 입고 있는 '로버트 홀' 신사복의 등판으로 휘리릭 날아가서 요란하게 철퍼덕 착륙했다.

한편 그리 길지 않은 생애에서 확실한 절정의 순간을 맞이한 뚱보 호건은 객석을 굽어보며 활짝 웃고 있었다. 사방이 온통 토사물투성이였다. 사람들은 목을 움켜쥐고 힘없이 끅끅거리는 소리를 냈고 마치 술에 취한 듯 원을 그리며 이리저리 비틀거렸다.

누군가의 애완견 발바리가 미친 듯이 짖어대며 허둥지둥 도망치다가 청바지와 서부 스타일의 실크 셔츠를 입은 한 남자가 구역질을 하는 바람에 하마터면 익사할 뻔했다. 감리교 목사의 아내인 브록웨이 부인이 처음으로 길게 트림하는 소리를 내더니 곧이어 변질된 불고기와 으깬 감자와 사과 파이를 좌르르 쏟아냈다. 처음에 뱃속으로 들어갈 때는 꽤 맛있는 파이였을 것이다. 자기가 제일 아끼는 정비공이 다시 한 번 승리하는 장면을 보러 왔던 제리 맬링은 잽싸게 이 정신병원에서 도망치는 것이 좋겠다는 결론을 내렸다. 그러나 10미터쯤 가다가 어느 아이의 작고 빨간 장난감 손수레를 밟는 바람에 미끄러졌고, 곧 자신이 뜨끈뜨끈한 토사물 구덩이에 착륙했다는 사실을 깨달았다. 제리는 자기 무릎에 대고 토했다. 나중에 그는 그날 다행히 작업복을 입게 해주신 하늘의 섭리에 감사할 뿐이라고 말했다. 그리고 그레트나 통합 고등학교에서 라틴어와 영어 기초과목을 가르치던 미스 노먼은 예절을 지키려고 고민한 끝에 결국 핸드백을 열고 그 속에 토했다.

뚱보 호건은 이 모든 광경을 지켜보았다. 그의 커다란 얼굴에 고요한 미소가 가득했고 두 번 다시 경험할 수 없는 따뜻한 진정제의 효과로 위장이 갑자기 편안하게 가라앉았다. 그 진정제는 바로 철저하고 완전한 만족감이었다. 이윽고 그가 자리에서 일어나더니 샤보노 시장의 떨리는 손에서 조금 끈적거리는 마이크를 받아 쥐었다. 그리고 말하기를……

17

"*이 대회는 무승부로 선언합니다.* 뚱보는 마이크를 내려놓고 무대 뒤로 내려가서 곧장 집으로 돌아갔어. 집에는 개네 엄마가 있었지. 두 살밖에 안 된 뚱보의 여동생을 대신 돌봐줄 사람을 구하지 못했거든. 뚱보가 먹다 흘린 파이와 토사물로 뒤범벅이 된 채로, 그리고 턱받이도 목에 건 채로 집에 들어갔더니 개네 엄마가 이렇게 물었어. *데이비, 네가 이겼니?* 그런데 뚱보는 대꾸도 하지 않았어. 그냥 위층 자기 방으로 올라가서 문을 걸어 잠그고 침대 위에 벌렁 누워버렸어."

나는 크리스의 콜라병에 남아 있던 마지막 한 모금을 마저 마시고 빈 병을 숲속으로 던졌다.

"그래, 멋있다. 그 다음엔 어떻게 됐어?"

테디가 조바심을 내며 물었다.

"나도 몰라."

"모르다니, 무슨 소리야?"

"그게 끝이라는 거야. 다음에 무슨 일이 일어나는지 모르면 바로 거기가 끝이라고."

그러자 번이 소리쳤다.

"뭐가 어째?"

몹시 불쾌하고 수상쩍다는 표정, 말하자면 탑섬(Topsham) 유원지에서 1센트짜리 빙고 게임을 하다가 방금 사기를 당한 듯한 표정이었다.

"그게 무슨 귀신 씻나락 까먹는 소리야? 도대체 끝에 가서 어떻게 된 거야?"

그러자 크리스가 참을성 있게 말했다.

"이럴 땐 상상력을 발휘해야 되는 거야."

그러자 번이 발끈했다.

"아니, 싫어! 상상력을 발휘해야 할 사람은 고디잖아! 씨발, 이건 고디가 지어낸 얘기니까!"

테디도 끈질기게 물었다.

"그래, 그 자식은 어떻게 됐어? 그러지 말고, 고디, 어서 얘기해 봐."

"내 생각엔 말이지, 뚱보네 아빠도 파이 먹기 대회를 구경하고 있었는데 아마 집에 돌아와서 그애를 죽도록 두들겨 팼을 거야."

크리스도 맞장구를 쳤다.

"그래, 맞아. 분명히 그랬을 거야."

"그리고 애들은 계속 그애를 뚱보라고 놀렸어. 몇 명은 '구역질 대장'이라고 놀렸을 테고."

그러자 테디가 슬픈 듯이 말했다.

"그런 결말은 재미없어."

"그래서 말하기 싫었던 거야."

"그애가 자기 아빠를 쏴죽이고 도망쳐 텍사스 순찰대에 들어가는 걸로 할 수도 있잖아. 그거 어때?"

크리스와 나는 눈짓을 주고받았다. 크리스는 간신히 알아볼 정도로 살짝 어깨를 으쓱거렸다.

내가 대답했다.

"꽤 괜찮은데."

"야, 새로 나온 르디오 얘기는 없냐, 고디?"

"아직 없어. 나중에 하나 생각해 볼게."

테디를 실망시키고 싶지 않았다. 그러나 사실 나는 르디오에서 벌어지는 일에는 별로 관심도 없었다.

"마음에 쏙 드는 얘기가 아니라서 미안하다."

그러자 테디가 말했다.

"아냐, 재미있었어. 결말 직전까지는 좋았어. 왕창 토하는 장면은 정말 멋있었다고."

그 점에 대해서는 번도 동감이었다.

"그래, 그건 멋있었어, 정말 역겹더라. 하지만 결말 부분은 테디 말이 맞아. 그건 좀 엉터리야."

"그건 그래."

나는 그렇게 대답하고 한숨을 쉬었다.

그때 크리스가 일어섰다.

"이젠 좀 걸어보자."

아직 훤한 대낮이었고 뜨거운 하늘은 강철 같은 푸른색이었지만 우리의 그림자가 점점 길어지고 있었다. 어렸을 때는 9월의 하루가 너무 빨리 지나가버려 매번 놀라곤 했던 것을 기억한다. 마치 내 마음의 일부는 언제나 6월처럼 거의 9시 반까지 하늘 한 구석에 햇빛이 어슴푸레 남아 있기를 기대하는 것 같았다.

"지금 몇 시냐, 고디?"

나는 시계를 들여다보다가 5시가 넘은 것을 알고 깜짝 놀랐다.

테디가 말했다.

"그래, 가자. 그런데 어두워지기 전에 야영지를 정해야겠어. 뭐가 보여야 땔감이라도 구할 테니까. 슬슬 배도 고프고."

그러자 크리스가 시간을 정했다.

"6시 반에 먹자. 다들 괜찮지?"

모두 괜찮다고 했다. 우리는 다시 철도 옆의 쇄석길을 따라 걷기 시작했다. 강은 곧 우리 뒤로 멀어져 소리조차 들리지 않았다. 모기들이 앵앵거렸다. 나는 목에 붙은 모기 한 마리를 철썩 때려잡았다. 번과 테디가 앞장서서 걸으며 복잡한 만화책 물물교환을 의논하고 있었다. 크리스는 내 곁에서 두 손을 주머니에 찔러 넣고 걸었다. 그의 셔츠가 무릎과 허벅지에 부딪치며 앞치마처럼 펄럭거렸다.

크리스가 말했다.

"윈스턴 몇 개비 가져왔어. 아버지 옷장에서 쌔볐지. 한 사람 앞에 하나씩. 저녁 먹은 다음에."

"그래? 끝내준다."

"담배 맛은 그때가 제일 좋아. 저녁 먹고 나서."

"맞아."

우리는 한동안 말없이 걸었다.

그러다가 크리스가 불쑥 말했다.

"정말 멋있는 얘기였어. 재들은 좀 멍청해서 이해하지 못할 뿐이야."

"아니, 그렇게 대단한 건 아니야. 그저 그래."

"넌 항상 그렇게 말하지. 정말 그렇게 생각하지도 않으면서 괜히 헛소리 하지 마. 그거 종이에 써놓을 거야? 그 얘기 말이야."

"어쩌면. 그래도 한동안은 안 쓸 거야. 얘기한 다음에 곧바로 쓰는 건 잘 안 되더라. 좀 묵혀야 돼."
"번이 한 얘기 말인데, 결말이 엉터리라는 얘기 말이야."
"그게 뭐?"
크리스는 웃었다.
"**인생**이란 게 원래 엉터리야. 알겠냐? 우리 꼴 좀 보라고."
"아냐, 즐거운 시간도 있잖아."
"그래, 씨발, 날이면 날마다 즐거워 죽겠다, 이 얼간아."
나는 웃었다. 크리스도 웃었다.
얼마 후 그가 말했다.
"너는 옹달샘처럼 끊임없이 뱉어내는구나."
"뭐를?"
그러나 벌써 무슨 뜻인지 알 것 같았다.
"소설 말이야. 그게 계속 마음에 걸린다고. 넌 그런 얘기를 백만 개라도 해줄 수 있지만 제일 좋은 것들만 내보이는 것 같거든. 언젠가 넌 굉장한 작가가 될 거야, 고디."
"아냐, 그럴 것 같진 않아."
"분명히 그럴 거야. 혹시 소재가 달리면 우리 얘기를 쓸지도 모르고."
"씨발, 더럽게 달리기 전엔 그럴 리가 없을 거다."
나는 팔꿈치로 그를 쿡 찔렀다.
다시 침묵이 흐른 후 크리스가 불쑥 말했다.
"학교 갈 준비 됐냐?"
나는 어깨를 으쓱거렸다. 준비가 된 사람이 누가 있겠는가? 학교에 돌아가 친구들을 만날 생각을 하면 조금 들뜨기도 한다. 새로 만나게 될 교사들도 궁금하다. 그들은 어떤 사람들일까? 사범대를 갓 졸업해서 우리가 실컷 놀려먹을 수 있는 젊고 예쁜 여선생들일까, 아니면 청동기 시대부터 굴러먹던 꼬장꼬장한 늙은이들일까? 우스운 일이지만 길고 지루한 수업 시간마저 그리워진다. 여름방학이 끝나갈 무렵에는 너무 따분해서 차라리 학교에 가면 뭔가 배울 수 있을 거라고 착각하기 때문이다. 그러나 학교에서 두 번째 주가 끝나갈 무렵부터 시작되는 따분함에 비하면 여름방학의 따분함은 아무것도 아니다. 그래서 세 번째 주가 시작될 때쯤에는 '진짜' 공부를 시작하기 마련이다. 선생이 칠판에 '미국의 주요 수출품'을 적고 있을 때 지우개로 스팅키 피스크의 뒤통수를 맞힐 수 있을까? 손에 땀이 차서 축축할 때 니스칠한 책상 표면을 문질러 삐익 하는 요란한 소리를 몇 번이나 낼 수 있을까? 체육 수업을 앞두고 탈의실에서 옷을 갈아입을 때 누가 제일 큰 소리로 방귀를 뀔 수 있을까? 점심시간 동안 여자애들 몇 명에게 똥침을 놓을 수 있을까? 그런 것들이야말로 수준 높은 교육이다.

크리스가 말했다.

"금방 중학교야. 너 이거 알아, 고디? 내년 6월쯤엔 다들 뿔뿔이 흩어지게 돼."

"그게 무슨 소리야? 왜 그렇게 된다는 거야?"

"초등학교와는 다를 테니까. 넌 대학 진학반에 들어가겠지. 나와 테디와 번은 모두 취업반에 들어갈 테고, 다른 저능아들과 어울려 당구나 치러 다니고 재떨이나 새집 같은 걸 만들고 있을 거라고. 번은 보충반에 들어가야 할지도 몰라. 넌 새로운 애들을 많이 만나게 될 거야. 똑똑한 애들. 그게 현실이야, 고디. 세상이 그렇게 생겨먹었으니까."

나는 이렇게 대꾸했다.

"계집애 같은 놈들만 잔뜩 만날 거라는 뜻이구나."

그러자 그가 내 팔을 움켜쥐었다.

"아냐, 인마. 그런 소리 하지 마. 그런 **생각도** 하지 마. 그애들은 네 소설을 이해할 거야. 번이나 테디와는 다를 거라고."

"씨발, 소설 따위가 다 뭐야. 난 계집애 같은 놈들과는 안 놀아. 천만의 말씀."

"그럼 넌 머저리야."

"친구들과 같이 있고 싶어 하는 게 어째서 머저리야?"

그는 생각에 잠긴 표정으로 나를 물끄러미 바라보았다. 무슨 말을 할까 말까 망설이는 것 같았다. 우리는 천천히 걷고 있었다. 번과 테디가 거의 800미터쯤 앞서갔다. 더 낮아진 태양이 뒤엉킨 나뭇가지 사이로 먼지 자욱한 광선을 드문드문 내비치며 모든 것을 황금빛으로 물들였다. 그러나 싸구려 잡화점에서 흔히 볼 수 있는 천박한 황금빛이었다. 땅거미가 지기 시작하면서 우리 앞에 펼쳐진 선로가 은은히 빛났다. 선로 위에는 별처럼 작은 빛의 점들이 군데군데 찍혀 있었다. 마치 어느 멍청한 갑부가 노동자로 변장하고 나타나서 50미터 간격으로 다이아몬드를 하나씩 박아 놓은 것 같았다. 날은 아직도 무더웠다. 땀이 줄줄 흘러 온몸이 번질거렸다.

마침내 크리스가 입을 열었다.

"친구들 때문에 발전하지 못하는 건 머저리 같은 짓이란 말이야. 난 너와 너희 부모님 사이를 잘 알아. 너희 부모님은 너한테 관심도 없지. 두 분 다 너희 형만 애지중지하셨으니까. 프랭크 형이 포츠머스 교도소에 들어갔을 때 우리 아버지도 그랬어. 그때부터 아버지는 남아 있는 우리한테 화를 내면서 걸핏하면 때리기 시작한 거야. 너희 아버지는 널 때리진 않지만 어쩌면 그게 더 나쁜 건지도 몰라. 너한테 관심도 없다는 뜻이니까. 네가 취업반에 들어간다고 하면 너희 아버지가 뭐라고 하실까? 아마 신문지를 넘기면서 이러시겠지. '그래, 그것도 좋겠구나, 고디, 엄마한테 가서 오늘 저녁식사가 뭐냐고 여쭤봐라.' 아니라고 말하지 마. 나도 너희 아버지를 만나봤으니까."

나는 아니라고 말하지 않았다. 누군가가(설령 친구라 하더라도) 내 상황을 그렇게 환히 꿰뚫어보고 있다는 것은 무시무시한 일이다.

"넌 아직 어린애야, 고디."

"네, 고마워요, 아빠."

그러자 크리스는 벌컥 화를 냈다.

"씨발, 내가 정말 너희 아버지라면 좋겠다! 내가 너희 아버지라면 네가 그 좆같은 취업반에 들겠다고 하진 않을 테니까! 네가 그렇게 소설을 쓸 수 있는 건 하느님이 재능을 주셨기 때문이야. 이건 하느님의 말씀이야. *너한테는 이걸 주겠다, 꼬마야. 잃어버리지 마라.* 그런데 누가 돌봐주지 않으면 아이들은 **뭐든지** 잃어버리기 마련이야. 너희 부모님이 완전히 얼이 빠져 너를 돌봐줄 수 없다면, 씨발, 나라도 대신 돌봐줘야지."

그의 표정은 마치 내가 주먹을 휘두르기를 기다리는 것 같았다. 녹색과 황금색의 저녁 풍경 속에서 그는 단호하면서도 착잡

한 표정이었다. 방금 그는 그 시절의 아이들에게 지극히 중요했던 규칙 하나를 깨뜨렸기 때문이다. 다른 아이들에 대해서는 아무 말이나 할 수 있고 실컷 괴롭힐 수도 있지만 그들의 어머니와 아버지에 대해서만은 **절대로** 나쁜 말을 하면 안 된다. 가톨릭 교회에 다니는 친구를 금요일 저녁식사에 초대할 때는 그날 식단에 육류가 나오지 않도록 하는 것이 불문율이듯이 이 규칙도 당연히 지켜야 하는 불문율이었다. 따라서 어떤 아이가 우리 어머니와 아버지를 욕한다면 주먹을 몇 대 먹여줘야 했다.

"네가 쓰는 소설들은 너한테만 중요한 거야, 고디. 우리가 헤어지는 게 싫다고 해서 계속 우리와 어울려 다니면 결국 너도 똑같은 얼간이가 될 거야. 우리와 함께 다니면서 C학점이나 받게 될 거라고. 고등학교에 가서도 똑같은 취업반 수업을 하면서 다른 얼간이들처럼 지우개나 던지고 딸딸이나 치겠지. 그러다가 걸핏하면 벌을 받고, 심하면 **정학까지** 맞겠지. 그렇게 얼마쯤 지나면 빨리 차 한 대 사서 어느 잡년을 데리고 춤추러 가거나 술집에 가고 싶다는 생각밖에 못할 거야. 그러다가 그 년이 덜컥 임신해 버리면 넌 결국 오번에 있는 구두 가게나 공장 같은 데 취직하거나 힐크레스트에서 닭털이나 뽑으면서 평생을 보내겠지. 그렇게 되면 그 파이 먹기 얘기는 영원히 못 쓰게 될 거야. **아무것도** 못 쓸 거라고. 너도 대가리에 똥만 가득 찬 얼간이가 될 테니까."

나에게 그런 말을 할 때 크리스는 겨우 열두 살이었다. 그러나 그 말을 하는 동안 그의 얼굴이 점점 쭈글쭈글해지면서 늙어가는 것 같았다. 늙어빠진 얼굴, 아니, 나이를 헤아릴 수 없는 얼굴이었다. 단조롭고 무미건조한 어조였지만 그의 말은 내 마음속에 두려움을 심어주었다. 그는 이미 인생을 다 살아본 사람 같았다. 인생은 게임 프로그램 같은 것이다. 진행자가 시키는 대로 '행운의 수레바퀴'를 돌리면 수레바퀴가 예쁘게 회전한다. 그러나 진행자가 페달을 밟으면 곧 빵점이 나오고 누구나 패배자가 된다. 인생은 무료입장권 같은 것이다. 그러나 안으로 들어가면 강우기(降雨機)가 켜지면서 우스꽝스러운 일이 벌어진다. 번 테시오처럼 멍청한 녀석도 얼마든지 이해할 수 있는 장난이다.

크리스가 내 맨팔을 움켜쥐고 손가락에 힘을 주었다. 손가락이 살을 파고들어 뼈를 긁을 정도였다. 그의 그늘진 눈에는 생기가 하나도 없었다. 마치 방금 관 속에서 나온 듯 흐리멍덩한 눈이었다.

"마을 사람들이 우리 집을 어떻게 생각하는지 나도 알아. 나를 어떻게 생각하는지, 나한테 뭘 기대하는지도 잘 알아. 지난번에 내가 그 우유 값을 훔쳤는지 안 훔쳤는지 나한테 물어보는 사람은 아무도 없었어. 묻지도 않고 사흘 정학을 때린 거야."

"정말 네가 훔쳤니?"

예전엔 물어본 적이 없었고, 혹시 누가 물어보라고 했다면 미쳤느냐고 펄쩍 뛰었을 것이다. 그 질문은 총알처럼 불쑥 튀어나왔다.

크리스가 대답했다.

"그래. 그래, 내가 훔쳤어."

그는 잠시 말을 멈추고 앞서가는 테디와 번을 바라보았다.

"내가 훔쳤다는 건 너도 알고 테디도 알고 **모두가** 알고 있었지. 아마 번도 알았을 거야."

나는 그 말을 부정하려고 하다가 입을 다물었다. 그의 말이 옳았다. 우리 어머니와 아버지에게는 크리스가 유죄로 판명될 때까지 무죄로 추정해야 한다고 항변했지만 정작 나 자신은 크리스가 유죄라고 생각했기 때문이다.

"그랬다가 어쩌면 미안한 생각이 들어 돌려주려고 했는지도 몰라."

나는 눈을 크게 뜨고 그를 뚫어져라 쳐다보았다.

"돌려주려고 했다고?"

"어쩌면이라고 했어. 그냥 어쩌면. 그리고 어쩌면 그 돈을 사이먼스 선생한테 가져가서 사실을 털어놨고, 어쩌면 훔친 돈을 전부 돌려줬는지도 모르지. 그랬는데도 난 결국 사흘 정학을 맞았어. 그 돈은 끝내 나타나지 않았으니까. 그리고 어쩌면 다음 주에 사이먼스 선생은 새 치마를 입고 학교에 왔는지도 몰라."

나는 너무 놀라서 할 말을 잃고 멍하니 그를 쳐다보았다. 그는 나를 바라보며 미소를 지었다. 그러나 그것은 일그러지고 비참한 미소였고 그의 눈가에는 웃음기가 전혀 없었다

"그냥 어쩌면."

그러나 나는 그 치마를 기억하고 있었다. 연갈색 페이즐리 천으로 만든 풍성한 치마였다. 그때 나는 그 치마 덕분에 늙은 사이먼스 선생이 한결 젊어 보이고 거의 예뻐 보이기까지 한다고 생각했었다.

"크리스, 그 우유 값이 얼마였어?"

"거의 7달러."

나는 속삭이듯이 말했다.

"맙소사."

"그러니까 처음엔 내가 우유 값을 훔쳤지만 나중에 사이먼스

선생이 그 돈을 가로챘다고 치자. 그리고 내가 누구한테 그런 얘기를 한다고 생각해 봐. 내가, 이 크리스 체임버스가, 프랭크 체임버스와 '개눈깔' 체임버스의 동생이. 내 말을 믿어줄 사람이 한 명이라도 있을 것 같으냐?"

나는 속삭이듯이 대답했다.

"없겠지. 맙소사, 그럴 수가!"

그는 다시 쓸쓸하고 비참한 미소를 머금었다.

"그런데 혹시 캐슬뷰에 사는 샌님들 중 하나가 그 돈을 훔쳤다면 그 쌍년이 감히 그런 짓을 했겠냐?"

"아니."

"그래. 그 새끼들 중 하나였다면 사이먼스 선생은 이렇게 말했겠지. '좋아, 좋아, 네 손목을 아주 힘껏 때려주고 나서 이번 일은 잊어버리자. 또 이런 짓을 하면 **양쪽** 손목을 다 때려준다.' 하지만 나 같은 놈이라면…… 글쎄, 어쩌면 그 여자는 벌써 오랫동안 그 치마에 눈독을 들였는지도 몰라. 어쨌든 기회가 오자마자 낚아챈 거야. 그 돈을 돌려주려고 했던 내가 멍청한 놈이지. 하지만 난 설마…… 설마 **선생이** 그런…… 아, 씨발, 말해 봤자 무슨 소용이야? 내가 왜 이런 얘기를 주절주절 늘어놨지?"

그는 성난 듯이 눈가를 쓱 문질렀고 나는 그가 울음을 터뜨리기 직전이라는 것을 깨달았다.

"크리스, 너도 대학 진학반에 들어가는 게 어때? 머리는 충분하잖아."

"그건 교무실에서 결정하는 거야. 그 잘난 회의를 열어서 말이야. 선생들이 빙 둘러앉아 지껄이는 거지. '그래요', '그래', '맞아요',

'맞아'. 씨발, 그 인간들이 신경 쓰는 건 내가 초등학교 때 행실이 좋았는지, 그리고 동네에서 우리 집에 대한 평판은 어떤지 하는 것뿐이야. 그걸 기준으로 내가 자기들이 애지중지하는 대학 진학반 샌님들을 물들이지나 않을까 판단하는 거라고. 어쨌든 나도 노력할 수는 있겠지. 가능한 일인지는 모르겠지만 시도는 해봐야지. 왜냐하면 캐슬록을 벗어나 대학에 들어가서 아버지와 형들을 두 번 다시 안 봤으면 좋겠으니까. 아무도 나를 모르는 곳으로 가고 싶어. 시작하기도 전에 시꺼먼 낙인이 찍히는 건 싫거든. 그런데 내가 해낼 수 있을지 모르겠어."

"못할 이유가 없잖아?"

"사람들 때문이야. 사람들이 끌어내리거든."

"누가?"

나는 크리스가 말하는 그 사람들이란 바토 교사들, 혹은 새 치마를 원했던 사이먼스 선생처럼 잔인한 어른들, 혹은 에이스와 빌리와 찰리 같은 녀석들과 어울려 다니는 그의 형 개눈깔, 혹은 자기 어머니와 아버지를 가리키는 것이라고 생각했다.

그러나 그는 이렇게 말했다.

"친구들이 끌어내리는 거야, 고디. 무슨 말인지 모르겠냐?"

그는 번과 테디를 가리켰다. 그들은 멈춰 서서 우리가 오기를 기다리면서 뭐가 그렇게 재미있는지 한창 웃고 있었다. 특히 번은 배꼽을 쥐고 깔깔거렸다.

"친구들이 끌어내린다고. 물에 빠진 사람처럼 우리 다리에 매달리는 거야. 우린 친구들을 구해줄 수 없어. 같이 빠져죽을 뿐이지."

그때 번이 계속 웃으며 소리쳤다.
"빨리들 와라, 굼벵이들아!"
"그래, 간다!"
크리스가 그렇게 외치더니 내가 무슨 말을 꺼내기도 전에 후다닥 뛰기 시작했다. 나도 뛰었다. 그러나 내가 따라잡기 전에 그가 먼저 그들 곁에 도착했다.

18

1킬로미터쯤 더 갔을 때 우리는 그곳에서 밤을 보내기로 했다. 아직 해가 조금 남았지만 더 걷고 싶어 하는 사람은 아무도 없었다. 쓰레기장에서 한바탕 소동을 겪고 철도 교각에서 몹시 놀란 후 다들 기진맥진한 탓도 있었지만 그뿐만이 아니었다. 우리가 있는 곳은 할로 근교의 숲속이었다. 그리고 저 앞 어딘가에는 죽은 아이가 있었다. 아마 만신창이가 되었을 테고 파리 떼로 뒤덮였을 것이다. 지금쯤은 구더기도 들끓을 것이다. 밤이 가까운 시간에 그런 아이에게 너무 가까이 다가가는 것은 아무도 원치 않았다. 내가 어딘가에서 읽었는데(아마 앨저넌 블랙우드의 소설이었을 것이다.) 사람이 죽으면 기독교식으로 장례를 치러줄 때까지 망자의 유령이 시체 주변을 배회한다고 했다. 그렇다면 오늘밤에도 육체에서 떨어져 나와 희미하게 빛나는 레이 브라워의 유령이 우우우 신음하고 중얼거리며 둥실둥실 떠다닐 것이다. 한밤중에 깨어나서 바스락거리는 캄캄한 소나무 숲에서 그 유령과 맞닥뜨리는 일만은 피하고 싶었다. 우리 판단에 의하면 지금 우리가 있는 곳은 그 아이가 있는 곳에서 15킬로미터 이상 떨어진 지점이었다. 물론 우리 네 명은 모두 유령 같은 것은 없다고 생각했다. 그러나 만에 하나 우리 생각이 틀렸더라도 15킬로미터라면 충분한 거리인 듯싶었다.

번과 크리스와 테디가 땔나무를 주워 모아 쇄석 위에 아담한 모닥불을 피웠다. 크리스가 모닥불 주변을 깨끗이 정리했다. 나무들이 바싹 말라서 산불이 날 위험이 있었기 때문이다. 그들이 그 일을 하는 동안 나는 막대기 몇 개를 깎아서 체니 형이 '개척자 식 닭다리'라고 부르던 것을 만들었다. 생나무 가지에 햄버거 덩어리를 꽂기만 하면 끝이었다. 그들 세 명은 깔깔대면서 야영 지식에 대한 논쟁을 벌였다. (그러나 그들은 아는 것이 별로 없었다. 캐슬록에도 보이스카우트가 있었지만 우리 공터에서 노는 아이들은 주로 계집애 같은 놈들만 그 단체에 들어간다고 생각했기 때문이다.) 그들은 요리를 할 때 불에 직접 굽는 게 좋으냐, 숯으로 굽는 게 좋으냐는 문제로 설전을 벌였고(숯이 만들어질 때까지 기다리기에는 다들 배가 너무 고팠으니 아무 짝에도 쓸모없는 실랑이였다.) 마른 이끼를 불쏘시개로 쓸 수 있느냐, 제대로 모닥불을 지피기 전에 성냥을 다 써버리면 어떻게 해야 하느냐를 놓고 갑론을박했다. 테디는 막대기 두 개를 마주 비벼 불을 피울 수 있다고 주장했다. 크리스는 테디가 머리 속에 똥만 들어 헛소리를 한다고 주장했다. 그러나 그 이론을 시험해 볼 필요는 없었다. 번이 잔가지와 마른 이끼를 조그맣게 쌓아올린 후 두 번째 성냥으로 불을 붙이는 데 성공했기 때문이다. 바람 한 점 없이 고요한 날이라서 불이 꺼질 염려는 없었다. 우리는 모두 돌아가면서 그 가냘픈 불길 속에 땔감을 밀어 넣었고, 숲속으로 30미터쯤 들어간 곳에 오래 전부터 쓰러져 있던 나무에서 가져온 손목 굵기의 나무토막 몇 개에 불이 옮겨 붙으면서 마침내 활활 타오르기 시작했다.

불길이 조금 잦아들기 시작할 때 나는 개척자식 닭다리가 모닥불 위에 비스듬히 자리잡도록 막대기들을 단단히 땅에 박았다. 우리는 모닥불 주위에 둘러앉아 고깃덩어리들이 기름을 뚝뚝 떨어뜨리며 지글거리다가 마침내 갈색으로 익어가는 과정을 지켜보았다. 우리의 위장도 자기들끼리 식전의 대화를 나누고 있었다.

우리는 고기가 다 익을 때까지 기다리지도 못하고 각자 햄버거 빵에 하나씩 올려놓은 후 고기를 꿴 뜨거운 막대기를 뽑아버렸다. 겉은 타고 속은 설익었지만 기막히게 맛있었다. 우리는 허겁지겁 먹어치우고 나서 입가에 묻은 기름을 맨팔로 쓱 문질렀다. 크리스가 배낭을 열고 양철로 된 밴드에이드 통을 꺼냈다. (권총은 배낭 바닥에 깊숙이 들어 있었다.) 크리스는 그 통을 열고 꾸깃꾸깃한 윈스턴 담배를 꺼내 한 사람 앞에 한 개비씩 나눠주었다. 우리는 모닥불 속에서 불붙은 나뭇가지를 꺼내 담뱃불을 붙인 후 세상 물정을 다 아는 사나이들처럼 비스듬히 누워 은은한 황혼 속에 피어오르는 담배 연기를 바라보았다. 아무도 연기를 깊이 들이마시지 않았다. 그랬다가 기침이라도 하는 날에는 하루이틀쯤 다른 아이들의 놀림감이 될 것이 분명했기 때문이다. 연기를 빨아들였다가 그대로 뱉어내면서 모닥불 속에 침을 뱉어 지글거리는 소리를 듣는 것만으로도 충분히 유쾌한 일이었다. (내가 담배를 막 배우기 시작한 사람을 한눈에 알아보는 요령을 배운 것도 그해 여름이었다. 담배를 처음 배우는 사람은 침을 많이 뱉는다.) 우리는 기분이 좋았다. 필터만 남을 때까지 다 피우고 나서 꽁초는 모닥불 속에 던져넣었다.

테디가 말했다.

"식후 연초(食後煙草)만큼 좋은 건 없어."

번도 맞장구를 쳤다.

"그래, 끝내주지."

녹색의 어스름 속에서 귀뚜라미들이 울기 시작했다. 나는 뻗어나간 철도 위로 드러난 좁다란 하늘을 올려다보았다. 파랗던 하늘이 차츰 자줏빛으로 멍들었다. 밤의 시작을 알리는 황혼을 바라보고 있자니 왠지 마음이 서글퍼지는 동시에 차분히 가라앉았다. 즐거우면서도 딱히 즐거운 것만은 아닌 느낌, 적당히 쓸쓸한 느낌이었다.

우리는 철도 제방 옆의 잡목 숲에서 평평한 곳을 찾아 잘 다진 후 각자 침구를 폈다. 그리고 나서 모닥불에 장작을 넣어가며 한 시간 남짓 이야기를 나눴다. 열다섯 살이 넘어 여자애들을 발견하고 나면 거의 다 잊어버릴 만한 대화였다. 우리는 캐슬록에서 길거리 자동차 경주를 제일 잘하는 사람은 누구인지, 그리고 보스턴이 올해는 꼴찌를 면할 수 있을지에 대해 이야기했고 막 지나간 여름에 대해서도 이야기했다. 테디는 브런즈윅의 화이트비치에 갔을 때 어떤 아이가 뗏목 위에서 다이빙을 하다가 머리를 다치는 바람에 익사할 뻔했다는 이야기를 들려주었다. 우리는 우리를 가르쳤던 교사들의 장단점을 비교해 가며 꽤 오랫동안 토론했다. 우리는 캐슬록 초등학교 전체에서 브룩스 선생이 제일 소심하다는 데 의견 일치를 보았다. 그는 우리가 말대꾸만 해도 금방 울음을 터뜨릴 것처럼 보였다. 코티 선생은 정반대였다. 그녀는 하느님이 지금까지 지상에 내려 보낸 여자들 중에서 제일 악독한 여자였다. 번은 그 선생이 2년 전에 어떤 아이를 너무 세게 때려 거의 장님으로 만들어버렸다는 말을 들었다고 했다. 나는 크리스가 사이먼스 선생에 대한 이야기를 꺼내지 않을까 싶어 크리스를 쳐다보았지만 그는 아무 말도 하지 않았고 내가 자기를 보는 것도 모르고 있었다. 그는 번의 이야기를 들으면서 자못 심각하게 고개를 끄덕거렸다.

어둠이 내려앉을 무렵, 아무도 레이 브라워에 대해 이야기하지 않았는데도 나는 그를 생각하고 있었다. 숲속에 어둠이 깔리는 과정은 어딘가 모르게 무시무시하면서도 매혹적이다. 전조등이나 가로등이나 집 안의 전등이나 네온사인 따위로 완화되지 않은 캄캄한 어둠이 찾아온다. 아이들에게 그만 놀고 어서 들어오라고 소리치는 어머니들의 목소리, 어둠을 예고하는 그 목소리도 없이 갑자기 밤이 되어버린다. 도시의 삶에 익숙해진 사람들에게 숲속의 어둠은 자연 현상이라기보다 차라리 자연 재해처럼 느껴진다. 마치 봄철에 캐슬 강이 범람하듯이 어둠이 왈칵 밀려드는 것이다.

그리고 그 어둠(또는 빛의 부재) 속에서 레이 브라워의 시체를 떠올리며 내가 느낀 것은 그가 불쑥 우리 앞에 나타날 것 같다는 불안이나 공포가 아니었다. 그것은 우리가 그의(**그것의**) 평화를 어지럽히기 전에 쫓아버리려고 녹색 귀신이 나타나지나 않을까 하는 두려움이 아니라 지금 지구상에서 우리가 있는 곳을 뒤덮고 있는 이 어둠 속에서 그는 얼마나 외롭고 얼마나 무력한 상태일까 하는 갑작스럽고 예기치 못한 연민이었다. 어떤 생물이 그의 살을 뜯어먹고 싶어 해도 그는 피할 수 없다. 그곳에는 그를 지켜줄 어머니도 없고 아버지도 없고 성자들을 거느린 예수 그리스도도 없다. 그는 이미 죽었고 철도에서 튕겨나가 도랑에 처박힌 채 홀로 쓸쓸히 누워 있다. 그런 생각을 빨리 중단하지 않으면 곧 울음이 터질 것만 같았다.

그래서 아이들에게 르디오 이야기를 들려주었다. 즉석에서 지어낸 이야기라서 그리 재미있지는 않았고 대부분의 르디오 이야기와 비슷한 방식으로 끝을 맺었다. 쿨럭쿨럭 기침을 하며 죽어가는 미군 보병 한 명이 슬픈 표정의 중사에게 애국심을 토로하고 고향의 한 소녀에 대한 사랑을 고백하는 장면이었다. 그때 내가 마음속에 떠올린 얼굴은 캐슬록이나 화이트리버 정션에서 볼 수 있는 어느 일등병의 창백하고 겁먹은 얼굴이 아니라 이미 죽어 눈을 감고 있는 훨씬 더 어린 소년의 얼굴이었다. 괴로움이 가득한 표정, 그리고 왼쪽 입가에서 턱을 따라 흘러내리는 한 가닥의 피. 그의 뒤에 보이는 풍경도 내가 평소 상상하던 르디오의 부서진 가게와 교회들이 아니라 별이 빛나는 하늘을 배경으로 선사시대의 무덤처럼 불쑥 솟아오른 철도 노반과 캄캄한 숲이었다.

19

나는 한밤중에 깨어났고 여기가 어딘지 어리둥절했다. 내 방이 왜 이렇게 추울까, 누가 창문을 열어놨을까. 아마 데니 형이겠지.

나는 데니 형의 꿈을 꾸다가 잠이 깼는데, 해리슨 주립공원에서 맨몸으로 파도타기를 하는 꿈이었다. 그러나 우리가 그렇게 놀았던 것은 벌써 4년 전의 일이었다.

여긴 내 방이 아니다. 어딘가 다른 곳이다. 누군가 나를 힘껏 부둥켜안고 있었고, 다른 한 명은 내 등에 찰싹 달라붙었고, 그림자처럼 보이는 세 번째 사람은 내 옆에 웅크린 채 무슨 소리를 듣고 있는 듯 고개를 치켜들고 있었다.

나는 정말 어리둥절해서 이렇게 말했다.

"이게 무슨?"

대답 대신 길게 이어지는 신음소리. 번의 목소리인 것 같았다.

그 소리를 듣는 순간 앞뒤가 분명해지면서 내가 있는 곳이 어딘지도 생각났다. 그런데 한밤중에 다들 안 자고 뭘 하는 거지? 혹시 나만 몇 초 동안 깜박 잠들었던 것일까? 아니, 그럴 리가 없었다. 캄캄한 하늘 한복판에 가느다란 은빛 달이 걸려 있었기 때문이다.

그때 번이 더듬더듬 말했다.

"저를 잡아가지 못하게 해주세요! 착하게 살겠다고 맹세할게요. 나쁜 짓은 절대로 안 하고요, 오줌 누기 전에 변기 시트는 꼭 올려놓고요, 그리고…… 그리고……"

나는 기도하는 소리라는 것을 깨닫고 조금 놀랐다. 어쨌든 번 테시오에게는 그것이 기도였다.

나는 더럭 겁이 나서 벌떡 일어나 앉았다.

"크리스?"

그때 크리스가 말했다.

"닥쳐라, 번. 저건 아무것도 아니야."

웅크린 채 귀를 기울이고 있던 사람이 바로 크리스였다.

그러자 테디가 음침한 목소리로 말했다.

"아니야. 뭔가 있어."

"뭐가 있다는 거야?"

내가 물었다. 나는 아직도 잠이 덜 깨서 얼떨떨했고 시간적 공간적으로 내 위치를 제대로 파악하지 못한 상태였다. 무슨 일이 벌어졌는지 몰라도 나 혼자 뒤늦게 알게 된 것이 두려웠다. 어쩌면 나 자신을 지키기에는 너무 늦었는지도 모르니까.

바로 그때 마치 내 질문에 대답이라도 하듯이 숲속에서 길고 공허한 비명소리가 나른하게 들려왔다. 극단적인 고통과 극단적인 공포에 시달리며 죽어가는 여자가 낼 것 같은 비명소리였다.

"아이구 하느님 맙소사아!"

번이 울먹이는 소리로 말했다. 눈물이 가득 담긴 높은 목소리였다. 그가 방금 내 잠을 깨울 때 그랬던 것처럼 다시 나를 부둥켜안았다. 그래서 숨을 쉬기도 힘들었고 나 자신의 공포심도 더욱 더 커졌다. 어렵사리 그를 떼어놓았지만 그는 달리 갈 곳이 없는 강아지처럼 곧바로 다시 내 곁으로 파고들었다.

테디가 목쉰 소리로 속삭였다.

"저건 그 브라워라는 애야. 숲속에 유령이 돌아다니는 거라고."

"오 하느님!" 번이 비명을 질렀다. 테디의 말이 별로 마음에 들지 않는 것이 분명했다. "다시는 달리스 마켓에서 포르노 책을 훔치지 않겠다고 약속할게요! 제 몫의 당근을 개한테 먹이지도 않겠다고 약속할게요! 그리고…… 그리고…… 그리고……"

그는 그 부분에서 더듬거렸다. 온갖 약속들을 들먹이며 하느님을 설득하고 싶었지만 두려움이 너무 큰 탓에 정말 좋은 말들이 생각나지 않았기 때문이다.

"필터 없는 담배는 절대로 안 피울게요! 나쁜 욕지거리도 안 할게요! 헌금 접시에 풍선껌을 넣지도 않을게요! 그리고 절대로……"

"닥치라니까, 번."

크리스가 말했다. 평소처럼 씩씩하고 권위적인 말투였지만 그 속에는 두려움의 공허한 울림이 숨어 있었다. 크리스도 나처럼 팔과 등과 배에 소름이 잔뜩 돋았을까? 크리스도 나처럼 목덜미의 솜털이 곤두섰을까?

번의 목소리가 속삭임으로 바뀌었다. 오늘밤만 무사히 넘기게 해주신다면 이러저런 잘못들을 고치겠다고 줄줄이 나열하고 있었다.

나는 크리스에게 이렇게 말했다.

"저건 새소리 아니야?"

"아니야. 어쨌든 내 생각엔 아닌 것 같아. 아마 살쾡이일 거야. 우리 아버지가 그러는데 그 놈들은 짝짓기 철만 되면 당장 죽을 것처럼 비명을 지른대. 꼭 여자 목소리 같지?"

"그래."

그렇게 대답하는 내 목소리가 중간에 갈라지면서 각얼음 두 개가 맞부딪치는 듯한 소리가 났다.

크리스가 말했다.

"하지만 여자가 저렇게 큰 소리를 지를 수는 없잖아." 그러더니 난감한 듯이 이렇게 덧붙였다. "안 그래, 고디?"

테디가 다시 속삭였다.

"저건 브라워의 유령이라니까." 그의 안경이 달빛을 반사하여 꿈결처럼 희미하게 빛나고 있었다. "내가 가서 찾아봐야겠어."

테디의 그 말은 진담이 아니었을 것이다. 그렇다고 그냥 내버려 둘 수는 없었다. 테디가 일어나려 하자 크리스와 내가 재빨리 눌러 앉혔다. 우리가 그를 너무 거칠게 다뤘는지도 모르지만 그것은 두려움 때문에 온몸의 근육이 강철 밧줄처럼 뻣뻣해진 탓이었다.

테디가 몸부림을 치며 씩씩거렸다.

"이거 놔, 씨발놈들아! 내가 보고 싶어서 보겠다는데 왜 말리는 거야! 보고 싶어! 유령을 보고 싶다고! 혹시 저게……"

그 순간 다시 그 사나운 흐느낌 같은 비명소리가 수정(水晶) 칼날처럼 어둠을 가르며 밤하늘에 울려 퍼졌고 우리는 테디를 붙잡은 채 얼어붙고 말았다. 테디가 깃발이었다면 우리의 모습은 이오지마를 점령한 해병대원들을 찍은 그 사진처럼 보였을 것이다. 비명소리는 한 옥타브에서 다음 옥타브로 터무니없이 쉽게 올라가더니 마침내 유리처럼 싸늘하고 날카로운 소리로 변했다. 그리고 잠시 그 자리에 멈춰 있다가 다시 내려가더니 도저히 불가능할 것 같은 저음에 이르러 거대한 꿀벌처럼 웅웅거렸다. 그 다음에는 미치광이 같은 웃음소리가 터져나왔고…… 그러고 나서 다시 적막이 찾아왔다.

테디가 속삭였다.

"아이구 하느님 제기랄 맙소사."

그는 그 시끄러운 비명소리를 내는 것이 무엇인지 확인하러 숲 속으로 들어간다는 말을 다시 되풀이하지 않았다. 우리 네 명은 모두 바싹 붙어 한 덩어리가 되어 있었고 나는 도망칠 궁리만 했다. 그런 생각을 한 사람이 나 혼자만은 아니었을 것이다. 그때 우리가 부모들에게 말한 것처럼 번네 들판에 텐트를 치고 있었다면 아마 부리나케 도망쳤을 것이다. 그러나 우리가 있는 곳에서 캐슬록은 너무 멀었고 어둠 속에서 그 다리를 뛰어 건널 생각을 하니 피가 다 얼어붙을 지경이었다. 그렇다고 할로 쪽으로 더 깊숙이 들어간다면 그만큼 레이 브라워의 시체가 있는 곳에 가까워질 테니 그것도 생각할 수 없는 일이었다. 진퇴양난이었다. 저 숲속에 사는 (우리 아버지가 도깨비라고 부르는) 괴물이 우리를 잡아먹으려 한다면 꼼짝없이 잡아먹힐 수밖에 없었다.

크리스가 보초를 세우자고 제안했고 모두가 찬성했다. 우리는 동전을 던져 망볼 순서를 정했는데 번이 첫 번째로 걸렸다. 나는 마지막이었다. 번은 모닥불 잿더미 곁에 책상다리로 앉았고 나머지 사람들은 다시 드러누웠다. 우리는 양들처럼 바싹바싹 붙어 있었다.

나는 다시 잠을 자기는 불가능할 거라고 생각했지만 곧 잠이 들었다. 잠망경을 올린 잠수함처럼 무의식의 세계를 스쳐 지나가는 얕고 불안한 잠이었다. 그렇게 자는듯 마는듯한 상태에서 꿈을 꾸었는데 그 속에서 사나운 비명소리가 들려왔다. 실제로 들린 소리였는지도 모르고 내 상상력의 산물에 불과했는지도 모른다. 나는 형체도 없는 하얀 물체 하나가 마치 움직이는 기괴한 침대보처럼 나무들 사이로 이리저리 배회하는 것을 보았다. 혹은 보았다고 생각했다.

그러다가 마침내 확실한 꿈 속으로 빠져들었다. 크리스와 내가 화이트비치에서 헤엄을 치고 있었다. 원래는 브런즈윅의 자갈 채취장이었지만 인부들이 지하 수로를 건드리는 바람에 작은 호수로 변해버린 곳이었다. 테디가 머리를 다쳐 익사할 뻔한 아이를 보았던 것도 바로 거기였다.

내 꿈 속에서 우리는 머리를 물 밖으로 내놓은 채 느릿느릿 헤엄을 쳤다. 7월의 뜨거운 태양이 쨍쨍 내리쬐고 있었다. 우리 뒤쪽에서는 아이들이 뗏목 위에 올라가 다이빙을 하거나 올라가는 도중에 떠밀려 떨어지면서 내지르는 외마디소리와 고함소리와 웃음소리가 떠들썩하게 들려왔다. 뗏목을 떠받치고 있는 빈 등유 드럼통들이 서로 부딪쳐 떵떵 울리는 소리도 들렸다. 공허하면서도 심오하고 엄숙한 교회의 종소리와 비슷한 소리였다. 모래와 자갈이 섞인 호숫가에는 기름을 바른 몸뚱이들이 담요 위에 엎드려 있었고, 양동이를 가진 어린아이들은 물 근처에 쪼그리고 앉아 있거나 플라스틱 삽으로 자기 머리에 젖은 흙을 끼얹으며 즐거워했고, 십대 소년들은 여기저기 모여 앉아 소녀들을 구경하며 빙글빙글 웃었고, 잰첸 원피스 수영복으로 은밀한 부분들을 가린 소녀들은 혼자 있는 일이 좀처럼 없었고 언제나 두세 명씩 무리를 지어 끊임없이 오락가락하며 몸매를 뽐냈다. 머점으로 향하는 사람들은 뜨거운 모래를 밟고 움찔거리며 발끝으로 걸어다녔다. 그들은 감자칩과 핫도그와 레드볼 아이스캔디를 사가지고 돌아왔다.

코티 선생이 공기를 넣은 고무 뗏목을 타고 둥실둥실 우리 곁을 지나갔다. 그녀는 9월부터 6월까지 학교에 출근할 때마다 제복처럼 입고 다니는 그 차림으로 누워 있었다 회색 투피스 정장이었는데 재킷 속에는 블라우스 대신 두툼한 스웨터를 입었고,

있으나마나한 한쪽 젖가슴에는 꽃 한 송이를 꽂았고, 다리에는 박하사탕처럼 푸르딩딩하고 두꺼운 서포트 스타킹을 신고 있었다. 노부인들이 흔히 신는 검정색 하이힐이 물에 잠겨 작은 브이 자처럼 보였다. 우리 어머니처럼 그녀도 머리를 블루린스(노인들이 백발의 누런 색조를 빼고 생동감을 주기 위해 사용했던 염색약. 사용 시간이 너무 길면 머리가 푸르스름해진다 — 옮긴이)로 염색했는데 시계태엽 모양으로 촘촘하게 말아 올린 곱슬머리에서 약 냄새가 풀풀 풍겼다. 그녀의 안경이 햇살을 받아 눈부시게 번쩍거렸다.

그녀가 말했다.

"조심들 해라, 얘들아. 조심하지 않으면 눈이 멀어버릴 정도로 호되게 때려줄 테니까. 난 그래도 괜찮아. 교육 위원회가 나한테 준 권한이거든. 자, 체임버스, 「담장을 고치며」(로버트 프로스트의 시 — 옮긴이)를 암송해 봐."

그러자 크리스가 말했다.

"저는 그 돈을 돌려주려고 했어요. 그런데 사이먼스 선생님이 괜찮다고 해놓고 그 돈을 가로채버렸어요! 제 말 들으셨어요? 그 돈을 가로챘다고요! 이제 어떻게 하실 거예요? 사이먼스 선생님도 눈이 멀어버릴 정도로 때리실 거예요?"

"「담장을 고치며」 말이야, 체임버스. **암송해 보라니까.**"

크리스는 '이렇게 될 거라고 했잖아?'라고 말하듯이 나에게 절망적인 시선을 던지더니 곧 선헤엄을 치기 시작했다. 그리고 암송을 시작했다.

"담장을 싫어하는 무엇이 있어 그 아래 언 땅을 부풀게 하며……"

 바로 그때 그의 머리가 물속으로 쑥 가라앉았고 암송하던 입에도 물이 잔뜩 들어갔다.
 그는 곧 고개를 내밀고 이렇게 소리쳤다.
 "살려줘, 고디! 살려줘!"
 그러더니 다시 물속으로 가라앉았다. 맑은 물속을 들여다보니 퉁퉁 불어버린 알몸의 시체들이 그의 발목에 매달려 있었다. 한 명은 번이었고 다른 한 명은 테디였다. 그들의 부릅뜬 눈은 그리스 조각품의 눈처럼 허옇기만 하고 눈동자가 없었다. 그들의 부풀어 오른 배 밑에 달린 사춘기 이전의 조그마한 성기가 색소 결핍증에 걸린 해초처럼 흐느적거렸다. 크리스의 머리가 다시 수면을 뚫고 올라왔다. 그는 나를 향해 힘없이 한 손을 내밀며 비명을 질렀다. 여자 목소리 같은 그 비명소리가 점점 높아지면서 뜨거운 햇살이 내리쬐는 여름의 대기 속으로 울려 퍼졌다. 나는 정신없이 물가 쪽을 돌아보았지만 그 소리를 들은 사람은 아무도 없었다. 하얀 페인트를 칠한 십자가 모양의 목제 구조탑 위에 인명 구조원이 앉아 있었지만 그는 구릿빛의 건강한 몸을 매력적으로 늘어뜨린 채 빨간 수영복을 입은 여자를 내려다보며 미소를 지을 뿐이었다. 시체들이 크리스를 다시 물속으로 끌어내리면서 그의 비명소리는 물속에서 숨이 막혀 부글거리는 소리로 바뀌었다. 그들이 그를 깊고 컴컴한 물속으로 끌고 들어갈 때 나는 고통과 애원이 담긴 그의 두 눈이 물속에서 왜곡되고 일렁거리며 나를 올려다보는 것을 보았다. 태양이 빛나는 수면을 향해 무력하게 내밀고 있는 하얀 불가사리 같은 두 손도 보았다. 그러나 나는 물속으로 자맥질하여 그를 구하려 하지 않고 물가를 향해, 아니, 적어도 수심이 내 키를 넘지 않는 곳을 향해 미친 듯이 헤엄쳐나갔다. 그러나 그곳에 도달하기 전에(그 근처에도 가기 전에) 썩어 문드러져 부드럽지만 무자비한 손길이 내 종아리를 움켜쥐고 잡아당기는 것을 느꼈다. 그 순간 가슴 속에 비명이 차오르고…… 그러나 미처 그 소리를 입 밖에 내기 전에 꿈이 희미해지면서 나는 다시 불분명한 현실 세계로 돌아왔다. 내 다리를 잡고 있는 사람은 테디였다. 나를 흔들어 깨우는 중이었다. 내가 보초를 설 차례였다.

나는 아직도 반쯤은 꿈속을 헤매면서 잠꼬대를 하듯이 목쉰 소리로 물었다.

"너 살아 있었냐, 테디?"

테디가 퉁명스럽게 대답했다.

"아니야. 난 죽었고 넌 새까만 깜둥이야."

그 순간 꿈이 완전히 사라졌다. 나는 모닥불 곁으로 가서 앉았고 테디는 드러누웠다.

20

다른 아이들은 날이 밝을 때까지 깊은 잠에 빠져 있었다. 나는 졸다가 깼다가 다시 졸기를 되풀이했다. 밤은 결코 조용하지 않았다. 올빼미가 먹잇감을 덮치면서 끼익 하고 의기양양하게 외치는 소리도 들렸고, 어느 작은 동물이 잡아먹히는 순간에 지르는 듯한 가냘픈 외마디소리도 들렸고, 그보다 큰 어떤 동물이 덤불을 헤치며 배회하는 소리도 들렸다. 그 온갖 소리들 속에서 꾸준히 들려오는 소리는 귀뚜라미 소리였다. 비명소리는 더 이상 들리지 않았다. 나는 졸다가 깨고 다시 졸다가 깨고 했는데, 만약 르디오에서 그렇게 엉터리로 보초 근무를 하다가 발각되었다면 아마 군법회의에 회부되어 총살당했을 것이다.

나는 마지막으로 다시 졸다가 화들짝 놀라 좀더 또렷하게 깨어났고 그새 뭔가 달라진 것을 알아차렸다. 무엇이 달라졌는지 깨닫는 데는 조금 시간이 걸렸다. 달이 져버렸는데도 청바지에 놓인 내 손이 보였다. 내 시계는 5시 15분 전을 가리키고 있었다. 새벽이었다.

나는 척추 뼈가 우두둑거리는 소리를 들으며 몸을 일으켰고 한 덩어리로 뒤엉켜 있는 친구들로부터 이삼십 걸음 떨어진 곳으로 걸어가서 옻나무 덤불에 오줌을 누었다. 어둠에 대한 공포가 사라지기 시작했다. 두려움이 서서히 빠져나가는 것을 느낄 수 있었다. 기분 좋은 느낌이었다.

나는 쇄석을 밟으며 철도 제방으로 올라가서 선로에 걸터앉아 두 발 사이로 한가롭게 쇄석들을 집어던졌다. 다른 아이들을 서둘러 깨울 필요는 없었다. 새로운 하루를 맞이한 기분이 너무 상쾌해서 이 순간만은 남들과 나누고 싶지 않았다

금방 아침이 되었다. 귀뚜라미 울음소리는 차츰 잦아들었고 나무와 수풀 밑의 컴컴한 그림자들은 소나기로 생긴 물웅덩이처럼 순식간에 증발해 버렸다. 그해 여름은 연일 불볕더위가 기승을 부려 화제가 되었는데, 유별나게 무미건조한 대기는 오늘도 화끈한 하루가 될 것을 예고하고 있었다. 우리처럼 밤새도록 움츠리

고 있었을 새들이 비로소 당당하게 지저귀기 시작했다. 우리가 땔 감을 구했던 쓰러진 나무에도 굴뚝새 한 마리가 내려앉더니 깃털을 다듬고 곧 날아가 버렸다.

어제 저녁에 살금살금 나타났던 보랏빛이 다시 소리 없이 하늘에서 사라져가는 광경을 지켜보면서 내가 얼마나 오랫동안 그 선로에 앉아 있었는지 잘 모르겠다. 어쨌든 엉덩이가 뻐근해질 만큼의 시간이 흘렀다. 내가 일어나려 하면서 오른쪽을 보았을 때 10미터도 안 되는 거리의 철도 노반에 서 있는 암사슴 한 마리가 눈에 띄었다.

너무 놀라 심장이 철렁 내려앉았다. 심장이 아랫배로 내려가 버린 것 같았다. 흥분을 가눌 수 없어 뱃속과 성기가 후끈 달아올랐다. 나는 움직이지 않았다. 아마 움직이고 싶어도 움직일 수 없었을 것이다. 사슴의 눈은 갈색이 아니라 어둡고 뿌연 검정색이었다. 보석상에서 진열장 바닥에 깔아두는 벨벳 같은 빛깔이었다. 사슴의 작은 귀는 스웨드 가죽 같았다. 사슴은 호기심 때문인지 머리를 조금 낮추고 물끄러미 나를 바라보았다. 사슴의 눈에 비친 내 모습은 이랬다. 자고 나서 사방으로 뻗치고 헝클어져 까치집 같은 머리, 밑단을 접어올린 청바지, 팔꿈치를 누덕누덕 기우고 그 시절의 유행에 따라 건달처럼 목깃을 세운 황갈색 셔츠. 내가 사슴을 보게 된 것은 어처구니가 없을 만큼 아무렇게나 던져준 선물 같은 것이었다.

우리는 한참 동안 서로 마주 보고 있었는데…… 내 느낌으로는 꽤 긴 시간이었다. 이윽고 사슴이 돌아서더니 그 희고 짤막한 꼬리를 태연스레 살랑거리며 철도 반대쪽으로 건너갔다. 사슴은 풀을 발견하고 뜯어먹기 시작했다. 내 눈을 믿을 수 없었다. 사슴이 풀을 뜯어먹다니. 사슴은 나를 돌아보지 않았고 그럴 필요도 없었다. 나는 꼼짝도 못하고 얼어붙은 상태였다.

그때 내 엉덩이 밑에서 선로가 진동하기 시작했고 몇 초 후 암사슴이 고개를 들고 캐슬록 쪽을 돌아보았다. 사슴은 새까만 나무껍질 같은 코로 냄새를 맡았다. 그러더니 펄쩍펄쩍 뛰어 겨우 세 걸음 만에 숲속으로 사라져버렸다. 썩은 가지 하나가 육상경기 심판의 출발 신호총 같은 소리를 내며 부러진 것 말고는 아무 소리도 없었다.

나는 사슴이 있던 곳을 넋을 잃고 바라보며 그대로 앉아 있었다. 이윽고 화물열차 소리가 적막을 뚫고 들려왔다. 나는 제방 비탈을 타고 미끄러져 다른 아이들이 자고 있는 곳으로 내려갔다.

천천히 지나가는 화물열차의 요란한 소리가 아이들을 깨웠다. 그들은 하품을 하면서 몸을 긁적거렸다. 크리스가 '비명 지르는 유령 사건'이라고 명명한 어젯밤의 일에 대하여 우스꽝스러우면서도 조심스러운 대화가 오고갔다. 그러나 그 대화는 예상보다 짧게 끝났다. 햇빛 아래서 그 사건을 다시 생각해 보니 시시한 일이었고 그리 흥미롭지도 않았다. 오히려 창피스러울 정도였다. 그냥 잊어버리는 게 나을 것 같았다.

사슴에 대해 아이들에게 말해주고 싶어 입이 근질거렸지만 결국 말하지 않았다. 나는 그 일을 나 혼자 간직했다. 오늘 이 순간까지 그 일을 말하지도 않았고 글로 쓰지도 않았다. 그런데 막상 이렇게 써놓고 보니 왠지 그리 중요한 일도 아닌 것처럼 보인다. 오히려 하찮은 일인 것 같다. 그러나 나에게는 그 일이 그 여행에서 가장 멋지고 가장 순수한 부분이었고, 지금까지 살면서 어려움을 겪을 때마다 그 순간을 떠올리곤 했다. 거의 반사적인 반응이었다. 베트남에서 내가 처음 밀림 속으로 들어가던 날, 우리가 공터에 서 있을 때 한 전우가 손으로 코를 가리고 숲속에서 걸어나왔다. 그가 손을 떼자 코가 사라지고 없었다. 총에 맞아 떨어져 나갔던 것이다. 의사가 우리 막내아들이 뇌수종(腦水腫)인지도 모른다고 말했을 때. (그러나 알고 보니 그 아이는 남들보다 머리가 조금 클 뿐이었다. 고마운 일이 아닐 수 없다.) 우리 어머니가 돌아가시기 직전의 그 길고 정신없었던 몇 주. 그런 일이 있을 때마다 저절로 그날 아침이 떠올랐다. 스웨드 가죽 같던 사슴의 귀와 하얗게 빛나던 꼬리도 떠올랐다. 그러나 중국 인구 중 8억 명 정도는 그런 일에 아무 관심도 없을 것이다. 제일 중요한 일들은 말하기도 제일 어렵다. 말로 표현하면 시시해지기 때문이다. 우리 인생에서 가장 소중한 사건일지라도 남들까지 관심을 갖도록 만들기는 쉽지 않다.

21

철도는 이제 남서쪽으로 구부러져 전나무와 울창한 덤불이 뒤엉킨 재생림을 지나갔다. 우리는 일부 덤불에 남아 있는 검은딸기로 아침식사를 해결했다. 그러나 산딸기는 아무리 먹어도 포만감을 주지 않는다. 위장은 그저 30분 정도 참아주다가 다시 꼬르륵거리기 시작한다. 우리는 다시 철도로 올라가서(그때가 8시쯤이었다.) 잠시 쉬었다. 우리의 입은 짙은 자주색으로 물들었고 벌거벗은 몸은 검은딸기 가시에 긁혀 상처투성이였다. 번은 계란 프라이 몇 개에 베이컨을 곁들여 먹었으면 좋겠다고 시무룩하게 말했다.

그날은 불볕더위의 마지막 날이었지만 내 생각에는 그날이 제일 더웠던 것 같다. 이른 아침에 떠 있던 구름들은 녹아버리듯이 사라졌고 9시 무렵의 하늘은 쳐다보기만 해도 더 덥게 느껴지는 푸르스름한 강철 같은 빛깔이었다. 우리의 가슴과 등에서 흘러내리는 땀방울이 몸에 쌓인 검댕과 더러움을 씻어내려 깨끗해진 부분이 여기저기 줄무늬처럼 나타났다. 모기와 등에들이 구름처럼 모여들어 머리 주위를 윙윙 날아다니며 성가시게 굴었다. 가야 할 길이 아직 멀다는 사실도 우리를 우울하게 만들었다. 그러나 우리의 여행 목적은 매혹적이었고, 그래서 우리는 그 더위 속에서도 필요 이상으로 빨리 걸었다. 우리는 그 아이의 시체를 보는 데 혈안이 되어 미쳐버린 상태였다. 이보다 더 간결하고 이보다 더 솔직한 표현은 찾지 못하겠다. 그 시체가 무해하다면 말할 나위도 없거니와 설령 그것이 수백 개의 뒤숭숭한 꿈으로 우리의 잠을 망쳐버릴 수 있는 힘을 가졌더라도 우리는 기필코 그 시체를 보고 싶었다. 아마도 우리는 이제 그것을 볼 '자격'을 얻었다고 믿었던 것 같다.

9시 반쯤 되었을 때 앞서가던 테디와 크리스가 물을 발견했다. 그들은 번과 나에게 소리를 질렀다. 우리는 그들이 서 있는 곳으로 달려갔다. 크리스는 기쁨에 겨워 웃고 있었다.

"저기 좀 봐! 비버들이 만든 거야!"

그가 손가락으로 가리켰다.

과연 비버들의 솜씨가 분명했다. 조금 앞쪽에 철도 제방 밑으로 지나가는 큰 배수로가 있었는데, 비버들이 열심히 댐을 쌓아 배수로의 오른쪽 끝을 완전히 막아버렸다. 그 댐은 막대기와 나뭇가지들을 쌓아올린 후 잎사귀와 잔가지와 진흙 따위로 틈새를 막아 완성시킨 것이었다. 역시 부지런한 녀석들이었다. 댐 너머에 만들어진 맑은 물웅덩이가 햇빛을 받아 눈부시게 반짝거렸다. 수면 위로 불쑥 솟아오른 비버 집도 몇 군데 있었다. 마치 나무로 지은 이글루처럼 보였다. 웅덩이 저쪽 끝에서 작은 냇물이 졸졸 흘렀고 그 양쪽의 나무들은 거의 90센티미터 높이까지 갉아 먹혀 뼈처럼 하얗고 깨끗했다.

크리스가 말했다.

"철도회사 사람들이 저걸 금방 없애버릴 거야."

그러자 번이 물었다.

"왜?"

"여기 웅덩이가 있으면 곤란하니까. 그냥 놔두면 소중한 철도가 푹 꺼져버리거든. 애초에 사람들이 이곳에 배수로를 만들어놓은 것도 그것 때문이야. 비버 몇 마리는 쏴 죽여버리고 나머지는 겁을 줘서 멀리 쫓아낸 다음에 저 댐을 허물어버리겠지. 그럼 여긴 다시 늪이 돼버릴 거야. 원래 늪이었을 테니까."

그러자 테디가 말했다.

"그래도 그건 너무하잖아."

크리스는 어깨를 으쓱거렸다.

"누가 비버 따위를 신경이나 쓰겠냐? 적어도 철도회사 사람들은 그런 거 관심도 없어."

그때 번이 갈망하는 표정으로 물웅덩이를 바라보며 말했다.
"수영할 만한 깊이가 될까?"
테디가 대답했다.
"확인할 방법이 딱 하나 있지."
내가 물었다.
"누가 먼저 들어갈래?"
크리스가 말했다.
"나!"

그는 제방에서 뛰어 내려가면서 운동화를 차 던지고 허리에 두른 셔츠를 홱 잡아당겨 단숨에 풀어버렸다. 그리고 양쪽 엄지손가락으로 바지와 팬티를 한꺼번에 끌어내렸다. 이번에는 한쪽 발로 섰다가 다른 발로 바꿔 디디며 양말을 벗어던졌다. 그러고 나서 곧바로 얕은 다이빙을 했다. 이윽고 물 밖으로 고개를 내밀더니 젖은 머리카락이 눈을 가리지 않도록 머리를 좌우로 흔들었다. 그리고 이렇게 외쳤다.

"씨발, 끝내준다!"
테디가 마주 소리쳤다.
"얼마나 깊냐?"
그는 수영을 못했다.

크리스가 물속에서 일어서자 어깨가 수면 위로 올라왔다. 나는 그의 한쪽 어깨에 뭔가 묻어 있는 것을 보았다. 거무스름한 잿빛이었다. 나는 진흙 덩어리라고 생각하고 곧바로 잊어버렸다. 그때 좀더 자세히 보았더라면 나중에 수많은 악동을 피할 수 있었을 것이다.

"빨리 들어와, 이 겁쟁이들아!"

크리스는 곧 몸을 돌려 서투른 개구리헤엄으로 웅덩이를 가로질렀다가 다시 방향을 바꿔 되돌아왔다. 그때쯤에는 우리도 모두 옷을 벗고 있었다. 번이 먼저 들어갔고 그 다음이 나였다.

물속에 뛰어드는 기분은 환상적이었다. 물은 깨끗하고 시원했다. 나는 크리스 쪽으로 헤엄을 치면서 알몸으로 물을 가르는 그 비단결 같은 감촉을 즐겼다. 이윽고 바닥을 딛고 일어섰다. 우리는 서로 마주 보면서 빙그레 웃었다.

"죽인다!"

둘 다 정확히 동시에 그 말을 외쳤다.

"에라이, 멍청한 놈."

크리스가 그렇게 내뱉더니 내 얼굴에 물을 뿌리고 반대쪽으로 헤엄쳐 달아났다.

우리는 거의 반 시간 동안이나 물 속에서 빈둥거리고 나서야 비로소 그 연못에 거머리가 우글거린다는 사실을 알게 되었다. 우리는 다이빙도 했고 잠수도 했고 서로를 강제로 물속에 처박기도 했다. 우리는 아무것도 몰랐다. 그러다가 번이 얕은 곳으로 헤엄쳐 가더니 곧 잠수하여 물속에서 물구나무를 섰다. 그의 두 다리가 수면 위로 불쑥 솟구치더니 조금 흔들거렸지만 제법 의기양양하게 브이(V)자를 그렸고, 그 순간 나는 크리스의 어깨에 묻었던 것과 똑같은 거무스름한 잿빛 덩어리가 번의 다리를 뒤덮고 있는 것을 보았다. 거머리들이었다. 아주 큰 놈들이었다.

크리스의 입이 딱 벌어졌고 나는 온몸의 피가 드라이아이스처럼 싸늘해지는 것을 느꼈다. 테디가 하얗게 질린 얼굴로 비명을 질렀다. 다음 순간 우리 셋은 모두 물가를 향해 전속력으로 도망쳤다. 그때에 비해 지금은 나도 민물 거머리에 대해 더 많이 알고 있다. 그러나 비버 웅덩이에서의 그 사건 이후 나는 거머리에 대하여 병적인 공포심을 갖게 되었고 이 두려움은 그놈들이 대체로 무해하다는 사실을 알게 된 다음에도 전혀 줄어들지 않았다. 거머리의 이질적인 침 속에는 국부 마취제와 항응혈제가 들어 있기 때문에 놈들이 달라붙어도 숙주(宿主)는 아무것도 느끼지 못한다. 자기 몸에 붙어 있는 거머리를 우연히 발견하지 못한다면 그놈들이 배불리 먹고 떨어져나가거나 그 흉측한 몸뚱이가 퉁퉁 붓다가 마침내 터져버릴 때까지 계속 피를 빨리는 수밖에 없다.

우리는 물가로 올라갔다. 테디가 자신의 몸을 내려다보며 히스테리성 발작을 일으켰다. 그는 알몸에 붙은 거머리들을 떼어내면서 계속 비명을 지르고 있었다.

번이 수면 위로 고개를 내밀더니 어리둥절한 표정으로 우리를 쳐다보았다.

"도대체 쟤는 또 왜 저러……"

"거머리다아!"

테디가 부들부들 떨리는 허벅지에서 두 마리를 떼어 최대한 멀리 던지며 목청껏 소리쳤다.

"씨발, 드러운 거머리 새끼드을!"

마지막 낱말에서 목소리가 갈라져 날카로운 소리가 났다.

이번에는 번이 소리쳤다.

"오하느님오하느님오하느님!"

그는 첨벙첨벙 뛰면서 물 밖으로 허둥지둥 달려 나왔다.

내 기분은 여전히 싸늘했다. 더위가 갑자기 식어버린 것 같았다. 침착해야 한다고 나 자신을 타일렀다. 비명 지르지 마라. 겁쟁이가 되지 마라. 나는 양쪽 팔에서 대여섯 마리를 떼어내고 가슴에서도 몇 마리를 떼어냈다.

크리스가 나에게 등을 돌렸다.

"고디? 내 등에도 붙었어? 붙었으면 빨리 떼어줘, 제발, 고디!"

역시 있었다. 대여섯 마리가 등판에 줄줄이 달라붙어 마치 기괴한 검정색 단추들처럼 보였다. 나는 뼈도 없이 물컹물컹한 몸뚱이들을 크리스의 등에서 떼어냈다.

나는 내 다리에서 붙은 것들을 털어버리고 크리스를 시켜 내 등에 붙은 것들을 떼어내게 했다.

차츰 마음이 가라앉기 시작했는데…… 바로 그때였다. 내 몸을 훑어보다가 문득 거머리 중에서도 할아버지뻘 되는 놈이 내 불알에 붙어 있는 것을 발견했다. 놈의 몸뚱이는 평소 크기의 네 배로 부풀어 오른 상태였다. 거무스름한 잿빛이었던 거죽이 지금은 피멍처럼 자줏빛이 도는 붉은색이었다. 내가 이성을 잃어버린 것은 바로 그때였다. 겉으로는 그렇지 않았지만, 적어도 눈에 띌 정도로 심각하지는 않았지만, 정말 중요한 것은 내면의 변화였다.

나는 놈의 반질반질하고 끈적거리는 몸뚱이를 손등으로 문질렀다. 그러나 떨어지지 않았다. 다시 해보려 했지만 놈을 제대로 만질 엄두가 나지 않았다. 나는 크리스를 향해 돌아섰다. 말을 하려고 했지만 입이 떨어지지 않아서 손가락으로 가리켰다. 이미 잿빛이었던 그의 두 뺨이 더욱더 창백해졌다.

나는 굳어버린 입을 억지로 벌렸다.

"뗄 수가 없어. 네가…… 네가 한번……"

그러나 크리스는 뒷걸음질을 쳤다. 그의 입슬이 일그러졌다. 그는 거머리에게서 눈을 떼지 못했다.

"나도 못하겠어, 고디. 미안하지만 못해. 안 돼. 아, 이런."

그는 곧 돌아서서 마치 뮤지컬 코미디의 집사처럼 한 손으로 배를 누르면서 절을 하더니 노간주나무 덤불에 울컥 토해버렸다.

정신을 차려야 해. 나는 터무니없이 굵은 수염처럼 내 몸에 붙어 있는 거머리를 내려다보았다. 놈의 몸뚱이는 아직도 눈에 보이는 속도로 부풀어 오르고 있었다. 정신을 차리고 떼어내야 해. 강해져라. 이놈이 마지막이야. 마, 지, 막.

다시 손을 내려 놈을 떼어내는 순간 놈이 내 손가락에 눌려 터져버렸다. 내 몸에서 나온 피가 내 손바닥과 손목 안쪽을 적시고 따뜻하게 흘러내렸다. 나는 울기 시작했다.

계속 울면서 내 옷이 놓인 곳으로 가서 옷을 입었다. 울음을 멈추고 싶었지만 수도꼭지가 잠가지지 않았다. 그러다가 몸이 떨리기 시작하면서 더욱더 걷잡을 수 없는 상태가 되었다. 번이 알몸으로 달려왔다.

"다 떨어졌냐, 고디? 내 몸에 붙은 것들 다 떨어졌어? 다 떨어진 거야?" 그는 마치 카니발 무대에 오른 미치광이 무용수처럼 내 앞에서 빙글빙글 돌았다. "다 떨어졌냐고. 응? 응? 다 떨어졌어, 고디?"

그는 회전목마에 설치된 석고로 만든 말의 눈처럼 크고 희번덕거리는 눈으로 자꾸 내 뒤의 엉뚱한 곳을 바라보았다.

나는 고개를 끄덕이면서 계속 울었다. 마치 우는 일을 직업으로 삼게 될 것 같았다. 나는 셔츠를 바지 속으로 집어넣고 단추를 목까지 채웠다. 양말과 운동화를 신었다. 조금씩 눈물이 잦아들었다. 그러다가 몇 차례 딸꾹질과 신음소리가 새어나오더니 곧 그것마저 그쳤다.

크리스가 느릅나무 잎 몇 장으로 입을 닦으며 내 쪽으로 걸어왔다. 말없이 나를 바라보는 커다란 눈에 미안함이 가득했다.

모두 옷을 입고 나서 우리는 잠시 그 자리에 서서 서로 얼굴만 바라보다가 다시 철도 제방으로 올라갔다. 나는 터져버린 거머리를 돌아보았다. 그것은 우리가 비명을 지르고 신음하고 껑충껑충 춤을 추면서 거머리를 떼어내는 동안 마구 짓밟아버린 덤불 위에 떨어져 있었다. 이젠 바람 빠진 풍선처럼 축 늘어졌지만…… 여전히 무시무시했다.

그로부터 14년 후 나는 첫 번째 소설을 출간하고 난생 처음 뉴욕에 갔다. 편집자와 전화 통화를 할 때 그는 이렇게 말했다.

"사흘간의 축하행사가 될 겁니다. 헛소리를 하는 놈들은 즉결처분을 해버리죠."

그러나 그 사흘은 물론 끝없는 헛소리의 연속이었다.

그곳에 있는 동안 나는 타지 사람들이 뉴욕에 갔을 때 일반적으로 해보는 일들을 모두 경험하고 싶었다. 그래서 라디오시티 뮤직홀에서 스테이지 쇼를 구경했고 엠파이어스테이트 빌딩 꼭대기에도 올라가 보았다. (세계무역센터는 아무것도 아니다. 나에게 세계에서 제일 높은 건물이 어디냐고 묻는다면 나는 언제까지나 1933년에 킹콩이 기어 올라갔던 엠파이어스테이트 빌딩이 최고라고 대답할 것이다.) 밤중에 타임스 광장을 둘러보기도 했다. 나의 편집자 키스는 자기가 사는 도시를 자랑하게 되어 한없이 기쁜 모양이었다. 우리의 마지막 관광 코스는 스테이튼 섬으로 가는 연락선을 타보는 일이었다. 연락선 난간에 기대어 문득 아래를 내려다보니 사람들이 쓰고 버린 콘돔 수십 개가 잔잔한 파도에 둥실둥실 떠다녔다. 그것을 보는 순간 옛 기억이 어제처럼 생생히 떠올랐다. 아니, 어쩌면 실제로 시간여행을 했는지도 모르겠다. 어느 쪽이든 간에 그 순간 나는 문자 그대로 과거를 다시 경험했다. 즉 철도 제방의 중간쯤에 멈춰 서서 터져버린 거머리를 돌아보던 그 순간으로 되돌아갔던 것이다. 바람 빠진 풍선 같은…… 그러나 여전히 무시무시한.

내 표정에서 어떤 낌새를 느꼈는지 키스가 말했다.

"별로 보기 좋은 풍경은 아니죠?"

나는 고개만 끄덕거렸다. 미안해 할 필요는 없다고 말하고 싶었다. 굳이 뉴욕에 와서 연락선을 타지 않더라도 쓰고 버린 콘돔은 어디서나 볼 수 있으니까. 그리고 이런 말도 하고 싶었다. 소설가가 작품을 쓰는 유일한 이유는 과거를 이해하고 미래의 죽음에 대비하기 위해서예요. 그래서 소설에서는 모든 동사가 '……했다'로 끝나는 거죠. 수백만 권이 팔리는 인기작가들도 마찬가지예요. 그런 목적에 쓸모가 있는 예술 형식은 종교와 소설, 그렇게 두 가지뿐이죠.

누구라도 짐작할 수 있겠지만 그날 밤 나는 완전히 취해버렸다.

내가 실제로 그에게 한 말은 이것이었다.

"다른 일이 떠올랐을 뿐이에요."

제일 중요한 일들은 말하기도 제일 어렵다.

22

우리는 철도를 따라 계속 걸었고 (얼마나 오래 걸었는지는 잘 모르겠다.) 나는 이렇게 생각했다. *그래, 좋아, 견딜 수 있어, 어차피 이젠 다 지난 일인데, 그냥 거머리일 뿐인데, 씨발.* 그런 생각을 하고 있을 때 갑자기 하얀 파도가 시야를 가렸고 나는 털썩 쓰러지고 말았다.

꽤 아프게 넘어졌겠지만 침목에 부딪치는 느낌이 마치 깃털침대에 뛰어든 것처럼 따뜻하고 푹신했다. 누군가 내 몸을 뒤집었다. 그 손의 감촉도 아득하고 어렴풋했다. 나를 내려다보는 아이들의 얼굴이 마치 몇 킬로미터 상공의 끈 떨어진 풍선들처럼 까마득히 멀었다. 얼이 빠지도록 두들겨 맞고 링 바닥에 누워 10초 동안 휴식을 취하는 권투선수에게 심판의 얼굴이 그렇게 보일 것 같았다. 아이들의 목소리도 들릴 듯 말 듯 희미했다.

"얘가 왜……?"

"……괜찮아질……"

"……혹시 햇볕 때문에……"

"고디, 너 괜찮……"

그때 내가 앞뒤가 안 맞는 말을 내뱉은 모양이었다. 그들이 **정말** 걱정스러운 표정을 지었다.

테디가 말했다.

"집으로 데려가는 게 좋겠어."

그 순간 하얀 파도가 다시 시야를 뒤덮었다.

이윽고 파도가 지나가자 조금 괜찮아진 것 같았다. 크리스가 내 곁에 쭈그리고 앉아 이렇게 물었다.

"내 말 들리니, 고디? 괜찮은 거야?"

"그래."

나는 곧 일어나 앉았다. 눈앞에서 까만 점들이 무수히 폭발하더니 이내 사라져버렸다. 그것들이 다시 나타날까 싶어 기다렸지만 아무 일도 없어서 곧 일어섰다.

크리스가 말했다.

"너 때문에 십년감수했다, 고디. 물 좀 마실래?"

"그래."

그는 나에게 물이 반쯤 남은 자기 수통을 건네주었다. 나는 그 미지근한 물을 꿀꺽꿀꺽 세 모금 마셨다.

번이 걱정스러운 듯이 물었다.

"왜 기절한 거야, 고디?"

나는 이렇게 대답했다.

"큰 실수를 했어. 네 얼굴을 봤거든."

그러자 테디가 깩깩거렸다.

"끼이이이, 끼이이이, 끼이이이! 씨발, 고디! 이 얼간이!"

번이 끈질기게 물었다.

"너 정말 괜찮아?"

"그래. 확실해. 잠깐 동안은…… 좀 힘들었어. 그 거머리들을 생각하다가."

그들은 심각한 표정으로 고개를 끄덕였다. 우리는 그늘에서 조금 쉬다가 걷기 시작했다. 나와 번은 다시 한쪽 선로를 따라 걸었고 크리스와 테디는 반대쪽 선로를 따라 걸었다. 우리는 이제 목적지가 멀지 않을 거라고 생각했다.

23

그러나 그곳은 생각처럼 가깝지 않았다. 우리가 2분만 할애하여 도로 지도를 살펴보았다면 금방 알아차렸을 것이다. 우리는 레이 브라워의 시체가 백할로 로드 근처에 있다는 것을 알고 있었다. 그 길은 로열 강에 막혀 뚝 끊어진다. GS&WM의 철도는 또 하나의 교각을 타고 로열 강을 건너간다. 그래서 우리는 이렇게 생각했다. 일단 로열 강 근처까지만 가면 빌리와 찰리가 그 아이를 보던 날 차를 세웠던 백할로 로드에서도 그리 멀지 않다. 그리고 로열 강에서 캐슬 강까지는 15킬로미터 정도에 불과하다. 그래서 우리는 지금쯤 거의 다 왔을 거라고 생각했다.

그러나 그 15킬로미터는 직선 거리였고, 캐슬 강과 로열 강 사이의 구간에서 철도는 직선이 아니었다. '블러프스'라고 불리는 무너지기 쉬운 구릉지대를 피하려고 아주 완만한 곡선을 그리며 휘어졌다. 우리가 지도만 보았다면 그 곡선을 아주 확실하게 알아볼 수 있었을 테고, 따라서 15킬로미터가 아니라 25킬로미터쯤 걸어야 한다는 것을 알았을 것이다.

정오가 지났는데도 로열 강이 보이지 않자 크리스는 그런 사실을 의심하기 시작했다. 우리는 걸음을 멈추었고 크리스가 키 큰 소나무를 타고 올라가 주위를 둘러보았다. 그는 곧 내려와서 아주 간단한 설명을 해주었다. 오후 4시는 되어야 로열 강에 도착할 텐데, 그나마도 쉬지 않고 서둘러야 가능하다는 것이었다.
 테디가 외쳤다.
 "아, 젠장! 그럼 어쩌지?"
 우리는 지치고 땀에 젖은 서로의 얼굴을 마주 보았다. 모두 배가 고팠고 짜증도 났다. 모험이랍시고 시작했던 일이 기나긴 고난의 연속으로 변해버렸기 때문이다. 몸을 더럽히는 것은 둘째 치고 때로는 무섭기까지 했다. 지금쯤 집에서도 우리가 없어졌다는 사실을 알았을 것이다. 마일로 프레스먼이 경찰에 우리를 신고하지 않았더라도 교각을 건너갔던 열차의 기관사가 신고했을 것이다. 원래 캐슬록으로 돌아갈 때는 차를 얻어 탈 계획이었다. 그러나 4시에서 세 시간만 지나면 어두워질 텐데, 어두워진 다음에 후미진 시골길에서 아이들 네 명을 차에 태워줄 사람은 **아무도** 없다.
 나는 사슴이 싱그러운 풀을 뜯던 그날 아침의 멋진 광경을 떠올려보았다. 그러나 그 사슴조차도 지금은 쓸모없고 시시하다고 느껴질 뿐이었다. 사냥용 오두막의 벽난로 선반 위에 걸린 사슴 대가리보다 나을 게 하나도 없는 듯했다. 살아 있는 듯 눈이 반짝거리게 하려고 광택제를 뿌려놓은 박제 사슴 달이다.
 마침내 크리스가 말했다.
 "그래도 계속 가는 게 더 가까워. 출발하자."
 그는 돌아서서 철도를 따라 걷기 시작했다. 먼지투성이 운동화를 신고 고개를 숙인 채 걸어가는 그의 발치에 아주 조그마한 그림자가 붙어 있었다. 잠시 후 우리도 일렬종대로 띄엄띄엄 늘어서서 크리스를 따라갔다.

24

그날 이후 이 회고록을 쓰고 있는 지금까지 나는 신기할 정도로 그해 9월의 그 이틀간에 대하여 거의 생각하지 않았다. 적어도 일부러 생각한 적은 별로 없었다. 그때의 기억에서 연상되는 이미지들이 썩 유쾌하지 않았기 때문이다. 이를테면 강물에 익사한 후 일주일쯤 지났을 때 수면으로 떠오른 시체처럼. 그래서 우리가 왜 하필 철도를 따라갔는지 의문을 품어본 적도 없었다. 바꿔 말하자면, 우리가 왜 시체를 보러 갔는지 의아하게 여긴 적은 간혹 있었지만 거기까지 갔던 '경로'에 대해서는 다시 생각한 적이 없었다.

그런데 지금 생각해 보니 훨씬 더 간단한 계획이 떠오른다. 그러나 설령 그 당시에 이 계획이 떠올랐더라도 아마 반대에 부딪쳐 무산되었을 것이다. 끝까지 철도를 따라가는 편이 더 멋있으니까, 그 시절 우리가 쓰던 표현에 의하면 더 '끝내주니까'. 그러나 만약 그 생각이 그때 떠올랐다면, 그리고 처참하게 무산되지도 '않았다면', 그 이후의 일들은 일어나지 않았을 것이다. 크리스와 테디와 번은 오늘날까지 살아 있을 것이다. 아니, 그들이 그때 그 숲이나 그 철도에서 죽었다는 뜻은 아니다. 이 이야기 속에서 죽는 것은 거머리 몇 마리와 레이 브라워뿐이다. 그리고 엄밀히 말하자면 그 아이는 이 이야기가 시작되기도 전에 이미 저세상 사람이었다. 그러나 플로리다 마켓에 먹을 것을 사러 갈 사람을 결정하려고 동전을 던졌던 우리 네 명 중에서 실제로 장을 보러 갔던 한 사람만 아직도 살아 있다는 것은 엄연한 '사실'이다. '결혼식 손님' 대신에 '점잖은 독자 여러분'에게 이야기를 들려주는 이 서른네 살의 '늙은 선원'(영국 시인 새뮤얼 테일러 콜리지의 장시(長詩) 「늙은 선원의 노래」에 대한 언급. 항해 중 무시무시한 경험을 하고 혼자 살아남은 늙은 선원이 자신의 사연을 털어놓는다. 손님은 선원의 번뜩이는 눈에 사로잡혀 꼼짝 못하고 그의 이야기를 듣는다—옮긴이) 말이다. (이 시점에서 여러분은 이 책의 표지에 실린 사진을 들춰보아야 하지 않을까? 과연 내 눈이 마력을 가진 듯 여러분을 사로잡고 있는지 확인해 보라.) 여러분은 내가 신경과민이라고 생각할지도 모르겠다. 그러나 나로서는 그럴 만한 이유가 있다. 대통령이 되기에는 너무 젊고 미숙하다고 여겨질 나이에 우리 네 명 가운데 세 명이 죽어버렸다. 그리고 사소한 일들이 점점 커져 큰 일로 번진다는 말이 사실이라면, 그렇다, 우리가 그때 만약 더 간단한 방법을 선택하여 할로까지 차를 얻어 타고 갔다면 그들은 아마 오늘날까지 살아 있을 것이다.

우리는 루트 7번 고속도로에서 차를 얻어 타고 고속도로와 백 할로 로드 사이의 교차로에 자리잡은 (적어도 1967년 어느 뜨내기가 불붙은 담배꽁초를 함부로 버려 일어난 사건으로 추정되는 화재 때문에 전소될 때까지는 그 자리에 있었던) 실로 교회까지 쉽게 갈 수도 있었다. 만약 그랬다면 당일 해질녘쯤에는 빌리와 찰리가 못생긴 여자들을 데리고 차를 세웠던 곳 근처에 벌써 도착해서 덤불숲을 뒤지고 다녔을 가능성이 높다.

그러나 이런 계획은 결코 살아남지 못했을 것이다. 아이들은 치밀한 논리와 점잖은 대화로 나를 설득하기보다는 야유하거나 얼굴을 찡그리거나 방귀를 뀌거나 가운뎃손가락을 치켜드는 등의 의사표현으로 간단히 내 생각을 묵살해 버렸을 것이다. 그리고 그 토론 중에 말로 하는 부분이 있었다면 모두 신랄하고 재기발랄한 발언이었을 것이다. 이를테면, "씨발, 싫다." 또는, "좆같은 소리야." 또는, 언제나 효과만점인 명문장, "저거 정말 대책 없는 놈이네."

아무도 말로 표현하지 않았지만(말로 하기에는 너무 중요한 문제였기 때문이리라.) 우리는 모두 그 일을 '중대사'로 여겼다. 폭죽을 가지고 장난을 치거나 해리슨 주립공원의 여자 화장실 뒤에서 옹이구멍을 들여다보는 따위의 시시한 일과는 차원이 달랐다. 굳이 비교하자면 처음으로 여자와 동침할 때, 군대에 들어갈 때, 혹은 성년이 되어 처음으로 술을 구입할 때와 맞먹을 만큼 중요한 일이었다. 즉 양철지붕을 덮은 나무집에서 소일하던 시절에 비하면 몇 가지 권리와 특권이 늘어났을 때, 그래서 보무당당하게 주류 판매점에 들어가서, 맛좋은 위스키 한 병을 고르고, 점원에게 징병 카드와 운전면허증을 보여주고, 갈색 종이 봉지를 받아들고, 만면에 미소를 지으며 당당히 걸어 나올 수 있게 되었을 때.

모든 중요한 사건에는 엄숙한 의식이 따른다. 말하자면 통과의례인 셈인데, 이는 변화가 일어나는 마법의 통로와 같은 것이다. 이를테면 콘돔을 사는 일, 목사님 앞에 서는 일, 손을 들어 선서를 하는 일이 그렇다. 내 또래의 친구를 만날 때 마중을 나가는 것도 마찬가지다. 가령 크리스가 우리 집으로 온다면 나는 중간 지점인 파인 스트리트까지 마중을 나갔고, 내가 테디의 집으로 가는 경우에는 테디가 게이츠 스트리트를 따라 중간 지점까지 나를 마중나왔다. 우리는 그렇게 하는 것이 옳다고 생각했다. 통과의례는 마법의 통로이기 때문이다. 그래서 우리는 언제나 그런 통로를 마련해 둔다. 결혼식 때 신랑신부가 행진하는 절차도 그렇고, 장례식 때 고인을 운반하는 절차도 그렇다. 그해 여름에 우리의 통로는 두 개의 선로였고 우리는 그 사이를 걸어갔다. 그런 과정에 무슨 의미가 있든 간에 우리는 묵묵히 그 길을 걸었다. 어쩌면 그렇게 중요한 일로 갈 때 차를 얻어 타서는 안 된다고 생각했는지도 모른다. 그리고 어쩌면 그 과정이 예상보다 어려운 것도 당연하다고 생각했는지도 모른다. 여행 중에 일어난 온갖 사건 때문에 그 여행은 결국 우리가 처음부터 알았던 것처럼 대단히 중요한 일이 되었다.

그러나 우리가 미처 몰랐던 사실도 있었다. 우리가 블러프스를 우회할 때쯤에는 빌리 테시오와 찰리 호건, 잭 머젯, '털보' 노먼 브래코위츠, 빈스 데자르댕, 크리스의 형 '개눈깔', 심지어 에이스 메릴까지 시체를 직접 보려고 나섰다는 사실이다. 어떤 섬뜩한 이유 때문인지 레이 브라워는 이미 유명해졌고 우리의 비밀은 순회 극단의 공연처럼 널리 알려지고 말았다. 우리가 여행의 마지막 노정을 시작할 무렵 그들은 52년식 포드를 개조한 에이스의 차와 빈스의 54년식 분홍색 스튜드베이커에 줄줄이 올라타고 있었다.

빌리와 찰리는 그 엄청난 비밀을 약 24시간 동안 지켜냈다. 그 후 찰리가 에이스와 당구를 치다가 그 이야기를 누설했고, 빌리는 잭 머젯과 붐로드 다리에서 송어낚시를 하다가 털어놓았다. 에이스와 잭은 둘 다 어머니의 명예를 걸고 비밀을 지키겠다고 엄숙히 맹세했고, 그리하여 정오쯤에는 패거리 전체가 알게 되었다. 그것만 보더라도 이 얼간이들이 자기 어머니를 어떻게 생각하는지 짐작하고도 남을 것이다.

그들이 모두 당구장에 모였을 때 털보 브래코위츠가 한 가지 이론을 내놓았다. '점잖은 독자 여러분'도 이미 들은 바 있는 이론, 즉 자기들이 그 시체를 '발견'하기만 하면 라디오와 텔레비전에 출연하여 유명해지는 것은 물론이고 모두 영웅이 될 거라는 이론이었다. 털보는 두 대의 자동차 트렁크에 낚시 장비만 잔뜩 싣고 가면 모든 문제가 해결된다고 주장했다. 그렇게만 하면 시체를 찾아낸 다음에도 이야기의 앞뒤가 척척 맞아 떨어진다는 것이었다. 순경 아저씨, 우린 그냥 로열 강에서 창꼬치 몇 마리 잡으려 했을 뿐이에요. 헤헤헤. 그러다가 뭘 찾았는지 보세요.

그리하여 우리가 마침내 목적지에 가까워질 무렵 그들은 이미 캐슬록에서 백할로 지역으로 가는 길을 질주하고 있었다.

25

2시쯤 하늘에 구름이 끼기 시작했지만 처음에는 우리 중 아무도 심각하게 생각하지 않았다. 7월 초부터 한 번도 비가 오지 않았는데 하필 오늘 비가 내릴까? 그러나 우리가 있는 곳으로부터 남쪽의 하늘에서 구름덩어리가 점점 부풀어오르더니 피명처럼 자줏빛을 띤 거대한 기둥 같은 소나기구름이 되어 천천히 우리 쪽으로 다가오기 시작했다. 나는 그 구름을 자세히 살펴보면서 혹시 그 밑에 얇은 막(膜) 같은 것이 있는지 확인했다. 그런 것이 보인다면 30킬로미터 또는 80킬로미터 저쪽에는 이미 비가 오고 있다는 뜻이었다. 그러나 아직 비는 내리지 않았다. 구름은 여전히 점점 커지기만 했다.

번의 왼쪽 발꿈치에 물집이 생겼다. 번이 늙은 참나무 껍질에 붙은 이끼를 뜯어 운동화 속에 쑤셔 넣는 동안 우리는 발을 멈추고 잠시 쉬었다.

테디가 물었다.

"혹시 비가 올까, 고디?"

"그럴 것 같아."

"우라질!" 테디는 한숨을 푹 쉬었다. "우라지게 잘 나가던 날이라 막판까지 우라지게 잘 나가네."

나는 웃음을 터뜨렸고 테디는 나에게 윙크를 던졌다.

우리는 다시 걷기 시작했지만 번의 아픈 발을 감안하여 조금 천천히 걸었다. 2시와 3시 사이의 한 시간에 걸쳐 하늘빛이 시시각각 달라졌고 우리는 틀림없이 비가 올 것을 확신하게 되었다. 날씨는 변함없이 뜨거웠고 이젠 더 눅눅하기까지 했지만 우리는 분명히 알 수 있었다. 새들도 알아차렸다. 어디선가 별안간 나타난 새들이 서로 재잘거리거나 날카롭게 소리치며 하늘을 가로질러 휙휙 날아다녔다. 그리고 그 하늘빛. 밝고 화창하기만 하던 하늘이 마치 필터를 끼운 듯 점점 흐려져 진주 빛으로 변해갔다. 오후로 접어들어 다시 길어지던 우리의 그림자도 점점 희미하고 불분명해졌다. 태양은 점점 두터워지는 구름 속을 들락날락했고 남쪽 하늘은 구릿빛으로 바뀌었다. 우리는 점점 가까이 다가오는 소나기구름을 지켜보며 그 규모와 위협적인 모습에 넋을 잃었다. 이따금씩 구름 속에서 거대한 플래시가 터지는 듯했고 순간적으로 연회색 하늘이 피멍 같은 자줏빛으로 물들었다. 나는 제일 가까운 구름 밑에서 비뚤비뚤한 쇠스랑 같은 벼락줄기가 날름 튀어나오는 것을 보았다. 번개는 내 망막에 푸르스름한 잔상이 남을 만큼 눈부시게 밝았다. 그 다음에는 길고 요란한 천둥소리가 울려 퍼졌다.

우리는 꼼짝없이 비를 맞게 되었다고 조금 투덜거렸다. 그러나 그것은 형식적인 불평에 불과했다. 우리는 오히려 비를 기다리고 있었다. 빗물은 시원하고 상쾌할 것이다. 거머리도 없고.

3시 반이 조금 지났을 때 우리는 나무들 사이로 흐르는 물을 보게 되었다.

크리스가 환호성을 질렀다.

"바로 저거야! 저게 로열 강이라고!"

우리는 더 빨리 걷기 시작했다. 새로운 힘이 솟아났다. 이제 폭풍우가 더 가까워졌다. 대기가 술렁거리기 시작했고 몇 초 만에 기온이 10도쯤 떨어진 것 같았다. 나는 아래를 내려다보고 내 그림자가 완전히 사라진 것을 확인했다.

우리는 다시 두 명씩 짝지어 걸으면서 각각 철도 제방의 한쪽 비탈을 맡아 샅샅이 살펴보았다. 토할 것 같은 긴장감으로 입 안이 바싹 마르고 욱신거렸다. 태양이 다시 구름 뒤로 숨어버렸고 이번에는 다시 나오지 않았다. 그 구름의 가장자리가 구약성서의 삽화에 나오는 구름처럼 잠시 황금빛으로 물들더니 곧 포도주 빛 소나기구름의 불룩한 아랫배가 태양의 흔적을 완전히 덮어버렸다. 날이 어두컴컴해졌다. 마지막까지 남아 있던 푸른 하늘을 구름이 재빨리 먹어치우고 있었다. 우리는 말떼처럼 강물의 냄새를 뚜렷이 감지했다. 아니, 어쩌면 아직 하늘에 머물고 있는 빗물의 냄새였는지도 모른다. 우리의 머리 위에 바다가 떠 있었다. 지금은 얇은 자루에 담겨 있지만 금방이라도 자루가 찢어지면 홍수가 쏟아질 판국이었다.

나는 계속 잡목 숲을 살펴보려 했지만 시시각각 변하는 소란스러운 하늘로 자꾸 눈길이 돌아갔다. 그 짙어가는 빛깔을 바라보고 있노라면 그 속에서 온갖 불길한 징조를 발견할 수 있었다. 물, 불, 바람, 우박…… 선선한 바람이 좀더 강해져 전나무 사이로 윙윙거렸다. 별안간 믿을 수 없을 만큼 강렬한 벼락이 떨어졌다. 바로 머리 위에서 터진 듯했다. 우리는 외마디소리를 지르며 양손으로 귀를 막았다. 하느님이 방금 내 사진을 찍었다. 허리에 셔츠를 두른, 맨가슴에 소름이 돋은, 그리고 두 뺨엔 쇄석 가루가 잔뜩 묻은 한 소년의 모습이다. 50미터도 안 되는 곳에 서 있던 커다란 나무 한 그루가 찢어지는 소리를 내며 쓰러져버렸다. 곧바로 이어진 천둥소리에 나는 움찔 놀라 몸을 웅크렸다. 지금쯤 집에서 안전한 곳을 찾아 좋은 책이라도 읽고 있다면 얼마나 좋을까…… 이를테면 지하실 같은 곳이라면.

그때 번이 기절할 듯이 날카로운 소리로 외쳤다.

"맙소사! 아, 저거저거, 맙소사, **저기 좀 봐!**"

나는 번이 가리키는 쪽을 돌아보았다. GS&WM 철도의 왼쪽 선로를 타고 청백색 불덩어리 하나가 마치 불에 덴 고양이처럼 빠지직거리고 쉭쉭거리며 굴러오고 있었다. 그것은 순식간에 우리 앞을 지나갔고 우리는 고개를 돌려가며 멍하니 지켜보았다. 세상에는 그런 현상도 존재한다는 것을 그때 처음 알았다. 불덩어리는

6미터쯤 더 가다가 갑자기 퍽! 하는 소리를 내더니 비릿한 오존 냄새만 남기고 깨끗이 사라져버렸다.

테디가 툴툴거렸다.

"내가 지금 여기서 뭘 하는 거냐?"

그러자 크리스가 얼굴을 하늘로 치켜들고 행복한 듯이 소리쳤다.

"굉장한 비야! 보면서도 믿을 수 없을 만큼 굉장한 비가 쏟아질 거라고!"

그러나 나도 테디와 동감이었다. 하늘을 올려다보고 있노라면 불쾌한 현기증이 느껴졌다. 마치 까마득히 깊고 신비롭고 알록달록한 골짜기를 들여다보는 듯한 느낌이었다. 다시 벼락이 떨어졌고 우리는 재빨리 몸을 숙였다. 이번에는 오존 냄새가 더 뜨겁고 더 강렬했다. 간격을 거의 못 느낄 만큼 즉각적으로 천둥소리가 울려 퍼졌다.

그 천둥소리 때문에 아직도 귀가 윙윙거릴 때 번이 의기양양하게 소리쳤다.

"저기다! 저기 있어! 바로 저기야! 내가 찾았어!"

원하기만 하면 나는 지금 이 순간에도 번의 모습을 볼 수 있다. 그저 잠시 가만히 앉아 눈을 감기만 하면 된다. 번은 마치 뱃머리에 올라선 탐험가처럼 왼쪽 선로 위에 우뚝 서 있다. 방금 떨어진 번개의 은빛 광채를 막으려고 들어 올린 한 손을 눈가에 대고 다른 손을 앞으로 내밀어 손가락질을 한다.

우리는 모두 그의 곁으로 달려가서 그곳을 내려다보았다. 나는 내심 이렇게 생각했다. *번이 착각했을 거야. 거머리, 더위, 이번엔*

폭풍우…… *헛것이 보일 만도 하지.* 그러나 착각이 아니었다. 다만 그 짧은 순간에 나는 그것이 번의 착각이기를 바랐고, 그 순간 내가 시체를 보고 싶지 않다는 사실을 깨달았다. 사람은커녕 자동차에 깔린 다람쥐의 시체조차도.

우리가 서 있는 곳은 이른 봄에 내린 비로 제방 일부가 깎여 자갈이 드러나고 1.2미터 높이의 위태로운 낭떠러지가 만들어진 곳이었다. 디젤 엔진이 달린 노란색 작업차를 타고 다니는 철도 보수원들이 아직 여기까지는 오지 못한 모양이었다. 어쩌면 최근에 일어난 일이라서 아직 모르고 있는지도 모른다. 아무튼 무너진 제방 밑에는 잔뜩 우거진 잡목 숲이 있었다. 그곳은 지저분한 늪지대였고 냄새가 지독했다. 그리고 마구 뒤엉킨 검은딸기 덤불 속에서 삐죽 내민 창백한 손 하나가 있었다.

그때 우리 네 사람 중에서 제대로 숨을 쉬는 사람이 한 명이라도 있었을까? 나는 그러지 못했다.

산들바람은 이제 강풍으로 변했다. 거칠게 휙휙 몰아치는 이 바람은 어느 특정한 방향에서 불어오는 것도 아니었고 여기저기서 마구 날뛰고 회오리치며 땅에 젖은 우리의 피부와 열린 털구멍을 강타했다. 그러나 나는 바람을 거의 의식하지 못했다. 내 마음 한 구석에서는 테디가 '**낙하산 부대, 뛰어내려!**' 하고 외치기를 기다렸던 것 같다. 그리고 테디가 정말 그렇게 외친다면 나는 미쳐버릴 거라고 생각했던 것 같다. 차라리 시체 전부를 볼 수 있었다면 더 나았을 것이다. 그러나 보이는 것이라고는 덤불 밖으로 축 늘어진 손, 끔찍하게 새하얀 손, 익사한 아이처럼 힘없이 다섯 손가락을 펼치고 있는 그 손 하나뿐이었다. 그 손은 우리에게 모든 진실을 말해주고 있었다. 이 세상에 존재하는 모든 묘지를 한꺼번에 설명하고 있었다. 그후 어떤 잔학 행위에 대한 이야기를 듣거나 읽을 때마다 나도 모르게 그날 보았던 그 손이 다시 떠오르곤 했다. 보이지는 않았지만 레이 브라워의 나머지 부분도 그 손에 붙어 있었다.

번개가 번쩍거렸다. 그때마다 요란한 천둥소리가 뒤따랐다. 마치 머리 위에서 자동차 경주가 시작된 것 같았다.

"쉬이이이……"

크리스가 말했다. 이 불분명한 소리는 욕설이 아니었다. 가령 농기계가 고장났을 때 가느다란 풀잎을 입에 문 채 발음하는 시골식 '씨발'과도 조금 달랐다. 그것은 아무 의미도 없는 길고 단조로운 음절이었다. 어쩌다가 성대에서 흘러나온 한숨 같은 소리였다.

번은 뭐라고 딱 꼬집어 말할 수 없는 기막힌 진미를 맛본 사람처럼 강박적으로 입술을 핥고 있었다. 이를테면 하워드 존슨의 29번 아이스크림(하워드 존슨이 개발한 아이스크림은 28번까지밖에 없다 — 옮긴이)이나 티베트 소시지 빵이나 우주 달팽이처럼 너무 기상천외한 맛이라서 흥분과 역겨움을 동시에 경험한 듯했다.

테디는 우두커니 서서 바라보기만 했다. 마구 뒤엉키고 번질거리는 머리카락이 바람결에 흩날리면서 귀가 드러났다가 도로 덮였다. 그의 얼굴은 완전히 무표정이었다. 나는 그 얼굴에서 어떤 표정을 보았다고 말할 수도 있을 것이다. 나중에 생각해 보니 정말 보았던 듯싶기도 하고…… 그러나 그 순간은 아무것도 보지 못했다.

레이 브라워의 손에는 까만 개미들이 이리저리 기어다니고 있었다.

 철도 양쪽의 숲속에서 굉장히 크게 속삭이는 듯한 소리가 시작되었다. 마치 우리가 온 것을 숲이 방금 알아차리고 이러쿵저러쿵 수군거리는 것 같았다. 비가 내리기 시작한 것이다.

 내 머리와 팔에 10센트 동전만 한 빗방울이 후드득 떨어졌다. 제방을 두드리는 비가 흙빛을 잠시 검정색으로 바꿔놓았지만 바싹 마른 땅은 탐욕스럽게 습기를 빨아들이고 곧 원래의 빛깔을 되찾았다.

 그 커다란 빗방울들은 5초쯤 떨어지다가 금방 그쳤다. 나는 크리스를 돌아보았고 그 역시 나를 보며 눈을 껌벅거렸다.

 다음 순간 폭우가 쏟아지기 시작했다. 마치 하늘의 샤워 꼭지를 틀어놓은 듯 세찬 기세였다. 속삭이던 소리는 시끄러운 말다툼으로 바뀌었다. 마치 시체를 발견한 우리를 꾸짖는 것 같아서 와락 겁이 났다. 대학에 들어가기 전에는 아무도 감상적 오류(문학에서, 무생물이나 자연현상도 인간처럼 감정을 나타낸다고 여기는 표현법 — 옮긴이)를 설명해 주지 않는다. 그리고 내가 관찰한 바로는 대학에서도 완전히 얼간이라면 또 모를까. 그것이 정말 오류라고 곧이곧대로 믿는 사람은 아무도 없다.

 크리스가 무너진 제방 아래로 뛰어내렸다. 그의 머리카락은 벌써 흠뻑 젖어 머리에 찰싹 달라붙었다. 나도 뒤따라 뛰어내렸다. 번과 테디도 곧바로 뒤따랐지만 레이 브라워의 시체 앞에 먼저 도착한 사람은 크리스와 나였다. 레이 브라워는 엎드린 자세였다. 크리스가 내 눈을 들여다보았다. 단호하고 엄숙한 표정, 어른스러운 표정이었다. 나는 마치 그가 소리 내어 말한 것처럼 살짝 고개를 끄덕였다.

　레이 브라워가 완전히 엉망진창이 되어 선로 사이에 널브러지지 않고 비교적 성한 모습으로 제방 아래 떨어져 있는 것을 보면서 나는 기차가 들이받는 순간 브라워가 피하려 했을 거라고 생각했다. 머리를 철도 쪽으로 향하고 땅에 쓰러져 있는 그는 뛰어내리기 직전의 다이빙 선수처럼 두 팔을 머리 위로 들어 올린 상태였다. 그가 떨어진 곳은 차츰 작은 늪으로 변해가는 습지의 움푹한 구덩이 속이었다. 그의 머리는 암적색이었다. 공기 중의 습기 때문에 머리카락 끝이 살짝 말려 있었다. 머리에는 피가 묻었지만 참혹할 만큼 많은 양은 아니었다. 피보다 참혹한 것은 개미떼였다. 브라워는 암록색 무지 티셔츠에 청바지를 입고 있었다. 발은 맨발이었고 몇 걸음 뒤쪽의 높다란 검은딸기 덤불에 발목이 낮고 지저분한 케즈 운동화 한 켤레가 걸려 있었다. 나는 잠시 어리둥절했다. 그는 여기 있는데 신발은 왜 저쪽에 있을까? 그러다가 문득 이유를 깨달았다. 비겁하게 급소를 가격하는 주먹처럼 충격적인 깨달음이었다. 내 아내와 아이들, 친구들은 모두 나처럼 상상력이 풍부했으면 좋겠다고 생각한다. 그들은 내가 그 상상력 덕분에 많은 돈을 벌어들일 뿐만 아니라 심심할 때마다 마음속에서 영화를 상영하며 즐길 수 있을 거라고 믿는다. 그런 생각은 대체로 정확한 편이다. 그러나 가끔은 상상력이 고개를 돌려 길쭉한 이빨로(식인종의 이빨처럼 뾰족하게 갈아놓은 날카로운 이빨로) 나를 물어뜯기도 한다. 그때는 별로 보고 싶지도 않은 일들을 보게 되고 결국 동틀녘까지 잠들지 못한다. 내가 그날 보았던 장면도 그 중의 하나였다. 그 장면은 아주 또렷하고 생생했다. 브라워의 운동화가 벗겨진 것은 열차에 받히는 순간의 충격 때문이었다. 열차는 그의 육체를 들이받아 생명을 빼앗는 동시에 운동화까지 빼앗아버렸던 것이다.

그것을 깨닫는 순간 비로소 상황을 실감할 수 있었다. 이 아이는 죽었다. 병이 난 것도 아니고 잠든 것도 아니다. 아침이 밝아도 두 번 다시 일어나지 못할 테고, 사과를 너무 많이 먹어 설사를 하는 일도 없을 테고, 덩굴옻나무 때문에 옻이 오르는 일도 없을 테고, 까다로운 수학 시험을 보다가 연필 끄트머리의 지우개가 다 닳아버리는 일도 없을 것이다. 이 아이는 죽었다. 완전히 죽었다. 이 아이는 봄이 되어 눈이 녹을 때 친구들과 함께 마대자루를 둘러메고 빈 병을 주워 모으지도 못할 것이다. 이 아이는 올해 11월 1일 새벽 2시에 눈을 뜨고 부리나케 화장실로 달려가 싸구려 할로윈 사탕을 왕창 토해내는 일도 없을 것이다. 이 아이는 홈룸 시간에 여자애들의 땋은 머리를 잡아당기지도 못할 것이다. 이 아이는 다른 아이의 코피를 터뜨리지도 못하고 자기가 코피를 흘리지도 못할 것이다. 이 아이는 **아무것도 할 수 없고, 하지 않고, 안 하고, 못하고, 해서도 안 되고, 하려고 하지도 않고, 하려고 해도 못한다.** 건전지로 말하자면 그는 '음극' 쪽이다. 끊어져버린 퓨즈다. 교사의 책상 옆에 놓인 휴지통, 언제나 연필깎이에서 나온 연필 부스러기와 점심 때 먹은 오렌지 껍질 냄새를 풍기는 휴지통이다. 그는 마을 변두리에 있는 흉가다. 유리창은 모조리 깨지고 **출입금지** 팻말이 여기저기 나뒹구는 집, 다락방에는 박쥐들이 가득하고 지하실에는 쥐들이 가득한 집이다. 이 아이는 죽었습니다, 아저씨, 아주머니, 젊은이, 아가씨. 이런 식으로 하루 종일 지껄여도 땅에 놓인 그의 맨발과 덤불에 걸린 더러운 케즈 운동화 사이의 거리는 헤아릴 길이 없다. 그 거리는 1미터밖에 안 되는데도 수백억 광년처럼 까마득하다. 이 아이와 운동화는 타협의 여지도 없이 완전히 분리되었다. 그는 죽었으니까.

우리는 브라워의 얼굴이 쏟아지는 비와 번개와 끊임없이 터지는 천둥소리를 향하도록 그의 몸을 뒤집어놓았다.

그의 얼굴과 목에 개미와 곤충들이 우글우글했다. 그것들은 라운드넥 티셔츠 속으로 바삐 들락거렸다. 브라워는 눈을 뜨고 있었지만 시선의 방향이 안 맞아서 무시무시했다. 한쪽 눈은 허옇게 뒤집혀 눈동자 가장자리만 살짝 보였고 반대쪽 눈은 쏟아지는 폭우를 똑바로 올려다보고 있었다. 입 위쪽과 턱에는 피거품이 말라붙었고 (나는 그가 코피를 흘렸을 거라고 생각했다.) 얼굴 오른쪽은 찢어지고 시커멓게 멍든 상태였다. 그래도 아주 처참한 모습은 아니라고 생각했다. 내가 방 안에 들어가려고 할 때 데니스 형이 문을 벌컥 연 적이 있었는데, 그때 내 얼굴은 브라워보다 심하게 멍들었고 코피도 잔뜩 흘렸지만 그날 저녁식사 때는 모든 음식을 2인분씩 먹어치울 정도였다.

테디와 번은 우리 뒤에 서 있었다. 만약 레이 브라워가 하늘을 올려다보는 한쪽 눈으로 우리를 볼 수 있었다면 마치 공포영화에 나오는 운구 행렬 같다고 생각했을 것이다.

그때 그의 입 속에서 딱정벌레 한 마리가 기어 나와 솜털이 보송보송한 뺨을 가로지르더니 쐐기풀을 타고 내려가 사라져버렸다.

테디가 기절할 듯이 높고 야릇한 목소리로 말했다.

"방금 그거 봤어? 얘 몸 속엔 벌레가 우글우글할 거야! 아마 머리 속에도……"

"닥쳐, 테디."

크리스의 말에 테디는 입을 다물었다. 오히려 안도하는 표정이었다.

새파란 번갯불이 하늘을 가르는 순간 아이의 한쪽 눈이 번쩍 빛났다. 자기가 드디어 발견된 것을(그것도 자기 또래의 아이들에게 발견된 것을) 기뻐하는 것처럼 보였다. 풍선처럼 부풀어 오른 몸통에서 가스 비슷한 냄새가 희미하게 풍겼다. 마치 오래된 방귀 냄새 같았다.

나는 토할 것 같아서 고개를 돌렸지만 내 위장은 끄떡없이 멀쩡했다. 나는 억지로라도 토하려고 손가락 두 개를 다짜고짜 목구멍 속으로 밀어 넣었다. 차라리 시원하게 토해버리면 기분이 나아질 것 같아서였다. 그러나 내 위장은 잠시 헛구역질을 하다가 다시 잠잠해졌다.

요란한 천둥번개를 동반한 폭우 때문에 우리는 잡목이 우거진 늪지대로부터 겨우 몇 미터 떨어진 곳에 있는 백할로 로드를 따라 다가오는 자동차 소리를 듣지 못했다. 그리고 그들이 길이 끝나는 곳에 차를 세우고 우둑우둑 부스럭부스럭 잡목 숲을 헤치고 들어오는 소리도 듣지 못했다.

그래서 그들이 나타났다는 사실을 우리가 처음 알게 된 것은 폭풍우의 소음을 뚫고 들려온 에이스 메릴의 목소리 때문이었다.

"아, 씨발, 이게 어떻게 된 거야?"

26

　우리는 모두 똥침이라도 맞은 듯 펄쩍 뛰었고 번은 꽥 비명을 질렀다. 나중에 들었지만 그 순간 번은 죽은 아이가 말을 한 줄 알았던 것이다.
　늪지대를 건너 다시 숲이 시작되는 곳에 에이스 메릴과 개눈깔 체임버스가 서 있었다. 숲에 가려져 안 보였지만 백할로 로드가 끝나는 곳이 바로 그 너머였다. 잿빛 장막처럼 퍼붓는 비 때문에 그들의 모습이 흐릿하게 보였다. 둘 다 빨간색 나일론으로 만든 고등학교 재킷을 입고 있었다. 일반 학생들은 교무실에서 구입하고 학교 대표팀 운동선수들은 공짜로 얻는 재킷이었다. 둘 다 덕테일 머리를 하고 있었는데 젖은 머리카락이 머리에 찰싹 달라붙었고 빗물과 바이탈리스 포마드가 가짜 눈물처럼 그들의 뺨을 타고 줄줄 흘러내렸다.
　개눈깔이 말했다.
　"이런! 내 동생놈이잖아!"
　크리스가 입을 딱 벌리고 개눈깔을 멍하니 쳐다보았다. 깡마른 허리에 여전히 두르고 있는 셔츠가 비에 젖어 검게 변한 채 힘없이 늘어져 있었다. 벌거벗은 어깨뼈에 걸린 배낭도 비에 젖어 원래보다 어두운 녹색으로 얼룩져 있었다.
　크리스가 떨리는 목소리로 말했다.
　"저리 가, 리치 형. 얘는 우리가 찾아냈어. 우리한테 우선권이 있다고."
　"씨발, 우선권 좋아하네. 걔는 우리가 신고할 거야."

그때 내가 말했다.
"아니, 그건 안 돼."
울컥 화가 치밀었다. 이렇게 마지막 순간에 나타나다니! 물론 우리가 조금만 생각을 해보았다면 이런 사태를 충분히 예상할 수 있었겠지만…… 어쨌든 이번 일만큼은 우리보다 나이가 많고 몸집이 큰 녀석들에게도 결코 양보할 수 없었다. 그들은 마치 신성한 권리라도 가진 것처럼 자기들이 원하는 것을 마음대로 빼앗으려 했다. 마치 자기들의 쉬운 방법이 곧 옳은 방법이며 유일한 방법이라는 듯이. 그들은 **자동차를** 타고 편하게 왔던 것이다. 나를 제일 화나게 한 것이 바로 그 부분이었을 것이다. 그들은 **자동차를** 타고 편하게 왔다!
"우린 네 명이야, 개눈깔. 덤빌 테면 덤벼봐."
그러자 개눈깔이 말했다.
"아, 그럴 테니까 걱정 마라."
개눈깔과 에이스 뒤에 있는 나무들이 흔들거렸다. 찰리 호건과 번의 형 빌리가 나무 사이로 걸어나왔다. 그들은 눈에 들어간 빗물을 닦아내며 욕지거리를 내뱉었다. 나는 뱃속에 납덩어리가 쿵 떨어지는 것을 느꼈다. 찰리와 빌리에 이어 잭 머젯과 털보 브래코위츠와 빈스 데자르댕까지 나타나자 납덩어리는 더욱더 커졌다.
에이스가 씨익 웃었다.
"자, 이제 다 모였다. 어디 한번……"
그때 빌리 테시오가 버럭 고함을 질렀다.
"번!"
무시무시하게 윽박지르는 목소리, '지금 당장 심판을 내려주마.'

라고 말하는 듯한 목소리였다. 빌리는 빗물이 뚝뚝 떨어지는 두 주먹을 불끈 쥐었다.

"요 쥐방울만 한 새끼! 너 또 베란다 밑에 숨어 있었지! 씨발놈아!"

번이 움찔 놀랐다.

찰리 호건이 서정시 같은 문체를 구사했다.

"열쇠 구멍이나 살살 엿보는 난쟁이 똥자루 같은 새끼! 너 이번엔 정말 피똥 싸게 좀 맞아야겠다!"

그때 테디가 불쑥 외쳤다.

"그래? 좋아, 한번 해봐!"

빗물로 얼룩진 안경알 속에서 번쩍거리는 눈동자에 광기가 서렸다.

"어디 덤벼봐! 저애를 놓고 한바탕 붙어보자고! 덤벼! 덤비라니까! 덩치만 크면 다냐?"

빌리와 찰리는 굳이 두 번 초대할 필요가 없었다. 그들이 우리 쪽으로 다가오자 번이 다시 움찔했다. 틀림없이 '과거 매질의 유령'과 '미래 매질의 유령'(디킨스의 『크리스마스 캐럴』에 나오는 과거, 현재, 미래의 유령에 빗댄 말—옮긴이)을 떠올렸을 것이다. 그는 잔뜩 움츠러들었지만 꿋꿋하게 버텼다. 그는 친구들과 함께 있었고, 우리는 이미 많은 일을 겪었고, 게다가 우리는 **자동차를** 타고 오지 않았기 때문이다.

그러나 에이스가 빌리와 찰리의 어깨를 툭 건드리는 것만으로 그들을 물러서게 만들었다.

"잘 들어라, 너희들." 소란스러운 폭풍우 속에서도 에이스의 목소리는 아주 침착했다. "우린 너희보다 덩치도 크고 쪽수도 많아. 조용히 꺼져버릴 기회를 딱 한 번 준다. 씨발, 어디로 가든 상관없어. 얌전히 사라지기만 하면 돼."

그러자 크리스의 형이 낄낄거렸고 털보가 에이스의 재치를 인정한다는 뜻으로 그의 등을 두드려주었다. 불량배 패거리의 시드 시저(미국 코미디언 — 옮긴이)라고나 할까.

"그애는 **우리가** 접수할 테니까."

에이스가 상냥한 미소를 지으면서 말했다. 에이스가 당구공을 치려는 순간 어느 무지몽매한 놈이 그를 건드리는 끔찍한 실수를 저지르는 경우에도 그는 당구대가 부러질 만큼 힘차게 놈의 머리를 내리치기 직전에 그렇게 상냥한 미소를 지을 것이 분명했다.

"너희가 가면 우리가 그애를 접수한다. 너희가 안 가면 오줌을 질질 싸게 두들겨 패고 나서 그애를 접수한다. 더군다나……" 그는 이 강도짓을 조금이나마 정당화하려고 이렇게 덧붙였다. "어차피 찰리와 빌리가 그애를 처음 찾았으니까 우선권도 애들한테 있잖아."

그러자 테디가 톡 쏘아붙였다.

"저 자식들은 겁쟁이야! 번이 다 말해줬어! 씨발, 겁이 나서 개 떨듯이 벌벌 떨었대!"

테디는 얼굴을 잔뜩 찡그리면서 코맹맹이 소리로 찰리 호건의 겁먹은 목소리를 흉내 냈다.

"차를 안 훔쳤으면 좋았을 걸 그랬어! 홀레붙으러 백할로 로드에 가지도 않았으면 좋았을 걸! 오, 빌리이, 우린 어떡하면 좋아아? 오, 빌리이, 방금 빤쓰에 똥싼 것 같아아! 오, 빌리이……"

그때 찰리가 다시 앞으로 나섰다.

"넌 이제 죽었다." 분노와 당혹감으로 일그러진 얼굴이었다. "꼬마야, 네가 누군지 모르지만 다음번에 코를 후빌 때는, 씨발, 손가락을 목구멍 깊숙이 쑤셔 넣어야 될 거다."

나는 정신없이 레이 브라워를 내려다보았다. 그는 비가 쏟아지는 하늘을 한쪽 눈으로 침착하게 올려다보고 있었다. 우리 발치에 누워 있었지만 세상만사에 초연한 모습이었다. 천둥은 계속되었지만 비는 차츰 잦아들었다.

에이스가 물었다.

"넌 어떡할래, 고디?" 그는 찰리의 팔을 가볍게 붙잡고 있었다. 마치 유능한 조련사가 사나운 개를 제지하는 듯한 모습이었다. "네 형을 닮았다면 머리가 아주 나쁘진 않겠지. 그놈들한테 물러나라고 해. 우선 찰리가 저 네눈박이 얼간이를 좀 두들겨 패고, 그 다음엔 각자 제 갈 길로 가는 거야. 어때?"

그가 데니 형을 언급한 것은 실수였다. 그때까지만 하더라도 나는 대화로 해결하고 싶었다. 에이스도 분명히 알고 있는 사실을 지적하면 말이 통할 것 같았다. 번이 엿들은 대화에 의하면 빌리와 찰리는 이미 우선권을 포기한 셈이니 그들의 우선권은 당연히 우리 차지였다. 나는 캐슬 강을 건너는 교각에서 번과 내가 화물열차에 치일 뻔했던 이야기를 그에게 들려주고 싶었다. 마일로 프레스먼과 그의 단짝, 즉 멍청하지만 용맹스러운 원더도그 맷돌에 대해서도. 그리고 거머리떼에 대해서도 말하고 싶었다. 그러나 내가 정말 하고 싶었던 말은 아마 다음과 같았을 것이다. '이러지 마, 에이스. 옳고 그른 건 분명히 해야지. 다 알잖아.' 그런데 에이스는 쓸데없이 데니 형을 끌어들였고, 결국 내 입에서 불쑥 튀어나온 말은 달콤한 설득이 아니라 나 자신의 사형선고였다.
"내 큼직한 좆이나 빨아라, 이 싸구려 건달 새꺄."
에이스가 깜짝 놀라서 완벽한 오(O)자 모양으로 입을 딱 벌렸다. 몹시 겁먹은 듯한 표정이었다. 너무 뜻밖이라서 다른 때였다면 아마 웃어버렸을 것이다. 늪을 사이에 두고 앞쪽에 서 있던 아이들이 모두 아연실색한 얼굴로 나만 뚫어져라 쳐다보았다.
그때 테디가 통쾌하다는 듯이 외쳤다.
"말 한번 잘했다, 고디! 맙소사! 정말 멋있어!"
나는 멍하니 서 있었다. 내 귀를 믿을 수가 없었다. 마치 어느 미친 대역배우가 결정적인 순간에 무대 위로 뛰어올라 각본에도 없는 대사를 던진 것 같았다. 누군가에게 좆이나 빨라고 말하는 것은 그의 어머니에 대한 언급을 제외하고는 제일 심한 욕이었다. 나는 크리스가 배낭을 벗어들고 미친 듯이 뒤적거리는 것을 곁눈으로 보았지만 왜 그러는지는 깨닫지 못했다. 적어도 그 순간에는 몰랐다.
이윽고 에이스가 조용히 말했다.
"좋아. 저 자식들을 잡아. 저 라챈스 새끼 말고는 아무도 때리지 마. 씨발, 저 새끼는 내가 양팔을 다 분질러놓을 테니까."
나는 꽁꽁 얼어붙었다. 그렇다고 철도 교각에서처럼 오줌을 지리지는 않았지만 그건 아마 방광이 비었기 때문일 것이다. 에이스의 말은 진담이었다. 그날 이후 여러 해가 지나면서 생각이 바뀐 부분이 많지만 그 생각만은 지금도 변함이 없다. 내 양팔을 부러뜨리겠다는 그의 말은 한 치의 과장도 없는 진담이었다.

그들은 잦아드는 빗속을 뚫고 우리 쪽으로 다가왔다. 재키 머젯이 주머니에서 잭나이프를 꺼냈다. 크롬 스위치를 누르자 15센티미터 길이의 칼날이 찰칵 튀어나왔다. 오후의 침침한 햇빛 아래서 칼날은 자줏빛을 띤 회색이었다. 내 양쪽에 서 있던 번과 테디가 갑자기 몸을 낮추고 싸울 자세를 취했다. 테디는 기다렸다는 듯 적극적이었고 번은 구석에 몰린 사람처럼 절망한 표정이었다.

큰 아이들은 한 줄로 늘어서서 폭우로 커다란 흙탕물 웅덩이가 되어버린 늪을 가로질러 철벅거리며 다가왔다. 레이 브라워의 시체는 물에 잠긴 술통처럼 우리 발치에 누워 있었다. 나도 싸울 준비를 했고…… 바로 그때 크리스가 아버지의 옷장에서 훔쳐온 권총을 발사했다.

콰앙!

맙소사, 이 얼마나 멋들어진 소리인가! 찰리 호건이 놀라서 펄쩍 뛰었다. 똑바로 나만 노려보던 에이스 메릴이 고개를 홱 돌리고 크리스를 보았다. 그의 입이 다시 오(O)자를 그렸다. 개눈깔은 완전히 넋이 빠진 표정이었다.

"야, 크리스, 그거 아버지 총이잖아. 넌 이제 묵은똥이 쑥 빠지게 얻어터질……"

"너희가 당할 일에 비하면 그건 아무것도 아니야."

크리스가 말했다. 그의 얼굴은 무시무시하게 창백했고 모든 생명력이 눈으로 집중된 것 같았다. 두 눈이 얼굴에서 튀어나올 듯 이글이글 타올랐다.

"고디 말이 맞아. 너희는 싸구려 건달패일 뿐이야. 찰리와 빌리는 우선권 같은 건 바라지도 않았고 그건 너희도 알고 있어. 저 자식들이 우선권을 주장했다면 우린, 씨발, 여기까지 걸어오지도 않았을 거야. 그런데 쟤들은 엉뚱한 데 가서 그 얘기를 털어놨어. 스스로 생각하지 못하고 에이스 메릴한테 판단을 맡겨버린 거지." 여기서 크리스는 버럭 고함을 질렀다. "하지만 **저애를 넘겨줄 순 없어! 내 말 알아들어?**"

그러자 에이스가 말했다.

"자, 내 말 들어. 네 발에 구멍 뚫리기 전에 그 총 치워라. 넌 쥐새끼 한 마리 죽일 배짱도 없어." 그는 다시 다가오기 시작했다. 그러면서 그 상냥한 미소를 지었다. "너는 한 주먹거리도 안 되는 겁먹은 꼬마일 뿐이야. 씨발, 내가 그 총을 네 **아가리** 속에 쑤셔넣고 만다."

"에이스, 그 자리에 서지 않으면 정말 쏴버린다. 하느님께 맹세하지."

그러나 에이스는 머뭇거리지도 않고 이렇게 읊조렸다.

"넌 **깜빵**에 가게 될 거얼."

그는 여전히 미소 짓고 있었다. 다른 놈들은 겁에 질린 듯 넋을 잃고 에이스를 쳐다보았고…… 테디와 번과 나는 크리스를 쳐다보고 있었다. 에이스 메릴은 근방 10킬로미터 안에서 제일 거친 놈이었다. 크리스가 엄포 따위로 누를 수 있는 상대가 아니었다. 그렇다면 결론은? 에이스는 열두 살짜리 풋내기가 정말 자기를 쏠 거라고는 생각하지 않았다. 그러나 나는 그 생각이 틀렸다고 생각했다. 크리스는 자기 아버지의 권총을 에이스에게 빼앗기

느니 차라리 그를 쏘아버릴 것이다. 그 몇 초 동안 나는 정말 큰일이 생길 거라고 확신했다. 내 평생 최악의 사건, 아마 살인 사건일 터였다. 남의 시체에 대한 우선권 문제로 이런 일이 벌어지다니.

크리스가 대단히 유감스럽다는 듯이 조용히 말했다.

"어딜 쏴줄까, 에이스? 팔? 다리? 도저히 못 고르겠는데. 네가 골라봐."

그러자 에이스가 걸음을 멈추었다.

27

에이스의 얼굴이 확 구겨졌다. 나는 그 얼굴에서 갑작스러운 공포를 보았다. 크리스의 말보다 말투 때문이었을 것이다. 사태가 설상가상으로 악화되어 정말 유감스럽다는 말투였다. 만약 허풍이었다면 지금까지 내가 본 중에서 최고의 허풍이었다. 다른 큰 아이들도 진담이라고 확신하고 있었다. 마치 짧은 도화선이 달린 폭죽에 누가 방금 성냥불을 갖다댄 듯이 모두 잔뜩 긴장한 얼굴이었다.

에이스가 서서히 평정을 되찾았다. 그는 다시 얼굴을 펴고 입을 꾹 다물었다. 그리고 마치 중대한 사업상의 제안을 한 사람을 보는 듯한 표정으로 크리스를 바라보았다. 이를테면 당신네 회사를 합병하겠다, 혹은 대출금을 회수하겠다, 혹은 당신 불알을 쏴버리겠다는 제안이랄까. 에이스의 얼굴은 기다리는 표정, 호기심에 가까운 표정이었다. 그 표정을 보면 공포심이 사라졌거나 단단히 밀봉되었음을 알 수 있었다. 에이스는 총에 맞지 않을 확률을 다시 계산해 보았고 처음에 생각했던 것처럼 자신에게 유리한 상황이 아니라는 결론을 내렸다. 그러나 에이스는 여전히 위험한 놈이었다. 어쩌면 아까보다 더욱더 위험했다. 그날 이후 나는 그때가 내 평생 가장 아슬아슬한 순간이었다고 생각했다. 그들은 허세를 부리는 게 아니었다. 둘 다 진심이었다.

에이스가 크리스에게 조용히 말했다.

"좋아. 하지만 네가 나중에 어떤 꼴을 당할지 안 봐도 뻔하다, 씹새꺄."

크리스가 대꾸했다.

"뻔하긴 뭐가 뻔해?"

그러자 개눈깔이 큰 소리로 말했다.

"이 콩알만 한 새끼! 넌 이제 작살날 줄 알아라!"

"좆까."

그러자 개눈깔이 불분명한 분노의 함성을 지르며 덤벼들려 했고 크리스는 개눈깔로부터 3미터쯤 떨어진 물 속에 총알 하나를 박아넣었다. 물줄기가 퍽 튀어올랐다. 개눈깔은 욕지거리를 내뱉으며 펄쩍 물러났다.

에이스가 물었다.

"좋아, 이젠 어쩔 거냐?"

"이제 너희는 다시 차를 타고 캐슬록으로 꺼져버리는 거야. 그 다음은 관심 없어. 어쨌든 얘는 넘겨줄 수 없어." 크리스는 흠뻑 젖은 운동화 끝으로 거의 경건하게 레이 브라워를 살짝 건드렸다.

"알아들었지?"

그러자 에이스가 다시 미소를 머금고 말했다.

"하지만 **넌** 우리한테 얻어터질 거야. 아직도 모르겠냐?"

"그럴 수도 있겠지. 아닐 수도 있고."

에이스가 웃으면서 말했다.

"죽도록 패주겠어. 매운 맛을 보여주지. 그것도 모르다니 어처구니가 없네. 너희들 전부 다, 씨발, 뼈를 모조리 분질러, 씨발, 병원에 처넣을 거야. 정말이야."

"아, 빨리 집에 가서 너희 엄마나 더 박아주지 그러냐? 네가 해주면 아주 좋아한다고 들었는데."

에이스의 미소가 그대로 얼어붙었다.

"넌 이제 죽었다. 우리 어머니를 모욕하는 건 절대로 못 참아."

그러자 크리스가 그에게 하나 더 가르쳐주었다.

"너희 엄마는 돈 받고 씹질도 한다던데." 에이스의 얼굴이 크리스의 송장 같은 얼굴에 가까울 만큼 창백해질 때 크리스가 이렇게 덧붙였다. "사실은 말이지, 5센트만 내면 너희 엄마가 좆을 빨아준다는 소문도 들었어. 내가 듣기론……"

그때 별안간 폭풍이 다시 사납게 휘몰아쳤다. 다만 이번에는 비가 아니라 우박이었다. 숲은 이제 속삭이거나 말하는 정도가 아니라 진부한 삼류 영화에 나오는 밀림의 북소리처럼 떠들썩했다. 커다란 얼음 덩어리들이 나무줄기를 두드리는 소리였다. 자갈처럼 따끔따끔한 우박이 내 어깨를 때리기 시작했다. 마치 어느 심술궂은 존재가 일부러 우리에게 던지는 듯한 기분이 들었다. 그보다 더 견디기 힘들었던 것은 우박이 하늘을 향한 레이 브라워의 얼굴도 때리기 시작했다는 사실이었다. 그 철썩거리는 끔찍한 소리 때문에 우리는 다시 그를 떠올리고 그의 쿠시무시하고 끝없는 인내심을 떠올릴 수밖에 없었다.

제일 먼저 무너져버린 사람은 번이었다. 그는 길게 울부짖으며 큰 걸음으로 껑충껑충 제방을 뛰어올라 도망쳤다. 테디는 조금 더 버텼지만 곧 두 손으로 머리를 가리고 번이 도망친 방향으로 달려갔다. 상대편에서는 빈스 데자르댕이 가까운 나무 밑으로 허둥지둥 피했고 털보 브래코위츠도 뒤따랐다. 그러나 나머지 놈들은 꿋꿋이 버텼고 에이스가 다시 씨익 웃었다.

크리스가 떨리는 목소리로 조그맣게 말했다.

"내 옆에 있어, 고디. 내 옆에 있어줘."

"여기 있잖아."

그러자 크리스는 에이스에게 말했다.

"이젠 가봐."

마술처럼 떨림이 사라진 목소리였고 머리 나쁜 어린애를 타이르는 듯한 말투였다.

에이스가 말했다.

"너를 두들겨 팰 거야. 우리가 잊어버릴 거라고 생각한다면 큰 오산이다, 꼬마야. 이건 아주 심각한 일이니까."

"마음대로 해. 뒷날을 기약하고 어서 꺼지라고."

"씨발, 우린 숨어서 기다릴 거야, 체임버스. 우린 너를……"

"**꺼지라니까!**"

크리스가 버럭 소리치며 총구를 겨누었다. 에이스가 뒤로 물러섰다.

그는 크리스를 조금 더 바라보다가 고개를 끄덕이더니 곧 돌아서서 다른 놈들에게 말했다.

"가자." 그는 어깨 너머로 크리스와 나를 한 번 돌아보았다. "나중에 보자."

그들은 늪과 도로 사이의 병풍 같은 숲 속으로 다시 들어갔다. 그 동안에도 쏟아지는 우박은 여름눈처럼 쌓여갔고 크리스와 나는 온몸을 두들겨 맞아 피부가 빨개질 정도였지만 둘 다 꼼짝도 하지 않고 그대로 서 있었다. 그렇게 서서 귀를 기울였다. 광란의 칼립소 음악처럼 나무줄기를 마구 두드리는 우박 소리 너머로 두 대의 자동차가 출발하는 소리가 들렸다.

크리스가 말했다.

"넌 여기서 기다려."

그는 늪을 건너가려 했다. 나는 몹시 당황했다.

"크리스!"

"정말 갔는지 확인해야 돼. 여기서 기다려."

그가 떠나 있는 시간이 아주 길게 느껴졌다. 에이스나 개눈깔이 숨어 있다가 크리스를 붙잡았을 거라는 생각이 들었다. 레이 브라워와 함께 단둘이 그곳에 남게 된 나는 누군가(누구라도) 나타나기를 기다렸다. 얼마 후 크리스가 돌아왔다.

"우리가 이겼다. 그 새끼들은 가버렸어."

"확실해?"

"그래. 차도 둘 다 가져갔고."

그는 양손으로 권총을 부여잡고 머리 위로 번쩍 들어 챔피언처럼 신나게 흔들었다. 그러더니 팔을 내리고 나를 바라보며 미소를 지었다. 한없이 슬프고 겁에 질린 미소였다.

"내 큼직한 좆이나 빨아라? 누가 너 보고 자지 크댔냐, 라챈스?"

나는 이렇게 대답했다.

"4개 군(郡)을 통틀어 제일 크단다."

온몸이 부들부들 떨렸다.

우리는 잠시 서로의 얼굴을 다정하게 마주 보았지만 둘 다 상대방의 표정에 당황하여 동시에 시선을 떨어뜨렸다. 그 순간 끔찍한 공포의 전율이 내 몸을 꿰뚫고 지나갔고, 크리스가 갑자기 철벅철벅 걸음을 옮기는 소리로 미루어 내가 본 것을 크리스도 보았다는 것을 알 수 있었다. 레이 브라워가 그리스 조각처럼 눈동자도 없는 두 눈을 허옇게 치뜨고 우리를 쳐다보고 있었다. 상황을 알아차리는 데는 1초밖에 안 걸렸지만 이유를 알게 된 다음에도 두려움은 줄어들지 않았다. 그의 두 눈에 둥글고 하얀 우박 덩어리가 잔뜩 쌓였던 것이다. 차츰 우박이 녹으면서 물방울이 그의 뺨을 타고 흘러내렸다. 마치 자신의 처량한 신세를 슬퍼하며 울고 있는 것 같았다. 보잘것없는 시골 아이들이 서로 차지하려고 싸우는 초라한 전리품이라니. 그의 옷도 허옇게 우박에 덮여 마치 수의를 입은 듯했다.

크리스가 떨리는 목소리로 말했다.

"야, 고디. 야, 인마. 우리가 애 앞에서 무슨 추태를 보인 거냐?"

"얘는 아무것도 모를 테고……"

"간밤에 우리가 들은 그 소리는 정말 유령이었는지도 몰라. 얘는 이런 일이 벌어질 걸 미리 알았나봐. 씨발, 이게 다 무슨 추태냐, 정말."

그때 우리 뒤쪽에서 나뭇가지가 부러지는 소리가 났다. 나는 놈들이 돌아온 줄 알고 홱 돌아섰지만 크리스는 관심도 없다는 듯 힐끔 돌아보더니 다시 시체를 골똘히 바라보았다. 번과 테디가 나타났다. 빗물에 흠뻑 젖은 청바지가 다리에 찰싹 달라붙었는데, 둘 다 똥 싼 강아지처럼 멋쩍은 미소를 지었다.

크리스가 말했다.

"이제 어떡하면 좋을까?"

나는 오싹한 한기를 느꼈다. 나에게 물어본 것 같기도 하고 어쩌면…… 아무튼 그는 여전히 시체를 내려다보고 있었다.

테디가 어리둥절한 표정으로 물었다.

"걔를 데리고 가는 거 아니었어? 우린 영웅이 될 거야. 안 그래?"

그는 크리스를 보다가 나를 보고 다시 크리스에게 시선을 돌렸다.

크리스는 마치 꿈을 꾸다가 깜짝 놀라 깨어난 사람처럼 번쩍 고개를 들었다. 그의 입술이 일그러졌다. 그는 성큼성큼 테디에게 다가가더니 양손으로 테디의 가슴을 난폭하게 밀어버렸다. 테디는 균형을 잡으려고 팔을 휘두르며 비틀거리다가 철퍼덕 소리와 함께 주저앉고 말았다. 그는 놀란 생쥐처럼 눈을 껌벅거리며 크리스를 올려다보았다. 번은 크리스가 미쳐버린 게 아닐까 걱정하는 듯한 표정으로 크리스를 주시했다. 사실 크리스는 지금 반쯤 미쳤다고 해도 과언이 아니었다.

크리스가 테디에게 말했다.

"넌 입 좀 닥치고 있어. '낙하산 부대 뛰어내려' 좋아하네. 형편

없는 겁쟁이 자식.”

그러자 테디는 분노와 부끄러움을 동시에 드러내며 이렇게 외쳤다.

"그건 우박 때문이었어! 그 새끼들 때문이 다니야, 크리스! 난 폭풍이 무섭단 말이야! 나도 어쩔 수가 없다고! 우리 엄마를 걸고 맹세하는데, 나 혼자 그 새끼들 전부와 싸울 수도 있었어! 하지만 폭풍은 무섭다고! 제기랄! 나도 어쩔 수가 없다니까!"

테디는 물웅덩이에 주저앉은 채 울기 시작했다.

그러자 크리스가 번을 돌아보며 물었다.

"그럼 넌? 너도 폭풍이 무서웠냐?"

번은 아직도 크리스의 분노에 놀란 상태로 멍하니 고개를 가로저었다.

"야, 인마, 난 우리가 다 같이 도망치는 줄 알았단 말이야."

"넌 독심술도 할 줄 아냐? 네가 제일 먼저 도망쳤잖아."

번은 꿀꺽꿀꺽 두 번 침을 삼키더니 아무 말도 하지 않았다.

크리스는 어둡고 사나운 눈으로 번을 노려보다가 나를 향해 돌아섰다.

"들것을 만들어야겠어, 고디."

"알았어, 크리스."

"좋아! 보이스카우트처럼 해보는 거야." 그의 목소리가 점점 높아져 피리 소리처럼 날카로워졌다. "그래, 씨발, 보이스카우트처럼. 막대기와 셔츠로 들것을 만드는 거야. 교본에 나오는 대로. 그렇지, 고디?"

"그래. 네가 그러고 싶다면. 하지만 혹시 그 자식들이······"

그 순간 크리스가 고래고래 소리쳤다.

"그 새끼들은 나가 뒈지라고 해! 너희들은 전부 겁쟁이들이야! 다 꺼져버려, 개새끼들아!"

"크리스, 그 자식들이 경찰을 부를 수도 있어. 우리한테 앙갚음을 하려고."

"얘는 우리 거니까 우리가 데려가야 돼!"

"그 자식들은 아무 말이나 꾸며대서 우릴 곤란하게 만들 거야." 나 자신이 듣기에도 어처구니가 없을 만큼 어리석고 설득력도 부족한 핑계였다. "아무 말이나 꾸며대고 자기들끼리는 서로 거짓말을 해줄 거라고. 중상모략이라는 게 어떤 건지 너도 알잖아. 그 우유 값 일도 그렇고……"

"상관없어!"

크리스가 버럭 소리치더니 두 주먹을 움켜쥐고 나에게 덤벼들었다. 그러나 한쪽 발이 레이 브라워의 갈비뼈에 걸려 푹 소리가 나면서 시체가 덜컥 흔들렸다. 크리스는 비틀거리다가 길게 엎어지고 말았다. 나는 그가 곧 벌떡 일어나 내 입을 후려갈길 거라고 생각했지만 그는 넘어진 자리에 그대로 누워 있었다. 머리를 제방 쪽으로 향하고 마치 물에 뛰어들기 직전의 다이빙 선수처럼 두 팔을 머리 위로 들어 올린 자세, 즉 우리가 발견한 레이 브라워의 모습과 똑같은 자세였다. 나는 미친 듯이 크리스의 발부터 살펴보았다. 그가 아직 운동화를 신고 있는지 확인하기 위해서였다. 그때 크리스가 갑자기 울면서 고함을 지르기 시작했다. 그는 머리를 좌우로 흔들며 몸부림을 치고 두 주먹으로 흙탕물을 마구 두들겼다. 물줄기가 사방으로 튀었다. 테디와 번이 놀란 눈으로 크리스를 바라보았다. 크리스 체임버스가 우는 모습은 아무도 본 적이 없었기 때문이다. 잠시 후 나는 제방 위로 올라가서 선로에 걸터앉았다. 테디와 번도 따라왔다. 우리는 비를 맞으며 말없이 앉아 있었다. 마치 언제나 파산 직전에서 비틀거리는 것처럼 보이는 싸구려 잡화점이나 초라한 선물가게에서 파는 원숭이 삼형제 인형(각각 눈과 귀와 입을 손으로 가리고 있는 원숭이 세 마리의 인형. 악한 것은 보지도 듣지도 말하지도 않는 지혜를 상징한다 — 옮긴이) 같은 모습이었다.

28

크리스는 20분이 지나서야 제방을 올라와 우리 곁에 앉았다. 구름이 흩어지고 있었다. 구름 사이로 햇살이 창날처럼 쏟아져 내렸다. 겨우 45분 만에 잡목들이 훨씬 더 짙은 초록색으로 변한 것 같았다. 크리스는 머리끝부터 발끝까지 진흙투성이였다. 머리카락도 진흙 때문에 대못처럼 뻣뻣하게 곤두섰다. 다만 눈 주위에 동그랗게 씻겨나간 부분만 하얗고 깨끗했다.

크리스가 말했다.

"네 말이 맞아, 고디. 마지막 우선권은 누구에게도 없는 거야. 너 나 할 것 없이 모두 '쪽박'이라고. 안 그래?"

나는 고개를 끄덕였다. 5분이 지났다. 아무도 입을 열지 않았다. 문득 한 가지 생각이 떠올랐다. 만에 하나라도 놈들이 정말 배너먼 순경에게 신고하는 경우에 대비하여 나는 다시 제방을 내려가서 크리스가 서 있던 자리로 갔다. 그리고 무릎을 꿇고 물속과 물풀 속을 손가락으로 훑어가며 샅샅이 뒤졌다.

테디가 다가와서 물었다.

"뭐 하는 거야?"

그때 크리스가 손가락으로 가리켰다.

"너 있는 데서 왼쪽일 거야."

나는 그곳을 살펴보았다. 1, 2분 후 나는 탄피 두 개를 모두 찾아냈다. 싱싱한 햇빛 아래서 탄피들이 반짝거렸다. 나는 그것들을 크리스에게 건네주었다. 그는 고개를 끄덕이며 청바지 주머니 속에 집어넣었다.

크리스가 말했다.

"이제 가자."

그러자 테디가 정말 괴로워하는 목소리로 외쳤다.

"야, 이러지 마! 난 저애를 데려가고 싶단 말이야!"

그러자 크리스가 말했다.

"내 말 좀 들어봐, 이 멍청아. 저애를 데려가면 우리 모두 소년원에 가게 될 거야. 고디 말이 맞아. 그 새끼들은 제멋대로 거짓말을 꾸며댈 거야. 저애를 **우리가** 죽였다고 하면 그땐 어쩔래? 그래야 속이 시원하겠냐?"

테디는 부루퉁하게 대꾸했다.

"난 그래도 상관없어." 그러더니 우리를 쳐다보며 어처구니없는 희망을 피력했다. "게다가 징역 한두 달 정도로 끝날 수도 있잖아. 가벼운 방조죄로 말이야. 씨발, 우린 겨우 열두 살인데 쇼생크 교도소에 처넣진 않을 거라고."

그러자 크리스가 조용히 말했다.

"전과가 있으면 군대도 못 간다, 테디."

나는 새빨간 거짓말이라고 생각했다. 그러나 왠지 지금은 그런 생각을 입 밖에 낼 때가 아닌 것 같았다. 테디는 입술을 부르르 떨면서 한참 동안 멍하니 크리스를 쳐다보았다. 그러다가 간신히 말했다.

"거짓말이지?"

"고디한테 물어봐."

테디는 희망어린 눈으로 나를 쳐다보았다.

나는 몹시 미안한 마음을 느끼며 이렇게 말했다.

"크리스 말이 맞아. 그래, 테디. 군대에 자원하면 신원조회부터 하게 되니까."

"맙소사!"

그러자 크리스가 말했다.

"다시 그 다리로 가야겠어. 그 다음엔 철도를 벗어나서 다른 길을 통해 캐슬록으로 들어가는 거야. 혹시 누가 어디 갔었냐고 물어보면 브릭야드힐에 캠핑하러 갔다가 길을 잃었다고 하면 돼."

그 말을 듣고 내가 말했다.

"마일로 프레스먼은 다 알잖아. 플로리다 마켓 주인도 알고."

"마일로 때문에 겁이 나서 브릭야드힐 쪽으로 방향을 바꿨다고 하지 뭐."

나는 고개를 끄덕였다. 그렇게 하면 될 것 같았다. 번과 테디가 잊어버리지만 않는다면 아무 문제도 없을 터였다.

그때 번이 물었다.

"우리 부모님들이 서로 만나면 어떡하지?"

크리스가 대꾸했다.

"그런 걱정은 너 혼자 해라. 우리 아버지는 아직도 곤드레만드레일 테니까."

그러자 번은 우리와 백할로 로드 사이의 병풍 같은 숲을 힐끔거리며 이렇게 말했다.

"그럼 가자. 움직이기 좋을 때 빨리 가자고."

그는 당장이라도 배너먼 순경이 사냥개 한 쌍을 데리고 나타날까봐 걱정하는 표정이었다.

우리는 모두 자리에서 일어나 출발 준비를 했다. 비와 햇살과 벌레들, 아니, 세상만사가 즐거워 못 견디겠다는 듯이 새들이 시끄럽게 재잘거렸다. 우리는 줄에 매달린 꼭두각시처럼 일제히 돌아서서 레이 브라워를 내려다보았다.

그는 다시 혼자가 되어 그곳에 누워 있었다. 우리가 뒤집어놓을 때 양팔이 벌어져 지금은 마치 햇빛을 반기듯이 네 활개를 펴고 있었다. 얼핏 보면 멀쩡해 보였다. 장의사가 조문객들을 위해 시체를 단장해도 그보다 더 자연스럽게 만들지는 못할 것 같았다. 그러나 더 자세히 살펴보면 얼굴의 피멍이나 턱과 코밑에 엉겨 붙은 피가 눈에 띄었고 시체가 부풀어 오른 것도 확인할 수 있었다. 해가 나면서 다시 나타난 풍뎅이들이 윙윙거리며 시체 주위를 서서히 맴도는 것도 보였다. 그리고 그 가스 비슷한 냄새, 마치 밀폐된 방 안의 방귀 냄새처럼 역겨우면서도 무미건조한 그 냄새도 잊을 수 없다. 그는 우리 또래인데도 저렇게 죽고 말았다. 어떤 면에서든 그의 죽음이 자연스럽다는 생각은 결코 받아들일 수 없었다. 나는 혐오감을 느끼며 그 생각을 멀리 밀어냈다.
크리스가 말했다.
"좋아."
힘차게 출발하자는 뜻이었지만 마치 낡은 빗자루에서 털 한 줌이 뽑히듯이 맥 빠진 목소리였다.
"속보(速步)로 전진."
우리는 거의 뛰다시피 하면서 아까 지나온 길을 되짚어갔다. 모두 아무 말도 하지 않았다. 다른 아이들은 어땠는지 모르겠지만 나는 이런저런 생각에 잠겨 말할 여유도 없었다. 왠지 레이 브라워의 시체가 자꾸 마음에 걸렸다. 그때도 마음에 걸렸고 지금도 그렇다.
얼굴 한쪽에 심한 피멍, 머리의 찢어진 상처, 피투성이가 된 코. 그뿐이었다. 어쨌든 눈에 보이는 흔적은 그게 전부였다. 술집에서 싸움을 하다가도 그보다 더 심한 상처를 입을 수 있다. 곧바로 다시 술을 마셔도 될 만큼 가벼운 부상이다. 그러나 레이 브라워는 기차에 받힌 것이 확실하다. 그렇지 않다면 왜 그렇게 운동화가 벗겨졌겠는가? 그런데 기관사는 왜 그를 보지 못했을까? 혹시 기차에 받혀 나뒹굴기는 했지만 죽을 만큼 심하게 다치지는 않았던 게 아닐까? 적절한 상황이 겹친다면 충분히 가능한 일인 듯싶었다. 그가 막 피하려고 할 때 기차가 스치듯이 지나가면서 빠르고 강력한 일격을 가했던 게 아닐까? 그렇게 기차에 부딪혀 튕겨나간 그는 빙글빙글 돌면서 무너진 제방 너머로 날아가 버린 게 아닐까? 어쩌면 그는 의식이 있는 채로 덜덜 떨면서 몇 시간 동안이나 어둠 속에 쓰러져 있었던 게 아닐까? 이제 길을 잃었을 뿐 아니라 방향 감각마저 잃어버리고 세상으로부터 완전히 차단된 상태에서 어쩌면 그는 두려움 때문에 죽었는지도 모른다. 언젠가 꽁지깃이 뭉개져버린 새 한 마리가 그렇게 죽어가는 모습을 본 적이 있다. 내가 두 손으로 움켜쥐고 있던 그 새의 몸은 바들바들 떨고 있었다. 새는 부리를 열었다 닫았다 하면서 맑고 까만 눈으로 나를 올려다보았다. 그러다가 떨림이 멈추더니 부리가 반쯤 벌어진 채 굳어버렸고 까만 눈동자도 광채를 잃고 흐리멍덩해졌다. 레이 브라워의 경우도 그랬는지 모른다. 그 역시 너무 큰 두려움 때문에 더 이상 살지 못하고 죽어버렸는지도 모른다.

마음에 걸리는 일이 또 하나 있었다. 나에게는 그게 제일 심각한 문제였던 것 같다. 레이 브라워는 블루베리를 따러 나갔다. 기억이 어렴풋했지만 그가 블루베리를 담으려고 냄비 하나를 가져갔다는 보도를 들은 것 같았다. 캐슬록으로 돌아간 후 그냥 확인해 보고 싶어 도서관에 가서 신문을 뒤져보았는데 역시 내 기억이 옳았다. 그는 블루베리를 따러 나갔고 들통이나 냄비 같은 것을 가져갔다. 그러나 우리는 그를 찾고 그의 운동화를 찾았을 뿐, 그 그릇은 보지 못했다. 그렇다면 그가 숨을 거둔 할로의 그 늪지와 체임벌린 사이의 어딘가에서 그것을 던져버린 것이 틀림없다. 처음에는 마치 그것이 자신을 안전한 집으로 데려다주기라도 할 것처럼 더욱더 단단히 움켜쥐고 있었을 것이다. 그러나 차츰 두려움이 커지면서, 그리고 이젠 완전히 혼자라는 생각과 함께 자신의 힘으로 벗어나지 못한다면 구조될 가능성은 전혀 없다는 생각이 들면서, 그리하여 정말 차디찬 공포가 밀어닥치면서 그는 결국 그 그릇을 철도 이쪽이나 저쪽의 숲속으로 던져버렸을 것이다.

그러고 나서는 그것이 없어졌다는 사실조차 의식하지 못했을 것이다.

나는 다시 그곳에 가서 그 그릇을 찾아볼 생각도 해보았다. 이 얼마나 병적인 발상인가? 나는 어느 맑은 여름날 아침에 나 혼자서 새 차와 다름없는 포드 밴을 몰고 백할로 로드 끝까지 가서 차에서 내리는 장면을 상상했다. 아내와 아이들은 어둠속에서도 스위치만 올리면 불이 켜지는 머나먼 다른 세상에 있다. 그때 어떤 기분이 들까? 나는 주문 제작한 밴의 뒷문을 열고 배낭을 꺼내 뒤범퍼에 올려놓은 후 조심스럽게 셔츠를 벗어 허리에 두른다. 가슴과 어깨에는 머스콜 방충제를 바른다. 그러고 나서 우리가 레이 브라워를 발견했던 그 늪지를 향해 숲속으로 걸음을 옮긴다. 그곳에 가면 시체가 누워 있던 자리만 풀이 누렇게 시들었을까? 물론 그렇지 않을 것이다. 그곳에는 아무 표시도 없을 것이다. 그래도 자꾸 궁금해진다. 그 순간 나는 이성적 인간, 즉 팔꿈치에 가죽을 붙인 코르덴 재킷을 입은 작가라는 나의 겉모습과 어린 시절의 온갖 괴물 이야기 사이에 가로놓인 벽이 얼마나 얇은 것인지를 새삼 깨닫는다. 이윽고 나는 잡초가 무성해진 제방 위로 올라가서 녹슨 철도와 썩어버린 침목들을 따라 체임벌린 쪽으로 천천히 걸어간다.

어리석은 공상일 뿐이다. 20년 묵은 블루베리 들통을 찾아 나서다니. 어쩌면 숲속 깊숙이 떨어졌는지도 모르고, 혹은 주택 단지를 지으려고 불도저로 정지 작업을 할 때 땅에 묻혔거나 무성한 잡초와 가시덤불에 가려져 전혀 안 보일지도 모르는데 말이다. 그러나 나는 운행이 정지된 낡은 GS&WM 철도 노선 어딘가에 그 들통이 아직도 남아 있을 거라고 확신한다. 그리고 때로는 그것을 찾아보고 싶다는 미칠 듯한 충동을 느낀다. 그런 충동은 대개 아침 일찍 찾아온다. 아내는 샤워를 하고 아이들은 보스턴에서 방송하는 38번 채널에서 「배트맨」이나 「스쿠비두」를 보고 있을 때, 그리고 나는 사춘기 이전의 고든 라챈스(한때는 이 지상을 활보하며 마음껏 걸어 다니고 말하고 때로는 파충류처럼 배를 깔고 엎드려 기어 다니기도 했던 그 시절의 고든 라챈스)로 돌아간 듯한 기분을 가장 강하게 느낄 때. 나는 그 아이가 바로 '나'였다고 생각한다. 그러나 그 다음에 떠오르는 생각은 마치 찬물을 끼얹은 듯 나를 오싹하게 한다. *어느 아이 말이야?*

홍차 한 잔을 홀짝거리면서, 부엌창으로 비스듬히 쏟아져 들어오는 햇빛을 바라보면서, 집 한쪽에서 들려오는 텔레비전 소리와 다른 쪽에서 들려오는 물소리를 들으면서, 그리고 간밤에 내 주량보다 맥주 한 병을 더 마셨다는 증거로 머리가 지끈거리는 것을 느끼면서 나는 그 들통을 찾을 수 있다는 확신을 느낀다. 여름날의 눈부신 태양 아래서 나는 녹슬지 않은 쇠붙이가 반짝 빛나는 것을 보게 될 것이다. 그러면 나는 제방 비탈을 내려가서 우거지고 뒤엉킨 풀들을 이리저리 걷어내고 그 속에 감춰진 들통 손잡이를 발견할 것이다. 그러면 나는…… 어떻게 할까? 그야 물론 그 들통을 과거의 시간 속으로부터 끄집어낼 것이다. 그것을 들어 올려 이리저리 돌려가며 살펴볼 것이다. 들통의 무게와 감촉에 감탄하면서, 그리고 그것을 마지막으로 만졌던 사람은 이미 오래 전에 무덤 속으로 들어갔다는 사실에 경이로움을 느끼면서. 만약 그 들통 속에 쪽지 한 장이 들어 있다면? *도와주세요. 길을 잃었*

어요. 물론 그런 일은 없겠지만(아이들이 블루베리를 따러 가면서 종이와 연필을 가져가지는 않을 테니까.) 일단 그렇게 가정해 보자. 그 순간 나는 개기일식처럼 캄캄하고 암담한 두려움을 느낄 것이다. 그래도 나는 그 들통을 내 손에 쥐어보고 싶다. 그것은 레이 브라워의 죽음을 상징하는 동시에 나의 삶을 상징한다. 그리고 내가 과연 어느 아이였는지, 우리 다섯 명 중에서 누가 나였는지를 내가 정확히 알고 있다는 증거이기도 하다. 그 들통을 쥐어보는 것. 덕지덕지 녹슬어 광택이 사라져버린 모습 속에서 지나간 세월을 읽어내는 것. 들통을 만져보면서 그것을 비추던 햇빛과 그것을 적시던 비와 그것을 덮어주던 눈을 상상하는 것. 그리고 그 쓸쓸한 곳에서 각각의 현상이 일어날 때 나는 어디서 무엇을 했는지, 누구를 사랑했는지, 어떻게 살았는지를 돌이켜보는 것. 나는 그것을 쥐어보고 읽어내고 만져보리라. 그리고 반사되는 부분이 남아 있다면 그곳에 비친 내 얼굴을 들여다보리라. 이런 내 마음을 여러분도 이해할 수 있을까?

29

우리는 노동절 전날이었던 일요일 새벽 5시가 조금 지나서 캐슬록에 도착했다. 밤새도록 걸어간 덕분이었다. 모두 발에 물집이 잡혔고 모두 죽도록 배가 고팠지만 아무도 불평하지 않았다. 나는 지독한 두통에 시달렸고 두 다리는 피곤하다 못해 비틀어지고 활활 타는 것 같았다. 도중에 지나가는 화물열차를 피하기 위해 제방을 내려가야 했던 적이 두 번 있었다. 그 중 한 번은 열차가 우리와 같은 방향으로 달려갔지만 속력이 너무 빨라서 올라탈 수 없었다. 우리가 캐슬 강을 가로지른 교각 앞에 이르렀을 때는 동이 틀 무렵이었다. 크리스가 교각을 바라보고 강물을 내려다보더니 다시 우리 쪽을 돌아보았다.

"씨발. 난 그냥 건너갈래. 그러다가 기차에 받혀버리면 좆같은 에이스 메릴 새끼를 걱정할 필요도 없겠지."

우리는 모두 교각 위로 걸어갔다. 아니, 걸었다기보다 지친 다리를 질질 끌었다는 표현이 정확하겠다. 어쨌든 열차는 오지 않았다. 이윽고 쓰레기장에 도착한 우리는 울타리를 넘어 곧장 우물가로 향했다. 마일로도 맷돌도 없었다. 아직 이른 시각이었고 더구나 일요일 새벽이었으니까. 번이 마중물을 부었고 우리는 차례차례 그 얼음장 같은 물줄기 속에 머리를 들이밀었고 온몸에 물을 끼얹었고 더이상 마실 수 없을 때까지 물을 마셨다. 그러고 나서는 셔츠를 다시 입어야 했다. 새벽 공기가 쌀쌀하게 느껴졌기 때문이다. 우리는 터벅터벅 (아니, 절뚝절뚝) 마을로 들어가서 공터 앞의 인도에 잠시 서 있었다. 서로의 얼굴을 보지 않으려고 우리의 나무집을 쳐다보았다.

마침내 테디가 말했다.

"자, 그럼 수요일에 학교에서 보자. 난 그때까지 계속 잠만 잘 것 같다."

그러자 번이 말했다.

"나도 그래. 너무 지쳐서 꼼짝도 못할 거야."

크리스는 아무 말 없이 잇사이로 소리 없는 휘파람만 불었다.

테디가 겸연쩍은 듯이 말했다.

"야, 인마. 우리 서로 유감은 없는 거다?"

크리스가 대답했다.

"그래." 그의 우울하고 지친 얼굴에 문득 밝은 미소가 떠올랐다. "우린 해냈어. 안 그래? 온갖 역경을 이겨냈다고."

그러자 번이 말했다.

"그래, 씨발, 네가 최고다. 난 이제 빌리 형한테 맞아죽게 생겼고."

크리스는 이렇게 대꾸했다.

"그래서? 리치는 나를 쓰다듬어줄 테고, 에이스는 고디를 쓰다듬어줄 테고, 또 누구 다른 새끼가 테디를 쓰다듬어주겠지. 그래도 어쨌든 우린 **해냈잖아**."

번이 대답했다.

"그건 그래."

그러나 여전히 비참한 목소리였다.

크리스가 나를 돌아보며 조용히 물었다.

"우린 해냈어. 안 그래? 고생한 보람이 있는 일이었잖아?"

"그렇고말고."

내가 그렇게 대답하자 테디가 점점 따분해진다는 듯 무뚝뚝한 말투로 말했다.

"웃기고들 자빠졌네. 너희들 노는 꼬락서니가, 씨발, 무슨 「명사대담」(텔레비전 인터뷰 프로그램 — 옮긴이)에 나오는 놈들 같잖아. 자, 어서 비벼, 짜식들아. 난 빨리 집에나 가야겠다. 우리 엄마가 나를 현상수배자 명단에 올리지나 않았는지 모르겠네."

모두 웃음을 터뜨렸다. 테디는 또 놀란 듯이 '맙소사, 이번엔 또 뭐야?' 하는 표정을 지었고 우리는 그의 손바닥을 비벼주었다. 그러고 나서 테디와 번은 자기들의 집이 있는 쪽으로 떠났다. 나도 내 갈 길로 가야 했지만 잠시 머뭇거렸다.

크리스가 말했다.

"같이 걷자."

"그래, 좋아."

우리는 한 블록 남짓 걷는 동안 아무 말도 하지 않았다. 첫새벽의 캐슬록은 아주 조용했고 나는 신성하다고 할 만한 순간을 경험했다. 피로가 싹 사라지는 듯했다. 온 세상이 잠든 시간에 우리만 깨어 있었다. 모퉁이를 돌아서면 GS&WM 철도가 직물공장 하역장을 가로질러 지나가는 카빈 스트리트 끄트머리에 내가 보았던 그 사슴이 서 있을 것만 같았다.

마침내 크리스가 말문을 열었다.

"테디랑 번은 다 떠벌리고 다닐 거야."

"물론 그렇겠지. 하지만 네가 걱정하는 것처럼 오늘 내일 사이에 그러진 않을 거야. 내 생각엔 둘 다 한참 지나야 얘기할 것 같아. 어쩌면 몇 년이 걸릴 수도 있고." 크리스는 놀란 얼굴로 나를 쳐다보았다. "걔들은 둘 다 겁에 질렸어, 크리스. 특히 테디는 군대에서 안 받아줄까봐 안절부절못하지. 하지만 번도 무서워하긴 마찬가지야. 이번 일 때문에 잠도 좀 설칠 테고, 올가을쯤엔 둘 다 누군가한테 얘기하고 싶어 입이 근질거릴 때도 있겠지만 결국 아무 말도 안 할 거야. 그러다가…… 너 이거 알아? 미친 소리로 들리겠지만…… 걔들은 아마 그런 일이 있었다는 사실마저 거의 다 잊어버릴 거야."

크리스는 천천히 고개를 끄덕였다.

"난 그런 생각은 못 해봤는데. 고디 넌 사람들 마음을 꿰뚫어 보는 것 같다."

"그럴 수만 있다면 얼마나 좋겠냐."

"정말 그렇다니까."

우리는 침묵 속에서 한 블록쯤 더 걸어갔다. 이윽고 크리스가 말했다.

"난 이 동네를 벗어나지 못할 거야." 그는 한숨을 푹 쉬고 나서 이렇게 말을 이었다. "네가 여름방학 때 대학교에서 돌아와서 나랑 번이랑 테디를 만나려면 7시에서 3시 사이의 근무 시간이 끝난 다음에 수키 주점으로 찾아오면 될 거야. 물론 네가 그러고 싶다면. 하지만 넌 아마 우릴 만나고 싶어 하지도 않겠지."

그는 오싹한 웃음을 터뜨렸다.

"개소리 집어치워."

나는 일부러 난폭한 어조로 그렇게 쏘아붙였다. 그러나 속으로는 숲에서 크리스가 했던 말을 떠올리고 있었다. 그리고 어쩌면 그 돈을 사이먼스 선생한테 가져가서 사실을 털어놨고, 어쩌면 훔친 돈을 전부 돌려줬는지도 모르지. 그랬는데도 난 결국 사흘 정학을 맞았어. 그 돈은 끝내 나타나지 않았으니까. 그리고 어쩌면 다음 주에 사이먼스 선생은 새 치마를 입고 학교에 왔는지도…… 그 표정. 그 눈빛.

크리스가 대꾸했다.

"개소리가 아니에요, 아저씨."

나는 엄지와 검지를 마주 비볐다.

"이건 세계에서 제일 작은 바이올린이야. 「네가 너무 불쌍해서 내 마음은 피오줌을 싸는도다」를 연주하는 중이지."

그러자 크리스가 말했다.

"그애는 '우리 거'였어."

아침 햇살 속에서도 그의 눈빛은 어두웠다.

우리집 앞길과 만나는 모퉁이에서 우리는 걸음을 멈추었다. 6시 15분이었다. 시내 쪽을 돌아보자 일요판《텔레그램》을 실은 트럭이 테디 삼촌의 문구점 앞에 멈춰 섰다. 청바지와 티셔츠 차림의 남자가 신문 한 뭉치를 집어던졌다. 신문은 인도에 떨어졌다가 벌렁 뒤집어졌고 컬러판 만화가 나타났다. (일면은 언제나 「딕 트레이시」와 「블론디」가 차지했다.) 트럭이 다시 달리기 시작했다. 운전사는 캐슬록 말고도 오티스필드, 노르웨이사우스패리스, 워터포드, 스토넘 등등 철도변의 여러 소읍에 바깥세상을 배달해야 하기 때문에 눈코 뜰 새 없이 바빴다. 나는 크리스에게 하고 싶은 말이 더 있었지만 어떻게 말해야 좋을지 몰랐다.

크리스가 지친 목소리로 말했다.

"비벼, 인마."

"크리스……"

"비비라니까."

나는 그의 손바닥을 비벼주면서 이렇게 말했다.

"나중에 보자."

크리스는 빙그레 웃었다. 평소와 다름없이 밝은 미소였다.

"그래, 나중에 봐라. 난 먼저 볼 거다, 얼간아."

그는 계속 웃으며 걸어갔다. 그의 걸음걸이는 편안하고 우아했다. 마치 나처럼 온몸이 쑤시지도 않고 물집이 잡히지도 않았다는 듯이, 나처럼 모기와 진드기와 등에 따위에 쏘여 여기저기 부어오르지도 않았다는 듯이. 마치 아무 걱정도 없다는 듯이, 마치 지금 자기네 집으로(상하수도 시설도 없는 집, 유리가 깨진 창문들을 비닐로 가려놓은 집, 그의 형이 앞마당 어딘가에서 그를 노리고 있는 집, 차라리 움막에 더 가까운 방 세 칸짜리 집으로) 돌아가는 게 아니라 굉장히 멋진 곳을 찾아간다는 듯이. 그때 내가 하고 싶었던 말이 무엇인지 알았더라도 나는 결국 그 말을 하지 못했을 것이다. 언어는 사랑을 파괴한다고 생각한다. 명색이 작가라는 사람이 할 말은 아니겠지만 그래도 나는 그렇게 믿는다. 만약 내가 그 사슴에게 너를 해칠 생각은 없다고 말했다면 사슴은 꼬리 한 번 흔들기도 전에 도망쳐버렸을 것이다. 말이 곧 해악이다. 사랑은 로드 맥퀸 같은 엉터리 시인들의 노래와는 전혀 다르다. 사랑은 이빨을 가지고 있다. 그 이빨로 물어뜯는다. 그렇게 생긴 상처는 영원히 아물지 않는다. 사랑의 상처는 어떤 말로도, 어떤 말들의 조합으로도 아물게 할 수 없다. 우습게도 혼실은 오히려 그 반대다. 상처가 아물면 말도 함께 죽어버린다. 내 말은 믿어도 된다. 나는 한평생 말로 먹고 산 사람이므로 그것이 사실임을 잘 안다.

30

뒷문은 잠겨 있었다. 나는 매트 아래 감춰둔 예비 열쇠를 꺼내서 문을 열고 들어갔다. 부엌은 비어 있었고 조용했고 무시무시할 정도로 깨끗했다. 스위치를 켜자 싱크대 위의 형광등이 지잉 소리를 냈다. 내가 어머니보다 일찍 일어난 것은 몇 년 만에 처음이었다. 마지막이 언제였는지 기억조차 나지 않았다.

나는 셔츠를 벗어 세탁기 뒤의 플라스틱 빨래바구니에 집어넣었다. 싱크대 밑에서 깨끗한 걸레를 꺼내 몸을 닦았다. 얼굴, 목, 겨드랑이, 배. 그 다음에는 바지를 벗고 살이 쓰라릴 때까지 사타구니를(특히 불알을) 벅벅 문질렀다. 그곳은 아무리 문질러도 깨끗해졌다는 기분이 안 들었다. 거머리가 남긴 붉은 자국은 벌써 많이 희미해졌는데도 아무 소용이 없었다. 나에게는 지금도 그 자리에 초승달 모양의 작은 흉터가 있다. 한 번은 아내가 그 흉터에 대해 물었는데, 나는 미처 의식하기도 전에 거짓말을 해버렸다.

걸레질이 끝난 후 걸레를 쓰레기통에 버렸다. 너무 더러웠기 때문이다.

나는 계란 꾸러미를 꺼냈고 그 중 여섯 개를 한꺼번에 요리했다. 프라이팬에서 계란이 반쯤 익었을 때 잘게 토막 낸 파인애플을 꺼내고 우유 한 잔을 따라놓았다. 내가 그것들을 먹으려고 막 자리에 앉을 때 어머니가 들어왔다. 어머니는 희끗희끗한 머리를 뒤로 넘겨 매듭을 짓고 빛바랜 분홍색 목욕 가운을 걸친 모습으로 카멜 담배를 피우고 있었다.

"고든, 너 어디 갔었니?"

"캠핑하러요." 나는 그렇게 대답하고 음식을 먹기 시작했다. "번네 들판에 있다가 브릭야드힐로 올라갔어요. 번네 엄마가 전화해 주겠다고 하셨는데 안 하셨어요?"

"아마 너희 아빠랑 통화했겠지."

어머니는 미끄러지듯이 내 곁을 지나 싱크대 쪽으로 갔다. 마치 분홍색 유령 같았다. 형광등 불빛은 어머니의 얼굴을 더욱더 초췌하게 만들었다. 안색이 거의 노란색으로 보였다. 어머니가 한숨을 내쉬었다. 흐느낌에 가까운 소리였다. 어머니가 말했다.

"데니스가 제일 그리워지는 시간은 아침이더라. 날이면 날마다 그애 방을 들여다보는데 언제나 텅 비어 있구나. 날이면 날마다."

"그래요, 좆같은 일이죠."

"그애는 잘 때마다 창문을 열어놓고 담요는…… 고든? 방금 뭐라고 했니?"

"별 소리 아니에요, 엄마."

"…… 담요는 턱까지 끌어올렸지."

말을 끝맺은 어머니는 돌아서서 멍하니 창밖을 바라보았다. 나는 계속 음식을 먹었다. 온몸이 부들부들 떨렸다.

31

우리의 이야기는 끝끝내 아무도 알지 못했다.

아, 그렇다고 레이 브라워의 시체가 발견되지 않았다는 뜻은 아니다. 발견되었으니까. 그러나 우리 패거리도 그들 패거리도 그 공을 인정받지 못했다. 에이스가 결국 익명의 전화가 가장 안전한 방법이라는 결론을 내렸던 모양이다. 시체의 위치에 대한 제보는 익명으로 이루어졌다. 내 말은 다만 우리가 그 노동절 주말에 어던 일들을 겪었는지 부모님들은 끝끝내 몰랐다는 뜻이다.

크리스의 아버지는 크리스가 말했던 대로 여전히 술독에 빠져 있었다. 그의 어머니는 평소 남편이 술판을 벌일 때마다 그랬듯이 루이스턴에 사는 여동생 집에 묵었다. 집을 나서면서 그녀는 개눈깔에게 어린 동생들을 잘 보살피라고 일러두었다. 그러나 개눈깔은 그 막중한 책임을 저버리고 아홉 살 셸던과 다섯 살 에머리와 두 살 데보라가 죽든 살든 아랑곳없이 에이스를 비롯한 불량배 친구들과 놀러 나갔다.

둘째 날 밤에 테디의 어머니가 걱정이 되어 번의 어머니에게 전화를 걸었다. 번의 어머니도 퀴즈쇼에 나갈 만큼 똑똑한 분은 아니었다. 그녀는 우리가 아직도 번의 텐트에서 놀고 있다고 말했다. 부엌창을 내다보면 불빛이 보인다는 것이었다. 테디의 어머니는 그 속에서 누가 담배를 피우는 건 아니었으면 좋겠다고 말했다. 번의 어머니는 손전등 불빛인 것 같다, 게다가 번과 빌리의 친구들은 아무도 담배를 피우지 않는다고 대답했다.

우리 아버지는 나에게 몇 가지 막연한 질문을 던졌고 대답을 얼버무리는 내 태도에 조금 불만스러운 표정이었지만 언젠가 함께 낚시라도 하러 가자는 말을 끝으로 더 이상 그 문제를 거론하지 않았다. 물론 그후 1, 2주 사이에 부모님들끼리 만났다면 모든 것이 백일하에 드러났겠지만…… 다행히 그런 일은 없었다.

마일로 프레스먼도 말하지 않았다. 내 짐작으로는 아마도 사람들이 자신과 우리 중 어느 쪽의 말을 믿어줄는지를 생각해 보았을 테고, 게다가 자기가 맷돌을 부추겨 나를 공격하게 했다는 사실을 우리 모두가 증언하리라는 점을 감안한다면 결국 마음을 돌릴 수밖에 없었을 것이다.

그래서 우리 이야기는 끝끝내 아무도 알지 못했다. 그러나 그것으로 다 끝난 것은 아니었다.

32

9월도 끝나가던 어느 날, 내가 학교에서 집으로 돌아갈 때 1952년식 검정색 포드 한 대가 바로 내 앞의 길가에 멈춰 섰다. 내가 그 차를 못 알아볼 리가 없었다. 화이트월 타이어(측면이 하얀 타이어 — 옮긴이)와 스피너 허브캡, (베어링을 이용하여 바퀴와 별도로 회전하도록 설계된 허브캡. 바퀴가 멈춘 뒤에도 잠시 동안 회전을 계속한다 — 옮긴이) 크롬제 전투범퍼. 운전대에는 투명한 합성수지 속에 장미 한 송이를 넣은 회전 손잡이를 달았고 트렁크 덮개에는 2점짜리 주사위와 애꾸눈 잭(트럼프 카드 중 옆얼굴이 그려진 스페이드와 하트의 잭 — 옮긴이)을 그려놓았다. 그리고 그 밑에는 로마 고딕체로 **와일드카드**(원래는 트럼프 카드의 만능패를 뜻하지만 여기서는 행동을 예측할 수 없는 사람을 가리킨다 — 옮긴이)라는 말이 적혔다.

차문이 벌컥 열리더니 에이스 메릴과 털보 브래코위츠가 차에서 내렸다.

에이스가 상냥한 미소를 지으면서 말했다.

"싸구려 건달 새끼라고 했겠다? 내가 우리 어머니랑 그 짓을 한다고 했겠다?"

털보도 한 마디 거들었다.

"너 혼 좀 나야겠다, 꼬마야."

나는 교과서를 인도에 팽개치고 냅다 달아났다. 꽁무니에 불이 붙은 듯 허겁지겁 뛰었지만 한 블록도 못 가서 따라잡혔다. 에이스가 공중 태클로 나를 덮쳤고 나는 길바닥에 길게 널브러졌다. 시멘트 바닥에 턱을 부딪치는 순간 눈앞에 별이 번쩍했다. 별은 한두 개가 아니었다. 별자리 몇 개, 아니, 성운 몇 개가 통째로 나타났다. 그들이 나를 일으켜 세웠을 때 나는 벌써 울고 있었다. 양쪽 무릎과 팔꿈치가 모두 훌렁 벗겨져 피가 철철 흘렀지만 그 때문이 아니었다. 심지어 두려움 때문도 아니었다. 내가 울어버린 이유는 거대하고 무력한 분노 때문이었다. 크리스의 말이 옳았다. 레이 브라워는 당연히 우리 거였다.

내가 마구 몸부림을 친 끝에 간신히 놈들의 손아귀를 거의 벗어났을 때였다. 털보가 무릎으로 내 사타구니를 강타했다. 정말 놀랍고 어마어마하고 비할 데 없는 고통이었다. 그 일격은 내가 아는 고통의 범위를 평범한 구식 와이드스크린에서 단숨에 비스타비전(와이드스크린 방식의 일종. 넓고 선명한 화면과 원근감 및 입체감이 특징이다 — 옮긴이)으로 확장시켰다. 나는 비명을 지르기 시작했다. 비명만이 최상의 대응책인 듯싶었다.

에이스가 내 얼굴을 두 번 때렸다. 길게 휘어지며 날아드는 강펀치였다. 첫 번째 주먹은 내 왼쪽 눈을 아예 감겨버렸다. 내가 다시 그 눈으로 사물을 제대로 보게 되기까지는 꼬박 나흘이 걸렸다. 두 번째 주먹은 내 코를 부러뜨렸다. 바삭바삭한 시리얼을 씹을 때처럼 으지직 소리가 났다. 바로 그때였다. 관절염으로 뒤틀린 한쪽 손에 지팡이를 움켜쥐고 입가에는 허버트 태리튼 한 개비를 꼬나문 에비 챌머스 할머니가 베란다에 나와 있었다. 그녀는 놈들에게 고래고래 소리쳤다.

"야! 야, 거기 너희들! 그만 해라! 빨리 놔줘! 놔주라니까! 못된 놈들! 못돼 처먹은 놈들! 한 명한테 둘이 덤비다니! 경찰! 경차아알!"

그러자 에이스가 미소를 지으며 말했다.

"개새끼, 다시 내 앞에 나타나기만 해봐라."

그들은 나를 놓아주고 물러났다. 나는 일어나 앉다가 얻어맞은 불알을 감싸 쥐면서 도로 고꾸라졌다. 곧 토악질을 하다가 죽어버릴 것만 같았다. 나는 여전히 울고 있었다. 그러나 털보가 내 곁을 빙 돌아 지나갈 때 오토바이 부츠에 징박힌 청바지를 입은 다리가 눈에 띄었고, 그 순간 아까의 분노가 고스란히 되살아났다. 나는 그의 다리를 붙잡고 청바지와 장딴지를 한꺼번에 힘껏 깨물었다. 털보도 비명을 지르기 시작했다. 그는 한쪽 다리로 경중경중 뛰면서 어처구니없게도 내가 비겁하다고 억지를 부렸다. 이리저리 경중거리는 털보를 보고 있을 때 에이스가 내 왼손을 콱 밟아버렸다. 엄지와 검지가 우두둑 부러졌다. 이번에는 바삭바삭한 시리얼이 아니라 프레첼 과자를 씹는 소리였다. 에이스와 털보는 에이스의 52년식 포드를 향해 걸음을 옮겼다. 에이스는 양손을 뒷주머니에 찔러 넣은 채 어슬렁어슬렁 걸었고 털보는 외다리로 경중거리며 어깨 너머로 나에게 욕설을 퍼부었다. 나는 인도 위에서 몸을 웅크리고 엉엉 울었다. 에비 할머니가 진입로를 내려왔다. 그녀는 잔뜩 화가 난 듯 지팡이로 길바닥을 쿵쿵 내리찍으며 걸었다. 할머니가 나에게 의사를 불러야 하지 않겠느냐고 물었다. 나는 다시 일어나 앉았고 가까스로 울음을 거의 그쳤다. 그리고 괜찮다고 대답했다.

할머니가 버럭 고함을 질렀다.

"헛소리 마라." 가는귀가 먹은 에비 할머니는 언제나 그렇게 고함을 지른다. "그 깡패 녀석이 어딜 때리는지 다 봤다, 꼬마야. 불알이 항아리처럼 부어오를 게야."

할머니는 나를 자기 집으로 데려가서 젖은 수건으로 내 코를 찜질해 주었고(그때쯤 내 코는 점점 애호박을 닮아갔다.) 큼직한 컵에 약냄새를 풍기는 커피 한 잔을 따라주었다. 그 커피를 마시자 왠지 흥분이 가라앉았다. 할머니는 자꾸 의사를 불러야 한다고 고함을 질렀고 그때마다 나는 할머니를 말렸다. 마침내 할머니도 포기했고 나는 집으로 걸어갔다. 아주 천천히 걸어야 했다. 내 불알은 아직 항아리만 한 크기는 아니었지만 여전히 무럭무럭 자라는 중이었다.

어머니와 아버지는 나를 보자마자 노발대발 분통을 터뜨렸다. 나에게는 두 분이 내 상태를 알아차렸다는 사실 자체가 꽤나 놀라운 일이었다. "도대체 누가 그랬냐?" "용의자들 중에서 골라낼 수 있겠니?" 그것이 아버지의 질문이었다. 아버지는 「야만의 도시」와 「언터처블스」 시리즈를 한 번도 놓치지 않고 시청하는 분이다. 나는 못할 것 같다고 대답했다. 그리고 너무 피곤하다고 했다. 사실은 피로가 아니라 쇼크 상태였을 것이다. 쇼크 상태와 더불어 에비 할머니의 커피 때문에 적잖이 취해버린 탓도 있었다. 그 커피는 아마도 60퍼센트 이상이 VSOP 브랜디였을 것이다. 나는 그놈들이 다른 마을이나 '윗동네'(우리 마을에서는 루이스턴과 오번을 뜻하는 말로 통했다.)에서 건너온 것 같다고 말했다.

부모님은 나를 스테이션왜건에 태워 클락슨 박사에게 데려갔다. 클락슨 박사는 지금도 살아 있지만 그 당시에도 벌써 하느님과 마주 앉아 노닥거릴 만큼 나이가 많았다. 그는 우선 내 코와 손가락을 접골한 후 어머니에게 진통제 처방전을 써주었다. 그러더니 적당한 구실을 만들어 부모님을 진찰실에서 내보냈다. 그는 이고르에게 접근하는 보리스 칼로프(영국 배우 영화 「프랑켄슈타인」시리즈에서 괴물역으로 유명하다. 이고르도 이 시리즈의 등장인물이다 — 옮긴이)처럼 고개를 쑥 내밀고 발을 질질 끌면서 나에게 다가왔다.

"누가 그랬냐, 고든?"

"저도 몰라요, 클락슨 박……"

"거짓말 마라."

"아니에요. 정말 몰라요."

클락슨 박사의 창백한 뺨이 점점 붉어졌다.

"이런 짓을 한 나쁜 놈들을 왜 감싸주는 거냐? 그런다고 너를 인정해 줄 것 같니? 그놈들은 오히려 멍청한 녀석이라고 비웃을 거다. 그리고 이러겠지. '야, 저기 우리가 재미삼아 두들겨 팼던 얼간이가 지나간다. 하하! 후후! 할할할할!'"

"누군지 몰라요. 정말이에요."

나는 그가 내 몸을 마구 뒤흔들고 싶어 두 손이 근질거리는 것을 알 수 있었다. 그러나 그는 차마 그러지 못하고 백발을 절레절레 흔들더니 불량배들에 대해 뭐라고 투덜거리며 나를 부모님에게 인계했다. 그날 저녁에 그는 오랜 친구인 하느님과 함께 시가를 피우고 셰리주를 마시면서 내 이야기를 모두 털어놓았을 것이다.

나는 에이스와 털보를 비롯한 개망나니들이 나를 인정하든 멍청하다고 생각하든 전혀 생각하지 않든 간에 아무 관심도 없었다. 그러나 크리스에 대해서는 결코 무관심할 수 없었다. 그의 형 개눈깔은 크리스의 한쪽 팔을 두 군데나 부러뜨렸고 그의 얼굴을 저녁놀처럼 울긋불긋하게 만들었다. 부러진 팔꿈치는 강철핀으로 고정시켜야 했다. 이웃집 맥긴 부인이 비포장 갓길을 따라 비틀비틀 걸어오는 크리스를 발견했을 때 그는 양쪽 귀에서 피가 줄줄 흐르는데도 『리치 리치』 만화책을 읽고 있었다. 맥긴 부인은 곧 크리스를 센트럴메인 종합병원 응급실로 데려갔다. 그곳 의사에게 크리스는 어두운 지하실 계단에서 굴렀다고 말했다.

"웃기지 마라."

클락슨 박사가 나에게 그랬듯이 그 의사도 크리스에게 화를 내다가 배너먼 순경에게 연락했다.

의사가 사무실에서 통화하는 동안 크리스는 팔이 흔들려 부러진 뼈가 서로 마찰되지 않도록 임시로 매놓은 삼각붕대를 가슴에 대고 천천히 복도를 지나 공중전화로 가서 5센트 동전을 넣고 맥긴 부인에게 전화를 걸었다. 나중에 나에게 그 일을 이야기하면서 그는 그날 난생 처음 수신자 부담으로 전화를 걸었는데 맥긴 부인이 통화를 거절할까봐 몹시 걱정했다고 말했다. 그러나 그녀는 통화를 수락했다.

"크리스, 너 괜찮니?"

"네. 고맙습니다."

"곁에 있어주지 못해서 미안하구나, 크리스. 오븐에 파이를 굽던 참이라서……"

"괜찮아요, 맥긴 아줌마. 혹시 우리 집 앞에 뷰익 있어요?"

뷰익은 크리스의 어머니가 쓰는 자동차였다. 10년 묵은 차였는데 엔진이 뜨거워지면 가죽 신발을 볶는 듯한 냄새가 났다.

"있구나."

맥긴 부인이 조심스럽게 대답했다. 체임버스 집안과는 너무 친하게 지내지 않는 게 상책이니까. 가난한 백인 쓰레기, 헐벗은 아일랜드계 미국인.

"지금 우리 집에 가서 우리 엄마한테 말씀 좀 전해주시겠어요? 빨리 지하실로 내려가서 전구를 빼 놓으라고요.'

"크리스, 난 정말, 파이 때문에……"

그러나 크리스는 더욱더 단호하게 말했다.

"당장 그러라고 전해주세요. 안 그러면 형이 감옥에 갈지도 몰라요."

아주 긴 침묵이 흘렀고 마침내 맥긴 부인이 승낙했다. 그녀는 아무것도 묻지 않았고 크리스도 거짓말을 하지 않았다. 배너먼 순경이 체임버스씨 댁을 방문했지만 리치 체임버스는 감옥에 가지 않았다.

크리스와 나처럼 심하지는 않았지만 번과 테디도 험한 꼴을 당했다. 번이 집에 도착했을 때 빌리가 숨어서 기다리고 있었다. 빌리는 장작개비를 들고 덤벼들어 번을 마구 두들겨 팼다. 어찌나 힘껏 때렸는지 번은 겨우 네댓 대 만에 의식을 잃고 말았다. 번은 기절했을 뿐이었지만 빌리는 번이 죽은 줄 알고 겁이 더럭 나서 매질을 멈추었다. 어느 날 오후, 테디가 공터에서 집으로 돌아갈 때 에이스 패거리 세 명이 나타났다. 그들은 주먹다짐을 시작하여 테디의 안경을 깨뜨렸다. 테디는 열심히 싸웠지만 그가 어둠 속의 장님처럼 더듬거리며 헤매는 모습을 본 불량배들은 더 이상 싸우려 하지 않았다.

우리는 패잔병 같은 모습으로 등교하여 함께 어울려 다녔다. 다른 아이들은 정확히 무슨 일이 벌어졌는지 아무도 몰랐다. 다만 우리가 우리보다 큰 아이들과 꽤 심각한 싸움을 벌였고 남자답게 행동했다는 것만은 누구나 알고 있었다. 몇 가지 소문이 나돌았지만 모두 엉뚱한 헛소문이었다.

깁스를 풀고 피멍이 사라질 무렵부터 번과 테디가 차츰 멀어져 갔다. 자기들이 두목처럼 군림할 수 있는 동갑내기 아이들을 새로 발견했기 때문이다. 대부분 얼간이들이라서 여태 5학년이었고 몸집도 작고 별볼일 없는 녀석들이었지만 번과 테디는 그들을 나무집으로 불러들여 이래라저래라 하면서 나치 장군처럼 우쭐거렸다.

크리스와 나는 나무집을 찾는 일이 점점 드물어졌고 얼마 후에는 아예 발길을 끊었다. 결국 그들이 그곳을 차지했다. 나는 1961년 봄에 딱 한 번 나무집에 올라가 보았는데, 건초 더미 같은 냄새 속에서 정액 냄새를 맡았던 기억이 난다. 내가 기억하는 한 나는 두 번 다시 그곳을 찾지 않았다. 시간이 갈수록 테디와 번은 점점 더 멀어졌고, 나중에는 복도에서 우연히 마주치거나 방과 후에도 학교에 남아 있는 벌을 받을 때 만나게 되는 낯익은 얼굴에 지나지 않았다. 우리는 고개를 끄덕이며 안녕 하고 인사했다. 그뿐이었다. 흔한 일이다. 우리 인생에서 친구들은 식당 웨이터처럼 들락날락하는 존재가 아니던가? 그러나 내 꿈속에서 내 다리를 붙잡고 무자비하게 물속으로 잡아당기던 그 시체들을 떠올려보면 그렇게 멀어진 것이 오히려 다행이라는 생각이 들기도 한다. 그런 상황에서 어떤 사람들은 친구들과 함께 익사하고 만다. 억울한 일이지만 흔한 일이다. 어떤 사람들은 익사한다.

33

번 테시오는 1966년 루이스턴의 한 아파트 건물을 휩쓸었던 화재로 사망했다. 브루클린이나 브롱크스에서는 그런 아파트 건물을 슬럼 주택이라고 부를 것이다. 소방서측은 이 화재가 새벽 2시쯤 발생했다고 발표했는데 동틀 무렵에는 건물 전체가 잿더미로 변해버렸다. 그날 밤에 대규모 술잔치가 벌어졌고 번도 그 자리에 참석했다. 침실 안에서 누군가 담배를 피우다가 잠이 들었다. 번이었는지도 모른다. 꾸벅꾸벅 졸다가 1센트 동전들이 나오는 꿈을 꾸었는지도 모른다. 경찰은 치과 기록을 바탕으로 번과 나머지 네 사람의 신원을 확인했다.

테디는 비운의 자동차 사고로 목숨을 잃었다. 1971년이었다고 생각하는데 어쩌면 1972년 초였는지도 모른다. 내가 성장하던 시기에 이런 격언이 있었다. '혼자 죽으면 영웅이그 남을 데려가면 개자식이다.' 어릴 때부터 군인이 되는 것이 유일한 희망이었던 테디는 공군에 지원했다가 딱지를 맞았다. 징병검사에서 복무불가 판정을 받았기 때문이다. 테디의 안경과 보청기를 본 사람이라면 누구나 예상할 수 있는 결과였다. 그것을 모르는 사람은 테디뿐이었다. 고등학교 3학년 때 그는 진로상담교사에게 거짓말쟁이 개새끼라는 욕설을 던져 3일 정학을 당했다. 테디는 이따금씩(정확히 말하자면 날마다 한 번씩) 진로상담실에 가서 취업안내판에 새로 들어온 병역 안내문이 있는지 살펴보았다. 그러다가 상담교사가 테디에게 다른 직업을 생각해 보는 것이 좋겠다고 말했는데, 테디가 벌컥 화를 낸 것이 바로 그때였다.

그는 결석과 지각을 밥 먹듯이 하다가 몇 과목에서 낙제하는 바람에 유급이 되어 1년을 더 다녔지만 결국 졸업은 했다. 그는 낡아빠진 시보레 벨에어를 타고 다녔고, 예전에 에이스와 털보 같은 건달들이 빈둥거리던 곳에서 빈둥거리며 지냈다. 이를테면 당구장, 댄스홀, 지금은 문을 닫은 수키 주점, 아직 문을 닫지 않은 멜로 타이거 같은 곳이었다. 나중에 그는 캐슬록 시청 토목과에 취직하여 아스팔트 구멍을 메우는 일을 했다.

자동차 사고가 난 곳은 할로였다. 테디의 시보레 벨에어에는 테디 말고도 친구들이 잔뜩 타고 있었다. (그 중 두 명은 테디와 번이 1960년부터 거느리던 패거리의 일부였다.) 그들은 차 안에서 대마초 몇 대를 돌려 피우고 보드카 몇 병을 나눠 마셨다. 그들이 탄 차는 전봇대를 들이받아 부러뜨린 후 여섯 번이나 데굴데굴 굴렀다. 여자 한 명은 의학적으로는 아직 생존 상태였다. 그녀는 센트럴메인 종합병원의 간호사와 잡역부들이 온실이라고 부르는 곳(즉 식물인간이 된 환자들을 수용하는 곳)에 6개월 동안이나 누워 있었다. 그러다가 어느 자비로운 유령이 그녀의 인공호흡기 플러그를 뽑아주었다. 테디 뒤샹은 사후에 '올해의 개자식상'을 수상했다.

크리스는 중학교 2학년 때 대학 진학반에 들어갔다. 더 이상 미뤘다가는 가망이 없다는 것을 크리스도 알고 나도 알았다. 조금만 더 늦었다면 학습 진도를 따라갈 수 없었을 것이다. 그의 결정은 곧 구설수에 올랐다. 크리스의 부모는 그가 잘난 체한다고 생각했고, 친구들은 계집애 같은 놈이라면서 그를 따돌렸고, 진로상담교사는 그가 열심히 공부할 수 있다는 것을 믿지 않았다. 무엇보다 교사들은 덕테일 헤어스타일을 하고 가죽 재킷에 가죽 부츠를 신은 이 허깨비 같은 녀석이 아무 예고도 없이 자기 교실에 불쑥 나타난 것을 달가워하지 않았다. 대수학, 라틴어, 지구과학 등 고상한 과목을 가르치는 선생들이 지퍼가 주렁주렁 달린 가죽 재킷과 부츠를 보고 얼마나 못마땅하게 여겼을지 충분히 짐작할 만하다. 그런 복장은 취업반 아이들에게나 어울린다는 것이 그들의 생각이었다. 캐슬뷰와 브릭야드힐에 사는 중류층 집안의 단정하고 명랑한 소년소녀들 틈에서 크리스는 생각에 잠긴 그렌델(「베오울프」에 나오는 사악한 괴물의 이름 — 옮긴이)처럼 말없이 앉아 있었지만 금방이라도 끔찍한 괴성을 지르며 그들에게 덤벼들어 둥근 목깃에 가지런히 단추를 채운 페이즐리 셔츠부터 동전 장식이 달린 구두까지 하나도 남김없이 삼켜버릴 것 같았다.

그해에 크리스는 열두 번도 넘게 포기할 뻔했다. 특히 그의 아버지가 그를 제일 괴롭혔다. 그의 아버지는 크리스가 대학에 가려고 하는 것이 자기를 파산시키려는 속셈이라고 비난했다. 한 번은 맥주병으로 크리스의 뒤통수를 내리치는 바람에 크리스는 다시 센트럴메인 종합병원 응급실에 가서 네 바늘이나 꿰매야 했다. 대부분 흡연구역을 전전하며 지내던 옛친구들은 길거리에서 크리스에게 야유를 보냈다. 진로상담교사는 모든 과목에서 낙제점을 받지 않으려면 몇 개만이라도 취업반 과목을 선택하라고 강요했다. 그러나 크리스에게 가장 힘들었던 것은 그런 일들이 아니었다. 그는 공공교육을 받기 시작한 후 7년 동안 내내 딴짓만 한 대가를 톡톡히 치러야 했다.

우리는 거의 빠짐없이 저녁마다 함께 공부했다. 가끔은 여섯 시간 동안 끊임없이 공부하기도 했다. 그렇게 공부하고 나면 나는 언제나 기진맥진했고 때로는 두렵기까지 했다. 게으름의 대가가 너무 가혹해서 어쩔 줄 모르는 크리스의 분노가 두려웠다. 그가 기초 대수학을 이해하려면 우선 5학년 내내 테디나 번과 어울려 농땡이를 치느라 배우지 못했던 분수부터 다시 배워야 했다. '파테르 노스테르 키 에스트 인 카엘리스'(Pater noster qui est in caelis: '하늘에 계신 우리 아버지'라는 뜻의 라틴어로 주기도문의 첫머리 ― 옮긴이)라는 말을 이해하려면 우선 명사와 전치사와 목적어가 무엇인지부터 알아야 했다. 그의 영문법 책에는 '씨발놈의 동명사'라는 말이 또박또박 적혀 있었다. 그의 작문은 착상도 좋았고 구성도 나쁘지 않았지만 문법이 엉망이었고 마치 엽총을 쏘아대듯이 구두점을 마구 남발했다. 영문법 책이 너덜너덜해진 후 그는 포틀랜드의 서점에서 새 책을 구입했다. 그 책은 그가 실제로 소유한 최초의 하드커버였고 그에게는 성서처럼 중요한 물건이 되었다.

그러나 고등학교 2학년에 올라갈 무렵에는 남들도 크리스의 실력을 인정했다. 둘 다 우등상을 받을 정도는 아니었지만 나는 7등이었고 그는 19등이었다. 둘 다 메인 주립대에서 입학 허가를 받았지만 나는 오로노 캠퍼스로 갔고 크리스는 포틀랜드 캠퍼스에 등록했다. 법과대학이었다. 이게 믿을 수 있는 일인가? 라틴어를 더 공부해야 하는 법과대학이었다.

우리는 둘 다 고교 시절에 종종 데이트를 했지만 여자애들이 우리 사이를 방해한 적은 없었다. 이 말은 우리가 동성애를 한 것처럼 들릴지도 모르겠다. 번과 테디를 비롯한 옛친구들도 대부분 그렇게 오해했을 것이다. 그러나 그것은 생존하기 위한 노력이었을 뿐이다. 우리는 깊은 물속에서 서로에게 매달린 상태였다. 크리스의 입장에 대해서는 이미 설명했다고 생각한다. 다만 내가 그에게 매달린 이유는 설명하기가 그리 쉽지 않다. 캐슬록과 직물 공장의 그늘을 벗어나고 싶어 하는 크리스의 소망은 나에게도 가장 소중한 일부가 되었다. 그가 죽거나 말거나 혼자 내버려둘 수는 없었다. 그때 만약 크리스가 실패했다면 나의 일부도 함께 가라앉아버렸을 것이다.

1971년 연말을 앞두고 있던 어느 날 크리스는 점심 3종 세트를 사먹으려고 포틀랜드의 치킨 딜라이트에 들렀다. 그때 크리스의 바로 앞에 서 있던 두 남자가 서로 자기 차례가 먼저라고 다투기 시작했다. 한 사람이 칼을 꺼냈다. 친구들을 화해시키는 솜씨가 남달랐던 크리스는 그들을 말리다가 그 칼에 목을 찔리고 말았다. 칼을 휘두른 남자는 교도소를 네 군데나 들락거리다가 쇼생크 주립교도소에서 겨우 일주일 전에 석방된 자였다. 크리스는 거의 즉사했다.

나는 그 소식을 신문에서 읽었다. 크리스는 대학원 2년차 과정이 끝나가던 참이었다. 나는 1년 반 전에 결혼하여 고등학교에서 영어를 가르치고 있었다. 아내는 임신했고 나는 책을 쓰려고 노력 중이었다. **대학원생 포틀랜드 식당에서 칼에 찔려 사망.** 그 소식을 접한 나는 아내에게 밀크셰이크를 사러 간다고 말했다. 그리고 마을 밖으로 차를 몰고 나가서 차를 세워놓고 크리스를 생각하며 엉엉 울었다. 아마 반 시간 가까이 울었을 것이다. 나는 아내를 깊이 사랑했지만 그녀 앞에서 그렇게 울어버릴 수는 없었다. 계집애 같은 짓이니까.

34

나?

이미 말했듯이 나는 작가가 되었다. 많은 비평가들이 내 작품을 개똥처럼 여긴다. 나도 그들의 판단이 옳다고 생각할 때가 많다. 그러나 요즘도 신용카드 신청서나 병원 서류 등의 직업란에 '전업작가'라는 말을 써넣을 때마다 적잖이 당혹스럽다. 나의 인생은 동화 같은 행운이 거듭되어 우스꽝스러울 정도였기 때문이다.

첫 작품이 출판사에 팔렸고 영화로도 제작되었다. 그 영화는 좋은 평을 받았을 뿐 아니라 흥행에서도 대성공을 거두었다. 내가 겨우 스물여섯 살이었을 때의 일이다. 두 번째 작품도 영화로 제작되었고 세 번째도 마찬가지였다. 이미 말했듯이 우스꽝스러울 지경이다. 한편 내 아내는 다행히 내가 집에서 일하는 것을 별로 싫어하지 않는 것 같다. 우리 사이에서 세 아이가 태어났다. 내가 보기에는 모두 완벽한 아이들이다. 나는 대체로 행복한 편이다.

그러나 요즘은 글쓰기가 예전만큼 쉽지도 않고 즐겁지도 않다. 전화도 많이 걸려온다. 때로는 심한 두통에 시달리는데, 그때마다 두통이 가실 때까지 어둑어둑한 방에 누워 있어야 한다. 의사들은 진짜 편두통이 아니라 '스트레스성 두통'이라면서 작업량을 줄여보라고 권한다. 나는 가끔 나 자신을 걱정한다. 이 얼마나 어리석은 버릇인가? 그런데도 그 버릇을 버릴 수가 없다. 내가 하는 일이 정말 의미 있는 일인지 잘 모르겠다. 그리고 사실도 아닌 이야기를 지어내서 부자가 될 수 있는 이 세상도 어떻게 이해하면 좋을지 모르겠다.

아무튼 내가 에이스 메릴을 다시 보게 된 것은 신기한 일이다. 내 친구들은 죽었는데 에이스는 살아 있다. 지난번에 내가 아이들을 데리고 아버지를 뵈러 갔을 때였다. 3시를 알리는 경적이 울린 직후 에이스가 직물공장 주차장에서 차를 몰고 나왔다.

그의 52년식 포드는 77년식 포드 스테이션왜건으로 바뀌었다. '레이건/부시 1980년'이라는 말이 적힌 색 바랜 범퍼스티커가 붙어 있었다. 그는 머리를 짧게 깎았고 뚱뚱했다. 내가 기억하고 있던 잘생긴 얼굴은 살의 홍수에 파묻혀 찾아보기 힘들었다. 나는 아이들을 아버지에게 맡겨놓고 신문을 사러 시내로 나온 참이었다. 내가 메인 스트리트와 카빈 스트리트가 만나는 길모퉁이에 서서 길을 건너려고 기다릴 때 그가 나를 힐끔 쳐다보았다. 먼 옛날 내 코를 부러뜨렸던 서른두 살 사내의 얼굴에는 나를 알아본 기색이 조금도 없었다.

나는 그가 포드 왜건을 몰고 멜로 타이거 옆의 비포장 주차장으로 들어가는 것을 보았다. 에이스는 차에서 내려 바지를 추켜올리고 술집 안으로 들어갔다. 나는 충분히 상상할 수 있었다. 그가 문을 여는 순간 컨트리웨스턴 음악과 닉 앤드 갠세트 생맥주의 시큼한 냄새가 흘러나왔을 것이다. 그리고 그가 문을 닫고 그 커다란 엉덩이를 걸상에 내려놓을 때 다른 단골들이 어서 오라고 외쳤을 것이다. 그는 아마 스물한 살 되던 해부터 일요일만 빼고 날이면 날마다 적어도 세 시간 이상을 그 자리에서 보냈을 테니까.

나는 생각했다. *저게 에이스의 지금 모습이구나.*

이윽고 왼쪽으로 고개를 돌려 직물공장 너머 캐슬 강을 바라보았다. 강은 예전처럼 넓지는 않았지만 좀더 깨끗해졌고 캐슬록과 할로를 잇는 다리 밑에서 여전히 흐르고 있었다. 상류 쪽의 그 교각은 없어졌지만 강은 지금도 존재한다. 나도 그렇다.

의지의 겨울
A Winter's Tale

피터와 수잔 스트라우브 부부에게 바친다.

호흡법
The Breathing Method

I.

클럽

눈이 내리고 바람이 불던 그 혹독한 밤, 나는 여느 때보다 조금 더 빨리 옷을 입었다는 것을 인정한다. 그날은 197X년 12월 23일이었다. 짐작컨대 클럽의 다른 회원들도 더러 나처럼 서둘렀을 것이다. 뉴욕은 날씨가 험한 밤에 택시를 잡기가 너무 어려운 곳으로 유명하다. 그래서 콜택시를 불렀다. 나는 5시 30분에 전화를 걸어 8시까지 와달라고 말했다. 아내 엘렌이 한쪽 눈썹을 치켜세웠지만 아무 말도 하지 않았다. 8시 15분 전쯤에 나는 1946년부터 엘렌과 함께 살아온 이스트 58번가의 아파트 차양 아래 서 있었다. 그러나 약속 시간이 5분이나 지났는데도 택시는 오지 않왔고 나는 조바심을 내며 이리저리 서성거렸다.

택시는 8시 10분에 도착했고 나는 곧 차에 올랐다. 찬바람을 피하게 된 기쁨이 앞서 운전사에게 제대로 화를 낼 수도 없었다. 하루 전에 캐나다에서 남하한 한랭전선이 일으키는 그 바람은 정말 장난이 아니었다. 택시의 차창에 부딪쳐오는 바람이 휘파람소리를 내며 쌩쌩 울었다. 이따금씩 운전사의 라디오에서 흘러나오는 살사 음악이 바람 소리에 묻혀버리고 그 커다란 체커 택시가 출렁거릴 정도였다. 아직 문을 연 가게도 많았지만 손님은 드물어 인도가 한산했다. 그나마 돌아다니는 사람들도 언짢아하거나 아예 고통스러워하는 모습이었다.

하루 종일 눈발이 오락가락하더니 또다시 눈이 내리기 시작했다. 처음에는 얇은 막처럼 가볍게 흩날렸지만 이내 회오리바람 모양으로 휘몰아치며 앞길을 가로막았다. 그때까지만 하더라도 미처 몰랐지만 그날 밤 다시 집으로 돌아갈 때는 눈과 택시와 뉴욕시의 이 같은 만남에 대하여 훨씬 더 큰 불안을 느낄 수밖에 없었다.

2번가와 40번가가 만나는 길모퉁이에 금박으로 장식한 커다란 크리스마스 종(鐘) 하나가 교차로를 가로질러 유령처럼 떠다녔다.

택시 운전사가 말했다.

"지독한 밤이네요. 내일쯤 시체 공시소에 시체 이삼십 구가 늘어나겠군요. 꽁꽁 얼어붙은 주정뱅이들 말입니다. 여자 노숙자들도 있을 테고."

"그렇겠죠."

택시 운전사는 잠시 생각에 잠겼다가 이렇게 말했다.

"뭐, 잘된 일이죠. 복지 원조비가 덜 나가잖아요?"

나는 이렇게 대꾸했다.

"크리스마스 정신으로 똘똘 뭉친 분이군."

택시 운전사는 다시 생각에 잠겼다. 마침내 그가 물었다.

"손님도 감상적인 진보주의자요?"

"말해봤자 나만 바보가 될 테니 대답하지 않겠소."

운전사는 '나한테는 왜 이렇게 잘난 체하는 놈만 걸리지?' 하듯이 콧방귀를 뀌었지만 더 이상 입을 열지 않았다.

그는 2번가와 35번가의 교차로에서 나를 내려주었고, 나는 장갑 낀 손으로 머리 위의 모자를 꼭 붙잡고 쌩쌩 부는 맞바람을 향해 몸을 숙인 채 반 블록쯤 떨어진 클럽까지 걸어갔다. 나의 생명력이 순식간에 몸 속 깊숙한 곳으로 쫓겨 들어가는 듯했다. 그것은 가스오븐의 점화용 불씨처럼 조그맣게 가물거리는 푸른 불꽃이었다. 일흔세 살의 나이에는 추위를 더 빨리, 더 깊이 느끼게 된다. 그런 사람은 집 안의 벽난로 앞에 앉아 있어야 한다. 하다못해 전기히터라도 좋다. 일흔세 살의 나이에는 더운 피라는 것이 기억조차 희미해져 사실상 탁상공론에 지나지 않는다.

눈보라가 차츰 잦아들었지만 아직도 모래알처럼 건조한 눈발이 얼굴을 후려갈겼다. 나는 249번지의 현관 계단에 모래를 뿌려놓은 것을 보고 기뻐했다. 물론 스티븐스가 한 일이었다. 스티븐스는 노령(老齡)의 기초 연금술을 잘 알고 있었다. 노령은 납을 금으로 바꾸는 게 아니라 뼈를 유리로 바꾼다. 이런 점을 감안하면 하느님의 사고방식이 그루초 막스(미국 코미디언 — 옮긴이)와 비슷하다는 생각이 든다.

곧 문이 열리면서 스티븐스가 나타났고 다음 순간 나는 벌써 건물 안에 있었다. 마호가니 벽널을 두른 복도를 지나고 오목한 궤도를 따라 4분의 3 가량 열어놓은 쌍여닫이문을 지나 서재와 열람실과 바를 겸한 방으로 들어갔다. 방 안은 어두웠지만 곳곳에 켜놓은 불빛들이 있었다. 독서용 스탠드였다. 모자이크 무늬로 장식한 참나무 마루의 조명은 좀더 밝고 선명했다. 거대한 벽난로에서 자작나무 장작이 타닥타닥 소리를 내며 타고 있었다. 벽난로의 훈훈한 열기가 방 전체에 골고루 퍼졌다. 역시 난롯불은 남녀노소를 불문하고 누구에게나 따뜻하게 환영받는다는 느낌을 준다. 종이가 바스락거리는 소리가 들렸다. 단호하지만 조금 서두르는 듯한 소리로 미루어 조핸슨이 《월 스트리트 저널》을 읽고 있는 것이 분명했다. 10년 동안의 경험을 통하여 나는 조핸슨이 주식란을 뒤적거리는 소리만 들어도 그가 방 안에 있음을 알 수 있었다. 재미있기도 하고 은근히 놀랍기도 하다.

스티븐스가 험한 날씨라고 중얼거리며 내 외투를 벗겨주었다. WCBS 방송국에서 날이 밝기 전에 폭설이 내린다는 예보가 흘러나왔다.

나는 정말 험한 날씨라고 맞장구를 치며 돌아서서 넓고 천정이 높은 방 안을 다시 바라보았다. 궂은 밤, 활활 타오르는 난롯불…… 그리고 유령 이야기. 일흔세 살의 나이에는 더운 피라는 것이 과거사에 불과하다는 말을 내가 했던가? 그 말은 사실이다. 그러나 그 생각을 하는 순간 가슴 속에서 뭔가 뜨거운 것이 느껴졌다. 벽난로의 열기 때문도 아니었고 점잖고 믿음직스럽게 맞이해주는 스티븐스 때문도 아니었다.

아마 매캐런이 이야기할 차례였기 때문일 것이다.

나는 이스트 35번가 249번지의 이 적갈색 사암(砂巖) 건물을 10년째 방문했다. 딱히 정기적이라고 할 수는 없겠지만 거의 일정한 간격을 두고 이곳을 찾곤 했다. 나는 내심 이곳을 '남성 클럽'(18세기 영국 상류층에서 유래하여 19세기 후반 중류층으로 확산된 회원제 클럽 — 옮긴이)으로 여긴다. 글로리아 스타이넘(미국 언론인, 여성운동가 — 옮긴이) 이전의 그 흥미로운 옛 풍습 말이다. 그러나 지금도 나는 이 클럽이 정말 그런 곳인지, 그리고 이곳이 처음에 어떻게 생겨났는지 정확히 알지 못한다.

엠린 매캐런이 그 이야기('호흡법'에 대한 이야기)를 하던 당시 우리 클럽의 회원 수는 아마 열세 명이었을 것이다. 그러나 강풍이 울부짖는 그 매서운 밤에 집을 나선 사람은 여섯 명뿐이었다. 내 기억에 의하면 몇 해 동안은 정회원이 최소 여덟 명까지 줄어들었고 또 몇 해 동안은 스무 명 이상으로 늘어나기도 했다.

아마 스티븐스는 그 모든 과정을 알고 있을 것이다. 내가 확신하는 것은 클럽의 연혁이 몇 년이든 간에 스티븐스는 처음부터 이곳에 있었다는 사실이다. 그리고 나는 스티븐스가 겉모습보다 나이가 많을 거라고 믿는다. 아마 훨씬 더 많을 것이다. 그는 어렴풋한 브루클린 말씨를 쓰지만 3대째 내려온 영국인 집사처럼 깍듯하게 격식을 차린다. 언행을 삼가는 태도 역시 그의 한 매력이다. 스티븐스는 종종 미치도록 매력적이며 그의 희미한 미소는 걸어 잠근 문처럼 흔들림이 없다. 나는 한 번도 클럽의 기록을 본 적이 없다. 스티븐스가 기록을 남기는지 안 남기는지도 모르겠다.

회비 영수증을 받아본 적도 없다. 정해진 회비 같은 건 없으니까. 클럽의 서기로부터 전화 연락을 받아본 적도 없다. 서기도 없거니와 이스트 35번가 249번지에는 전화기도 없다. 하얀 구슬과 검은 구슬이 들어 있는 상자(비밀 결사 등에서 사용하는 무기명 투표의 도구 ― 옮긴이)도 없다. 그리고 이 클럽은(이게 정말 클럽인지는 모르겠지만) 이름도 없다.

내가 이 클럽에 (계속 클럽이라고 부를 수밖에 없으니까) 처음 발을 들여놓은 것은 조지 워터하우스의 손님으로서였다. 워터하우스는 내가 1951년부터 재직한 법률회사의 사장이었다. 뉴욕 최대의 법률회사 세 군데 중 하나인 이 회사에서 나는 꾸준히, 그러나 아주 느리게 승진했다. 나는 노새처럼 묵묵히 일하는 스타일이었고 언제나 원칙을 고수했지만 특별한 재능이나 천재성을 가진 것은 아니었다. 함께 입사한 동료들이 성큼성큼 승진을 거듭하는 동안에도 나는 느린 걸음을 유지했다. 나 자신도 그리 놀라운 일은 아니라고 생각했다.

워터하우스와 나는 평소 의례적인 인사말을 주고받거나 매년 10월에 회사측에서 마련하는 디너파티에 의무적으로 참석하는 것 말고는 별다른 교제가 없는 사이였다. 그러다가 196X년 가을, 11월 초의 어느 날 그가 느닷없이 내 사무실에 들렀다.

워낙 이례적인 일이라서 문득 불길한 생각(해고?)이 들었지만 한편으로는 기대감(뜻밖의 승진?)도 없지 않았다. 알쏭달쏭한 방문이었다. 워터하우스는 문간에서 상체만 들이밀고 상냥한 어조로 일상적인 말들을 늘어놓았다. 그의 조끼에 달린 파이 베타 카파(1776년 창설된 미국 우등생 클럽 — 옮긴이)의 열쇠 장식이 은은하게 빛났다. 그의 말은 요점도 없었고 중요한 내용도 아니었다. 나는 워터하우스가 쓸데없는 이야기를 끝내고 본론으로 들어가기를 기다렸다. 이를테면 "그건 그렇고, 케이시 사건 적요서(摘要書) 말인데."라든지, 혹은 "시장이 샐코위츠를 선임한 경위를 알아봐달라는 요청을 받았네."라든지. 그러나 본론 따위는 없는 모양이었다. 그는 손목시계를 들여다보더니 즐거운 대화였다면서 이만 가보겠다고 말했다.

내가 어리둥절해서 눈만 껌벅거리고 있을 때 그가 되돌아오더니 불쑥 이런 말을 던졌다.

"내가 목요일마다 거의 빠짐없이 가는 곳이 있네. 일종의 클럽이지. 대부분 실없는 늙은이들이지만 더러는 좋은 친구들일세. 자네도 와인을 좋아하는지 모르겠지만 거기 와인은 정말 최고야. 그리고 이따금씩 누가 재미있는 이야기를 들려주기도 한다네. 언제 한번 와보면 어떻겠나, 데이비드? 내 손님으로 말이야."

나는 뭐라고 떠듬떠듬 대답했다. 무슨 말을 했는지는 아직도 생각나지 않는다. 나는 그의 제안에 당황했다. 즉흥적인 제안이라는 느낌도 들었지만 그의 희고 숱 많은 눈썹과 앵글로색슨 혈통의 푸른얼음 같은 눈동자 속에는 즉흥적인 구석이 전혀 없었다. 그리고 내가 정확히 뭐라고 대답했는지 기억하지 못하는 이유는 문득 내가 기다리던 본론이 바로 그 제안이라는(비록 막연하고 알쏭달쏭한 제안이지만) 확신이 들었기 때문이다.

그날 저녁 엘렌은 흥미롭지만 불쾌하다는 반응을 보였다. 나는 워터하우스의 법률회사에 내 인생의 15년을 바쳤다. 그러나 지금의 중견간부 자리보다 훨씬 더 높은 자리에 오르기는 어려울 것이 분명했다. 엘렌은 회사측이 나를 쫓아낼 속셈인데 금시계 비용을 절약하기 위해 술책을 부리는 거라고 생각했다.

"늙은이들이 모여서 전쟁 얘기도 하고 카드놀이도 하겠지. 그렇게 하룻밤을 보내고 자료실에서 흐뭇해할 때 연금이나 쥐어주고 퇴직시키려고…… 참, 당신 마시라고 벡스 맥주 두 병을 얼음에 재워놨어."

그녀가 따뜻한 입맞춤을 해주었다. 아마 내 표정에서 심상찮은 기색을 읽은 모양이다. 오랜 세월을 함께 보낸 사이라서 내 마음을 잘도 알아차린다.

몇 주 동안 아무 일도 없었다. 워터하우스의 그 이상한 제안(그는 내가 1년에 고작 열 번쯤 만나는 사람이고 사교적인 면에서는 10월의 사내 파티를 포함하여 1년에 세 번쯤 파티 장소에서 얼굴을 볼 수 있을 뿐이니 이상한 제안이라고 할 수밖에 없다.)이 떠오를 때마다 내가 그의 눈빛을 오해한 모양이라고 생각했다. 아마도 그는 별 뜻 없이 그 말을 꺼냈고 곧 잊어버렸을 것이다. 어쩌면 후회했는지도 모른다. 젠장! 그런데 어느 날 오후 늦게 그가 내 곁으로 다가왔다. 그는 일흔 살에 가까운 나이였지만 아직도 어깨가 넓고 다부진 체격이었다. 그때 나는 두 발 사이에 서류가방을 내려놓고 가벼운 외투를 걸치는 중이었다. 워터하우스가 말했다.

"오늘밤 한잔 하고 싶다면 그 클럽으로 와주겠나?"

"글쎄요…… 저는……"

"좋아." 그는 내 손바닥에 쪽지 한 장을 철썩 내려놓았다. "이 주소로 찾아오게."

그날 저녁에 그는 그곳의 계단 밑에서 나를 기다리고 있었다. 스티븐스가 문을 열어주었다. 워터하우스가 장담한 대로 그 집의 와인은 아주 훌륭했다. 그는 굳이 나를 여러 사람에게 소개하려 들지 않았지만(처음에는 교만해서 그러는 줄 알았지만 곧 생각이 바뀌었다.) 두세 명이 스스로 나에게 자기소개를 했다. 그 중 한 명이 엠린 매캐런이었는데 그때 벌써 60대 후반이었다. 그가 손을 내밀었고 나는 잠시 그 손을 잡았다. 그의 피부는 가죽처럼 메마르고 딱딱했다. 마치 거북이 등껍질 같았다. 그는 나에게 브리지 놀이를 하느냐고 물었다. 나는 아니라고 대답했다.

그러자 매캐런이 말했다.

"굉장히 재미있어요. 금세기를 통틀어 저녁식사 후의 지적인 대화를 방해하는 데는 그 빌어먹을 놀이를 따를 게 없죠."

그 말을 남기고 그는 어두컴컴한 서재 쪽으로 걸어갔다. 그곳에 있는 서가는 꼭대기가 안 보일 정도였다.

나는 워터하우스를 찾으려고 주위를 둘러보았지만 그는 눈에 띄지 않았다. 조금 불편하고 많이 어색한 기분이 들었다. 나는 어슬렁어슬렁 벽난로 쪽으로 다가갔다. 앞에서 이미 언급한 듯싶지만 그 벽난로는 정말 거대했다. 특히 뉴욕에서는 더욱더 커 보였다. 이 일대에서 나처럼 아파트에 사는 사람들은 팝콘을 튀기거나 토스트를 굽는 일 말고도 뭐든지 할 수 있을 만큼 크고 넉넉한 벽난로를 상상하기 힘들다. 이스트 35번가 249번지의 벽난로는 황소 한 마리를 통째로 구울 수 있을 만한 크기였다. 벽난로 선반은 없었다. 이 벽난로 위에는 선반 대신 튼튼한 석조 아치가 있었다. 아치 중앙에는 조금 튀어나온 쐐기돌이 있었다. 바로 내 눈높이였다. 어둑어둑했지만 그 돌에 새겨진 명문(銘文)을 읽는 데는 어려움이 없었다.

말하는 사람이 누구이든 간에 중요한 것은 이야기로다.

"이거 받게, 데이비드."

바로 옆에서 워터하우스가 말하는 소리에 나는 깜짝 놀랐다. 그는 나를 두고 가버린 게 아니라 어딘가로 술을 가지러 갔던 것이다.

"자네가 좋아하는 술이 스카치 앤 소다였지?"

"맞습니다. 고맙습니다, 워터하우스 씨."

"조지. 여기선 그냥 조지라고 부르게."

"알겠습니다, 조지." 그러나 이렇게 그의 이름을 부르는 것은 좀 어리석은 짓인 것 같았다. "그런데 이게 다 무슨……"

그때 그가 말했다.

"건배."

우리는 술을 마셨다. 스카치 앤 소다는 흠잡을 데 없이 완벽했다. 나는 물어보려던 말 대신 술맛이 참 좋다고 말했다.

"바도 스티븐스가 맡고 있네. 칵테일 솜씨가 보통이 아니지. 그 친구는 그게 보잘것없지만 중요한 기술이라고 말한다네."

술은 얼떨떨하고 어색한 기분을 덜어주었다. (그렇다고 그 기분이 완전히 사라진 것은 아니었다. 그날 저녁에 나는 무엇을 입어야 좋을지 망설이며 반 시간 동안이나 옷장 속을 들여다보았다. 마침내 짙은 갈색 슬랙스와 비슷한 빛깔의 까슬까슬한 트위드 재킷을 고르면서도 혹시 다른 사람들은 턱시도를 입고 나타나거나 벌목꾼처럼 청바지에 투박한 셔츠를 걸치고 오지나 않을까 걱정했고…… 그러나 적어도 옷 문제에서는 내 판단이 그리 빗나가지 않은 듯했다.) 낯선 장소에서 낯선 상황에 처했을 때 사람들은 사소한 부분이라도 모든 사회적 행동을 몹시 의식하기 마련이다. 나 역시 그 순간 술잔을 들고 의무적으로 건배를 하고 나니 혹시 예의를 빠뜨리지나 않았는지 확인하고 싶었다.

나는 이렇게 물었다.

"혹시 방명록 같은 데 서명해야 하는 건 아닙니까?"

그러자 워터하우스는 좀 놀란 표정을 지었다.

"우린 그런 거 없네. 적어도 내가 알기로는."

그는 침침하고 조용한 실내를 둘러보았다. 즈핸슨이 《월 스트리트 저널》을 뒤적거렸다. 나는 건너편 문간에서 하얀 상의를 입은 스티븐스가 유령처럼 지나가는 것을 보았다. 조지가 작은 탁자 위에 술을 내려놓고 불 속에 장작 한 개비를 던져 넣었다. 불꽃이 소용돌이치면서 굴뚝의 시꺼먼 아가리 속으로 날아올랐다.

나는 쐐기돌에 새겨진 명문을 가리켰다.

"저게 무슨 뜻이죠? 아십니까?"

워터하우스는 마치 그 글을 처음 본 사람처럼 유심히 들여다보았다. **말하는 사람이 누구이든 간에 중요한 것은 이야기로다.**

"난 알 것 같은데. 자네도 다시 온다면 알게 될 거야. 그래, 아마 자네도 짐작하겠지. 때가 되면. 그럼 즐겁게 지내게, 데이비드."

그는 어디론가 가버렸다. 그런데 신기한 일이다. 이렇게 낯선 곳에서 혼자 버려졌는데도 나는 실제로 즐거운 시간을 보냈다. 우선 이곳에는 흥미로운 책이 많았다. 나는 언제나 책을 좋아했다. 서가를 따라 천천히 걸으면서 희미한 불빛에 의지하여 책등에 적한 제목을 하나하나 살펴보았다. 이따금씩 한 권을 뽑아보기도 했고 한 번은 발을 멈추고 좁은 창으로 거리 저쪽의 2번가 교차로를 내다보기도 했다. 가장자리에 성에가 낀 유리창 너머로 교차로의 신호등이 빨간색, 초록색, 노란색, 다시 빨간색으로 바뀌어가는 모습을 지켜보고 있을 때 문득 매우 야릇하면서도 매우 흡족하고 평화로운 기분이 들었다. 밀물처럼 쇄도하기보다 스며들듯이 살금살금 다가오는 평온함이었다. 지금 독자 여러분이 빈정거리는 소리가 들린다. '아, 그래, 그거 말 된다. 신호등을 바라보면 **누구나** 평온함을 느끼기 마련이지.'

좋다. 말이 되는 소리는 아니다. 나도 인정한다. 그러나 내가 그런 기분을 느낀 것만은 사실이다. 그 평온함 때문에 나는 오랜만에 내가 성장기를 보낸 위스콘신 농가의 겨울밤을 떠올렸다. 외풍이 심한 2층 내 방에 누워 있노라면 바깥에서 1월의 바람이 쌩쌩 부는 소리, 끝없이 이어진 방설책(防雪柵)을 따라 흩날리는 모래처럼 건조한 싸락눈, 그리고 두 장의 누비이불 속에서 내 몸이 발산하는 온기가 무척이나 대조적으로 느껴지곤 했다.

법률서적이 몇 권 있었지만 아주 기이한 것들이었다. 지금도 생각나는 제목은 『지체(肢體) 절단 사건 20건과 영국 법정의 재판 결과』이다. 『애완동물 관련사건』이라는 책도 있었다. 그 책을 펼쳐보니 역시 애완동물에 관련된 여러 사건의 (이번에는 미국 법정의) 재판 과정을 다룬 학문적인 법률서적이었다. 거액을 상속받은 집고양이에서부터 쇠사슬을 끊고 우체부에게 중상을 입힌 스라소니에 이르기까지 온갖 사건을 망라하고 있었.

디킨스 전집과 디포 전집, 그리고 몇 권인지 헤아릴 수 없는 트롤러프 전집도 있었다. 에드워드 그레이 세빌이라는 사람의 열한 권짜리 소설 전집도 있었다. 이 전집은 고상한 녹색 가죽으로 제본되었고 책등에는 '스테덤 부자(父子) 출판사'라는 금박 글자가 찍혀 있었다. 작가도 출판사도 생소한 이름이었다. 세빌의 첫 소설 『우리 형제들』의 저작권 연대는 1911년이었고 마지막 소설 『파도』는 1935년이었다.

세빌 전집에서 두 칸 아래에는 조립세트 애호가들을 위해 단계별로 꼼꼼하게 설계도를 그려놓은 커다란 2절판 책이 있었다. 그 옆에는 2절판 책이 또 한 권 있었는데 유명한 영화의 유명한 장면들을 수록한 책이었다. 각각의 사진이 한 페이지를 차지했고 맞은편에는 그 장면에 대한(혹은 그 장면에서 영감을 얻어 집필한) 자유시가 실렸다. 그리 대단한 기획은 아니었지만 거기 수록된 시인들은 대단한 사람들이었다. 예를 들자면 로버트 프로스트, 매리앤 무어, 윌리엄 칼로스 윌리엄스, 윌리스 스티븐스, 루이스 주코프스키, 에리카 종 등이었다. 그 책의 중간쯤에서 나는 마릴린 먼로가 지하철 송풍구 위에서 치마를 내리누르는 그 유명한 사진 옆에 실린 앨저넌 윌리엄스의 시를 발견했다. 제목은 「종소리」였고 이렇게 시작되었다.

>치마의 모양이 종(鐘)이라면
>내 다리는 종의 추(錘)라네.

그런 구절들이 이어졌다. 아주 형편없는 시는 아니지만 윌리엄스의 대표작이나 우수작이 아닌 것만은 분명했다. 나도 그 정도는 판단할 수 있다고 생각했다. 여러 해 동안 앨저넌 윌리엄스의 시를 많이 읽었기 때문이다. 그러나 마릴린 먼로에 대한 그 시는 읽어본 기억이 없었다. (분명히 그녀를 노래한 시였다. 사진과 떼어놓고 보더라도 시 자체에 그렇게 명시되었다. 뒷부분에서 윌리엄스는 이렇게 썼다. '내 다리가 내 이름을 부르네 / 내 사랑 마릴린.') 그날 이후 그 시를 찾아보았지만 지금까지 어디서도 발견하지 못했는데…… 그렇다고 특별한 의미가 있는 것은 물론 아니다. 시라는 것은 소설이나 법률적 견해와는 다르다. 시는 바람결에 흩날리는 낙엽과 같다. 따라서 누구누구의 『시전집』이라는 제목은 모두 거짓일 수밖에 없다. 시는 소파 밑에 숨어버리는 재주가 있다. 그것이 시의 매력 가운데 하나이며 시문학이 살아남는 이유 가운데 하나이다. 그러나……

언제쯤인지 스티븐스가 두 번째 스카치를 갖다주었다. (그때쯤 나는 에즈라 파운드의 책 한 권을 들고 의자에 깊숙이 앉아 있었다.) 두 번째 스카치도 첫 번째 못지않게 훌륭했다. 그 술을 홀짝거리던 나는 문득 그 방에 있던 사람들 중에서 조지 그렉슨과 해리 스타인이 (엠린 매캐런이 우리에게 '호흡법' 이야기를 해준 것은 해리가 죽은 지 6년이 지난 뒤였다.) 높이가 1미터도 안 되는 이상한 문으로 나가는 것을 보았다. 앨리스가 토끼굴 속에서 본 것처럼 조그마한 쪽문이었다. 그들은 그 문을 닫지 않았다. 그리고 그들이 서재를 떠난 직후부터 당구공이 맞부딪치는 소리가 희미하게 들려왔다.

지나가던 스티븐스가 스카치 한 잔 더 드시겠느냐고 물었다. 나는 정말 아쉬워하면서 사양했다. 스티븐스가 고개를 끄덕였다.

"알겠습니다."

그의 표정은 조금도 변하지 않았지만 어쩐지 내 대답을 듣고 기뻐하는 것 같았다.

얼마 후 나는 다시 책을 읽다가 웃음소리에 놀라 고개를 들었다. 누군가 벽난로 속에 화학약품 분말을 뿌렸는지 잠시 동안 불길이 여러 빛깔로 일렁거렸다. 나는 다시 어린 시절을 떠올렸고…… 그러나 얄팍한 낭만과 향수에 젖어 과거를 그리워했던 것은 아니다. 이유는 모르겠지만 그 점을 꼭 강조하고 싶다. 나는 어린 시절 똑같은 장난을 하던 때를 생각하고 있었다. 추억은 아주 생생했고 일말의 아쉬움도 없이 그저 즐거울 뿐이었다.

다른 사람들은 거의 다 벽난로 앞에 모여 있었다. 그들은 의자를 끌어다놓고 반원형으로 둘러앉았다. 스티븐스가 연기가 모락모락 피어오르는 먹음직스러운 소시지가 수북이 담긴 쟁반을 내왔다. 해리 스타인이 토끼굴 쪽문을 빠져나오더니 나에게 자기소개를 했다. 서두르는 기색이었지만 쾌활한 인사였다. 그렉슨은 당구실에 남아 있었다. 소리로 미루어 슈팅 연습을 하는 듯했다.

잠시 망설이다가 나도 다른 이들과 합류했다. 그 자리에서 이야기 하나를 들었다. 즐거운 이야기는 아니었다. 이야기를 들려준 사람은 노먼 스테트였는데 여기서 그의 이야기를 되풀이하지는 않겠다. 다만 한 남자가 공중전화 부스 안에서 익사한다는 내용이라는 것만 밝혀도 대충 어떤 이야기인지 짐작할 수 있을 것이다.

스테트가(그 역시 지금은 이세상 사람이 아니다.) 이야기를 끝마쳤을 때 누군가 이렇게 말했다.

"그 얘기는 크리스마스까지 남겨두는 건데 그랬어, 노먼."

그러자 웃음이 터져 나왔다. 물론 나는 그들이 웃는 이유를 알지 못했다. 적어도 그 당시에는 그랬다.

이윽고 워터하우스가 입을 열었다. 그날 워터하우스는 내가 꿈에도 상상하지 못했던 일면을 보여주었다. 예일대 졸업자이며 우등생 클럽 회원인 그가, 일개 회사라기보다 대기업에 가까운 규모를 자랑하는 거대 법률회사의 사장인 그가, 스리피스 정장을 차려입은 은발(銀髮)의 노신사 워터하우스가 하필이면 옥외변소에 갇혀버린 어느 여교사에 대한 이야기를 들려주었던 것이다. 그 옥외변소는 그녀가 가르치는 교실 하나짜리 학교 건물 뒤에 있었는데, 두 개의 변기 중 하나에 그녀의 궁둥이가 꽉 끼어 빼도박도 못하게 되고 말았다. 그런데 공교롭게도 그날 이 옥외변소는 다른 곳으로 옮겨질 예정이었다. 애니스턴 군청이 그것을 보스턴의 프루덴셜 센터에서 열리는 '뉴잉글랜드의 옛 생활' 전시회에 내놓기로 했기 때문이다. 사람들이 옥외변소를 트럭에 싣고 못을 박아 고정시키는 동안에도 여교사는 아무 소리도 내지 않았다. 워터하우스는 그녀가 너무 놀라고 당황하여 망연자실한 상태였다고 설명했다. 이윽고 러시아워로 한창 붐비는 128번 도로를 타고 서머빌을 지날 무렵, 옥외변소의 문짝이 바람에 날려 추월차선으로 떨어져나갔고……

그러나 그 이야기는 이쯤에서 접기로 하자. 그 다음에 이어진 이야기들도 마찬가지다. 오늘밤 내가 하려는 이야기는 그런 것들이 아니기 때문이다. 언제쯤인지 스티븐스가 브랜디 한 병을 가져왔다. 그냥 괜찮은 정도가 아니라 황홀하다고 할 만큼 기막힌 명주였다. 그 자리에 모인 사람들은 모두 그 술을 한 잔씩 받았고 조핸슨이 축배사를 했다. 아니, '그' 축배사라고 해야겠다. '말하는 사람이 누구이든 간에 중요한 것은 이야기로다.'라는 그 문장 말이다.

우리는 일제히 건배하고 술을 마셨다.

오래지않아 사람들이 하나둘씩 빠져나가기 시작했다. 그리 늦은 시간도 아니었다. 어쨌든 아직 자정이 되기 전이었다. 그러나 내 경험에 의하면 오십대에서 육십대로 접어들고부터는 늦은 시간이라는 것이 점점 더 빨리 온다. 나는 스티븐스가 워터하우스에게 외투를 입혀주는 모습을 보고 나 역시 일어날 때가 되었다는 결론을 내렸다. 그리고 워터하우스가 나에게 인사 한 마디 없이 떠나려 했다면 이상한 일이라고 생각했다. (그는 정말 그럴 생각이었던 것 같은데, 만약 내가 파운드의 책을 책꽂이에 돌려놓고 나왔다면 아마도 그 40초 사이에 그는 혼자 가버렸을 것이다.) 그러나 그날 밤에 일어났던 여러 일들에 비춰본다면 특별히 이상한 일도 아니었다.

내가 워터하우스를 바싹 뒤쫓아 문을 나서자 그가 뒤를 돌아보더니 나를 보고 놀라는 것 같았다. 잠깐 졸다가 화들짝 깨어난 듯한 표정이었다.

"택시 같이 타겠나?"

그는 인적도 끊어지고 바람만 휘몰아치는 이 거리에서 방금 우연히 마주친 사람에게 말하듯이 그렇게 물었다.

"감사합니다."

나의 그 말은 택시를 함께 타자는 제안뿐만 아니라 훨씬 더 많은 일에 대하여 그에게 감사한다는 뜻이었고 그것은 내 어조에서도 분명히 드러났을 거라고 믿는다. 그런데도 그는 내 말을 액면 그대로 받아들인 듯 고개만 끄덕였다. 때마침 빈차 표시등을 켠 택시 한 대가 천천히 지나갔다. 지긋지긋하게 춥거나 눈이 내리는 뉴욕의 겨울밤, 그래서 맨해튼 섬 전체에 빈 택시는 한 대도 없을 것 같은 밤에도 조지 워터하우스 같은 사람에게는 이렇게 운이 따르는 모양이다. 그가 택시를 불러 세웠다.

따뜻하고 편안한 차 안에서 택시미터가 일정하게 찰칵거리며 우리의 행로를 기록하는 동안 나는 워터하우스에게 그의 이야기를 정말 재미있게 들었다고 말했다. 그토록 마음껏 후련하게 웃어보기는 열여덟 살 이후 처음이라는 말도 했다. 입발림 소리가 아니라 마음에서 우러난 진심이었다.

"그랬나? 그렇게 말해주니 고맙네."

그의 음성은 쌀쌀맞을 정도로 정중했다. 나는 얼굴이 화끈 달아오르는 것을 느끼며 입을 다물었다. 쾅당 소리가 없어도 문이 닫혔음을 알게 될 때가 있다.

우리 건물 앞에 택시가 멈춰 섰을 때 나는 워터하우스에게 다시 감사 인사를 했다. 이번에는 그가 조금 더 따뜻하게 대답했다.

"그렇게 불쑥 초대했는데 와줘서 고마웠네. 자네만 좋다면 언제든지 다시 오게나. 초대할 때까지 기다리지 말고. 249번지에서는 별로 격식을 따지지 않거든. 얘기를 들으려면 목요일이 좋겠지만 클럽은 날마다 문을 연다네."

그럼 저도 회원이 된 겁니까?

그 질문이 목구멍까지 올라왔다. 그렇게 물어볼 생각이었다. 꼭 물어봐야만 할 것 같았다. 다만 그 표현이 적당할까 싶어 (너무 직설적인 듯싶기도 했다.) 머릿속으로 그 질문을 되뇌면서 생각해 보는 중이었는데 (변호사라는 직업 때문에 생긴 귀찮은 버릇이다.) 그때 워터하우스가 운전사에게 출발하라고 말했다. 다음 순간 택시는 매디슨 애비뉴 쪽으로 움직이기 시작했다. 내 외투자락이 정강이를 휘감으며 펄럭거리는 동안 나는 잠시 인도에 서서 이런 생각을 했다. 워터하우스는 내가 그 질문을 하려는 걸 알고 있었어. 그걸 알았기 때문에 의도적으로 내가 묻기 전에 운전사에게 출발하라고 한 거야. 그렇게 생각하다가 이내 말도 안 되는 소리라고 나 자신을 타일렀다. 터무니없는 망상이다. 그건 그랬다. 그러나 내 판단은 정확했다. 내가 아무리 코웃음을 쳐도 그 확신은 조금도 줄어들지 않았다.

나는 우리 건물의 문을 향해 천천히 걸어가서 안으로 들어갔다.

내가 구두를 벗으려고 침대에 걸터앉았을 때 엘렌은 60퍼센트쯤 잠든 상태였다. 그녀가 돌아누우면서 어떤 소리를 냈다. 아주 낮고 불분명한 목소리였지만 뭐라고 묻는 듯했다. 나는 그냥 자라고 말했다.

그녀가 그 몽롱한 목소리를 다시 흘렸다. 이번에는 좀더 말에 가까웠다.

"어뜨앴으어?"

나는 셔츠 단추를 풀다 말고 잠시 망설였다. 한 순간 아주 확실한 생각이 스쳐갔다. 사실대로 말해 버리면 두 번 다시 그 문을 들어설 수 없을 거야.

"괜찮았어. 늙은이들이 모여 전쟁 얘기나 하는 곳이야."

"그럴 거라고 했잖아."

호흡법 305

"그래도 아주 형편없진 않았어. 다시 갈지도 몰라. 회사에서 나한테 이로울 수도 있으니까."

그러자 그녀가 가볍게 놀렸다.

"회사에서 이롭다? 내 사랑, 당신은 교활한 늑대야."

"늑대 눈엔 늑대만 보이지."

내가 그렇게 대꾸했지만 그녀는 다시 잠들어버린 뒤였다. 나는 옷을 벗고 샤워를 하고 물기를 닦고 파자마를 입고…… 그 다음엔 잠자리에 들었어야 옳았겠지만 (벌써 새벽 1시를 넘길 무렵이었다.) 실내복을 걸치고 벡스 맥주를 한 병 마셨다. 부엌 식탁에 앉아 천천히 맥주를 마시면서 차디찬 협곡(峽谷) 같은 매디슨 애비뉴를 내다보며 상념에 빠져들었다. 그날 밤에 마신 술 때문에 조금 알딸딸했다. 나로서는 뜻하지 않게 많이 마신 편이었지만 불쾌감 따위는 전혀 없었고 숙취가 찾아올 징조도 없었다.

엘렌이 어떤 밤을 보냈느냐고 물었을 때 불현듯 떠올랐던 그 생각은 택시가 떠나갈 때 조지 워터하우스에 대하여 했던 생각처럼 엉뚱하기 짝이 없었다. 나는 우리 회사 사장이 다니는 갑갑한 남성전용 클럽에서 시간을 보냈을 뿐이고 아무런 잘못도 저지르지 않았다. 그러니 아내에게 말해주지 못할 이유도 없거니와…… 설령 그녀에게 말해주면 안 될 이유가 있다고 하더라도 내가 말했는지 안 했는지 그 누가 알겠는가? 그래, 이번에도 아까처럼 터무니없는 망상이다…… 그러나 내 마음은 이번에도 아까처럼 한 치의 오차도 없이 정확한 판단이라고 말해주고 있었다.

이튿날 나는 회계과와 도서열람실 사이의 복도에서 조지 워터하우스를 만났다. 만났다? 그냥 마주쳤다는 표현이 더 정확하겠다. 그는 나를 향해 고개를 끄덕였을 뿐 한 마디 말도 없이 계속 걸음을 옮겼다. 오래 전부터 그랬듯이.

하루종일 복근이 뻐근했다. 간밤의 일이 현실이었음을 확신할 수 있는 증거는 그것뿐이었다.

3주가 지나갔다. 4주…… 5주. 워터하우스는 나를 다시 초대하지 않았다. 이유는 모르겠지만 나는 불합격이었다. 그 모임에 어울리지 않았나보다. 어쨌든 나는 애써 그렇게 생각했다. 우울하고 실망스러운 생각이었다. 다만 모든 실망이 그렇듯이 이번에도 조금씩 나아져 결국 덤덤해질 거라고 믿었다. 그러나 그날 밤의 기억은 시도 때도 없이 고개를 들었다. 지극히 차분하고 편안하면서도 왠지 세련되어 보이던 그 서재의 드문드문한 불빛들, 옥외변소 변기에 엉덩이가 끼어버린 여교사에 대한 워터하우스의 그 터무니없고 우스꽝스러운 이야기, 책으로 가득한 서가에 감돌던 그 짙은 가죽 냄새. 무엇보다 자주 떠오른 것은 좁다란 창문 앞에 서서 초록색, 노란색, 빨간색으로 바뀌어가는 성에의 결정체들이 바라보던 그 순간이었다. 그때 내가 느꼈던 그 평온함이 생각났다.

그 5주 사이에 나는 도서관에 가서 앨저넌 윌리엄스의 시집 네 권을 대출했다. (그의 시집은 내게도 세 권이나 있었지만 이미 샅샅이 살펴본 뒤였다.) 그 중 한 권은 명색이 『시전집』이었지만 내가 전부터 좋아했던 시 몇 편을 다시 만날 수 있었을 뿐, 「종소리」라는 시가 실린 시집은 없었다.

뉴욕 공공도서관에 들른 김에 에드워드 그레이 세빌이라는 사람이 쓴 소설이 있는지도 확인해 보았다. 도서목록을 샅샅이 뒤졌지만 루스 세빌이라는 여류작가의 추리소설을 발견한 것이 전부였다.

자네만 좋다면 언제든지 다시 오게나. 초대할 때까지 기다리지 말고……

그러나 나는 당연히 초대를 기다리고 있었다. 아주 오래 전에 우리 어머니는 이렇게 가르치셨다. '언제든지 들러주세요', '문은 언제나 열려 있습니다.'…… 그렇게 번지르르한 말을 다 믿지 마라. 물론 나도 제복을 입은 하인이 금쟁반을 받쳐 들고 우리 집 문 앞에 나타나서 동판인쇄한 초대장을 전해주기를 기대하지는 않았다. 그렇지만 뭔가를 기다렸던 것은 사실이다. 그냥 지나가는 말이라도 좋았다. '언제 또 한 번 와주겠나, 데이비드? 그날 너무 따분했던 건 아니지?' 이를테면 그런 얘기 말이다.

그러나 그런 언급조차 없어서 나는 그냥 스스로 찾아가는 것도 진지하게 고려해 보기 시작했다. 아무 때나 들러달라는 말이 진담인 경우도 더러 있을 테고, 정말 언제나 문이 열려 있는 곳도 더러 있을 것이다. 그리고 어머니 말씀이 언제나 옳은 것도 아니다.

……초대할 때까지 기다리지 말고……

결국 그 말대로 되었다. 그해 12월 10일, 나는 다시 까슬까슬한 트위드 코트와 짙은 갈색 바지를 입고 검붉은 넥타이를 찾고 있었다. 그날 저녁에는 평소보다 심장 박동을 더 의식했던 것을 기억한다.

엘렌이 물었다.

"드디어 조지 워터하우스가 항복했어? 당신더러 다시 오래? 남성 우월주의자 꿀꿀이들이 모인 그 돼지우리에 또 가는 거야?"
"그래."
그렇게 대답하면서 나는 십여 년 만에 처음으로 아내에게 거짓말을 한다고 생각했다. 그러나 다시 생각해 보니 첫 모임에서 돌아왔을 때도 어땠느냐는 그녀의 질문에 거짓말을 했었다. 늙은이들이 모여 전쟁 얘기나 하는 곳이라고 대답했으니까.
아내가 말했다.
"흠, 어쩌면 정말 승진할 수도 있겠네."
크게 기대하는 어조는 아니었다. 그렇다고 크게 빈정거리는 어조도 아니었으니 그저 고마울 따름이다.
"가끔 기적이 일어나기도 하잖아."
그렇게 대답하면서 그녀에게 입맞춤을 했다.
내가 문을 나설 때 그녀가 말했다.
"꿀꿀."
그날 밤은 택시를 타고 가는 시간이 유난히 긴 것 같았다. 싸늘하고 적막하고 별이 총총한 밤이었다. 택시는 이번에도 체커였는데 왠지 그 차를 타고 있는 내가 아주 작아진 듯한 기분이 들었다. 마치 난생처음 도시를 구경하는 아이 같았다. 이윽고 택시가 그 사암 건물 앞에 멈춰 섰을 때 내가 느낀 감정은 설렘이었다. 그 건물처럼 단순하면서도 완벽한 감정이었다. 그러나 이렇게 단순한 설렘이야말로 우리가 살아가면서 거의 알아차리지도 못하는 사이에 조금씩 잃어버리는 것들 중 하나다. 그러다가 노년에 이르러 그런 감정을 다시 느끼게 되면 누구나 놀랄 수밖에 없다. 이를테면 오랫동안 검은 머리카락이라고는 한 오라기도 보지 못하다가 어느 날 빗에 묻어 있는 한두 가닥을 발견했을 때처럼.

나는 운전사에게 차비를 내고 택시에서 내려 건물 문 앞에 있는 네 칸짜리 계단 쪽으로 걸어갔다. 그 계단에 발을 올리는 순간 설렘은 사그라지고 그 대신 늙은이들에게 훨씬 더 익숙한 감정, 즉 불안이 고개를 들었다. 도대체 내가 여길 왜 왔지?

문은 나무쪽으로 장식한 두꺼운 참나무 문이었는데 내 눈에는 성문처럼 견고해 보였다. 초인종은 보이지 않았고 노커도 없었고 눈에 띄지 않도록 처마 그늘 깊숙이 설치한 CCTV 카메라도 없었다. 물론 나를 데리고 들어가 줄 워터하우스도 없었다. 나는 계단 아래 멈춰 서서 잠시 주위를 둘러보았다. 갑자기 이스트 35번가가 더욱더 어둡고 싸늘하고 위협적으로 느껴졌다. 그곳의 사암 건물들은 저마다 차라리 모르는 것이 나을 비밀들을 감추고 있는 듯 왠지 은밀해 보였다. 창문 하나하나가 눈동자처럼 보였다.

문득 이런 생각이 들었다. *저 창문 너머 어느 방에서 지금 한 남자 혹은 여자가 살인을 계획하고 있는지도 모른다.* 등골이 오싹했다. *계획중이거나…… 아니면 실행중이거나.*

그때 별안간 문이 열리고 스티븐스가 나타났다.

크나큰 안도감이 밀려왔다. 나는(적어도 일상적인 상황에서는) 상상력이 지나치게 풍부한 사람도 아니지만 방금 떠오른 그 생각은 마치 예언처럼 또렷하고 섬뜩했다. 그때 스티븐스의 눈을 먼저 보지 않았다면 나도 모르게 횡설수설했을 것이다. 그런데 그의 눈은 나를 알아보지 못했다. 나를 아는 기색이 조금도 없었다.

그 순간 다시 예언처럼 또렷하고 섬뜩한 생각이 떠올랐다. 그날 밤 내가 어떤 시간을 보내게 될 것인지를 미리 자세히 알 수 있었다. 한산한 바에서 세 시간. 어리석게도 나를 원하지 않는 곳에 와버렸다는 당혹감을 완화시키기 위해 스카치 석 잔(혹은 넉 잔). 우리 어머니의 충고를 들었더라면 충분히 피할 수 있었을 굴욕감, 즉 오지 말아야 할 곳에 와버렸음을 깨달았을 때 느끼게 되는 감정.

나는 집으로 돌아가는 내 모습을 보았다. 조금 취했지만 기분 좋은 취기는 아니었다. 내가 택시를 타고 가는 장면도 보였다. 나는 아이처럼 흥분과 기대에 젖은 눈으로 그 순간을 즐기지 못하고 그냥 멍하니 앉아 있었다. 내가 엘렌에게 말하는 소리도 들렸다. 시간이 좀 지나니까 따분해지더라고…… 워터하우스는 티본 스테이크를 걸고 포커 게임을 해서 3대대 전원이 실컷 먹게 해줬다는 그 얘기를 또 했고…… 그 사람들은 점당 1달러짜리 하츠(카드 놀이의 일종—옮긴이) 게임을 하던데 그게 말이나 되는 일이야? ……다음에 또 갈 거냐고? ……글쎄, 그럴 수도 있겠지만 아마 안 갈 거야. 이 일은 그렇게 끝날 것이다. 다만 내가 느낀 굴욕감은 지워지지 않을 것이다.

스티븐스의 무표정한 눈을 보면서 나는 그렇게 모든 것을 예감했다. 그때 그의 눈이 따뜻해졌다. 그가 잔잔한 미소를 지으면서 말했다.

"애들리 씨! 들어오세요. 제가 외투를 벗겨드리죠."

내가 계단을 올라가서 안으로 들어서자 스티븐스가 문을 굳게 닫았다. 우리가 따뜻한 실내에 들어왔을 때 문이 주는 느낌은 또 얼마나 달라지는가! 스티븐스가 내 외투를 받아들고 사라졌다. 나는 잠시 복도에 서서 거울에 비친 내 모습을 바라보았다. 하루가 다르게 얼굴이 수척해져 더 이상 중년으로 보이지 않는 예순 세 살의 남자. 그러나 그런 모습도 마음에 들었다.

나는 서재로 들어갔다.

조핸슨이 《월 스트리트 저널》을 읽고 있었다. 또 다른 불빛 아래에는 엠린 매캐런이 체스판을 사이에 두고 피터 앤드루스와 마주 앉아 있었다. 매캐런은 콧날이 칼날처럼 예리하고 얼굴이 창백한 사람이었는데 지금도 여전하다. 앤드루스는 거대한 몸집에 어깨가 딱 바라지고 성격도 급했다. 그의 풍성한 생강 빛 턱수염이 조끼 위에 길게 늘어져 있었다. 상아와 흑단을 깎아 만든 장기말들과 상감(象嵌) 세공한 체스판을 사이에 두고 마주 앉은 두 사람의 모습은 인디언들의 토템상을 연상시켰다. 독수리와 곰.

그곳에는 워터하우스도 있었는데 그날 나온 《타임스》를 읽으면서 눈살을 찌푸리고 있었다. 그가 시선을 들고 나를 보더니 별로 놀라는 기색도 없이 고개만 끄덕거리고 다시 신문 너머로 사라졌다.

시키지도 않았는데 스티븐스가 스카치 한 잔을 갖다주었다.

나는 술잔을 들고 서가 쪽으로 가서 정체를 알 수 없는 매혹적인 녹색 책들을 모아놓은 그 전집을 다시 찾아보았다. 그날 밤부터 에드워드 그레이 세빌의 작품을 읽기 시작했다. 처음에 읽은 책은 『우리 형제들』이었다. 그후 전집 전체를 다 읽었는데, 그 열한 권이야말로 금세기 최고의 소설이라고 생각한다.

그날 밤을 마감하기 직전에 우리는 이야기 하나를(딱 하나만) 들었고 스티븐스가 브랜디를 가져와서 사람들에게 따라주었다. 이야기가 끝나자 하나둘씩 일어나서 나갈 준비를 했다. 복도로 통하는 쌍여닫이문 앞에서 스티븐스가 입을 열었다. 조용하고 상냥한 목소리였지만 멀리까지 잘 들렸다.

"그럼 크리스마스 때는 누가 설화(說話)를 준비해 주실까요?"

사람들은 하던 일을 멈추고 주위를 둘러보았다. 나지막이 유쾌한 대화가 오가고 웃음이 터져 나왔다.

스티븐스도 미소를 지었지만 진지함을 잃지 않았다. 마치 말 안 듣는 중학생들에게 질서를 지키라고 외치는 교사처럼 그가 손뼉을 두 번 쳤다.

"자, 여러분…… 누가 준비하실 겁니까?"

생강 빛 턱수염에 어깨가 딱 바라진 피터 앤드루스가 목청을 가다듬었다.

"내가 생각하고 있는 이야기가 하나 있긴 있는데 그게 적당할는지 잘 모르겠네. 왜냐면 말이야, 혹시……"

"그거면 됩니다."

스티븐스가 말을 가로채자 다시 웃음이 터져 나왔다. 사람들이 유쾌하게 앤드루스의 등을 두드려주었다. 사람들이 빠져나갈 때 복도 안으로 찬바람이 휘몰아쳤다.

그 순간 스티븐스가 마술처럼 나타나서 나에게 외투를 입혀주었다.

"안녕히 가십시오, 애들리 씨. 이렇게 와주셔서 반가웠습니다."

외투 단추를 채우면서 내가 물었다.

"크리스마스 날 밤에도 정말 사람들이 모이나?"

나는 앤드루스의 이야기를 들을 수 없어 조금 아쉬워하고 있었다. 우리 부부는 차를 몰고 스키넥터디에 가서 엘렌의 여동생과 함께 휴일을 보내자고 이미 확고한 계획을 세워두었기 때문이다.

스티븐스는 놀라는 표정과 재미있어하는 표정을 동시에 보여주었다.

"천만에요. 크리스마스는 가족과 함께 보내야죠. 다른 날은 몰라도 그날 밤만은. 안 그렇습니까?"

"물론 그렇지."

"우린 언제나 크리스마스 직전의 목요일에 모입니다. 1년 중 제일 많은 분이 오시는 날이기도 하죠."

나는 그가 '회원'이라는 말을 쓰지 않았다는 점을 주목했다. 우연한 선택일까, 아니면 일부러 그 말을 피하려고 그랬을까?

"애들리 씨, 메인룸에서는 많은 이야기를 들을 수 있습니다. 온갖 이야기가 다 있죠. 우스운 이야기, 슬픈 이야기, 풍자적인 이야기, 감상적인 이야기 등등. 하지만 크리스마스 직전의 목요일에는 언제나 무서운 이야기를 듣습니다. 옛날부터 그랬어요. 적어도 제가 기억하는 한."

그 말을 들으니 적어도 내가 이곳에 처음 왔을 때 들었던 말은 이해할 수 있었다. 노먼 스테트에게 그 이야기는 크리스마스까지 남겨두지 그랬느냐고 하던 그 농담 말이다. 그밖에도 물어보고 싶은 것들이 있어 입이 근질거렸지만 나는 스티븐스의 눈에 나타난 경고를 보았다. 그것은 나의 질문에 대답하지 않겠다는 경고가 아니었다. 내가 그 질문을 아예 하지 말아야 한다는 경고였다.

"하실 말씀이 더 있습니까, 애들리 씨?"

현관에는 이제 우리밖에 없었다. 다른 사람들은 모두 가버렸다. 갑자기 복도가 더 어두워 보였고 스티븐스의 긴 얼굴이 더 창백해 보였고 그의 입술이 더 붉어 보였다. 벽난로에서 옹이 하나가 터지면서 모자이크 무늬로 장식한 반질반질한 마루가 잠시 붉은 빛으로 물들었다. 내가 아직 가보지 않은 저 너머 어느 방에서 문득 철퍼덕 하는 소리가 난 것 같았다. 나는 그 소리가 마음에 들지 않았다. 전혀.

"아니, 없는 것 같네."

나는 별로 침착하지 않은 목소리로 대답했다.

"그럼 안녕히 가십시오."

스티븐스가 말했고 나는 문턱을 넘어갔다. 등 뒤에서 무거운 문이 닫히는 소리가 들렸다. 자물쇠가 돌아가는 소리도 들렸다. 그리고 나는 뒤도 돌아보지 않고 3번가의 불빛을 향해 걸어갔다. 왠지 뒤를 돌아보기가 두려웠다. 뒤를 돌아보면 어느 무시무시한 악령이 내 뒤를 졸졸 따라오고 있을 것 같았다. 혹은 차라리 모르는 편이 나을 어떤 비밀을 보게 될 것 같기도 했다. 이윽고 길모퉁이에 다다랐을 때 빈 택시 한 대를 발견하고 손을 흔들었다.

그날 밤 엘렌이 나에게 물었다.

"또 전쟁 얘기였어?"

그녀는 유일한 애인 필립 말로(레이먼드 챈들러의 작품에 등장하는 유명한 사립탐정 이름 — 옮긴이)와 함께 침대에 누워 있었다.

외투를 걸어두면서 내가 말했다.

"전쟁 얘기도 한두 개쯤 들었지. 나머지 시간은 주로 앉아서 책만 읽었어."

"꿀꿀거릴 때만 빼고?"

"그래, 맞아. 꿀꿀거릴 때만 빼고."

"이것 좀 들어봐." 엘렌이 책을 읽어주었다. "'내가 테리 레녹스를 처음 보았을 때 그는 술에 취한 채 '댄서즈'의 테라스 앞에 세워둔 롤스로이스 실버레이스 안에 앉아 있었다. 얼굴은 젊어 보였지만 머리카락은 백골처럼 새하얬다. 눈만 봐도 곤드레만드레 취한 상태라는 걸 알 수 있었지만 그것 말고는 디너 재킷을 입고 오로지 소비를 위해서만 존재하는 곳에 가서 너무 많은 돈을 펑펑 써버리는 여느 젊은이들과 다를 바 없었다.' 어때, 괜찮지? 이건……"

구두를 벗으면서 내가 말했다.

"『기나긴 이별』이지. 당신은 삼 년마다 한 번씩 바로 그 대목을 읽어줬어. 당신의 라이프 사이클이야."

그녀는 나를 향해 코를 찡긋거렸다.

"꿀꿀."

"고마워."

그녀는 다시 책을 읽기 시작했다. 나는 부엌에 가서 벡스 맥주 한 병을 꺼냈다. 내가 돌아왔을 때 그녀는 『기나긴 이별』을 이불 위에 펼쳐놓은 채 나를 유심히 살펴보고 있었다.

"데이비드, 당신 혹시 그 클럽에 가입할 거야?"

"그럴 수도 있겠지…… 들어오라고 한다면."

왠지 거북스러웠다. 그녀에게 또 거짓말을 해버린 것 같았다. 이스트 35번가 249번지에 회원 자격이라는 것이 있다면 나는 이미 회원이었으니까.

"반가운 일이야. 오래 전부터 당신에게도 뭔가 필요했어. 당신은 깨닫지도 못했겠지만 사실이야. 나한테는 구호(救護)봉사회도 있고 여성인권위원회도 있고 연극동호회도 있는데 당신도 뭔가 있어야지. 말하자면 함께 늙어갈 사람들."

나는 침대로 가서 그녀 옆에 걸터앉아 『기나긴 이별』을 집어들었다. 산뜻하게 새로 찍어낸 보급판이었다. 엘렌의 생일선물로 하드커버 초판본을 사주었던 것이 생각났다. 그게 벌써 1953년의 일이었다.

나는 그녀에게 물었다.

"우리가 늙은 거야?"

"아마 그럴걸."

그렇게 말하면서 그녀는 나에게 눈부신 미소를 던졌다.

나는 책을 내려놓고 그녀의 젖가슴을 어루만졌다.

"이런 짓을 하기에도 너무 늦었을까?"

그녀는 짐짓 얌전을 떨면서 이불을 끌어당기더니…… 이내 킥킥거리며 이불을 걷어차 방바닥으로 떨어뜨렸다.

"때려줘요, 아빠, 신나게 때려줘요."(미국 작곡가 돈 레이가 1940년 작곡한 노래 제목을 인용. 여기서는 유혹의 의미로 사용되었지만 원래 이 제목은 '대디(Daddy)'라는 별명을 가진 연주자에게 빠른 리듬으로 연주해 달라고 요청하는 의미였다 — 옮긴이)

나는 이렇게 대답했다.

"꿀꿀."

다음 순간 둘 다 웃음을 터뜨렸다.

크리스마스 직전의 목요일이 되었다. 그날 저녁도 여느 저녁과 비슷했지만 두 가지 중요한 차이가 있었다. 평소보다 많은 사람들이 모였는데 아마 열여덟 명쯤 되었던 것 같다. 그리고 뭐라고 딱 꼬집어 말할 수 없는 강렬한 흥분이 감도는 분위기였다. 조핸슨은 《월 스트리트 저널》을 보는 둥 마는 둥 하다가 매캐런과 휴 비글먼과 내가 앉아 있는 자리에 합류했다. 우리는 창문 근처에 앉아 이런저런 얘기를 하다가 결국 전쟁 전에 생산된 자동차들에 대하여 열띤 (그리고 종종 웃음을 자아내는) 토론을 벌이기 시작했다.

지금 생각해 보니 세 번째 차이점도 있었다. 스티븐스가 맛있는 에그노그 펀치를 만들었다. 대체로 순한 맛이었지만 럼주와 향신료 때문에 톡 쏘는 맛도 있었다. 스티븐스는 얼음 조각품처럼 생긴 어마어마한 워터포드 크리스털 사발에서 펀치를 퍼주었는데, 그 양이 줄어들수록 대화는 점점 더 활기를 띠며 시끌벅적 무르익었다.

나는 당구실로 들어가는 작은 문으로 방 안을 들여다보다가 깜짝 놀랐다. 워터하우스와 노먼 스테트가 진짜 비버의 털가죽으로 만든 것 같은 모자 속에 야구 카드(야구 선수의 사진과 기록 등을 인쇄한 카드 — 옮긴이)를 던져 넣는 놀이를 하면서 방이 떠나가라 웃어대고 있었다.

회원들은 삼삼오오 모였다가 흩어져 다른 사람들과 어울렸다. 밤은 점점 깊어지고…… 그러다가 다른 날이었다면 사람들이 하나둘씩 빠져나가기 시작할 무렵이 되었을 때 나는 피터 앤드루스가 벽난로 앞에 앉아 있는 것을 보았다. 그는 한 손에 봉지를 들고 있었는데 겉에는 아무 표시도 없고 크기는 씨앗 봉지만 한 그것을 뜯지도 않고 그대로 불 속에 던져 넣었다. 다음 순간 불길 속에서(더러는 불길 바깥에서도) 온갖 빛깔이 무지개처럼 일렁이다가 다시 노란색으로 돌아왔다. 그러자 여기저기서 사람들이 의자를 끌어다놓았다. 나는 앤드루스의 어깨 너머로 그 문장이 새겨진 쐐기돌을 보았다. **말하는 사람이 누구이든 간에 중요한 것은 이야기로다.**

스티븐스가 조용히 돌아다니면서 펀치 잔을 치우고 브랜디가 담긴 술잔을 건네주었다. 그때마다 중얼거리는 소리가 들렸다.

"메리 크리스마스."

"새해 복 많이 받게나, 스티븐스."

누가 스티븐스에게 돈을 건네는 장면을 본 것은 그때가 처음이었다. 어떤 사람은 10달러 지폐를 슬쩍 찔러주었고, 어떤 사람은 50달러로 보이는 지폐를 내밀었고, 또 어떤 사람이 건네준 돈은 틀림없이 100달러짜리인 것을 내 눈으로 확인했다.

"감사합니다, 매캐런 씨…… 조핸슨 씨…… 티글먼 씨……"

조용하고 점잖게 중얼거리는 소리.

나도 뉴욕에서 꽤 오래 살았으니 크리스마스 때 팁으로 많은 돈이 오간다는 사실쯤은 잘 알고 있다. 수위, 관리인, 화요일과 금요일에 오는 파출부 등은 물론이고 정육점 주인, 빵집 주인, 촛대 만드는 사람 등에게도 사례를 해야 하는 것이다. 내가 속한 계층에서는 누구나 귀찮아하면서도 꼭 지켜야 한다고 생각하는 관행인데…… 그러나 그날 밤에는 그렇게 마지못해 돈을 주는 사람이 한 명도 없는 듯했다. 모두 기꺼이, 심지어 열성적으로 돈을 내놓았고……, 그런데 그때 갑자기 아무 이유도 없이 어떤 생각이 떠올랐다. (249번지에서는 이렇게 어떤 생각이 불쑥 떠오르는 경우가 많은 듯했다.) 런던의 크리스마스 날 아침, 고요하고 차가운 대기 속에서 한 소년이 스크루지를 올려다보며 이렇게 소리치는 장면이었다. '뭐라고요? 제 몸뚱이만큼 커다란 거위를 사오라고요?' 그러면 스크루지는 미치광이처럼 즐거워하면서 낄낄거린다. '착한 녀석이구나! 아주 훌륭한 녀석이야!'

나는 지갑을 꺼냈다. 내 지갑 속에는 엘렌의 사진 몇 장이 꽂혀 있었고 그 밑에는 비상시에 대비하여 늘 지니고 다니는 50달러 지폐가 있었다. 스티븐스가 나에게 브랜디를 건넬 때 나는 그 돈을 그의 손에 쥐어주면서 조금도 아까워하지 않았다. 그리 넉넉한 형편이 아니었는데도 말이다.

"메리 크리스마스, 스티븐스."

"감사합니다, 애들리 씨. 메리 크리스마스."

그는 브랜디를 나눠주고 사례금을 거두는 일을 끝마치고 물러갔다. 이윽고 피터 앤드루스의 이야기가 반쯤 진행되었을 때 내가 주위를 둘러보았는데, 쌍여닫이문 옆에 스티븐스가 우두커니 서 있었다. 사람의 모습이었지만 그림자처럼 희미했고 조금도 움직이거나 소리를 내지 않았다.

앤드루스는 술을 한 모금 마시고 목청을 가다듬고 다시 술을 마신 후 이렇게 말문을 열었다.

"다들 아시다시피 저는 지금 변호사입니다. 파크 애비뉴에 사무실을 열고 벌써 22년이 지났어요. 하지만 그 전에는 워싱턴 DC의 한 법률회사에서 법률보조원으로 일한 적이 있어요. 7월 어느 날 밤에 저는 이 이야기와 무관한 어떤 소송사건의 적요서에 판례를 정리해 두라는 지시를 받고 늦게까지 사무실에 남아 있었죠. 그런데 그때 어떤 사람이 들어왔어요. 그 당시 국회에서 제일 유명한 상원의원의 한 사람이었고 나중에는 대통령이 될 뻔하기도 했던 사람이죠. 그런데 그날은 셔츠가 온통 피범벅이었고 두 눈이 휘둥그레져 금방이라도 튀어나올 것 같았어요.

그 사람은 이렇게 말했어요. '조와 얘기 좀 해야겠네.' 조가 누구냐 하면 바로 우리 회사 사장 조지프 우즈였어요. 워싱턴 DC에서 가장 영향력 있는 민간부문 변호사로 손꼽히는 사람이었는데 상원의원과는 개인적으로 절친한 사이였죠.

저는 이렇게 대답했어요. '사장님은 벌써 몇 시간 전에 댁으로 가셨는데요.' 솔직히 고백하자면 그때 저는 무서워서 어쩔 줄 몰랐어요. 그 사람은 방금 끔찍한 자동차 사고를 당했거나 칼부림을 하다가 온 듯한 모습이었거든요. 게다가 신문이나 「명사대담」에서 자주 보았던 그 얼굴에서 피가 줄줄 흐르고, 눈빛은 미친 사람 같고, 한쪽 뺨은 경련을 일으켜 씰룩거리고…… 그래서 왠지 더 무섭더라고요. '제가 사장님께 연락해서……' 저는 벌써 전화기를 더듬거리고 있었어요. 이 뜻밖의 사태에 대한 책임을 빨리 딴 사람에게 떠넘기고 싶어 미칠 지경이었거든요. 그러다가 그 사람의 등 뒤를 보게 됐는데 카펫에 찍힌 발자국마다 온통 피투성이였어요.

그 사람은 내 말을 못 들은 듯이 다시 말했어요. '지금 당장 조와 얘기 좀 해야겠어. 내 차 트렁크에 뭐가 들어 있는데…… 내가 버지니아에 있는 우리 집에서 발견했지. 그런데 이게 총으로 쏘고 칼로 찔러도 안 죽는 거야. 인간도 아니고 죽을 수도 없단 말이

야.'

그 사람은 킬킬거리기 시작했고…… 그러다가 웃음을 터뜨렸고…… 나중에는 비명을 지르더군요. 마침내 전화가 연결돼서 제가 우즈 씨에게 사무실로 오라고, 제발 최대한 빨리 오라고 말하는 동안에도 그 사람은 계속 비명을 질렀는데……"

그러나 내 의도는 피터 앤드루스의 이야기를 들려주려는 것도 아니다. 솔직히 말하자면 그 이야기를 되풀이할 자신도 없다. 다만 너무 무시무시한 이야기라서 그 후 몇 주 동안이나 그 이야기에 대한 악몽을 꾸었다는 사실, 그리고 한 번은 아침식사 때 엘렌이 식탁 너머로 나를 바라보면서 한밤중에 왜 갑자기 고함을 질렀느냐고 물었다는 사실만 말해 두기로 하자. '그 놈의 머리! 그 놈의 머리가 땅 속에서 아직도 말을 하잖아!'

나는 엘렌에게 이렇게 대답했다.

"꿈을 꿨겠지. 깨어나면 생각나지 않는 꿈."

그러나 나는 얼른 커피 잔을 내려다보았고 이번에는 엘렌도 내 대답이 거짓임을 알아차렸을 것이다.

이듬해 8월 어느 날 나는 도서열람실에서 일을 하다가 전화 연락을 받았다. 조지 워터하우스였다. 그는 나에게 자기 사무실로 올라와 줄 수 있겠느냐고 물었다. 내가 그곳에 도착하자 로버트 카든도 와 있었고 헨리 에핑엄의 모습도 보였다. 잠시 동안이었지만 내가 정말 심각한 바보짓을 했거나 부정행위를 저질러 지탄을 받게 된 것이 분명하다는 생각이 들었다.

그런데 그때 카든이 내 쪽으로 다가와서 이렇게 말했다.

"조지가 데이비드 자네를 주니어 파트너로 승진시킬 때가 됐다고 생각하더군. 우리도 동감일세."

그러자 에핑엄이 씩 웃으며 말했다.

"주니어 파트너라니까 세계 최고령 신입사원 같은 기분도 들겠지만 이건 반드시 거쳐야 하는 과정일세. 운이 좋다면 크리스마스 때쯤에는 시니어 파트너가 될 수도 있을 거야."

그날 밤은 악몽을 꾸지 않았다. 엘렌과 나는 외식을 하러 나갔고, 과음을 했고, 6년 가까이 발길을 끊었던 재즈 주점에 가서 거의 새벽 2시까지 그 놀라운 푸른 눈의 흑인(흑인들의 눈은 대부분 갈색이다 — 옮긴이) 덱스터 고든이 불어주는 트럼펫 연주를 들었다. 아침에 눈을 떴을 때는 둘 다 속이 울렁거렸고 머리도 쿡쿡 쑤셨다. 우리는 어제 일어난 일들을 아직도 실감하지 못했다. 그 중 한 가지는 내 연봉이 8000달러나 올랐다는 사실이었다. 그렇게 엄청난 수입 폭등은 이미 오래 전에 포기해서 기대조차 하지 않았는데 말이다.

그해 가을에 나는 코펜하겐에 출장을 가서 6주 동안 머물렀는데, 거기서 돌아오자마자 249번지에 자주 들르던 존 핸러핸이 암으로 죽었다는 소식을 들었다. 우리는 어려운 처지에 놓인 미망인을 돕기 위해 기부금을 모았다. 기부금은 모두 현금으로 내놓았는데, 그 돈을 합산하여 자기앞 수표로 바꾸는 일을 내가 맡게 되었다. 총액은 만 달러도 넘었다. 나는 그 수표를 스티븐스에게 주었고 그가 다시 미망인에게 발송했을 것이다.

우연한 일이지만 알린 핸러핸도 엘렌이 다니는 연극동호회의

호흡법 323

회원이었다. 얼마 후 엘렌이 나에게 들려준 소식에 의하면 알린이 어느 익명인으로부터 10,400달러짜리 수표를 받았는데 그 뒷면에는 발신자를 확인할 수 없는 짤막한 메모가 적혀 있었다고 한다. '고인이 되신 부군 존의 친구들로부터.'

엘렌이 물었다.

"이거야말로 평생 들어본 얘기 중에서 제일 놀랍지 않아?"

나는 이렇게 대답했다.

"그 정도는 아니지만 10위권 안에는 들겠네. 딸기 좀 더 있어, 엘렌?"

여러 해가 지났다. 나는 249번지의 위층에도 오밀조밀 방을 만들어놓은 것을 보았다. 집필실 한 개, 이따금씩 손님들이 하룻밤 묵어갈 수 있는 침실 한 개, (그 철퍼덕 소리를 들은(혹은 들었다고 상상한) 다음이라서 나 같으면 차라리 괜찮은 호텔을 선택하겠지만.) 그리고 규모는 작지만 시설이 좋은 실내 체육관 한 개, 사우나 목욕탕 한 개. 그밖에도 건물의 길이만큼 길고 좁다란 방 하나가 있었는데 그곳에는 볼링 레인 두 개를 만들어놓았다.

그 기간 동안 나는 에드워드 그레이 세빌의 소설을 다시 읽었고 정말 굉장한 (에즈라 파운드와 월리스 스티븐스에 필적할 만한) 시인 한 명을 발견했다. 노버트 로젠이라는 사람이었다. 249번지 서고에 그의 작품집이 세 권 있었는데, 그 중 한 권의 뒷날개에 적힌 내용에 의하면 그는 1924년에 태어났고 안치오(이탈리아 중부의 항구도시. 2차대전 당시의 격전지로 유명하다 — 옮긴이)에서 전사했다. 그의 작품집은 세 권 모두 뉴욕과 보스턴에 주소를 가진 스테덤 부자 출판사에서 출간되었다.

연도는 잘 모르겠지만 어느 화창한 봄날 오후, 뉴욕 공공도서관에 다시 가서 20년 분량의 《출판시장》을 보여달라고 요청했던 기억이 난다. 《출판시장》은 대도시의 업종별 전화번호부만 한 크기의 연간(年刊) 출판물이다. 그러니 참고도서실 사서가 짜증을 낼 만도 했다. 그런데도 나는 그냥 밀어붙였고 그 책들을 모두 살살이 뒤져보았다. 《출판시장》은 미국에 있는 출판사라면 크든 작든 모조리(그밖에 에이전트, 편집자, 북클럽 직원들까지) 수록했다고 하는데 스테덤 부자 출판사라는 항목은 찾아낼 수 없었다. 그로부터 1년 후 (혹은 2년 후) 어느 고서 판매상과 대화를 나누게 되었을 때 노버트 로젠의 작품집에 대해 물어보았다. 그는 그런 책은 들어본 적도 없다고 했다.

스티븐스에게 물어볼 생각도 해보았지만 다시 경고의 눈빛을 보게 되었고 결국 그 문제는 덮어버리고 말았다.

그리고 그 동안에도 많은 이야기를 들었다.

스티븐스의 표현에 의하면 '설화'. 우스운 설화, 사랑을 발견하는 설화와 사랑을 잃어버리는 설화, 불쾌한 설화 등등. 그렇다, 심지어 전쟁 이야기까지 있었다. 그러나 엘렌이 그 말을 꺼내면서 생각했을 만한 내용은 아니었다.

내가 제일 또렷하게 기억하는 이야기는 제라드 토즈먼이 해주었던 이야기다. 미군의 어느 작전사령부에 대한 이야기였는데, 2차 대전이 끝나기 4개월 전 그곳에 독일 포병대의 직격탄이 떨어지는 바람에 토즈먼을 제외한 전원이 전사했다고 한다.

미군의 래스럽 캐루더스 장군은 당시 모든 사람이 만장일치로 완전히 미쳤다고 생각하던 사람이었다. (그때까지 그의 휘하에서 희생된 사상자의 수가 1만 8000명도 넘었다. 우리가 주크박스에 동전을 마구 집어넣듯이 그는 아무렇지도 않게 수많은 생명과 팔다리를 소모시켰다.) 그 포탄이 떨어질 때 장군은 작전 지도 앞에 서 있었다. 그 순간에도 또 하나의 얼빠진 측면 공격 작전을 설명하는 중이었다. 만약 그 작전을 실행했다면 캐루더스가 탄생시킨 다른 작전들과 똑같은 수준의 성공을 거두었을 것이다. 즉 새로운 전쟁미망인을 대량생산하는 멋진 성과를 기록했을 것이다.

먼지가 가라앉았을 때 제라드 토즈먼은 아직도 넋이 나간 상태였다. 귀는 멍멍했고, 코와 귀와 양쪽 눈가에서 피가 흘렀고, 폭발의 충격 때문에 벌써 고환이 부어오르기 시작했다. 토즈먼은 불과 몇 분 전까지만 해도 사령부였던 이 도살장에서 빠져나갈 길을 찾다가 캐루더스의 시체와 마주쳤다. 그는 장군의 시체를 내려다보았고…… 그러다가 갑자기 깔깔거리며 웃어대기 시작했다. 폭발의 충격으로 잠시 귀머거리가 된 그의 귀에는 들리지 않았지만 이 웃음소리 덕분에 위생병들이 완전히 박살나버린 이 폐허 속에 아직도 생존자가 있다는 사실을 알게 되었다.

캐루더스의 시체는 그 폭발 속에서도 훼손되지 않았는데…… 토즈먼은 적어도 오래 전에 일어났던 그 전쟁 당시 병사들이 '부상'이라고 불렀을 만한 상태는 아니었다고 말했다. 이를테면 팔이 날아가 버렸다든지, 발이나 눈이 없어졌다든지, 혹은 가스 때문에 허파가 오그라들어버렸다든지. 토즈먼은 이렇게 말했다. "그렇게 처참한 상태는 아니었어요. 장군의 어머니가 봤다면 금방 아들을 알아봤을 겁니다. 하지만 그 지도는⋯⋯"

⋯⋯포탄이 떨어지는 순간 사람 잡는 백정 커루더스가 지휘봉으로 가리키던 그 지도가⋯⋯

어찌된 일인지 그 지도가 '장군의 얼굴에 새겨졌다.' 토즈먼이 본 것은 섬뜩한 문신을 새긴 데스마스크였다. 래스럽 캐루더스의 깡마른 이마에는 브르타뉴의 바위투성이 해안선이 그대로 찍혔다. 왼쪽 뺨에는 푸른 흉터 같은 라인 강이 흘렀다. 턱에는 세계 제일의 와인 생산지들이 울퉁불퉁 새겨졌다. 마치 교수형 올가미처럼 목을 가로지르는 자르 강⋯⋯ 그리고 튀어나올 듯한 한쪽 눈알에는 '베르사유'라는 지명이 인쇄되었다.

바로 그것이 우리가 197X년에 들었던 크리스마스 이야기였다.

다른 이야기도 많이 기억하고 있지만 그것들은 이 글과 무관하다. 엄밀히 말하자면 토즈먼의 이야기도 무관하다고 하겠지만⋯⋯ 그 이야기는 내가 249번지에서 처음 들은 '크리스마스 설화'였으니 간략하게나마 언급하지 않을 수 없었다. 아무튼 다시 세월이 흘러 올해 추수감사절 다음 목요일이 되었다. 그날 스티븐스가 주목해 달라고 손뼉을 치면서 이번 크리스마스 설화는 누가 들려주겠느냐고 물었을 때 엠린 매캐런이 으르렁거리는 듯한 목소리로 말했다.

"나도 자네들한테 들려줄 만한 이야기를 알고 있다네. 이번에 말하지 않으면 영영 기회가 없을지도 몰라. 머지않아 하느님이 내 입을 영원히 막아버릴 테니까."

나는 그때까지 오랜 세월에 걸쳐 249번지를 찾아갔지만 그 동안 매캐런의 이야기는 한 번도 들어본 적이 없었다. 내가 그렇게 일찌감치 택시를 불렀던 것도, 그리고 혹한이 휘몰아치는 그날 밤에 외출을 감행했던 우리 여섯 명에게 스티븐스가 에그노그를 나눠주었을 때 내가 그렇게 강렬한 흥분을 느꼈던 것도 아마 그 때문이었을 것이다. 그것은 나만이 아니었다. 다른 사람들의 얼굴에서도 똑같은 흥분을 엿볼 수 있었다.

늙은 매캐런은 가죽처럼 메마르고 울퉁불퉁한 손에 가루 봉지를 들고 난롯가의 거대한 의자에 앉아 있었다. 이윽고 그가 봉지를 불 속으로 던졌고 우리는 불길의 빛깔이 미친 듯이 변하다가 다시 노란색으로 돌아오는 과정을 지켜보았다. 스티븐스가 우리에게 브랜디를 나눠주었고 우리는 그에게 크리스마스 사례금을 건넸다. 이 연례행사 도중에 한 번은 주는 사람의 손에서 받는 사람의 손으로 잔돈이 전해지면서 짤랑거리는 소리가 들리기도 했다. 그리고 한 번은 천 달러짜리 지폐(1945년까지 고액권이 종종 발행되었으며, 1969년 유통이 금지된 후 희소성 때문에 가치가 높아졌다 — 옮긴이)가 불빛 속에 잠시 모습을 드러내기도 했다. 그러나 스티븐스의 중얼거리는 목소리는 조금도 달라지지 않았다. 여전히 조용하고 사려 깊고 흠잡을 데 없이 예의바른 목소리였다. 내가 조지 워터하우스와 함께 249번지를 처음 찾은 후 대략 십 년의 세월이 흘렀는데, 바깥 세상에는 많은 변화가 일어났지만 이 건물 안에서는 달라진 것이 아무것도 없었고 스티븐스는 단 한 달, 아니, 단 하루도 늙지 않은 듯했다.

이윽고 스티븐스가 어둠 속으로 물러났고 잠시 동안 완벽한 적막이 흘렀다. 벽난로에 타오르는 장작 속에서 끓는 수액(樹液)이 치익 하고 빠져나오는 희미한 소리까지 다 들릴 정도였다. 엠린 매캐런은 불 속을 응시했고 우리도 모두 그의 시선을 따라갔다. 그 날 밤에는 불길이 유난히 거칠게 날뛰는 듯했다. 나는 그 불길을 바라보다가 최면에 가까운 상태를 경험했다. 북쪽의 어느 싸늘한 동굴 밖에서 바람이 이리저리 돌아다니며 중얼거릴 때 우리의 조상 혈거인(穴居人)들도 나처럼 불길을 바라보며 넋을 잃었을 것이다.

마침내, 계속 불 속을 응시하면서, 상체를 조금 수그려 팔뚝을 허벅지에 얹고 마주 잡은 두 손을 무릎 사이에 늘어뜨린 채, 매캐런이 이야기를 시작했다.

II.
호흡법

내 나이가 벌써 여든 고개를 바라본다네. 금세기가 시작될 무렵에 태어났거든. 나는 매디슨 스퀘어 가든을 거의 정면으로 마주 보는 어떤 건물과 밀접한 관계를 맺으며 한평생을 보냈다네. 이 건물은 『두 도시 이야기』(디킨스의 소설 제목—옮긴이)에 나오는 거대한 잿빛 감옥처럼 생겼지만 자네들도 알다시피 사실은 병원이지. 해리엇 화이트 메모리얼 병원. 이 병원 이름은 우리 아버지의 첫 번째 부인 이름을 땄는데, 그분은 센트럴 파크의 '양떼 풀밭'에서 실제로 양떼가 풀을 뜯던 시절에 간호사로 실무 경험을 쌓았다네. 내가 태어날 때까지 살아 계셨다면 의붓어머니라고 불렀을 테지. 아무튼 병원 앞마당에 있는 대좌(對坐) 위에 이 부인의 석상이 서 있는데, 자네들도 혹시 그 석상을 봤다면 이렇게 엄격하고 완고해 보이는 여자가 어떻게 그토록 자상한 직업을 선택했는지 의아하다고 생각했을 걸세. 게다가 그 석상의 대좌에 새겨놓은 라틴어 나부랭이를 해석해 보면 더욱더 기분 나쁜 내용이거든. **고통이 없다면 위안도 없나니, 고난을 통하여 구원을 얻노라.** 궁금하다면 말해주겠지만 이건 카토(로마의 철학자이자 정치가—옮긴이)가 했던 말인데…… 궁금하지 않아도 할 수 없고!

나는 1900년 3월 20일에 바로 그 잿빛 석조건물 안에서 태어났다네. 그리고 1926년에 인턴 자격으로 다시 그곳에 들어갔지. 스물여섯이라는 나이는 의학의 세계에서 첫 출발을 하기에는 좀 늦은 셈이지만 나는 1차대전이 끝날 무렵 프랑스에서 이미 더 실용적인 인턴 과정을 거친 후였어. 폭발로 찢어져 쩍 벌어진 뱃속에 토막토막 끊어진 내장을 주워 담으려 애쓰기도 하고 암시장에서 변질되거나 심지어 위험하기까지 한 모르핀을 사들이기도 하면서 말이야.

2차 대전 이후 세대의 의사들이 그랬듯이 우리도 실용 기술만 겨우 익힌 돌팔이들이었는데, 주요 의과대학의 기록을 보면 1919년에서 1928년 사이에는 오히려 낙제생 숫자가 놀랄 만큼 적었어. 우리는 요즘 의대생들보다 나이도 많고 경험도 많고 더 침착했지. 그래서 더 현명했을까? 그건 잘 모르겠고…… 어쨌든 더 냉소적이었던 건 틀림없는 사실이야. 대중적인 의학소설에 나오는 얘기, 이를테면 처음 부검(剖檢)을 하다가 기절하거나 구토를 하는 어처구니없는 일 따위는 한 번도 일어나지 않았어. 우린 이미 벨로 숲(프랑스 파리 근교의 숲. 1918년에 미군과 독일군이 치열한 전투를 벌여 각각 만 명 안팎의 사상자를 냈다 — 옮긴이)을 경험했으니까. 거기서는 위험 지역에 쓰러진 병사들을 거둬주지 못해서 썩어가는 시체가 즐비했는데, 가스가 차서 터져버린 내장 속에서 엄마 쥐가 새끼쥐들을 잔뜩 기르는 일도 흔히 볼 수 있었다네. 그러니 구토나 기절 따위는 초월해 버릴 수밖에.

해리엇 화이트 메모리얼 병원은 내가 그곳에서 인턴 근무를 하고 나서 9년 뒤에 일어났던 사건에서도 중요한 역할을 했어. 오늘 밤 내가 자네들에게 해줄 이야기가 바로 그 사건이라네. 마지막 장면이 크리스마스 이브에 벌어지긴 했지만 자네들은 이게 크리스마스에 할 만한 이야기가 아니라고 할지도 모르겠어. 물론 무시무시한 이야기인 것은 사실이지만 나는 이 이야기야말로 가증스럽고 불행한 우리 인류의 놀라운 능력을 고스란히 보여준다고 생각하네. 그 속에서 나는 인간의 경이로운 의지를 보았고…… 그 의지가 일으키는 끔찍하고 소름끼치는 현상도 보았어.

우선 탄생 그 자체도 끔찍하다고 생각하는 사람들이 꽤 많다네. 요즘은 아이들이 태어날 때 아버지가 현장에서 지켜보는 게 유행인데, 이런 유행 때문에 많은 남자들이 내가 보기엔 전혀 느낄 필요가 없는 죄책감을 느끼기도 하고 또 어떤 여자들은 마치 앞날을 내다보는 듯 사전에 그 죄책감을 알아차리거나 사후에 알아차리고 잔인하게 악용하기도 해서 탈이지만 대체로 건전하고 유익한 일인 것 같아. 그렇지만 나는 남자들이 하얗게 질려 비틀거리며 분만실에서 도망치는 것도 보았고 여자들처럼 기절해 버리는 것도 보았다네. 비명 소리와 홍건한 피를 견디지 못한 탓이지. 내가 본 어떤 아버지는 잘 참는 듯싶었는데…… 아주 건강한 아들이 세상으로 밀고 나오는 순간 미친 듯이 비명을 지르기 시작했어. 아기가 눈을 뜨고 주위를 둘러보는 듯하더니…… 문득 아버지를 정면으로 바라봤기 때문이야.

탄생은 경이로운 일이지만 내가 그걸 아름답다고 생각한 적은 한 번도 없었다네. 아무리 상상력을 동원해 봐도 아름답기는커녕 너무 야만적인 일이니까. 여자의 자궁은 엔진과 같아. 임신하는 순간부터 그 엔진에 시동이 걸리지. 처음에는 간신히 공회전을 하는 정도에 불과하지만…… 창조적 주기(週期)가 탄생이라는 절정에 가까워질수록 엔진은 더 빨리, 더 빨리, 더 빨리 회전하는 거야. 공회전을 할 때는 작은 속삭임 같던 소리가 곧 규칙적으로 부르릉거리는 소리로 변하고 그 다음엔 왕왕거리다가 마지막엔 울부짖는 듯 무시무시한 굉음으로 변해버려. 그리고 일단 엔진이 켜지면 엄마가 될 사람들은 모두 자신의 생명이 위태롭다는 사실을 깨닫게 된다네. 산모가 무사히 아기를 낳으면 엔진은 다시 꺼지겠지만 그놈의 엔진이 더 시끄럽게, 더 힘차게, 더 빠르게 쿵쾅거리다가 결국 터져버리면 산모도 피와 고통 속에서 죽고 말 테니까.

여보게들, 우리가 거의 이천 년 동안이나 축하했던 그 탄생의 날을 앞두고 내가 자네들에게 들려주려는 이야기도 바로 탄생에 얽힌 이야기일세.

나는 1929년에 의사로 개업했다네. 무슨 일이든 새로 시작하기에는 안 좋은 해였지. 그래도 나는 할아버지가 약간의 돈을 빌려주셨으니 많은 동료들보다 운이 좋은 편이었지만 처음 4년 동안은 내 힘으로 재주껏 살아남아야 했어.

1935년쯤에는 사정이 좀 나아졌지. 얼마 안 되지만 꾸준히 찾아오는 환자들도 있었고 화이트 메모리얼에서도 외래환자들을 꽤 많이 보내줬거든. 그러다가 그해 4월에 새 환자 한 명을 만나게 됐지. 젊은 여자였는데 그냥 샌드라 스탠스필드라고 부르겠네. 그 정도면 진짜 이름과 충분히 비슷하니까. 백인이었고 나이는 스물여덟 살이라고 하더군. 하지만 그녀를 진찰한 뒤에 나는 그녀의 실제 나이가 그보다 세 살에서 다섯 살쯤 어릴 거라고 짐작했지. 그녀는 금발이었고 날씬했고 키는 175센티미터쯤 됐으니까 당시로서는 큰 편이었어. 아주 아름다웠지만 가까이 하기 어려울 만큼 준엄해 보이는 아름다움이었지. 이목구비는 뚜렷하고 단정했는데 특히 눈매가 이지적이었고⋯⋯ 입술은 매디슨 스퀘어 가든 건너편에 있는 해리엇 화이트의 석상에 돌로 새겨진 입술 못지않게 단호해 보였다네. 진료 서식(書式)에 써넣은 이름은 샌드라 스탠스필드가 아니라 제인 스미스였어. 진찰 결과 그녀는 임신이 2개월쯤 진행된 상태였네. 그런데 결혼반지는 보이지 않았어.

초진(初診)을 마친 후 아직 임신 테스트 결과가 나오지 않았을 때 내 밑에서 간호사로 일하던 엘라 데이비드슨이 이렇게 말하더군.

"어제 그 여자 환자? 제인 스미스? 보나마나 가명일 거예요."

나도 동감이었지. 그래도 난 그녀에게 감탄했다네. 대부분의 경우와 달리 그녀는 괜히 머뭇거리지도 않았고 방바닥을 발로 비비거나 얼굴을 붉히거나 눈물을 흘리지도 않았어. 단도직입적이고 사무적이었지. 가명조차도 부끄러워서 쓴 게 아니라 사무적으로 처리했다는 느낌이 들더군. 가령 '베티 러클하우스'나 '터미나 드

빌'처럼 그럴 듯한 이름을 지어내려고 노력하지도 않았잖나. 마치 이렇게 말하는 듯했지. '법에 따라 당신네 서식에 이름을 써야 한단 말이죠. 자, 이름 하나 여기 있어요. 하지만 내가 알지도 못하는 사람의 직업윤리보다 나 자신을 믿겠어요. 괜찮으시다면요.'

엘라는 콧방귀를 뀌어가며 '요즘 여자들'이 어쨌다느니 '철판을 깔았다'느니 했지만 사실은 마음씨 고운 여자였으니까 그냥 형식적으로 한 말이었을 거야. 새로 온 환자가 어떤 여자인지는 몰라도 몸가짐이 헤프고 눈매가 싸늘한 매춘부 같은 여자가 아니라는 것쯤은 나 못지않게 엘라도 알고 있었거든. 그렇다네. '제인 스미스'는 단지 대단히 진지하고 대단히 의지가 강한 아가씨였을 뿐이야. 둘 다 장점인데 '단지' 같은 부사를 쓰니 얕잡아보는 듯해서 조금 어폐가 있지만 말일세. 아무튼 그녀는 딱한 처지였어. 자네들도 기억하겠지만 예전에는 흔히 '곤경에 빠졌다'고 표현했지. 요즘은 그런 곤경(scrape)에서 벗어나려고 긁개(scrape)를 사용하는 아가씨들이 많은 것 같더군. 그런데 그녀는 그 상황에서도 최대한의 품위와 존엄성을 지키면서 끝까지 감당하겠다고 결심했던 걸세.

초진을 하고 일주일이 지났을 때 그녀가 다시 찾아왔네. 아름다운 날이었지. 진짜 봄날다운 봄날이었어. 대기는 따사로웠고 하늘은 은은한 우윳빛이 도는 파란색이었고 산들바람 속에도 향기가 감돌았지. 자연이 우리에게 생명의 순환이 다시 시작되었다고 알려주는 듯한 향기, 뭐라고 딱 꼬집어 말할 수 없는 그 따뜻한 향기 말일세. 모든 책임을 잠시 접어두고 사랑스러운 여인과 마주 앉고 싶어지는 그런 날씨였어. 이를테면 코니아일랜드나 허드슨 강 건너편 팰리세이즈쯤에서 말이야. 격자무늬 식탁보 위에는 피크닉 바구니가 있고, 동행한 여인은 화창한 날씨만큼이나 예쁜 민소매 드레스에 크고 새하얀 밀짚모자를 쓰고 있다면 더욱더 좋겠지.

'제인 스미스'의 드레스에는 소매가 있었지만 그래도 거의 그날의 날씨만큼 예뻤다네. 갈색 테두리를 두른 산뜻한 흰색 리넨 드레스였지. 그녀는 갈색 펌프스(끈 없는 가벼운 신 — 옮긴이)를 신고 흰 장갑을 끼고 조금 유행이 지난 클로슈 모자(종 모양의 여성용 모자 — 옮긴이)를 쓰고 있었어. 부유한 여자가 아니라는 걸 처음 알아차린 게 바로 그 모자 때문이었지.

나는 이렇게 말했어.

"임신하셨습니다. 이미 충분히 예상하셨죠?"

눈물을 쏟을 여자라면 바로 지금이 그때라고 생각했지.

"네. 저는 아주 규칙적인 편이거든요."

대답이 아주 침착하더군. 그날 지평선 위에 비구름이 한 점도 없었듯이 그녀의 눈에도 눈물 따위는 한 방울도 보이지 않았어.

둘 사이에 잠시 침묵이 흘렀다네.

이윽고 그녀가 이렇게 말했어.

"출산 예정일은 언제쯤이죠?"

그 말을 하면서 거의 소리도 없는 한숨을 쉬었는데, 남자나 여자가 무거운 물건을 들어 올리려고 허리를 굽힐 때 내는 소리와 비슷하더군.

"'크리스마스 베이비'가 될 거예요. 날짜는 12월 10일쯤이라고 말씀드리겠지만 2주쯤 빠르거나 늦을 수도 있습니다."

"알았어요." 그녀는 잠시 망설이다가 대뜸 이렇게 물었어. "저를 돌봐주시겠어요? 결혼을 안 했어도?"

나는 이렇게 대답했네.

"그러죠. 그 대신 조건이 있어요."

그러자 그녀가 얼굴을 찡그렸는데 그 순간 우리 아버지의 첫 부인 해리엇 화이트와 비슷한 표정이 나오더군. 겨우 스물세 살쯤 된 아가씨가 얼굴을 찡그려봤자 별로 무섭지 않을 거라고 생각하겠지만 그 아가씨는 무서웠어. 금방이라도 나가버릴 태세였지. 다른 의사한테 가서 이렇게 곤혹스러운 절차를 다시 밟아야 한다는 사실을 알면서도 전혀 망설이지 않았을 거야.

"어떤 조건이죠?"

나무랄 데 없이 정중하고 담담한 말투였네.

오히려 내가 그 침착한 연갈색 눈동자를 피하고 싶은 충동을 느꼈지만 그대로 그녀의 시선을 마주 보았지.

"본명을 꼭 알아야겠어요. 굳이 원하신다면 치료비는 현금으로 받고 데이비드슨 부인한테 계속 제인 스미스 명의로 영수증을 써드리라고 할 수도 있어요. 그렇지만 앞으로 일곱 달 가량 서로 얼굴을 봐야 하는데 기왕이면 나도 환자분이 병원 밖에서 쓰는 이름을 부르고 싶다는 겁니다."

나는 그렇게 터무니없이 딱딱한 연설을 하고 나서 생각에 잠긴 그녀를 지켜보았네. 왠지 그녀가 벌떡 일어나서 시간을 내줘서 고맙다는 인사를 하고 영영 떠나버릴 것 같다는 확신이 들었어. 그렇게 되면 내가 더 실망할 판이었지. 그녀가 마음에 들었거든. 문제에 대처하는 당당한 자세는 더욱더 마음에 들었지. 이런 일이 생기면 여자 백 명 중 아흔 명은 자기 뱃속의 '살아 있는 시계' 때문에 겁에 질려 최소한의 품위도 없는 서투른 거짓말쟁이로 전락해 버리고, 게다가 자신의 처지를 부끄러워하는 데 급급해서 정작 문제를 해결하기 위한 합리적인 계획을 세우기는 아예 불가능할 텐데 말이야.

요즘은 오히려 그런 사고방식이 더 어리석고 추하고 심지어 터무니없다고 생각하는 젊은이들도 많은 듯싶더군. 다들 너그러움을 과시하려고 안달이 나서 결혼반지가 없는 임산부라면 두 배나 더 자상하게 배려하는 세상이니까. 하지만 자네들도 알다시피 옛날엔 그렇지 않았어. 사람들의 위선과 독선 때문에 안 그래도 '곤경에 빠진' 여자를 더욱더 힘들게 하는 일이 비일비재했지. 그 시절에는 결혼한 임산부는 정말 행복한 여자였지. 자신의 위치는 확고부동하고 드디어 하느님이 자기를 세상에 보내면서 주신 사명을 완수하게 되었다고 생각하면서 자랑스러워했으니까. 반면에 결혼하지 않은 임산부는 세상 사람들이 매춘부로 여겼고 아마 임산부 자신도 자기가 매춘부 같다고 생각했을 거야. 엘라 데이비드슨의 표현을 빌리자면 '엉덩이가 가벼운' 여자들인데, 그 시절, 그 세상은 그런 '가벼움'을 쉽게 용서하지 않았지. 그런 여자들은 다른 마을이나 도시에 가서 아기를 낳으려고 남몰래 사라지기 일쑤였어. 어떤 여자들은 약을 먹거나 빌딩에서 뛰어내렸지. 또 어떤 여자들은 제대로 손을 씻지도 않는 백정 같은 낙태 시술자들을 찾아가거나 아예 자기 손으로 해결하려고 했어. 내가 의사로 일하는 동안 내 앞에서 출혈과다로 죽어간 여자가 네 명이나 있었다네. 자궁에 구멍이 뚫렸기 때문인데, 한 명은 삐죽삐죽하게 깨진 닥터 페퍼 병모가지를 빗자루에 묶어 그 짓을 하다가 다친 거였어. 그런 일도 있었다는 걸 지금은 믿기 어렵지만 엄연한 사실이라네. 실제로 일어났던 일이야. 간단히 말하자면 임신이야말로 건강한 젊은 여성이 겪을 수 있는 최악의 상황이었던 거야.

마침내 그녀가 입을 열었지.

"좋아요. 듣고 보니 옳은 말씀이네요. 제 이름은 샌드라 스탠스필드예요."

그러면서 손을 내밀더군. 나는 좀 놀란 상태로 악수를 나눴지. 그 장면을 엘라 데이비드슨이 못 봐서 다행이지. 아무 말도 안 했겠지만 그때부터 일주일 동안은 쓰디쓴 커피를 갖다줬을 테니까.

미스 스탠스필드는 미소를 지으면서(아마 어리벙벙한 내 표정을 보고 그랬겠지) 숨김없는 표정으로 나를 쳐다보더군.

"우리가 친구가 될 수 있었으면 좋겠네요, 매캐런 선생님. 전 지금 친구가 필요하거든요. 너무 무서워요."

"이해합니다. 그리고 친구가 되려고 노력할게요, 미스 스탠스필드. 혹시 내가 지금 해드릴 일이 있을까요?"

그러자 그녀가 핸드백을 열고 싸구려 메모지와 펜을 꺼냈네. 그리고 메모지를 펼치더니 펜을 쥔 채 고개를 들고 나를 쳐다보는 거야. 나는 잠시 혐오감을 느꼈다네. 낙태 시술자의 이름과 주소를 물어볼 줄 알았거든. 그런데 그녀가 한 말은 이거였어.

"제일 좋은 음식이 뭔지 알고 싶어요. 아기를 위해서 말예요."

나는 소리내서 웃고 말았다네. 그녀가 의아한 표정으로 쳐다보더군.

"미안해요. 너무 사무적인 태도라서요."

그러자 그녀가 말했어.

"그렇겠죠. 하지만 이 아기는 이제 제 책임이잖아요, 매캐런 선생님."

"네. 그야 물론이죠. 내가 임산부 모두에게 나눠드리는 자료집이 있어요. 식이요법, 체중, 음주, 흡연, 기타등등 여러 가지를 정리한 거죠. 제발 그걸 보면서 웃지 마세요. 웃으면 속상할 겁니다. 내가 직접 썼거든요."

그 말은 사실이었네. 하지만 자료집이라기보다 소책자에 가까웠고 나중에 『임신과 출산의 실용 안내서』라는 책으로 출판하기도 했지. 지금도 그렇지만 그 시절에도 나는 산쿠인과 쪽에 관심이 많았다네. 그때는 주택가에 인맥이 많은 사람이 아니면 전공으로 선택할 만한 분야가 아니었는데도 말이야. 인맥이 있더라도 든든한 기반을 다지기까지 10년이나 15년쯤 걸릴 수도 있었지. 나는 전쟁 때문에 좀 늦은 나이에 개업해서 그렇게 허비할 시간이 없다고 생각했네. 일반 진료를 하더라도 수많은 산모를 돌봐주고 수많은 아기를 받아줄 수 있으니 그걸로 만족하자고 마음먹었어. 그 생각이 들어맞았지. 지난번에 헤아려보니 내가 받아낸 아기가 이천 명도 훌쩍 넘었더군. 교실 오십 개는 채울 수 있는 숫자 아닌가.

나는 일반 진료에서 다루는 그 어떤 분야보다 임신과 출산에 대한 자료를 제일 열심히 읽었다네. 그러다가 나름대로 확고한 신념을 갖게 되었고, 그래서 당시 젊은 엄마들이 주워듣던 케케묵은 말들을 그대로 되풀이하지 않고 내가 직접 소책자를 써버렸던 거야. 낡아빠진 속설들을 일일이 열거하다가는 여기서 밤을 새게 될 테니까 그 중에서 한두 가지만 말해 보겠네.

산모들은 되도록 서 있지 말아야 하고 유산이나 '출산 손상'을 피하려면 절대로 먼 거리를 걷지 말아야 한다고 했네. 자, 아기를 낳는다는 건 지극히 힘겨운 노동인데, 그런 충고는 큰 시합을 앞둔 축구선수한테 피곤해지지 않도록 최대한 앉아서 빈둥거리라고 권하는 거나 마찬가지야! 또 한 가지 기막힌 충고는 꽤 많은 의사들이 권장했는데, 조금 뚱뚱하다 싶은 임산부는 담배를 피우라는 거…… 담배라니! 그 당시의 광고문도 그런 주장을 반영했다네. '사탕 대신 러키(담배 상품명 — 옮긴이)를 선택하세요.' 20세기의 시작과 동시에 의료계에도 빛과 이성의 시대가 찾아왔다고 믿는 사람들은 의학이 가끔 얼마나 미친 짓을 했는지 모르는 사람들이지. 차라리 모르는 편이 나을지도 몰라. 실상을 알게 되면 기절초풍할 테니까.

나는 미스 스탠스필드에게 내가 쓴 자료집을 주었고 그녀는 한 오 분 동안 완전히 몰두해서 내용을 훑어보았네. 내가 파이프를 피워도 되겠느냐고 물었더니 고개도 들지 않고 멍하니 그러라고 대답하더군. 마침내 그녀가 시선을 들었을 때는 입가에 어렴풋한 미소가 묻어 있었어.

"혹시 급진주의자이신가요, 매캐런 선생님?"

"왜 그런 말씀을 하시죠? 산모들이 볼일이 있을 때 덜컹거리고 연기가 자욱한 지하철을 타지 말고 걸어다니라고 권해서요?"

"'임산부용 비타민'이라…… 그게 뭔지 모르겠지만…… 수영을 권장하고…… 게다가 호흡연습이라니! 어떤 호흡연습이죠?"

"그건 나중에 할 일이죠. 그리고 아뇨, 급진주의자는 아닙니다.

전혀 아니죠. 다음 환자를 오 분이나 기다리게 하는 의사일 뿐이에요."

"아! 죄송해요."

그녀는 얼른 자리에서 일어나 두꺼운 자료집을 핸드백에 집어 넣었네.

"괜찮습니다."

그녀가 가벼운 외투를 걸치면서 그 연갈색 눈으로 나를 똑바로 쳐다보더군.

"그렇군요. 급진주의자는 아니에요. 오히려 선생님은 아주……편안하다고 할까요? 제가 하고 싶은 말이 그건가요?"

"그랬으면 좋겠습니다. 내가 좋아하는 말이거든요. 데이비드슨 부인에게 말씀하시면 다음 진료 날짜를 잡아줄 겁니다. 다음 달 초쯤 다시 뵙겠습니다."

"데이비드슨 부인은 제가 못마땅한 모양이에요."

"아, 그럴 리가 있나요."

하지만 나는 원래 거짓말을 잘 못하는 사람이지. 두 사람 사이의 따뜻한 분위기가 갑자기 사라져버리더군. 나는 그녀를 진료실 문까지 배웅하지 않았네.

"미스 스탠스필드?" 그녀가 무슨 일이냐고 묻는 표정으로 침착하게 나를 돌아보았네. "이 아기를 기르실 겁니까?"

그녀는 잠시 나를 바라보다가 미소를 지었어. 그 은밀한 미소는 아마 임신한 여자들만 지을 수 있을 걸세.

"아, 그럼요."

그렇게 말하고 나가더군.

그날 일과가 끝날 때까지 나는 똑같이 덩굴옻나무에 옻이 오른 일란성 쌍둥이들을 치료했고, 종기를 짰고, 용접공의 눈에 박힌 쇳조각을 제거했고, 아주 오래 전부터 진료하던 환자 한 명을 화이트 메모리얼 병원으로 보냈는데 보나마나 암에 걸린 듯했지. 그때쯤엔 샌드라 스탠스필드를 완전히 잊고 있었다네. 그러다가 엘라 데이비드슨의 말 때문에 다시 생각났지.

"바람기 있는 여자는 아니었나 봐요."

나는 마지막 환자의 서류를 들여다보다가 고개를 들었어. 그 서류를 보면서 환멸감을 느끼던 참이었지. 자신이 아무것도 할 수 없다는 걸 깨달았을 때 대부분의 의사들이 느끼는 그 쓸모없는 환멸감 말일세. 그리고 그런 서류에 찍을 고무도장을 따로 마련해야겠다고 생각했어. **미수금**이나 **지불 완료**나 **환자 이동**이라는 말 대신 간단히 **사망선고**라고 쓴 도장 말이야. 독극물 병의 경고 표시처럼 해골과 엑스(X) 자 모양으로 교차된 뼈를 그려 넣는 것도 좋겠고.

"뭐라고 했소?"

"미스 제인 스미스 말이에요. 오늘 아침에 진료 받고 나서 희한한 짓을 하던데요."

데이비드슨 부인의 머리와 입가를 보니 그 희한한 짓이 마음에 들었나보더군.

"어떤 짓이었는데?"

"진료 일정표를 줬더니 진료비 총액을 계산해 달라고 하더라고요. 진료비 '전액' 말예요. 분만 비용과 입원비까지 포함해서."

확실히 희한한 일이었지. 그때가 1935년이었다는 사실을 잊지 말게. 더군다나 미스 스탠스필드는 혼자 사는 게 분명했는데 말이야. 혹시 부유하거나 하다못해 그럭저럭 넉넉한 형편이기라도 했을까? 내가 보기엔 그렇지 않았어. 옷, 신발, 장갑, 모두 세련됐지만 보석류는 하나도 달지 않았거든. 값싼 장신구조차 없었지. 게다가 그 모자, 확실히 유행이 지나버린 그 클로슈 모자를 봐도 그렇고.

"그래서 그렇게 해줬소?"

데이비드슨 부인은 제정신이냐는 듯이 나를 쳐다보았지.

"해줬느냐고요? 그야 **당연히** 해줬죠! 그랬더니 전액을 한꺼번에 지불하더군요. 현금으로."

데이비드슨 부인은 무엇보다 그 현금 때문에 크게 (물론 지극히 기분좋게) 놀란 듯했지만 나는 조금도 놀라지 않았다네. 세상의 '제인 스미스'들이 할 수 없는 일이 하나 있다면 개인수표를 쓰는 일이니까.

데이비드슨 부인은 이렇게 말을 이었네.

"핸드백에서 예금통장을 꺼내서 펼쳐놓더니 돈을 세어 내 책상에 척 내려놓더라고요. 그러더니 현금이 있던 자리에 영수증을 끼우고 통장을 다시 핸드백에 넣고 나서 인사를 하더군요. 대단하죠? '점잖은' 사람들이 진료비를 안 내서 일일이 찾아다녀야 할 때가 한두 번이 아닌데 말예요!"

그런데 나는 왠지 좀 우울하더군. 스탠스필드라는 여자가 그런 짓을 한 것도 언짢았고, 데이비드슨 부인이 그 일을 그렇게 기뻐하고 만족스러워하는 것도 그렇고, 나 자신까지 못마땅하더란 말이야. 이유가 뭔지는 그때도 딱 꼬집어 말할 수 없었고 지금도 그렇다네. 왠지 내가 초라해진 기분이더라고.
나는 이렇게 물었지.
"하지만 입원비는 아직 계산할 수 없잖소?"
너무 사소한 문제라서 이렇게 물고 늘어지기도 우스울 정도였지만 그 순간 내가 느낀 불쾌감과 (조금은 재미있다는 생각도 들었지만) 좌절감을 표현할 방법이 그것밖에 생각나지 않았다네.
"따지고 보면 그 여자가 얼마나 오래 입원하게 될지 아무도 모르잖소. 혹시 점쟁이가 됐소, 엘라?"
"저도 그렇게 말했죠. 그랬더니 순산인 경우 보통 며칠이나 입원하느냐고 묻는 거예요. 엿새쯤이라고 했죠. 제 대답이 틀렸나요, 매캐런 선생님?"
정답이라고 인정할 수밖에 없었지.
"그렇다면 엿새치를 지불하겠다고 하더군요. 입원 기간이 길어지면 차액을 지불하고……"
"…… 짧아지면 환불을 받고."
나는 짜증을 내면서 부인의 말을 끊어버리고 속으로 이런 생각을 했어. 아무튼 대단한 여자야! 그러다가 웃어버렸다네. 정말 배짱이 두둑한 여자잖아. 그것만은 아무도 부정할 수 없지. 남자 뺨치게 배짱이 두둑한 여자.
그때 데이비드슨 부인이 미소를 지었는데…… 이젠 나도 노망이 났는지 가끔 어떤 사람을 속속들이 안다는 생각이 들 때마다 그날의 그 미소를 떠올린다네. 그 전에는 내가 아는 여자들 중에서 제일 '꼬장꼬장한' 데이비드슨 부인이 설마 결혼도 하지 않고 임신한 여자를 떠올리며 그렇게 애정어린 미소를 지을 줄은 꿈에도 몰랐거든.

"배짱이라고요? 그건 모르겠어요, 선생님. 하지만 그 여자는 자기 생각이 분명해요. 그건 틀림없어요."

한 달이 지났을 때 미스 스탠스필드가 정확히 약속 시간에 들어오더군. 뉴욕은 그때도 그랬고 지금도 그렇지만 이 광활하고 놀라운 인간들의 홍수 속에서 그녀가 불쑥 나타난 거야. 새옷 같은 파란 드레스를 입고 있었는데, 그녀가 입고 있으니 왠지 세상에 하나밖에 없는 옷처럼 독창적이라는 느낌이 들더군. 보나마나 똑같은 옷이 몇 십 벌씩 걸린 진열대에서 골랐을 텐데 말이야. 그녀가 신은 펌프스는 그 옷에 어울리지 않았어. 지난번에 보았던 그 갈색 신발이더군.

나는 꼼꼼하게 그녀를 진찰했고 모두 정상이라는 걸 확인했어. 그렇게 말했더니 그녀도 기뻐하더군.

"임산부용 비타민을 찾았어요, 매캐런 선생님."

"그래요? 잘 됐네요."

그녀의 눈이 장난스럽게 반짝거리더군.

"그런데 약사는 그걸 먹지 말라고 하던데요."

"하느님, 입만 살아 있는 약사 나부랭이들을 벌하소서."

그러자 그녀가 손으로 입을 가리면서 킥킥 웃었어. 어린애 같은 몸짓이지만 스스로 의식하지 않아서 매력적이었지. 나는 다시 이렇게 말했네.

"내가 만나본 약사들은 한결같이 의사 자리를 넘보더군요. 그리고 보수적이죠. 임산부용 비타민은 신제품이라서 미심쩍어하는 거예요. 그래서 약사의 충고를 따랐나요?"

"아뇨, 선생님 충고를 따랐죠. 제 담당의사는 선생님이니까요."

"고마워요."

"천만에요." 그러더니 나를 똑바로 쳐다보았네. 이젠 웃지 않더군. "매캐런 선생님, 언제쯤부터 티가 날까요?"

"아마 8월까지는 괜찮을 겁니다. 조금…… 뭐랄까, 넉넉한 옷을 입으면 9월까지."

"고맙습니다."

그녀는 핸드백을 집어들었지만 곧바로 일어서진 않았네. 아직 할 말이 남았는데 어디서부터 어떻게 시작해야 좋을지 몰라 망설이는 모양이라고 짐작했지.

"직장에 다니시는 모양이네요."

그녀가 고개를 끄덕이더군.

"맞아요. 일하죠."

"어딘지 여쭤봐도 괜찮을까요? 말씀하시기 곤란하면……"

그러자 그녀가 웃더군. 즐거운 웃음이 아니라 공허한 웃음이었어. 조금 전의 킥킥거리던 웃음과는 딴판이었지.

"백화점이에요. 시내에서 미혼 여성이 일할 만한 데가 또 있나요? 머리를 감고 나서 손가락으로 돌돌 말아올리는 뚱뚱한 아줌마들한테 향수를 팔아요."

"언제까지 일하실 거죠?"

"임신했다는 걸 들킬 때까지요. 그때는 나가라고 할 거예요. 뚱뚱한 아줌마들을 불쾌하게 하면 안 되니까요. 매장에서 결혼반지도 없는 임신부를 보면 정성껏 말아올린 머리가 도로 펴질지도 모르잖아요."

 그녀의 눈에 갑자기 눈물이 고이더군. 입술도 파르르 떨렸어. 나는 손수건을 찾으려고 더듬거렸네. 그런데 그 눈물은 흘러내리지 않았어. 한 방울도. 한순간 눈물이 그렁그렁하더니 눈을 깜박거리자 도로 들어가 버린 거야. 그 다음엔 입술에 힘을 주고……다시 힘을 빼더군. 그녀는 감정에 휘둘리지 말자고 결심했고……그걸 실천한 거야. 보기만 해도 놀라운 일이었지

 그리고 이렇게 말했다네.

 "죄송해요. 선생님은 저한테 정말 친절하셨어요. 그 친절을 이렇게 흔해빠진 이야기로 갚고 싶진 않네요."

 그녀가 자리에서 일어났고 나도 일어났어. 그리고 이렇게 말했지.

 "나는 얘기를 잘 듣는 편입니다. 시간도 있어요. 다음 환자가 예약을 취소했거든요."

 "아니에요. 고맙지만 안 할래요."

 "알겠습니다. 그런데 한 가지가 더 있어요."

 "뭔데요?"

 "환자들한테서 (그게 누구든 간에) 내가 아직 하지도 않은 일에 대한 보수를 미리 받는 건 내 방침에 어긋나요. 혹시 나중에라도…… 그러니까, 혹시 원하신다면…… 혹은 꼭 필요하다면……"

 나는 허둥지둥 말을 더듬다가 입을 다물었네.

 "저는 뉴욕에서 4년 동안 살았어요, 매캐런 선생님. 그리고 원래 검소한 성격이에요. 8월, 어쩌면 9월, 그때가 지나면 다시 일할 수 있을 때까지는 저금해 둔 돈으로 살아가야 할 거예요. 그런데 그게 별로 큰 액수가 아니라서 때로는, 주로 밤이지만, 겁이 나기

도 해요."

그녀는 그 아름다운 연갈색 눈으로 나를 똑바로 쳐다보았네.

"그래서 아기를 위한 비용을 먼저 쓰는 편이 더 나을…… 아니, 더 안전할 것 같았어요. 무엇보다 먼저 말예요. 저한테는 아기가 제일 중요하니까요. 그리고 좀더 시간이 지나면 그 돈을 쓰고 싶은 충동이 너무 강해질 수도 있잖아요."

나는 이렇게 대답했지.

"알았어요. 어쨌든 나는 그 돈을 선불이라고 생각하니까 그런 줄 아세요. 혹시 그 돈이 필요하게 되면 말씀만 하세요."

그러자 그녀의 눈에 다시 장난기가 돌더군.

"그랬다가 데이비드슨 부인이 다시 무서워지면 어떡해요? 그럴 순 없죠. 그럼, 선생님……"

"되도록 오랫동안 일할 생각인가요? 무슨 수를 쓰더라도 최대한 오랫동안?"

"네. 그럴 수밖에 없어요. 그런데 왜요?"

"가시기 전에 좀 무서운 얘기를 해야겠어요."

그녀의 눈이 조금 커지더군.

"하지 마세요. 안 그래도 충분히 겁먹고 있어요."

"그래서 얘기하려는 거예요. 다시 앉아보세요, 미스 스탠스필드." 그래도 그녀는 그대로 서 있었고 나는 이렇게 덧붙였다네. "부탁해요."

그제야 앉더군. 내키지 않는 듯이.

나는 책상 모서리에 걸터앉아 이렇게 말했어.

"지금의 상황이 남다르고 고달프다는 거 알아요. 그런데도 놀랄 만큼 당당하게 대처하고 있다는 것도 알아요."

그녀가 입을 열다가 내가 손을 드는 것을 보더니 도로 다물더군.

"그건 훌륭해요. 경의를 표합니다. 하지만 자신의 경제적 안정을 위해서 어떤 식으로든 아기한테 해로운 짓을 하는 건 보고 싶지 않네요. 어떤 환자가 있었는데, 내가 그러지 말라고 열심히 타일렀는데도 몇 달 동안이나 복대를 하고 다녔어요. 배가 불러올수록 점점 더 단단히 조이면서 말예요. 원래 허영심 많고 어리석고 성가신 여자인 데다 내가 보기엔 그 아기를 진심으로 원하지도 않았어요. 난 요즘 사람들이 마작판 앞에 앉아 떠들어대는 잠재의식 이론 따위는 별로 안 믿지만 만약 믿었다면 그 여자가 (아니면 정신의 일부분이) 아기를 죽이려 했다고 말했을 거예요."

"그래서 정말 죽였나요?"

그녀의 표정은 조금도 달라지지 않았어.

"아니, 그건 아니에요. 하지만 그 아기는 지진아로 태어났어요. 어차피 지진아로 태어났을 가능성도 많고 그걸 부정할 생각도 없어요. 무엇 때문에 그런 일이 생기는지 의사들도 아는 게 별로 없으니까요. 하지만 그 여자 **때문에** 그랬을 가능성도 있어요."

그러자 그녀가 나지막이 말했어.

"무슨 말씀인지 알겠어요. 제가…… 제가 한 달이나 6주쯤 더 일하려고 복대를 하고 다닐까봐 걱정하시는 거죠? 저도 그런 생각을 했던 거 인정해요. 그러니까…… 겁을 주셔서 고마워요."

이번에는 그녀를 문 앞까지 배웅했어. 나는 그녀의 통장에 돈이 얼마나 많은지, 혹은 얼마나 적은지, 위험 수위가 얼마나 가까운지 묻고 싶었다네. 그녀가 대답할 리 없는 질문이었지. 그 정도는 충분히 짐작할 수 있었어. 그래서 그냥 잘 가라는 인사를 하고 비타민에 대한 농담을 던졌네. 그녀는 가버렸어. 그날부터 한 달 동안 시도때도 없이 그녀가 떠오르더군. 그런데……

그때 조핸슨이 매캐런의 이야기를 가로막았다. 두 사람은 오랜 친구였고, 그래서 우리 모두가 생각하던 질문을 입 밖에 낼 수 있었을 것이다.

"그 여자를 사랑했나, 엠린? 그래서 그녀의 눈과 미소가 어쨌다느니, 시도때도 없이 생각났다느니 하는 거 아니야?"

이야기를 방해해서 매캐런이 불쾌해 할 줄 알았는데 그렇지 않았다.

"그렇게 묻는 것도 당연하겠지."

그는 입을 다물고 잠시 불 속을 들여다보았다. 마치 졸고 있는 듯했다. 그때 바싹 마른 나무옹이가 탁 터지면서 불꽃이 굴뚝을 향해 후르르 날아올랐고 매캐런이 고개를 들었다. 먼저 조핸슨을 보고 나서 다른 사람들도 둘러보았다.

"아니야. 사랑하진 않았어. 내가 그녀에 대해 이야기한 것들이 주로 사랑에 빠진 남자가 눈여겨보는 것들이긴 하지. 그녀의 눈, 그녀의 드레스, 그녀의 웃음."

그는 빗장처럼 생긴 파이프 전용 라이터로 파이프에 불을 붙이고 담배가 빨갛게 타오를 때까지 뻐끔거렸다. 그러고 나서 빗장을 탁 닫아걸고 상의 호주머니 속에 떨어뜨린 후 담배 연기를 내뿜었다. 향긋한 연기가 그의 머리를 둘러싸고 천천히 떠다녔다.

"난 그녀를 흠모했어. 그뿐일세. 그리고 그녀를 만날 때마다 흠모의 정이 점점 더 깊어졌다네. 자네들 중에는 이 이야기가 어떤 특별한 상황 때문에 좌절해 버린 사랑에 대한 이야기라고 생각하는 사람도 있겠지. 그렇다면 완전히 잘못 짚었어. 그녀의 사연은 반 년 남짓한 기간 동안 조금씩 들을 수 있었는데, 그 사연을 듣고 나면 자네들도 그녀가 말한 대로 흔해빠진 이야기라고 생각할 테지. 수많은 아가씨들처럼 그녀도 도시의 유혹에 빠져버렸던 거야. 그녀는 어느 소도시 출신이었는데……

…… 아이오와 아니면 네브래스카였을 거야. 미네소타였을지도 몰라. 이젠 기억이 가물가물하군. 그녀는 고등학교 때 연극부 활동을 열심히 했고 그 소도시에 있는 극장에서도 활약했어. 그러다가 어느 시골 전문대에서 영문학으로 학위를 받은 연극 평론가가 그 지역 주간지에 좋은 평을 써줬고, 그래서 본격적으로 연기를 해보겠다고 뉴욕으로 오게 된 거야.

그녀는 그 문제에 대해서도 현실적이었지. 야망 자체가 비현실적이긴 했지만 어쨌든 나름대로 현실적인 판단을 한 거였어. 자기가 뉴욕을 선택한 이유는 영화잡지에서 은근히 부추기는 환상을 믿지 않았기 때문이라더군. 할리우드에만 가면 누구나 스타가 될 수 있다, 이를테면 슈워브 약국(배우들과 영화관계자들이 많이 방문하는 걸로 유명한 할리우드의 약국 — 옮긴이)에서 소다수를 마시다가 하루아침에 게이블이나 맥머리의 상대역을 맡을 수도 있다는 이야기 말이야. 그녀는 발을 들여놓기가 더 쉬울 듯싶어 뉴욕을 선택했다고 했는데…… 내 생각엔 영화보다 연극 쪽에 더 관심이 많았기 때문일 거야.

미스 스탠스필드는 어느 대형 백화점에서 향수를 파는 일자리를 얻고 연극 학원에도 등록했어. 똑똑하고 결의도 대단했지만, 그리고 의지가 강철처럼 단단했지만, 그녀도 어쩔 수 없는 인간이었어. 외로워했다는 거지. 그런 외로움은 중서부 소도시에서 방금 올라온 독신 아가씨들만 이해할 수 있을 걸세. 향수병(鄕愁病)이라면 흔히 어렴풋하고 그리운 감정, 아름다운 감정이라고 생각하기 쉽지만 때로는 무서울 정도로 예리한 칼날이 될 수도 있지. '병'이라는 말은 비유적 표현일 뿐만 아니라 사실적 표현이기도 하거든. 향수병은 우리가 세상을 바라보는 눈을 바꿔놓을 수도 있어. 우리가 거리에서 만나는 얼굴들이 무관심해 보일 뿐만 아니라 추악해 보이고…… 심지어 악의를 품은 것처럼 보이기도 하지. 향수병도 진짜 병일세. 뿌리 뽑힌 식물의 고통.

미스 스탠스필드는 분명히 감탄할 만한 사람이고 의지가 강한 사람이지만 그 병에 대한 면역성까지 가진 건 아니었지. 그래서 굳이 말할 필요도 없을 만큼 자연스러운 일이 벌어졌다네. 그녀가 다니던 연극 학원에 한 젊은이가 있었어. 두 사람은 몇 번 데이트를 했지. 그녀는 그를 사랑하지 않았지만 친구가 필요했거든. 그가 친구도 아니고 친구가 될 가능성도 없다는 걸 깨달았을 무렵에 두 가지 사건이 일어났어. 둘 다 성에 관련된 사건이었지. 미스 스탠스필드가 임신 사실을 알게 된 거야. 그래서 젊은이한테 말했더니 자기가 그녀를 지켜주고 '마땅히 해야 할 일을 하겠다.'고 말했다네. 그리고 일주일 후 연락처도 안 남기고 하숙집에서 사라져버렸지. 그녀가 나를 찾아온 게 바로 그때였어.

미스 스탠스필드가 임신 4개월째였을 때 나는 그녀에게 호흡법을 가르쳐주었네. 요즘은 라마즈 호흡법이라고 부르지만 그 시절은 라마즈 박사의 이론이 아직 알려지지 않았을 때였어.

'그 시절'……이 말이 벌써 몇 번이나 튀어나왔다는 건 나도 알고 있네. 미안하지만 어쩔 수 없어. 내가 지금까지 들려준 이야기와 앞으로 들려줄 이야기는 모두 '그 시절'이었기 때문에 벌어진 일이니까.

그래서…… '그 시절', 그러니까 45년 전에는 국내 어디서나 조금 큰 병원 분만실에만 들어가면 꼭 정신병원처럼 시끄러웠지. 병원이 떠나가라 울어대는 여자들, 차라리 죽고 싶다고 소리치는 여자들, 너무 아파서 못 참겠다고 소리치는 여자들, 예수님께 죄를 용서해 달라고 소리치는 여자들, 남편이나 아버지 앞에서는 한 번도 입 밖에 내지 않았던 욕설과 상소리를 줄줄이 뱉어내며 고래고래 외치는 여자들. 누구나 그런 악다구니를 당연하다고 여겼지. 세계 여성의 대부분은 이따금씩 힘겨운 육체노동을 하듯이 끙끙거릴 뿐, 거의 찍소리도 없이 조용히 아기를 낳는데 말이야.

이렇게 말하기는 싫지만 그런 히스테리는 의사들에게도 책임이 있어. 출산을 먼저 경험한 친구나 친척들이 임산부한테 들려주는 이야기도 한 몫 거들지. 어떤 경험이 고통스럽다는 말을 듣고 나면 실제로 아프게 돼. 이건 정말이야. 대부분의 고통은 정신적인 것인데, 엄마와 언니와 결혼한 친구들은 물론이고 담당 의사한테서까지 아기를 낳을 때 굉장히 아프다는 말을 듣고 그렇게 믿어버리면 정말 엄청난 고통을 느낄 수 있는 마음의 준비가 된 셈이지.

그때 나는 개업한 지 겨우 6년밖에 안 됐지만 그 사이에도 이 중고에 시달리는 여자들을 숱하게 봤어. 임신을 했으니 태어날 아기를 위한 계획도 세워야 했고, 한편으로는 자기가 '죽음의 골짜기'에 들어섰다는 사실도 감당해야 했으니까. 대부분의 임산부들은 그런 말을 사실로 믿었거든. 실제로 뒷일을 미리 준비하는 여자들도 많았다네. 혹시 자기가 죽더라도 남편이 불편 없이 살아갈 수 있게 해주려고 말일세.

지금은 산부인과 강의를 할 때와 장소가 아니지만 서양에서는 아주 오래 전부터 '그 시절'에 이르기까지 출산이 실제로 지극히 위험한 일이었다는 사실을 명심해야 하네. 1900년경부터 의학의 혁명적 발전이 시작되면서 출산 과정도 많이 안전해졌지만 굳이 임산부들에게 그 사실을 알려주는 의사들은 터무니없이 적었어. 왜 그랬는지야 모를 일이지. 어쨌든 그 점을 감안한다면 대부분의 분만실이 정신병원처럼 시끄러웠던 것도 당연하지 않겠나? 여기 임산부들이 몇 명 있다고 생각해 보세. 이 불쌍한 여자들은 빅토리아 시대와 다름없는 예법 때문에 아주 막연한 설명밖에 못 들었는데 마침내 때가 돼서 출산 과정을 직접 경험하는 중이야. 드디어 탄생의 엔진이 전속력으로 회전하는 순간을 몸으로 겪는 거지. 이때 두려움과 놀라움이 찾아오기 마련인데, 대부분의 여자들은 그런 감정을 견딜 수 없는 고통으로 착각하고 금방이라도 개죽음을 당할 거라고 생각한다네.

나는 임신에 대한 문헌을 읽어보다가 조용한 탄생의 원리와 호흡법의 개념을 깨달았다네. 산모가 비명을 지르면 아기를 내보내는 데 필요한 에너지를 낭비하고 과호흡(過呼吸)을 하게 되는데,

과호흡을 하면 신체가 쓸데없이 비상 체제로 돌입하게 되지. 아드레날린이 대량으로 분비되면서 폐활량이 늘어나고 맥박도 빨라지는 거야. 호흡법의 취지는 산모가 당면 과제에 정신을 집중하고 신체 자체의 능력을 이용해서 고통에 대처하도록 도와주기 위한 거였어.

당시 인도와 아프리카에서는 벌써 호흡법을 광범위하게 사용했다네. 미 대륙에서는 쇼쇼니족, 카이오와족, 믹맥족 같은 인디언들이 두루 사용했고, 에스키모들은 아주 옛날부터 사용했지. 그런데 자네들도 짐작했겠지만 서양 의사들은 대부분 호흡법에 특별한 관심을 갖지 않았어. 1931년 가을에 내 임신 자료집을 타이핑해서 동료 의사한테 보여줬는데, 꽤 똑똑한 사람이었지만 호흡법에 대한 부분 전체에 빨간 줄을 북북 그어 돌려주더군. 그리고 여백에 이렇게 적어놨더라고. '검둥이들의 미신'이 궁금했다면 신문 가판대에 들러 《세계의 불가사의》를 샀을 거라고!

아무튼 그 친구는 자료집에서 그 부분을 빼버리라고 했지만 난 그러지 않았어. 그런데 호흡법의 효과는 들쭉날쭉이었네. 그렇게 말할 수밖에 없어. 호흡법을 사용해서 대단한 효과를 보는 산모들도 있었지. 반면에 호흡법의 원리를 완벽하게 이해한 듯싶다가도 막상 진통이 심해지면 완전히 자제력을 잃어버리는 산모들도 있더란 말이야. 알고 보니 그런 경우는 대개 산모를 걱정해 주는 친구나 친척들이 호흡법의 개념 전체를 헐뜯고 깎아내렸더군. 한 번도 못 들어본 얘기니까 실제로 효과가 있을 거라고는 믿을 수 없었겠지.

분만 과정은 사람마다 제각각이지만 전체적으로 보면 상당히 비슷한 과정을 거치게 되는데, 호흡법은 바로 그 인식에서 출발했어. 분만 과정에는 크게 네 단계가 있지. 자궁 수축기, 분만 중간기, 태아 출산기, 태반 배출기. 자궁 수축은 복부와 골반 주변의 근육들이 아주 단단해지는 과정인데, 임산부들은 6개월째부터 자궁 수축이 시작되는 느낌을 받을 때가 많다네. 처음 임신한 여자들은 복통처럼 괴로울 거라고 생각하지만 내가 듣기로는 그보다 훨씬 더 깔끔한 느낌이라더군. 강렬한 육체적 감각인데 그게 심해지면 쥐가 난 듯이 고통스러울 때도 있다는 거야. 진통이 시작되면 호흡법을 사용하는 산모는 짧고 고르게 숨을 들이쉬고 내쉬어야 한다네. 날숨은 디지 길레스피(미국 가수, 작곡가, 트럼펫 연주자 — 옮긴이)가 트럼펫을 불듯이 훅훅 내뿜으면서 말이야.

분만 중간기에는 대략 15분 간격으로 좀더 고통스러운 진통이 오는데, 그때부터는 숨을 길게 들이마셨다가 길게 내쉬지. 마라톤 선수가 마지막으로 속력을 낼 때와 같은 방식이지. 진통이 심할수록 호흡도 길어져야 해. 내 자료집에서는 이 단계를 '파도타기'라고 불렀어.

여기서 우리가 알아둬야 할 마지막 단계는 내가 '기관차'라고 부르는 단계인데, 요즘 라마즈 호흡법 강사들은 이 단계를 흔히 '칙칙폭폭 호흡'이라고 부르더군. 분만이 막바지에 이르면 산모들이 흔히 깊고 아득하다고 표현하는 고통이 시작된다네. 이때 산모는 도저히 참을 수 없는 충동을 느끼고…… 배에 힘을 주면서 아기를 밀어내려고 하지. 바로 그때, 이 경이롭고 무시무시한 엔진이 절대 절정에 도달하는 순간이 바로 그때라네. 자궁 경부는 완전히 열린 상태야. 태아는 산도(産道)를 통과하는 짧은 여행을 시작했고, 이때 산모의 다리 사이를 정면에서 들여다보면 바깥세상으로부터 겨우 몇 센티미터 떨어진 곳에서 꿈틀꿈틀 고동치는 태아의 정수리를 볼 수도 있지. 호흡법을 사용하는 산모는 이제 입술 사이로 짧고 급하게 숨을 들이쉬고 내쉬는데, 이때 숨을 끝까지 들이마시거나 과호흡을 하면 안 되지만 거의 헐떡거리다시피 하는 거야. 정말 아이들이 증기기관차를 흉내낼 때와 똑같은 소리가 나지.

이 모든 과정은 신체에 이로운 영향을 준다네. 높은 산소량을 유지하면서도 산모의 신체를 비상 체제로 몰아넣지 않고, 또 산모의 의식이 또렷해서 질문하거나 대답할 수도 있고 지시에 따를 수도 있거든. 하지만 더욱더 중요한 효과는 물론 **정신적** 효과였지. 산모는 아기의 탄생에 능동적으로 참여한다는 느낌, 어떤 면에서는 자기가 그 과정을 주도한다는 느낌을 갖게 되거든. 자기가 그 경험을 지배하는 듯한 기분…… 그리고 그 고통을 지배하는 듯한 기분이지.

자네들도 이해하겠지만 이 호흡법의 성패는 전적으로 환자의 마음가짐에 달렸어. 대단히 취약하고 대단히 민감한 과정이기 때문인데, 실패가 많았던 이유는 이렇게 설명하고 싶네. 의사가 산모한테 믿음을 심어주더라도 친척들이 미개인들의 풍습이라고 질색하면서 손사래를 치면 그 믿음이 다 사라져버리기 때문이라고.

적어도 이 부분에서는 미스 스탠스필드야말로 이상적인 환자였다네. 호흡법에 대한 믿음을 버리게 만들 친구도 없고 친척도 없었으니까. (솔직히 말하자면 어떤 일이든 그녀가 일단 결심하고 나서 남의 말 때문에 생각을 바꾼 적이 한 번이라도 있었는지 의심스럽지만 말이야.) 아무튼 그녀는 호흡법의 효과를 굳게 믿었어.

우리가 호흡법에 대해 처음으로 자세히 이야기하던 날, 그녀가 이렇게 물었지.

"자기 최면과 비슷하지 않아요?"

나는 기뻐하면서 옳다고 대답했어.

"바로 그거예요! 그렇다고 속임수라고 생각하지도 말고, 막상 일이 닥쳤을 때 실망하게 될 거라고 생각하지도 마세요."

"그런 생각은 절대로 안 해요. 선생님께 깊이 감사하고 있으니까요. 열심히 연습할게요, 매캐런 선생님."

호흡법은 바로 그런 여자들을 위해 개발된 거야. 그리고 연습을 하겠다는 그 말은 정말 에누리 없는 진담이었어. 어떤 일에 그토록 열성적으로 몰두하는 사람은 본 적이 없으니까. 게다가 이 호흡법은 그녀의 성격에도 딱 맞았거든. 이 세상에는 순종적인 사람도 무수히 많고 그 중에는 나무랄 데 없이 좋은 사람도 꽤 많지. 반면에 자기 인생은 꼭 자기 손으로 틀어쥐어야 직성이 풀리는 사람도 있는데, 미스 스탠스필드가 그런 사람이었다네.

그녀가 호흡법에 깊이 몰두했다는 말은 조금도 과장이 아닐세. 그건 그녀가 향수를 팔던 백화점을 그만두던 날 벌어졌던 사건만 보더라도 충분히 납득할 수 있을 거야.

그해 8월, 그녀는 마침내 그 유익한 일자리를 포기할 수밖에 없었지. 미스 스탠스필드는 건강하고 날씬한 아가씨였고 태아는 물론 첫 아이였지. 의사들한테 물어보면 알겠지만 그런 여자는 5개월, 어쩌면 6개월까지도 임신 사실이 잘 드러나지 않는데…… 그러다가 어느 날 갑자기 '확실히' 드러나버리지.

9월 1일에 그녀가 정기검진을 받으러 와서 씁쓸하게 웃더니 호흡법의 새로운 용도를 발견했다고 하더군.

그래서 내가 물었지.

"그게 뭔데요?"

그녀의 연갈색 눈동자가 춤을 추는 듯했어.

"몹시 화가 났을 때 열을 헤아리는 방법보다 좋더라고요. 헐떡거리며 숨을 몰아쉬면 사람들이 미친 사람 보듯 해서 탈이지만요."

그녀는 기꺼이 그 일을 말해주더군. 지난 월요일에 평소처럼 출근했다는데, 내 짐작엔 아마도 바로 직전의 주말 사이에 신기할 정도로 갑작스러운 변화가 일어났던 모양이야. 날씬했던 아가씨가 별안간 누가 봐도 임신이 분명한 아가씨로 변해버린 거지. 열대지방에서 날이 갑자기 캄캄해지면서 밤이 오듯이 아주 급격한 변화가 일어나는 경우도 더러 있거든. 그게 아니라면 관리자가 전부터 의심하다가 마침내 더 이상 의심의 여지가 없다는 결론을 내렸겠지.

"휴식 시간에 사무실로 들어와."

켈리 부인이라는 여자가 냉랭하게 말했어. 그 전에는 미스 스탠스필드한테 아주 싹싹하던 여자였지. 고등학교에 다니는 두 아들의 사진을 보여주기도 했고, 한 번은 조리법을 서로 가르쳐주기도 했다네. 켈리 부인은 걸핏하면 아직도 '좋은 총각'을 못 만났느냐고 물었다더군. 그런데 지금은 그렇게 상냥하고 호의적인 태도가 온데간데없었어. 그리고 미스 스탠스필드는 휴식 시간에 켈리 부인의 사무실로 들어갈 때 벌써 무슨 일인지 짐작했다고 하더군.

예전에는 친절했던 여자가 퉁명스럽게 말했다네.
"말썽이 생겼지?"
미스 스탠스필드는 이렇게 대답했지.
"그래요. 어떤 사람들은 그렇게 표현하더군요."
그러자 켈리 부인의 두 뺨이 낡은 벽돌 같은 빛깔로 변해버렸어.
"내 앞에서 건방 떨지 마, 아가씨. 배를 보아하니 벌써 지나치게 건방을 떨었던 모양인데 말이야."
미스 스탠스필드가 그 이야기를 들려줄 때 나는 두 사람의 모습을 상상할 수 있었지. 미스 스탠스필드는 그 연갈색 눈으로 켈리 부인을 똑바로 응시했을 거야. 시선을 떨어뜨리지도 않고, 울지도 않고, 조금도 수치심을 드러내지 않고, 지극히 침착하게. 나는 그 관리자보다 미스 스탠스필드 쪽이 자신의 처지를 훨씬 더 정확하게 파악했다고 믿는다네. 그 여자는 거의 다 자란 자식이 둘이나 있었고, 이발소를 경영하면서 공화당에 투표하는 점잖은 남편도 있었지만 말이야.
켈리 부인이 신랄하게 쏘아붙였어.
"나를 감쪽같이 속여 놓고 부끄러운 기색도 없다니 정말 대단하네!"
"저는 속인 적 없어요. 오늘까지 임신에 대해서는 한 마디도 하지 않았잖아요. 그런데 어떻게 속였다고 말씀하세요?"
미스 스탠스필드는 정말 궁금하다는 듯이 켈리 부인을 빤히 쳐다봤지.
그러자 켈리 부인이 버럭 소리쳤어.
"나는 너를 우리 집에 초대하기까지 했어! 식사 대접도 했는데…… 우리 애들도 있는 식탁에서."

그 여자는 지독한 증오를 드러내면서 미스 스탠스필드를 노려봤어.

미스 스탠스필드가 슬슬 화가 나기 시작한 건 바로 그때였다네. 평생 그렇게 화가 났던 적은 한 번도 없었다고 하더군. 비밀이 밝혀졌을 때 어떤 반응을 각오해야 하는지 모르는 바는 아니었지만, 자네들도 알다시피 이론과 실천의 차이가 엄청나게 큰 경우도 더러 있잖은가.

미스 스탠스필드는 무릎 위에 두 손을 단단히 모아 쥐고 이렇게 말했다네.

"혹시 제가 아드님들을 유혹했다는 뜻이거나 앞으로 그럴지도 모른다는 뜻이라면, 제 평생 이렇게 더럽고 추잡한 말은 처음 듣네요."

그 순간 켈리 부인은 마치 따귀라도 맞은 듯 고개를 홱 젖혔어. 벽돌색 같던 홍조가 싹 가시면서 아주 작은 부분에만 열기가 남았더라네. 두 여자는 어렴풋한 꽃향기가 감도는 방 안에서 향수 샘플이 즐비한 책상 너머로 서로 싸늘하게 노려보았지. 미스 스탠스필드는 그 순간이 실제보다 훨씬 더 길게 느껴지더라고 하더군.

이윽고 켈리 부인이 서랍 하나를 확 잡아당기더니 담황색 수표 한 장을 꺼냈어. 연분홍색 퇴직금 명세서가 붙어 있었지. 그 여자는 이를 드러내고 한 마디 한 마디를 씹어뱉듯이 이렇게 말했다네.

"일자리를 찾는 참한 여자들이 사방에 널렸으니 너 같은 매춘부는 필요없어, 아가씨."

그 순간 미스 스탠스필드의 분노가 갑자기 절정으로 치솟았는데, 그 이유는 마지막에 덧붙인 '아가씨'라는 말, 경멸이 가득한 그 한 마디 때문이었다고 하더군. 다음 순간 켈리 부인의 입이 딱 벌어지고 눈은 휘둥그레졌다네. 왜냐하면 미스 스탠스필드가 두 손을 쇠사슬의 두 고리처럼 단단히, 손톱자국이 남을 정도로 모질게 움켜쥐고(9월 1일에 만났을 때는 벌써 많이 희미해졌지만 아직도 뚜렷이 알아볼 수 있었다네.) 이를 악문 채 '기관차 호흡'을 시작했거든.

웃을 일은 아니지만 그 장면을 떠올리면서 도저히 웃음을 참을 수 없었다네. 미스 스탠스필드도 함께 웃었어. 데이비드슨 부인이 진료실 안을 들여다보고 가더군. 우리가 아산화질소(마취제로 사용하는 무색 기체, 웃음가스로도 불린다 — 옮긴이)라도 마셨는지 확인하려고 했겠지.

미스 스탠스필드는 웃음을 그치지 않고 손수건으로 눈물을 닦아가며 이렇게 말했어.

"그것 말고는 아무것도 생각나지 않더라고요. 그 순간 저는 그 여자 책상으로 손을 뻗어 향수 샘플을 모조리, 하나도 남김없이, 카펫도 없는 콘크리트 바닥에 한꺼번에 내동댕이치는 제 모습을 봤거든요. 그런 **상상**을 했다는 게 아니라 실제로 **봤다고요!** 향수병들이 바닥에 떨어져 깨지는 장면을 제 눈으로 봤는데, 온갖 냄새가 뒤섞이면서 훈증 소독을 해야 할 만큼 지독한 악취가 진동했어요.

그대로 있었다면 정말 그랬을 거예요. 아무도 말릴 수 없는 상태였거든요. 그러다가 '기관차 호흡'을 시작했더니 마음이 가라앉더군요. 저는 수표와 분홍색 명세서를 집어들고 자리에서 일어나

밖으로 나왔어요. 물론 그 여자한테 고맙다고 말하지는 못했어요. 여전히 기관차 흉내를 내고 있었거든요!"

우리는 다시 웃음을 터뜨렸고, 잠시 후 그녀가 좀 차분해지더군.

"이젠 다 지나간 일이고 그 여자가 좀 불쌍하다는 생각까지 들어요. 이런 말은 너무 독선적인가요?"

"천만에요. 그런 생각까지 하다니 대단하다고 생각해요."

"퇴직금으로 뭘 샀는지 보여드릴까요, 매캐런 선생님?"

"그래요."

그녀가 핸드백을 열더니 작고 평평한 상자를 꺼내더군.

"전당포에서 샀어요. 2달러였죠. 그런 악몽을 겪으면서도 제가 수치스럽고 더럽다고 느낀 순간은 그때뿐이었어요. 신기하죠?"

그녀는 상자를 열고 내가 그 속을 볼 수 있도록 책상 위에 내려놓았지. 나는 상자 속의 물건을 보고도 놀라지 않았어. 금으로 만든 평범한 결혼반지였다네.

"필요하다면 무슨 일이든지 하겠어요. 저는 켈리 부인이 '점잖은 집'이라고 부를 만한 하숙집에 살아요. 주인아줌마는 상냥하고 싹싹한 분이지만…… 켈리 부인도 전에는 상냥하고 싹싹했죠. 주인아줌마는 이제 금방이라도 방을 비워달라고 할 거예요. 그리고 제가 돌려받아야 할 방세 차액이나 입주할 때 냈던 예치금에 대한 말을 꺼내면 제 면전에서 웃음을 터뜨리겠죠. '아가씨, 그건 불법이야. 그런 얘기는 판사나 변호사한테 해보라고.'"

미스 스탠스필드는 침착하게 말을 이었지.

"법정은 남자들이 지배하는 곳이에요. 저 같은 처지에 놓인 여자들을 도와주려고 굳이 애써줄 리가 없죠. 제 돈은 돌려받을 수도 있고 못 받을 수도 있어요. 어쨌든 그때까지 들어갈 비용과 수고와 그…… 그 불쾌감을 생각하면…… 47달러쯤 되는 돈은 아무것도 아닐 거예요. 애당초 선생님께 이런 얘기를 꺼내는 게 아니었어요. 아직 일어나지도 않은 일이고 안 일어날지도 모르니까요. 아무튼 앞으로는 더 현실적으로 살아갈 생각이에요."

그녀가 고개를 들고 내 눈을 살피더군.

"빌리지에 있는 집을 눈여겨보는 중이에요. 만일의 경우에 대비해서요. 3층이지만 깨끗한 데다 지금 사는 집보다 월세가 5달러나 싸거든요."

그녀는 상자 속에서 반지를 꺼냈어.

"주인아줌마가 방을 보여줄 때 저는 이 반지를 끼고 있었죠."

그러면서 왼손 셋째손가락에 반지를 끼었는데, 본인은 의식하지 못하는 듯했지만 혐오스럽다는 듯 살짝 얼굴을 찡그리더군.

"자. 그래서 저는 스탠스필드 부인이 됐어요. 남편은 트럭 운전사였는데 피츠버그와 뉴욕 사이에서 사고로 죽었어요. 슬픈 일이죠. 하지만 저는 이제 행실 나쁜 매춘부가 아니고 제 아이도 사생아가 아니에요."

그녀가 내 얼굴을 쳐다보는데 두 눈에 다시 눈물이 고였더군. 내가 보고 있을 때 한쪽 눈에서 눈물이 넘쳐 뺨을 타고 흘러내렸어.

마음이 아파서 책상 너머로 손을 내밀어 그녀의 손을 잡았어. 차디차더군.

"제발 울지 말아요."

그녀는 그 손을(왼손이었지.) 내 손에 잡힌 채로 뒤집어 반지를 들여다보았네. 그러면서 미소를 지었는데, 마치 식초에 탄 쓸개즙처럼 쓰디쓴 미소였어. 눈물이 또 한 방울 흘러내렸지. 그뿐이었어.

"매캐런 선생님, 냉소적인 사람들은 마법과 기적의 시대가 다 지나갔다지만 저는 오해라고 생각해요. 단돈 2달러에 전당포에서 반지를 살 수 있고 그 반지만 있으면 사생아라느니 음탕하다느니 하는 비난을 순식간에 지워버릴 수 있는데 그게 마법이 아니면 뭐겠어요? 싸구려 마법이죠."

"미스 스탠스필드…… 샌드라라고 불러도…… 혹시 도움이 필요하면, 내가 할 수 있는 일이라면 뭐든지……"

그녀가 나에게 잡힌 손을 빼더군. 그 손이 왼손이 아니라 오른손이었다면 안 그랬을지도 몰라. 이미 말했듯이 나는 그녀를 사랑하지 않았지만 그 순간만은 사랑할 수도 있었다네. 사랑에 빠지기 직전이었으니까. 만약 내가 가짜 결혼반지를 낀 손 대신에 오른손을 잡았다면, 그리고 그 손을 조금만 더 오래 쥐고 있었다면, 그래서 내 손으로 그녀의 손을 따뜻하게 녹여줄 수 있었다면, 나는 아마 그녀를 사랑하게 되었을 거야.

"선생님은 착하고 친절한 분이에요. 저와 아기한테 큰 도움을 주셨고…… 선생님의 호흡법은 이 불쾌한 반지보다 훨씬 더 좋은 마법이에요. 어쨌든 그 덕분에 제가 기물 파손 죄로 수감되는 일을 면했잖아요?"

그녀는 곧 진료실을 나섰고 나는 창가로 가서 5번가 쪽으로 걸어가는 그녀를 지켜보았지. 아, 난 그때 그녀를 깊이 흠모했어! 그 가냘픈 자태, 그 젊음, 그리고 누가 보아도 임신이 분명한 배. 하지만 부끄러워하거나 머뭇거리는 기색은 조금도 없었다네. 그녀는 종종걸음을 치지 않았어. 인도를 차지하고 걸어갈 권리를 주장하듯 당당하게 걸었지.

그녀가 시야를 벗어난 후 나는 다시 책상 쪽으로 돌아섰어. 그러다가 내 학위증 옆에 걸린 사진에 시선이 머무는 순간 무시무시한 전율을 느꼈다네. 온몸에 (살갗 전체, 심지어 이마와 손등에도) 싸늘한 소름이 쫙 돋았어. 내 평생 가장 무서운 공포가 끔찍한 수의(壽衣)처럼 덮쳐왔고 나는 숨이 차서 헐떡거렸지. 그건 바로 예지(豫知)의 순간이었던 거야. 나는 그런 일이 정말 있느냐 없느냐를 따지는 논쟁에는 일절 끼어들지 않는다네. 내가 몸소 경험해 봐서 그런 일도 가능하다는 걸 알고 있으니까. 딱 한 번, 9월 초의 그 무더웠던 오후가 처음이자 마지막이었지. 그런 경험은 두 번 다시 하고 싶지 않네.

내가 의대를 졸업하던 날 어머니가 찍어주신 사진이었어. 그 속에서 나는 화이트 메모리얼 병원 앞에서 뒷짐을 지고 마치 방금 놀이공원 자유 이용권을 받은 아이처럼 기분 좋게 웃고 있었지. 내 왼쪽에는 해리엇 화이트의 석상도 보였는데, 그 사진에는 정강이 중간까지만 나왔지만 석상의 대좌와 이상할 정도로 냉혹한 그 명문만은 또렷하게 찍혔지. **고통이 없다면 위안도 없나니, 고난을 통하여 구원을 얻노라.** 그로부터 넉 달도 채 안 지났을 때 샌드라 스탠스필드가 아기를 낳으러 병원에 도착하던 순간 어이없는 사고로 죽어버렸어. 우리 아버지 첫 부인의 석상 발치, 바로 그 명문 밑에서였지.

그해 가을에 그녀는 자기가 출산할 때 내가 돌봐주지 못할까 봐 조금 불안해하더군. 가령 크리스마스 휴가를 떠나거나 전화를 못 받을 수도 있으니까. 그녀가 걱정한 이유 중 하나는 그때 분만을 맡은 의사가 호흡법을 사용하겠다는 본인의 바람을 무시하고 마치 가스를 쓰거나 척수 마취제를 주사하지 않을까 싶어서였지.

나는 그녀를 안심시키려고 최선을 다했네. 시내를 벗어날 이유도 없고 휴가 때 찾아갈 가족도 없다고 했지. 우리 어머니는 2년 전에 돌아가셨고, 캘리포니아에 사는 노처녀 이모 말고는 아무도 없었거든. 그리고 기차 여행은 내 체질에 안 맞는다는 말도 해줬어.

그녀가 묻더군.

"외롭지 않으세요?"

"가끔은요. 평소엔 너무 바쁘거든요. 자, 받으세요."

나는 카드에 우리 집 전화번호를 적어 그녀에게 건넸어.

"진통이 시작됐을 때 자동응답기가 전화를 받으면 이 번호로 연락하세요."

"아, 아뇨, 그렇게까지……"

"호흡법을 쓰고 싶어요, 아니면 '기관차 호흡'을 시작하자마자 산모가 미친 줄 알고 마취제를 잔뜩 들이부을 게 빤한 돌팔이를 만나고 싶어요?"

그녀가 어렴풋이 미소를 짓더군.

"좋아요. 무슨 말씀인지 알겠어요."

하지만 가을이 점점 깊어져 3번가 정육점마다 '어리고 맛좋은 칠면조'의 가격을 표시할 무렵(추수감사절이 다가온다는 뜻—옮긴이), 그녀가 여전히 마음을 놓지 못한다는 사실이 분명해졌어. 예상했던 대로 나를 처음 만났을 때 살던 집에서 나가달라는 요청을 받고 빌리지로 이사한 뒤였다네. 그렇지만 그건 오히려 잘된 일이었어. 게다가 일자리까지 구했어. 살림이 꽤 넉넉한 어느 맹인 여자한테 일주일에 두 번씩 찾아가서 간단한 집안일을 해주고 진 스트래튼 포터(미국 소설가—옮긴이)나 펄 벅의 작품을 읽어주는 일이었지. 그 여자도 미스 스탠스필드와 같은 건물 1층에 살았어. 미스 스탠스필드는 건강한 여자들이 임신 후기에 흔히 그렇듯이 장밋빛으로 곱게 피어났다네. 그런데 얼굴에는 수심이 가득했지. 내가 말을 걸어도 얼른 대답하지 않았고…… 한 번은 아예 대답을 하지 않아서 필기를 하다 말고 고개를 들었더니 몽롱하고 야릇한 눈빛으로 내 학위증 옆에 걸린 사진을 쳐다보는 중이더군. 나는 다시 오싹한 한기를 느꼈고…… 내 질문과 무관한 대답 때문에 더 불안하더라고.

"매캐런 선생님, 때때로 제가 곧 죽을 운명이라는 예감이 강하게 들어요."

어리석고 감상적인 소리! 그런데 말이야, 하마터면 이렇게 말할 뻔했어. *내 예감도 그래요.* 물론 그 말은 도로 삼켜버렸지. 환자한테 그런 말을 내뱉는 의사는 당장 의료도구와 의학서적을 팔아치우고 배관공이나 목수가 되는 길을 찾아봐야 할 거야.

나는 임산부들이 흔히 느끼는 감정이라고 설명했어. 그런 경우가 너무 많아서 의사들이 농담 삼아 '죽음의 골짜기 신드롬'이라고 부른다는 말도 했지. 그 얘기는 아까도 했을 거야.

미스 스탠스필드는 아주 진지하게 고개를 끄덕였어. 그날 그녀가 얼마나 젊고 싱싱해 보였는지, 그리고 배가 얼마나 불룩했는지 지금도 기억이 생생하다네. 그녀는 이렇게 말했지.

"그건 저도 알아요. 저도 그런 생각을 했으니까요. 하지만 이 예감은 그런 게 아니에요. 마치…… 마치 무슨 일이 다가오는 듯한 예감이에요. 그 이상은 설명할 수 없어요. 어리석은 생각이지만 그런 예감을 떨쳐버리지 못하겠어요."

"노력해 봐요. 그건 좋지 않은……"

하지만 그녀는 벌써 내 말을 듣고 있지 않았어. 다시 그 사진을 쳐다보더군.

"저 사람은 누구죠?"

나는 농담으로 대답했어.

"엠린 매캐런. 옛날옛날 한 옛날, 저 친구가 아주 젊었을 때죠."

정말 재미없는 농담이었지.

그랬더니 그녀가 말했어.

"아뇨, 물론 선생님은 금방 알아봤죠. 선생님 말고 저 여자분 말예요. 누구죠?"

"해리엇 화이트예요."

나는 그렇게 대답하면서 이런 생각을 했다네. *당신이 아기를 낳으러 병원에 가면 제일 먼저 보게 될 얼굴이 바로 저 여자예요.* 그리고 다시 오싹한 한기를 느꼈어. 연기처럼 떠다니는 무시무시한 한기. *저 여자의 돌로 된 얼굴.*

"저 대좌에 적힌 글은 무슨 뜻이죠?"

그녀의 눈은 여전히 꿈을 꾸는 듯 몽롱하더군. 나는 거짓말을 했어.

"나도 몰라요. 회화체 라틴어 실력은 별로거든요."

그날 밤에 나는 내 평생 최악의 악몽을 꿨네. 끔찍한 공포를 느끼며 깨어났는데, 만약 내가 결혼했다면 가엾은 아내가 나 때문에 죽도록 놀랐을 거야.

꿈속에서 진료실 문을 열었더니 샌드라 스탠스필드가 있었어. 갈색 펌프스를 신고, 갈색 테두리를 두른 산뜻한 흰색 리넨 드레스를 입고, 조금 유행이 지난 클로슈 모자를 썼더군. 그런데 그 모자는 그녀의 가슴께에 있었어. 그녀는 자기 머리를 두 팔로 안아들고 있었던 거야. 하얀 리넨 드레스가 온통 피투성이였어. 목에서 솟구치는 피가 후드득 천장을 때렸어.

바로 그때 그녀의 머리가 눈을(그 아름다운 연갈색 눈을) 번쩍 뜨고 내 눈을 똑바로 보더군.

그리고 이렇게 말했어.

"죽음. 죽음. 죽음이 제 운명이에요. 고난이 없으면 구원도 없어요. 싸구려 마법이지만 그거라도 있으니 다행이죠."

그 순간 비명을 지르며 깨어났지.

그녀의 예정일이었던 12월 10일이 되었지만 아무 일도 없이 지나갔네. 12월 17일에 그녀를 진찰하고 나서 나는 아기가 1935년을 넘기지는 않겠지만 아무래도 크리스마스가 지나기 전에는 나오지 않을 것 같다고 말했어. 미스 스탠스필드는 내 말을 명랑하게 받아들였지. 가을에 느꼈던 우울한 기분은 이미 벗어던진 듯 싶더군. 책을 읽어주고 간단한 집안일을 해달라고 그녀를 고용했던 맹인 여자 깁스 부인도 좋은 인상을 받았다네. 그래서 자기 친구들한테 젊고 용감한 미망인이 있다고 이야기했지. 임신한 몸으로 최근에 남편을 잃었는데도 굳세고 씩씩하게 미래를 준비하는 사람이라고. 맹인 여자의 친구들도 더러 출산 후 그녀를 고용하고 싶어 했어.

미스 스탠스필드는 이렇게 말했어.

"저는 그 사람들 일도 해줄 거예요. 아기를 위해서요. 하지만 몸이 다 회복되고 안정적인 직장을 찾을 때까지만 하겠어요. 가끔 저는 이번 일에서 (이번에 생긴 모든 일 중에서) 제일 안 좋은 일은 사람들을 보는 시선이 달라진 거라고 생각해요. 가끔 혼자서 이런 생각을 하죠. '넌 어떻게 밤잠을 잘 수가 있니? 그렇게 친절한 할머니를 감쪽같이 속이면서 말이야.' 그러다가 또 이런 생각도 해요. '그 할머니가 사실을 알게 되면 당장 나가라고 할 거야. 다른 사람들이 그랬듯이.' 어쨌든 거짓은 거짓이고, 때로는 그게 제 가슴을 무겁게 짓눌러요."

그날 떠나기 전에 그녀는 핸드백 속에서 예쁘게 포장한 작은 꾸러미를 꺼내 책상 위에 내려놓고 쑥스러워하면서 내 쪽으로 밀어주더군.

"메리 크리스마스, 매캐런 선생님."

"이러지 않아도 되는데." 그렇게 말하면서 나도 책상 서랍을 열고 꾸러미 하나를 꺼냈지. "하지만 나도 준비했으니까……"

그녀는 놀란 표정으로 잠시 나를 쳐다보았고…… 다음 순간 둘 다 웃음을 터뜨렸어. 그녀가 준 선물은 카두케우스(제우스의 전령 헤르메스의 지팡이, 의술의 상징 — 옮긴이)가 새겨진 은제 넥타이핀이었네. 내가 준 선물은 아기 사진을 보관할 수 있는 앨범이었고. 나는 아직도 그 넥타이핀을 갖고 있어. 보다시피 오늘밤에도 그걸 꽂았지. 그 앨범이 어떻게 됐는지는 모르겠지만.

호흡법 371

나는 그녀를 문까지 배웅해 주었네. 문 앞에서 그녀가 나를 향해 돌아서더니 내 어깨에 두 손을 얹고 발끝으로 서서 내 입에 입맞춤을 해주더군. 그녀의 입술은 서늘하고 탄탄했어. 정열적인 입맞춤은 아니었지만 누이나 이모 같은 입맞춤도 아니었지.

 "다시 감사 드려요, 매캐런 선생님." 그녀가 약간 숨이 찬 듯이 말했어. 두 뺨이 발그레하게 물들고 연갈색 눈동자가 반짝반짝 빛나더군. "여러 가지로 고마웠어요."

 나는 웃었지. 조금 걱정스럽게.

 "왜 그래요, 샌드라, 다시는 못 만날 것처럼."

 내가 그녀의 이름을 부른 것은 아마 그때가 두 번째이자 마지막이었을 거야.

 그녀는 이렇게 대답했어.

 "아, 다시 만날 거예요. 저는 조금도 의심하지 않아요."

 그녀의 말은 적중했어. 다만 마지막으로 만났을 때 벌어질 끔찍한 상황은 둘 다 예상하지 못했다네.

 샌드라 스탠스필드의 진통은 크리스마스이브에 시작되었네. 오후 6시 직후였지. 하루 종일 내리던 눈이 진눈깨비로 바뀐 뒤였어. 그리고 두 시간도 채 안 되어 분만 중간기로 접어들었는데, 그때쯤에는 시내 전체가 위험한 빙판길로 변했어.

 맹인 여자 깁스 부인은 아파트 1층에 있는 크고 널찍한 집에 살았는데, 그날 6시 반에 미스 스탠스필드가 조심조심 계단을 내려와서 문을 두드렸고, 부인이 문을 열어줬더니 택시를 불러야겠다면서 전화 좀 써도 되겠느냐고 물었다네.

"아기 때문이야?"

깁스 부인은 벌써 허둥거리면서 그렇게 물었어.

"그래요. 진통은 방금 시작됐지만 날씨 때문에 꾸물거릴 수가 없어요. 택시를 타도 오래 걸릴 테니까요."

미스 스탠스필드는 그 전화를 걸고 나서 내게도 연락했어. 그때가 6시 40분이었는데 진통 간격은 25분 정도였지. 그녀는 나에게도 날씨가 험해서 모든 일을 서두르는 중이라고 하더군.

"택시 뒷좌석에서 아기를 낳고 싶지는 않거든요."

놀랄 만큼 차분한 목소리였어.

택시는 늦게 도착했고 미스 스탠스필드의 분만 과정은 내 예상보다 빠르게 진행되었네. 아까도 말했지만 분만 과정은 사람마다 제각각이니까. 아무튼 자기 승객이 아기를 낳으려 한다는 것을 알게 된 운전사는 미끄러운 계단을 내려가는 그녀를 도와주면서 몇 번이나 조심하라고 말했어. 그때 다시 진통이 시작됐기 때문에 미스 스탠스필드는 숨을 깊이 들이쉬고 내쉬는 일에 집중하면서 고개만 끄덕거렸지. 진눈깨비가 가로등과 자동차 지붕에 후드득 쏟아졌어. 택시의 노란 지붕 등에도 진눈깨비가 녹아서 생긴 큼직큼직한 물방울들이 확대경처럼 맺혀 있었지. 나중에 깁스 부인한테서 들었는데, 젊은 택시 운전사가 '가엾은 우리 샌드라'보다 더 안절부절못하더래. 아마 그것도 사고의 원인이었을 거야.

또 하나의 원인은 호흡법 그 자체였던 게 거의 확실하고.

운전사는 택시를 몰고 미끄러운 도로 위를 엉금엉금 기어갔어. 접촉사고 현장을 지나기도 하고 꽉 막힌 교차로를 느릿느릿 통과하기도 하면서 서서히 병원에 가까워졌지. 택시 운전사는 그 사고로 큰 부상을 입지 않았기 때문에 나중에 병원에서 얘기를 나눌 기회가 있었네. 그 친구 말로는 뒷좌석에서 들려오는 규칙적인 심호흡 소리 때문에 점점 불안해지더라더군. 그래서 '혹시 죽어가는 건 아닌가 싶어' 자꾸 백미러를 봤다는 거야. 분만중인 여자들이 흔히 그러듯이 몇 번 힘차게 비명이라도 질렀다면 차라리 덜 불안했을 거야. 그 친구가 한두 번쯤 괜찮으냐고 물어봤는데 그녀는 그냥 고개만 끄덕이면서 깊은 숨을 들이쉬고 내쉬는 '파도타기 호흡'을 계속했던 거야.

이윽고 병원에서 몇 블록 떨어진 곳에 이르렀을 때 분만의 마지막 단계가 시작된 모양이야. 그녀가 택시를 탄 지 벌써 한 시간쯤 지나기는 했지만(교통 상황이 그 정도로 엉망이었던 거지.) 그래도 초산(初産) 치고는 놀랄 만큼 진행이 빨랐어. 운전사는 그녀의 호흡이 달라진 것을 알아차렸다네. 그 친구는 이렇게 표현하더군.

"오뉴월 개처럼 헐떡거리더라고요, 선생님."

그녀는 '기관차 호흡'을 시작했던 거야.

거의 동시에 운전사는 엉금엉금 기어가는 자동차들 사이에 틈이 벌어지는 것을 보고 재빨리 돌진했어. 그러자 화이트 메모리얼 병원으로 가는 길이 뻥 뚫렸지. 이제 세 블록도 안 남았어. 운전사는 이렇게 말하더군.

"그년의 석상도 보였어요."

헐떡거리는 임산부를 빨리 내려놓고 싶은 마음에 운전사는 다시 가속 페달을 힘껏 밟았고 택시는 쏜살같이 앞으로 달려 나갔어. 마찰력이 거의 또는 전혀 없는 빙판길에서 바퀴가 핑핑 헛돌면서 말이야.

그날 나는 병원까지 걸어갔는데, 내가 그 택시와 동시에 도착하게 된 것은 순전히 운전 조건이 얼마나 심각한지를 내가 과소평가했기 때문이었어. 나는 그때 그녀가 이미 병원 위층에 있을 거라고 믿었지. 각종 서류에 서명하고, 준비 과정도 끝마치고, 지금쯤 법률상의 입원 환자가 되어 한창 분만 중간기를 거치는 중이겠다고 생각한 거야. 그런데 계단을 올라가다가 아직 관리인들이 재를 뿌려놓지 않은 빙판에 반사되는 불빛을 보게 됐어. 두 쌍의 전조등이 한 지점으로 왈칵 달려드는 장면이었지. 때마침 고개를 돌리고 그 순간을 목격한 거야.

미스 스탠스필드의 택시가 병원으로 달려올 때 구급차 한 대가 응급실 경사로를 빠져나왔어. 그런데 택시의 속력이 너무 빨라서 미처 멈출 수 없었지. 운전사는 당황해서 브레이크를 밟았다 떼지 않고 그대로 콱 밟아버렸어. 택시는 빙판에 미끄러지면서 옆으로 빙그르르 돌기 시작했어. 번쩍거리는 구급차 경광등의 불빛이 핏물처럼 시뻘건 줄무늬와 얼룩무늬를 그리며 너울거렸는데, 얄궂게도 그 중 한 가닥이 샌드라 스탠스필드의 얼굴을 비춰준 거야. 그 순간 내가 본 얼굴은 꿈에서 봤던 바로 그 얼굴이었어. 머리가 잘린 채 두 눈을 부릅뜬 피투성이 얼굴.

나는 그녀의 이름을 외치며 뛰어 내려가다가 두 계단 밑에서 미끄러져 나동그라지고 말았어. 팔꿈치가 마비될 정도로 호되게 부딪쳤는데도 웬일인지 검은 가방은 놓치지 않았더군. 나는 그렇게 넘어진 자리에서 그 다음에 일어나는 일들을 지켜봤어. 머리가 윙윙 울리고 팔꿈치가 욱신거리는 상태로 말이야.

구급차가 브레이크를 밟았고 그 차도 옆으로 빙그르르 돌기 시작했지. 꽁무니가 석상 대좌에 부딪쳤어. 뒷문이 벌컥 열리더군. 들것 하나가(다행히 사람은 없었지만) 혓바닥처럼 툭 튀어나오더니 길바닥에 뒤집혀 나뒹굴고 바퀴가 핑그르르 돌더라고. 그때 인도에 어떤 젊은 여자가 있었는데 자동차 두 대가 서로를 향해 미끄러져가는 장면을 보고 비명을 지르며 도망치려 하더군. 그러다가 두 걸음 만에 발이 미끄러지면서 배를 깔고 철퍼덕 엎어져버렸어. 여자가 들고 있던 핸드백이 휙 날아가더니 빙판이 되어버린 인도 위에서 핀볼 기계의 쇠공처럼 쏜살같이 미끄러지더군.

이때 택시는 완전히 반 바퀴 돌아서 거꾸로 움직이는 중이었고 운전사의 모습이 또렷하게 보였어. 유원지 충돌차를 모는 아이처럼 운전대를 미친 듯이 돌리더군. 구급차는 해리엇 화이트의 석상에 부딪친 후 비스듬한 각도로 튕겨 나오더니…… 옆구리로 택시를 냅다 후려갈겼지. 택시는 좁다란 원을 그리며 한 바퀴 휙 돌더니 무시무시한 힘으로 석상 대좌를 강타했어. 여전히 '콜택시'라는 글자가 깜박거리던 노란 택시등이 폭탄처럼 터져버렸지. 택시 왼쪽이 휴지처럼 구겨지더군. 다음 순간, 왼쪽만이 아니라는 걸 알았어. 대좌 모서리에 어찌나 세게 부딪쳤는지 택시가 두 동강이 나버린 거야. 미끄러운 빙판에 다이아몬드 같은 유리 조각이 좌르르 흩어졌지. 그리고 박살난 택시의 오른쪽 뒷좌석 창문에서 내 환자가 봉제 인형처럼 튕겨 나왔지.

나도 모르는 사이에 나는 다시 서 있었어. 얼음에 덮인 계단을 뛰어 내려갔고, 또 미끄러졌고, 난간을 붙잡고 계속 뛰었지. 시신에서 오륙 미터쯤 떨어진 곳에는 구급차가 옆으로 누워 있었고 점멸등은 여전히 번쩍거리며 어둠을 붉게 물들였지만 그때 나는 그 섬뜩한 해리엇 화이트의 석상이 던지는 어렴풋한 그림자 속에 쓰러져 있는 미스 스탠스필드 말고는 아무것도 의식하지 못했어. 그녀의 모습이 어딘가 몹시 이상했지만 처음에는 뭐가 이상한지 정말 몰랐던 것 같아. 그러다가 내 발끝에 뭔가 묵직한 것이 탁 걸리는 바람에 하마터면 또 넘어질 뻔했어. 발길에 채인 물건이 휘리릭 미끄러지더군. 아까 그 젊은 여자의 핸드백처럼 이 물건도 구르는 게 아니라 미끄러졌어. 휘리릭 미끄러지면서 멀어져가는 그것의 정체를 내가 알아차린 건 오로지 흐트러진 머리카락 때문이었지. 피투성이였지만 분명히 금발이었고 군데군데 유리 조각이 묻어 있었어. 그녀는 그 사고로 머리가 절단되었던 거야. 내가 걸어차는 바람에 얼어붙은 배수로에 떨어져버린 그 물건은 바로 미스 스탠스필드의 머리였어.

나는 충격 때문에 완전히 멍한 상태로 그녀의 시신 앞으로 달려가 몸을 뒤집어보았어. 그러자마자, 보자마자, 아마 비명을 지르려 했던 것 같아. 어쨌든 소리는 나오지 않았어. 아무 소리도 낼 수 없었지. 여보게들, 그 여자는 아직도 숨을 쉬고 있었다네. 그녀의 가슴이 빠르고 가볍고 얕은 숨을 쉬면서 오르내렸어. 벌어진 외투 자락과 피에 젖은 드레스에 진눈깨비가 후드득 쏟아졌어. 그리고 높고 가느다란 휘파람 같은 소리가 들렸지. 그 소리는 아직 물이 덜 끓은 주전자처럼 커졌다 작아졌다 하더군. 그녀의 절단된 숨관을 통해 공기가 드나드는 소리였어. 입이 없어져서 제대로 소리를 낼 수는 없었지만 투박한 떨림판 같은 성대를 공기가 진동시킬 때마다 흘러나오는 작은 비명 소리였던 거야.

나는 당장 도망치고 싶었지만 그럴 기운조차 없었어. 그녀 곁의 빙판에 털썩 무릎을 꿇고 한 손으로 입을 틀어막았지. 다음 순간, 그녀의 드레스 하단이 점점 피로 물드는 걸 알아차렸고…… 그 속에서 뭔가 움직이는 것도 봤어. 그러자 문득 아직도 아기를 살릴 가능성은 있다는 확고한 신념이 생기더군.

"싸구려 마법이야!"

나는 쏟아지는 진눈깨비를 향해 고함을 질렀고, 그녀의 드레스를 허리까지 단숨에 걷어올리면서 웃기 시작한 것 같아. 아마 미쳐버렸겠지. 그녀의 몸은 따뜻했어. 그건 기억하고 있네. 그녀가 숨을 쉴 때마다 가슴이 부풀던 것도 기억해. 구급차 승무원이 한 손으로 옆머리를 누른 채 주정뱅이처럼 비틀거리며 다가왔어. 손가락 사이로 피가 줄줄 흐르더군.

"싸구려 마법!"

나는 계속 더듬거리고 계속 웃어대면서 다시 목청껏 외쳤어. 손으로 만져보니 자궁 경부가 완전히 벌어졌더군.

승무원이 눈을 크게 뜨고 샌드라 스탠스필드의 머리 없는 몸뚱이를 내려다봤어. 시신이 아직도 숨을 쉬고 있다는 것을 그 친구가 알았는지 몰랐는지는 나도 모르겠네. 단순한 신경반응이라고 생각했는지도 몰라. 말하자면 최후의 반사작용 같은 거. 그 친구가 정말 그렇게 생각했다면 아마 구급차를 타고 다닌 경력이 얼마 안 됐을 거야. 닭이라면 머리가 잘려도 잠시 돌아다니지만 사람은 한두 번 움찔거릴 뿐이니까…… 그것조차도 드문 일이지.

내가 그 승무원에게 소리쳤어.

"구경만 하지 말고 담요나 한 장 가져와!"

승무원은 비틀비틀 걸어갔지만 구급차로 돌아가는 게 아니었어. 대충 타임스 광장 방향으로 가더군. 진눈깨비가 내리는 어둠 속으로 사라져버린 거야. 그 친구가 어떻게 되었는지는 나도 몰라. 나는 웬일인지 아직도 죽지 않은 시체를 다시 내려다보며 잠시 주저하다가 외투를 벗었어. 그리고 그녀의 엉덩이를 들어올리고 내 외투를 밀어 넣었지. 휘파람 같은 숨소리가 여전히 들리더군. 머리 없는 몸뚱이가 '기관차 호흡'을 계속하고 있었던 거야. 여보게들, 나는 요즘도 가끔 그 소리를 듣는다네. 꿈속에서.

이 모든 일이 아주 짧은 시간에 벌어졌다는 사실을 짚고 넘어가야겠네. 나한테는 훨씬 더 길게 느껴졌지만 그건 내가 너무 흥분해서 모든 감각이 몹시 예민해졌기 때문이지. 병원에 있던 사람들이 이제야 무슨 일인지 보려고 달려나오기 시작했고 내 뒤에서 어떤 여자가 길가에 떨어진 잘린 머리를 보고 비명을 질렀어.

나는 넘어질 때 검은 가방을 놓치지 않았다는 데 감사하면서 왈칵 가방을 열고 짤막한 메스를 꺼냈어. 그걸 펼치고 그녀의 속옷을 잘라서 벗겨냈어. 이번엔 구급차 운전사가 다가오더군. 우리가 있는 곳에서 4, 5미터 떨어진 곳까지 오더니 딱 멈춰 섰어. 나는 그쪽을 힐끔 쳐다봤지. 아직도 담요가 필요했거든. 그런데 그 친구한테서 얻어내기는 힘들겠다는 걸 금방 알 수 있었지. 숨 쉬는 시체를 내려다보는 두 눈이 점점 커지더니 나중에는 금방이라도 눈구멍에서 튀어나와 시신경에 매달린 채 흉측한 요요처럼 대롱대롱 흔들릴 것 같더라고. 그러더니 털썩 무릎을 꿇고 맞잡은 두 손을 들어올리더군. 아마 기도를 하려고 했겠지. 아까 그 승무원은 자기가 불가능한 현상을 목격하고 있다는 사실을 몰랐지만 이 운전사는 알고 있었어. 다음 순간 그대로 기절해 버리더군.

그날 밤 나는 가방 속에 겸자(鉗子)를 넣어두었네. 왜 그랬는지 모르겠어. 3년 동안 한 번도 안 썼는데 말이야. 이름은 밝힐 수 없지만 어떤 의사가 그 끔찍한 흉기로 신생아의 관자놀이를 뚫고 두뇌를 뭉개버리는 장면을 본 다음부터였지. 아이는 즉사했어. 시신은 '분실'됐고 사망 진단서에는 '사산'으로 기록됐다네.

그런데 무엇 때문인지 그날 밤엔 그걸 가져갔던 거야.

미스 스탠스필드의 몸이 팽팽하게 긴장하고 아랫배가 단단히 오므라들면서 살이 돌처럼 굳어졌어. 그러더니 아기의 머리가 보이더군. 잠깐 동안 봤을 뿐이지만 얇은 막에 싸인 채 피범벅이 된 정수리가 고동치는 모습을 볼 수 있었어. **고동쳤다고.** 그렇다면 아직 살았다는 뜻이지. 분명히 살았어.

돌 같던 살이 다시 부드러워졌어. 아기의 정수리가 도로 미끄러져 들어갔지. 그때 등 뒤에서 누군가의 목소리가 들렸어.

"제가 도와드릴 일이 있을까요, 선생님?"

중년의 간호사였어. 우리가 하는 일에서 중추적인 역할을 하는 사람들이 바로 그런 여자들이지. 비록 얼굴은 백지장처럼 창백했지만, 그리고 아직도 숨을 쉬는 괴상한 시체를 내려다보는 표정에 미신적인 두려움과 공포가 가득했지만, 적어도 충격으로 얼이 빠진 상태는 아니었어. 만약 그런 상태였다면 함께 일하기가 힘들 뿐 아니라 위험했겠지.

내가 무뚝뚝하게 말했어.

"담요 한 장 가져와, 빨리. 아직 안 늦은 것 같으니까."

그녀의 등 뒤에 있는 계단에 병원에서 몰려나온 사람들이 이삼십 명쯤 서 있었지만 아무도 우리 쪽으로 다가오지 않았어. 그 사람들은 어디서부터 어디까지 보았을까? 그건 나도 알 길이 없네. 그날 이후 며칠 동안 사람들은 나를 피했고, 몇 명은 끝까지 그랬고, 그 간호사를 포함해서 어느 누구도 내 앞에서 그 사건에 대해 일언반구도 꺼내지 않았으니까.

간호사는 곧 돌아서서 병원 쪽으로 걸어갔어.

내가 얼른 불렀지.

"간호사! 그럴 시간이 없어. 구급차에서 꺼내와. 아기가 **지금 나온단 말이야.**"

간호사가 발길을 돌렸어. 흰색 고무창 구두를 신었는데도 진창길에서 기우뚱거리고 미끄러지며 걸어가더군. 나는 다시 미스 스탠스필드 쪽으로 고개를 돌렸지.

기관차 호흡은 아까보다 느려지기는커녕 오히려 더 빨라졌고…… 그러다가 몸이 다시 뻣뻣하게 굳어지면서 힘을 쓰더군. 아기가 다시 머리를 내밀었어. 나는 도로 들어갈 거라고 예상했지만 아니었어. 점점 밖으로 나오더라고. 결국 겸자는 필요가 없었던 거야. 아기가 쑥 빠져나오면서 내 손으로 **날아들다시피** 하더군. 나는 그 피투성이 알몸에서 진눈깨비가 튀어오르는 모습을 봤어. 아들이라서 금방 성별을 알아볼 수 있었지. 나는 캄캄하고 싸늘한 밤공기가 어머니로부터 전해진 마지막 온기를 빼앗아가면서 아기의 몸에서 김이 모락모락 피어오르는 것을 보았네. 아기가 피범벅이 된 두 주먹을 힘없이 내저었어. 그러면서 가냘프고 구슬픈 울음소리를 한 번 내더군.

나는 버럭 고함을 질렀어.

"**간호사! 빨리 좀 움직여, 이 쌍년아!**"

이런 말본새는 변명의 여지도 없겠지만 그 순간 나는 다시 프랑스로 돌아갔다고 착각했던 거야. 조금만 있으면 무자비하게 쏟아지는 진눈깨비 같은 소리를 내면서 폭탄이 우수수 떨어지고, 기관총이 무시무시하게 드르륵거리고, 어둠 속에서 독일군이 나타나 진흙과 자욱한 연기 속에서 달리고 미끄러지고 저주하고 죽어갈 거라고 말이야. 몸부림치며 쓰러져가는 몸뚱이들을 보면서 나는 이렇게 생각했네. *싸구려 마법이야. 하지만 당신 말이 맞아, 샌드라. 그거라도 있으니 참 다행이야.* 여보게들, 난 그때 정말 미쳐버릴 뻔했던 걸세.

"간호사, 빨리!"

아기가 한 번 더 울더니(그 조그맣고 무력한 소리!) 더이상 울지 않더군. 알몸에서 피어오르는 수증기가 띠처럼 가늘어졌어. 나는 비릿하고 축축한 태반 냄새와 피 냄새를 맡으며 아기의 얼굴에 입을 갖다 댔어. 아기의 입 속에 숨결을 불어넣었고 호흡이 다시 시작되는 소리, 그 주춤거리는 속삭임 소리를 들었지. 그때 간호사가 담요를 안고 나타났어. 나는 그쪽으로 손을 내밀었어.

간호사가 담요를 건네주려고 하다가 도로 끌어안더군.

"선생님, 혹시…… 혹시 저게 괴물이면 어떡하죠? 일종의 괴물이라면요?"

나는 이렇게 대답했어.

"그 담요 이리 내. 당장 내놔, 중사. 똥구멍을 걷어차서 피똥 싸게 만들기 전에."

"네, 선생님."

간호사는 아주 침착하게 대답하면서 담요를 넘겨줬어. (우리는 굳이 이해하려고 애쓰지 않아서 오히려 더 많은 것을 이해하는 여자들을 높이 평가해야 하네.) 나는 아기를 잘 감싸서 간호사에게 건네줬어.

"그 아기를 떨어뜨리는 날에는, 중사, 계급장을 통째로 처먹게 될 줄 알아."

"네, 선생님."

"이건 싸구려 마법이야, 중사. 그래도 우리한테 남은 건 이것뿐이야."

"네, 선생님."

나는 아기를 안은 채 걷는 둥 뛰는 둥 병원으로 돌아가는 간호사의 뒷모습을 지켜봤어. 계단에 서 있던 사람들이 길을 열어주더군. 이윽고 나는 일어나서 시신 곁에서 물러났어. 방금 아기가 그랬던 것처럼 시신이 끄윽 숨을 들이마셨다가…… 멈췄다가…… 다시 끄윽 하고…… 멈추고……

나는 뒷걸음질을 치기 시작했어. 그때 발꿈치에 뭔가 부딪치더군. 돌아섰지. 그녀의 머리였어. 나는 내 의지가 아닌 무엇인가에 이끌려 한쪽 무릎을 꿇고 그 머리를 뒤집어봤어. 눈을 뜨고 있더군. 그 진솔한 연갈색 눈동자, 언제나 활기가 넘치고 굳은 의지가 엿보이던 그 눈동자. 그 속에는 아직도 굳은 의지가 가득했지. 여보게들, **그녀는 나를 보고 있었다네.**

미스 스탠스필드는 이를 악문 채 입술을 살짝 벌리고 있었어. 그녀는 '기관차 호흡'을 계속했고 그때마다 이와 입술 사이로 공기가 빠르게 드나드는 소리가 들렸어. 그러다가 그녀의 눈동자가 움직였어. 나를 더 잘 보려고 조금 왼쪽으로 움직인 거야. 그녀가 입을 벌리더군. 입술이 소리없이 움직이면서 세 마디 말을 했어. *감사합니다, 매캐런 선생님.* 그리고 여보게들, 나는 그 말을 똑똑히 들었다네. 하지만 그녀의 입에서 나온 소리가 아니었어. 그 소리는 오륙 미터 떨어진 곳에서 들려왔지. 그녀의 성대로부터. 우리가 말을 하는 데 필요한 혀와 입술과 이가 모두 이쪽에 있었기 때문에 발음은 불분명할 수밖에 없었네. 하지만 나는 그 열한 개의 소리를, 그 문장 속에 들어 있는 열한 개의 음절 하나하나를 똑똑히 들었어. *감사합니다, 매캐런 선생님.*

나는 이렇게 대답했어.

"천만에요, 미스 스탠스필드. 아들입니다."

그녀의 입술이 다시 움직였고 내 뒤에서 가냘프고 희미한 목소리가 들려왔어. *아드으으을……*

그녀의 눈동자에 초점이 흐려지면서 의지의 눈빛도 사라져버렸어. 이제 내 어깨 너머에 있는 무엇인가를, 어쩌면 진눈깨비가 내리는 캄캄한 하늘을 바라보는 듯싶더군. 그러더니 눈이 감겼어. 그녀는 다시 '기관차 호흡'을 시작했고…… 그러다가 그냥 뚝 멈춰버렸어. 지금까지 무슨 일이 벌어졌든 간에 이제야 끝이 난 거야. 간호사도 조금은 보았고, 구급차 운전사도 기절하기 전에 조금은 보았을 테고, 구경꾼들도 방금 무슨 일이 있었다는 것을 더러는 알아차렸겠지. 어쨌든 이제 그 일도 끝이 난 거야. 확실히 끝났어. 병원 밖에는 끔찍한 사고 현장만 남았고…… 병원 안에는 갓 태어난 아기가 남았을 뿐이지.

이윽고 해리엇 화이트의 석상을 쳐다봤더니 그 여자는 여전히 그 자리에 서서 길 건너 매디슨 스퀘어 가든 쪽을 무표정하게 바라보고 있더군. 마치 특별한 일은 아무것도 없었다는 듯이, 마치 이렇게 냉혹하고 부조리한 세상에서 사람의 의지 따위는 아무런 의미도 없다는 듯이…… 혹은, 그것보다 더 무서운 일이겠지만, 이 세상에서 그나마 의미가 있는 것은 오로지 그런 의지뿐이라는 듯이, 중요한 것은 그것뿐이라는 듯이.

내 기억에 의하면 나는 그녀의 절단된 머리 앞에서 진창 속에 무릎을 꿇은 채 울기 시작했어. 내 기억에 의하면 인턴 한 명과 간호사 두 명이 나를 일으켜 안으로 데려갈 때도 계속 울고 있었지.

어느새 매캐런의 담뱃불이 꺼진 뒤였다.

그가 빗장 모양의 라이터로 다시 불을 붙이는 동안 우리는 숨소리도 내지 못하고 침묵을 지켰다.

밖에서는 바람이 울부짖고 신음했다. 그가 라이터를 탁 닫고 고개를 들었다. 우리가 아직도 그대로 앉아 있는 것을 보고 조금 놀란 듯한 표정이었다.

그가 말했다.

"그게 전부야. 끝이란 말이야! 다들 뭘 기다리나? 불수레(예언자 엘리야가 승천할 때 불수레와 불말이 마중 나왔다고 한다. 열왕기 하 2:11 — 옮긴이)?"

그는 콧방귀를 뀌더니 잠시 망설이는 듯싶었다.

"장례는 내 돈으로 치러줬어. 그녀에게는 아무도 없었으니까." 그러더니 어렴풋한 미소를 지었다. "그래…… 엘라 데이비드슨 간호사도 있었지. 그 여자도 한사코 돈을 보태겠다면서 25달러를 내놓더군. 그리 넉넉한 형편도 아니면서 말이야. 하지만 데이비드슨이 고집을 부리면……"

그는 고개를 절레절레 흔들면서 잠깐 웃었다.

그 순간 나도 모르게 불쑥 이런 말이 튀어나왔다.

"그게 반사작용이 아니었다고 확신하십니까? 정말 틀림없이……"

그러자 매캐런이 단호하게 말했다.

"틀림없네. 처음에는 반사작용이었는지도 몰라. 하지만 분만 과정이 끝나기까지는 몇 초가 아니라 몇 분이 걸렸어. 그리고 시간이 더 필요했더라도 그녀는 거뜬히 견뎌냈을 거라고 생각하네. 그렇지 않아서 다행이었지만."

그러자 조핸슨이 물었다.

"아기는 어떻게 됐나?"

매캐런은 파이프를 뻑뻑 빨았다.

"입양됐어. 그 시절에도 입양 기록은 철저한 비밀이었으니 양해해 주기 바라네."

"그건 알겠는데, 아기는 어떻게 됐냐니까?"

조핸슨이 다시 묻자 매캐런이 약올리듯이 웃으면서 말했다.

"자네는 뭐든지 대충 넘어가는 일이 없지?"

조핸슨이 고개를 끄덕였다.

"나 때문에 애먹은 사람들이 꽤 많지. 아기는 어떻게 됐어?"

"그래, 지금까지 내 얘기를 들었으니 내가 그 아이의 뒷일에 관심을 가질 수밖에 없었다는 것쯤은 자네들도 이해하겠지. 어쨌든 나는 당연히 그래야 한다고 생각했어. 그래서 계속 안부를 확인했고 지금도 그러고 있지. 젊은 부부가 있었네. 본명은 아니지만 그냥 해리슨 부부라고 부르겠네. 그 사람들은 메인 주에 살았는데 아이를 낳지 못했어. 그래서 그 아이를 입양했고 이름은……글쎄, 존이라고 해둘까? 그래도 괜찮겠지?"

그는 파이프를 뻐끔뻐끔 빨았지만 또 불이 꺼진 뒤였다. 나는 스티븐스가 내 등 뒤에 서 있는 기척을 어렴풋이 의식했고 지금쯤 어딘가에 우리 외투가 준비되어 있으리라는 것을 알았다. 우리는 곧 외투를 챙겨 입을 테고…… 다시 우리의 생활 속으로 돌아갈 것이다. 매캐런이 말했듯이 올해의 이야기는 모두 끝났다.

그때 매캐런이 말했다.

"그날 밤 내가 받아낸 그 아이는 지금 전국에서 두세 손가락에 꼽히는 명문 사립대학의 영문학과장일세. 아직 마흔다섯 살도 안 됐어. 앞날이 창창하지. 지금은 좀 이르지만 언젠가는 그 대학의 총장이 될 거야. 나는 조금도 의심하지 않네. 잘생기고 똑똑한데다 성격까지 좋거든.

한 번은 어떤 핑계로 회원제 교수클럽에서 그 아이와 함께 식사를 할 기회가 있었지. 나까지 네 명이었어. 나는 말을 많이 하지 않았고, 그래서 그 아이를 찬찬히 관찰할 수 있었지. 어머니의 의지력을 그대로 물려받았더군.

……어머니의 연갈색 눈동자도."

III.
클럽

언제나 그랬듯이 스티븐스가 우리를 배웅해 주었고, 외투를 입혀주었고, 행복한 크리스마스를 기원해 주었고, 회원들의 넉넉한 마음씨에 고마움을 표시했다. 나는 일부러 마지막까지 남아 있었는데, 내가 말문을 열었을 때 그는 놀란 기색도 없이 물끄러미 쳐다보았다.

"자네만 괜찮다면 뭐 하나 물어보고 싶네."

그는 살짝 미소를 지었다.

"말씀하세요. 크리스마스는 질문하기 좋은 때니까요."

우리 왼쪽의 복도 너머 어딘가, 내가 한 번도 가본 적이 없는 곳에서 대형 괘종시계가 똑딱거리는 소리가 낭랑하게 울려 퍼졌다. 세월이 흘러가는 소리. 나는 오래된 가죽과 기름칠한 나무 냄새를 맡았고 그보다 훨씬 희미하지만 스티븐스의 애프터셰이브 냄새도 맡았다. 바깥에서 바람이 기승을 부릴 때 스티븐스가 이렇게 덧붙였다.

"하지만 조심하세요. 너무 많은 질문은 삼가시는 게 좋습니다. 이곳을 계속 찾고 싶으시다면."

"질문이 많은 사람들은 출입금지를 당한다는 뜻인가?"

'출입금지'라는 말은 내가 하고 싶은 말이 아니었지만 더 정확한 표현은 차마 쓸 수 없었다.

"아닙니다." 스티븐스의 목소리는 여느 때와 다름없이 조용하고 정중했다. "오히려 그분들 쪽에서 발길을 끊더군요."

그의 시선을 마주 보면서 등골이 오싹했다. 마치 눈에 보이지 않는 크고 싸늘한 손이 척추에 와 닿은 듯한 느낌이었다. 나는 어느 날 밤 위층에서 들려왔던 그 철퍼덕 하는 기묘한 소리를 떠올렸고, 전에도 자주 그랬듯이 도대체 이곳에는 방이 정확히 몇 개나 있는지 궁금하다는 생각을 했다.

"그래도 꼭 묻고 싶으시다면 물어보셔야겠죠. 밤도 깊었는데……"

"기차를 타고 멀리 가야 하니까 서둘러야 한다?" 내가 그렇게 물었지만 스티븐스는 덤덤하게 나를 바라볼 뿐이었다. "알겠네. 이 서재에는 내가 다른 곳에서 찾아볼 수 없는 책들이 있더군. 뉴욕 공공도서관에도 없고, 몇몇 고서 판매상한테 문의해 봤지만 그쪽 목록에도 없고,《출판물 연감》에도 없는 게 확실해. 그리고 '작은방'에 있는 당구대는 '노드' 제품이더군. 그런 상표명은 못 들어봐서 국제 상표권 위원회에 연락해 봤네. '노드'라는 상표는 두 가지가 있었지. 하나는 크로스컨트리 스키였고 또 하나는 목제(木製) 주방용품이었어. 그리고 '긴방'에는 '시프런트' 주크박스가 있는데, 국제 상표권 위원회에 '시버그'라는 상표는 등록돼 있지만 '시프런트'는 없더란 말이야."

"질문의 요지가 뭡니까, 애들리 씨?"

평소와 다름없이 온화한 어조였지만 그의 눈 속에 별안간 소름끼치는 무엇이 나타났고…… 아니, 정확히 말하자면 그의 눈만이 아니었다. 내가 느낀 두려움은 나를 둘러싼 공기 전체에 두루 퍼져 있었다. 왼쪽 복도에서 일정하게 똑딱거리는 그 소리는 괘종시계의 추가 흔들리는 소리가 아니었다. 사형 집행인이 처형대로 끌려오는 사형수를 지켜보며 발장단을 치는 소리였다. 기름 냄새와 가죽 냄새조차도 왠지 매캐하고 위협적이었다. 그리고 바람 소리가 다시 커졌을 때 순간적으로 나는 곧 앞문이 콰당 열릴 거라고, 그러면 뉴욕 35번가의 풍경이 아니라 클라크 애시튼 스미스(미국 화가 — 옮긴이)의 그림처럼 터무니없는 풍경이 나타날 거라고 생각했다. 이를테면 괴로운 듯 몸을 비트는 나무들이 황량한 지평선에 실루엣으로 서 있고 섬뜩할 만큼 시뻘건 석양 속에 두 개의 태양이 저물어가는 풍경 말이다.

아, 스티븐스는 내가 무엇을 물어보려 하는지 이미 알고 있었다. 나는 그의 잿빛 눈동자를 보고 그 사실을 깨달았다.

나는 이렇게 묻고 싶었다. *그런 물건들은 다 어디서 났나? 아, 스티븐스 자네가 어디서 왔는지는 나도 잘 알지. 자네 말씨는 사차원 세계가 아니라 순수한 브루클린 말씨니까. 하지만 자네가 가는 곳은 어딘가? 어째서 자네 얼굴과 눈빛은 그렇게 시간을 초월한 듯하지? 그리고 스티븐스……*

……지금 이 순간 우리가 있는 이곳은 도대체 어디지?

그러나 그는 내 질문을 기다리고 있었다.

나는 비로소 입을 열었다. 내 입에서 나온 질문은 이것이었다.

"위층에도 방이 많은가?"

그는 이렇게 대답했다.

"아, 많고말고요." 그는 내 눈에서 시선을 떼지 않았다. "아주 많습니다. 길을 잃을 정도예요. 실제로 길을 잃어버린 사람도 더러 있었죠. 방과 복도가 몇 킬로미터나 이어지는 듯한 느낌이 들 때도 있어요."

"입구와 출구도?"

그가 눈썹을 조금 치켜세웠다.

"아, 물론이죠. 입구와 출구도 많아요."

그는 또 기다렸지만 나는 이미 충분히 물어보았다고 생각했다. 자칫하면 나를 미쳐버리게 만들 수도 있는 무엇인가에 너무 가까이 접근했다는 생각이 들었기 때문이다.

"고맙네, 스티븐스."

"별 말씀을 다 하십니다."

그가 내 외투를 내밀었고 나는 그 옷을 입었다.

"앞으로도 이야기를 들을 수 있겠지?"

"이곳에는 이야기가 무궁무진하니까요."

그날 이후 꽤 오랜 세월이 흘렀고 그 사이에 나의 기억력이 좋아지지는 않았지만(내 나이쯤 되면 오히려 그 반대인 경우가 훨씬 더 많으니까.) 스티븐스가 그 참나무 문을 활짝 여는 순간 나를 엄습했던 두려움만은 지금도 아주 뚜렷하게 기억한다. 그때 나는 틀림없이 낯선 풍경을 보게 될 거라는 싸늘한 확신에 사로잡혔다. 두 개의 태양이 만들어내는 핏빛 저녁놀 속에 터무니없고 끔찍한 풍경이 펼쳐지고, 날이 저물면 말로 표현할 수 없는 어둠이 찾아오는데, 그 어둠은 한 시간, 혹은 열 시간, 혹은 1만 년 동안 계속된다. 설명할 수는 없지만 그런 세상은 분명히 '존재'한다. 엠린 매캐런이 샌드라 스탠스필드의 절단된 머리가 계속 숨을 쉬었다고 확신하듯이 나도 그곳의 존재를 확신한다. 한없이 길게 느껴졌던 그 1초 동안 나는 그 문이 열리기만 하면 스티븐스가 나를 그 세상 속으로 밀어 넣고 문을 쾅 닫아버릴 거라고 생각했다. 영원히.

그러나 나는 뉴욕 35번가를 보았고 길가에서 배기가스를 풀풀 날리는 콜택시를 보았다. 나는 힘이 쭉 빠질 만큼 강렬한 안도감을 느꼈다.

스티븐스가 다시 말했다.

"그렇고말고요. 이야기는 무궁무진하죠. 안녕히 가세요."

이야기는 무궁무진하다.

그 말은 사실이었다. 그리고 머지않아 내가 여러분에게 또 다른 이야기를 들려주게 될지도 모른다.

지은이의 말

내가 평소 제일 많이 듣는 질문은 이것이다.

"어디서 그런 아이디어를 얻습니까?"

이 질문이야말로 넘을 수 없는 벽 같은 1등이라고 표현해도 좋겠다. 그러나 2등은 의문의 여지도 없이 이 질문이다.

"당신은 '오로지' 공포소설만 씁니까?"

나는 그렇지 않다고 대답하는데, 그때마다 질문자의 표정은 안도감인지 실망감인지 구별하기 어렵다.

나의 첫 장편소설 『캐리』를 출판하기 직전에 나는 편집자 빌 톰프슨의 편지를 받았다. 그는 이제 후속 작품에 대해 생각해 볼 때가 되었다고 말했다. (첫 번째 책이 나오기도 전에 다음 책을 생각한다는 것이 좀 이상해 보일 수도 있겠지만, 장편소설 한 권이 완성된 후 출판되기까지의 기간은 영화 한 편의 촬영이 끝난 후 개봉

되기까지의 기간과 거의 맞먹을 만큼 길다. 그래서 당시 우리는 이미 오랜 시간을 『캐리』와 함께 보낸 뒤였다. 꼬박 일 년이었다.) 나는 곧바로 빌에게 장편소설 두 권의 원고를 보내주었다. 하나는 『블레이즈(Blaze)』였고 또 하나는 『부활(Second Coming)』이었다. 전자는 『캐리』를 완성한 직후, 즉 『캐리』의 초고가 책상 서랍 속에서 숙성되고 있던 반 년 사이에 썼고, 후자는 『캐리』의 출판 계획이 거북이처럼 느릿느릿 진행되고 있을 때 일 년 남짓한 기간 동안 썼다.

『블레이즈』는 몸집은 거대하지만 저능아에 가까운 어느 범죄자가 아기를 납치한다는 내용의 멜로드라마였다. 원래는 부유한 부모에게서 몸값을 받아낼 계획이었지만 결국 그 아이를 사랑하게 되는 것이다. 그리고 『부활』은 메인 주의 작은 마을을 흡혈귀들이 점령해 버린다는 내용의 멜로드라마였다. 둘 다 일종의 문학적 모방이었는데, 『블레이즈』는 존 스타인벡의 『생쥐와 인간』을, 『부활』은 브램 스토커의 『드라큘라』를 모방한 것이었다.

이 두 원고가 커다란 소포 하나에 담겨 도착했을 때 빌은 아마 몹시 당황했을 것이다. (『블레이즈』 원고 중 몇 장은 우유 값 청구서 뒷면에 타이핑했고, 『부활』 원고는 석 달 전의 섣달 그믐날 파티 때 누군가 '블랙레이블' 맥주를 왕창 쏟는 바람에 술 냄새가 지독했다.) 이를테면 어떤 여자가 꽃다발 하나를 받고 싶었는데 남편이 나가서 온실 하나를 통째로 사버렸을 때의 심정이랄까. 아무튼 두 원고를 합치면 자그마치 550장 분량이었다.

빌은 그때부터 2주 동안 두 원고를 모두 읽었고(편집자라는 겉모습을 긁어내면 성자(聖者)가 나타나리라.) 나는 메인에서 뉴욕으로 내려갔다. 『캐리』의 출판을 자축하고 (친구들이여, 동네 사람들이여, 그게 바로 1974년 4월의 일이었으니, 존 레논은 살아 있었고, 닉슨도 여전히 대통령 자리에 앉아 있었고, 이 풋내기의 턱수염에는 아직 흰 터럭이 하나도 없었다.) 아울러 두 원고 중에서 어느 쪽을 후속작으로 내놓아야 할지, 아니면 둘 다 포기하는 것이 좋을지 의논하기 위해서였다.

나는 이틀 동안 뉴욕 시에 머물렀고 우리는 그 문제에 대하여 서너 번쯤 이야기를 나누었다. 최종 결정은 어느 길모퉁이에서 이루어졌다. 정확히 말하자면 파크 애비뉴와 46번가가 만나는 지점이었다. 빌과 나는 신호등이 켜지기를 기다리면서 터널인지 뭔지 모를 그 괴상한 동굴(팬암 빌딩을 뚫고 지나가는 것처럼 보이는 그것) 속으로 굴러 들어가는 택시들을 바라보고 있었다. 그때 빌이 말했다.

"내 생각엔 『부활』이 좋을 것 같네."

그래, 내가 더 좋아하는 것도 바로 그 원고였다. 그러나 그의 목소리에서 왠지 못마땅해하는 기색이 느껴졌고 나는 얼른 그를 돌아보며 문제가 뭐냐고 물었다. 그는 이렇게 대답했다.

"정신력으로 물체를 움직이는 여자에 대한 책 다음에 흡혈귀에 대한 책을 후속작으로 내놓으면 아주 그쪽으로 찍혀버릴까봐 그래."

"찍히다뇨?"

나는 솔직히 어리둥절했다. 흡혈귀와 염력 사이에 무슨 유사성이 있다는 건지 이해할 수 없었다.

"뭐로 찍힌다는 거죠?"

"공포 작가로."

더욱더 못마땅한 어조였다.

"아하." 마음이 푹 놓였다. "겨우 그것 때문이에요?"

"몇 년만 기다려보라고. 그때 가서도 자네가 '겨우' 그거냐고 말할 수 있는지."

나는 명랑하게 말했다.

"빌, 미국에서 공포 소설만 쓰면서 생계를 유지할 수 있는 사람은 아무도 없어요. 러브크래프트는 프로비던스에서 쫄쫄 굶었죠. 블록(『사이코』의 원작자 ― 옮긴이)은 진작에 포기하고 서스펜스 소설이나 《미지의 세계》(1939년부터 1943년까지 발간된 환상문학 잡지 ― 옮긴이) 식의 엉터리를 썼고요. 『엑소시스트』는 단발로 끝났어요. 두고 보세요."

신호등이 바뀌었다. 빌이 내 어깨를 툭 쳤다.

"내 생각에 자넨 크게 성공할 거야. 그런데 똥오줌도 못 가리는 게 탈이란 말씀이야."

나보다 그의 말이 진실에 더 가까웠다. 나중에 알고 보니 미국에서 공포 소설만 쓰면서도 충분히 생계를 유지할 수 있었다. 『부활』은 결국 『살렘스 롯』이라는 제목으로 바뀌었는데 이게 불티나게 팔려나갔다. 그 책이 출판될 무렵 나는 가족과 함께 콜로라도 주에 살면서 어느 귀신 붙은 호텔에 대한 소설을 쓰고 있었다. 그러다가 뉴욕에 갔을 때 나는 빌과 함께 재스퍼라는 주점에서 밤늦도록 그 소설의 플롯을 설명해 주었다. (그 집의 주크박스는 흐릿한 회색 털을 가진 커다란 수고양이 한 마리가 주인인 것 같았다. 노래를 선택하려면 그 놈을 들어올려야 했다.) 내 얘기가 끝났을 때 그는 위스키 잔 양쪽에 팔꿈치를 짚고 두 손으로 머리를 감싸 쥐고 있었다. 마치 끔찍한 편두통에 시달리는 사람 같았다.

"마음에 안 드는 모양이군요."

내가 말했다.

"아니, 마음에 쏙 들어."

그가 힘없이 말했다.

"그런데 왜 그래요?"

"처음엔 그 염력 소녀, 그 다음엔 흡혈귀, 그리고 이번엔 귀신 붙은 호텔과 텔레파시 소년이라. 자넨 확실히 찍힐 거야."

이번에는 나도 좀더 진지하게 생각해 보았다. 그리고 일찍이 공포 소설가로 낙인 찍혔던 사람들, 나에게 오랫동안 그토록 큰 즐거움을 주었던 그 사람들을 떠올렸다. 러브크래프트, 클라크 애시튼 스미스, 프랭크 벨냅 롱, 프리츠 라이버, 로버트 블록, 리처드 매드슨, 셜리 잭슨(그렇다, 그녀마저 공포 작가로 낙인 찍혔다.) 등등. 그리하여 고양이는 주크박스 위에서 잠들고 내 편집자는 내 옆에서 양손으로 머리를 감싸 쥐고 있던 재스퍼 주점에서 나는 공포 작가가 되는 것보다 더 한심해질 가능성도 많다는 결론을 내렸다. 예를 들자면 나는 조지프 헬러(미국 소설가. 2차 대전을 다룬 『캐치-22』는 20세기 풍자문학의 백미로 손꼽힌다 ─ 옮긴이)처럼 '중요한' 작가가 되어 칠팔 년마다 겨우 소설 한 권을 출판하게 될 수도 있었다. 혹은 존 가드너처럼 '이지적인' 작가가 되어, 비록 색은 바랬지만 아직도 '**유진 매카시를 대통령으로**'라는 말을 읽을 수 있는 스티커를 뒷범퍼에 붙인 낡은 사브를 타고 다니며 건강식품을 즐겨 먹는 총명한 학구파들을 위해서 무슨 소린지도 모를 책을 쓰게 될 수도 있었다.

나는 이렇게 말했다.

"괜찮아요, 빌. 사람들이 원하는 게 그거라면 공포 소설가가 되죠 뭐. 그것도 괜찮은 일이잖아요."

우리는 그 문제를 두 번 다시 거론하지 않았다. 빌은 아직도 편집일을 하고 있으며 나는 아직도 공포 소설을 쓰고 있는데 둘 다 정신과에 들락거리진 않는다. 그 정도면 성공한 셈이다.

그리하여 나는 낙인 찍혔지만 별로 신경쓰지도 않는다. 어쨌든 나는 그 낙인에 걸맞은 작품들을 쓰고 있는데…… 적어도 '대부분'은 그렇다. 그러나 내가 '오로지' 공포 소설만 쓰느냐고? 여러분이 이 책에 실린 이야기들을 읽었다면 이미 그렇지 않다는 것을 아실 테고…… 물론 이 이야기들 속에도 공포의 요소가 아주 없는 것은 아니다. 「호흡법」은 말할 나위도 없겠지만 「스탠 바이 미」에 나오는 거머리 장면도 꽤 섬뜩하고 「우등생」에 나오는 꿈 이야기도 대부분 그렇다. 빠르든 늦든 간에 내 마음은 언제나 그 방향으로 되돌아가는 듯한데 도대체 이유가 뭔지 모르겠다.

조금 긴 편에 속하는 이 이야기들은 각각 장편소설 하나를 완성한 직후에 썼다. 큰 작업을 끝마친 뒤에도 상당한 길이의 중편 소설 하나쯤 만들어낼 만큼의 휘발유가 연료통에 남아 있는 모양이다. 이 책에서 제일 오래 전에 쓴 이야기인 「스탠 바이 미」는 『살렘스 롯』 바로 다음에 썼다. 「우등생」은 『샤이닝』을 완성한 뒤 2주 만에 써버렸다. (「우등생」을 쓴 다음에는 석 달 동안 아무것도 쓰지 못했다. 완전히 녹초가 되었기 때문이다.) 「리타 헤이워드와 쇼생크 탈출」은 『죽음의 지대(The Dead Zone)』를 완성한 다음에 썼다. 그리고 이 이야기들 중에서 가장 최근에 쓴 「호흡법」은 『파이어스타터(*Firestarter*)』 다음이었다. (이 이야기들에 대하여 나는 방금 또 한 가지 사실을 깨달았다. 그것들은 모두 각각 다른 집에서 집필되었다. 그 중에서 세 집은 메인 주에 있었고 한 집은 콜로라도 주의 볼더에 있었다.)

그 중 어느 것도 이 책 이전에는 출판된 적이 없다. 출판하려고 시도했던 적도 없다. 왜냐고? 이 이야기들의 분량이 각각 25,000 내지 35,000단어였기 때문이다. 정확하지는 않겠지만 대충 그쯤 된다. 미리 말해두겠는데 25,000 내지 35,000단어라는 것은 제아무리 용감무쌍한 소설가라도 벌벌 떨게 만드는 숫자다. 장편소설이나 단편소설에 대한 확고부동한 정의는 없고 (적어도 낱말수를 기준으로 삼지는 않는다.) 또한 있어서도 안 된다. 그러나 어떤 작가가 20,000단어의 눈금에 가까워지면 그는 자기가 서서히 단편소설의 나라를 벗어나고 있음을 깨닫게 된다. 마찬가지로 40,000단어의 눈금을 넘어버리면 그는 서서히 장편소설의 나라로 들어서고 있는 것이다. 이들 두 나라는 비교적 질서가 유지되는 편이지만 그 사이에는 국경선조차 불확실한 또 하나의 나라가 있다. 어느 시점에선가 화들짝 놀라 깨어난 작가는 문득 자신이 정말 끔찍한 곳에 들어와 버렸거나 들어가는 중이라는 것을 깨닫게 된다. 그곳이 바로 소위 '노벨라(novella)'(혹은, 너무 귀여운 말이라서 내 취향은 아니지만, '노벨레트(novelette)'(둘 다 중편소설을 뜻하지만 '노벨레트'에는 작다는 의미의 접미사 '-ette'가 붙었으며 실제로 '노벨라'보다 더 짧은 중편소설 또는 단편소설의 의미로 흔히 사용된다. 다만 우리나라와는 기준이 조금 달라서 이 책에 실린 네 작품 중 「우등생」과 「스탠 바이 미」는 우리의 장편소설에 해당하는 분량이다 — 옮긴이))라고 부르는 무정부 상태의 문학적 바나나 공화국(과일 수출 등으로 경제를 유지하는 중남미 소국들을 가리키는 경멸적 표현 — 옮긴이)이다.

자, 예술 면에서 보자면 중편소설이라고 해서 무슨 문제가 있는 건 아니다. 물론 서커스단의 기형 인간들도 문제는 없다. 서커스단에서가 아니면 보기 힘들다는 점이 문제라면 또 모를까. 아무튼 여기서 요점은 훌륭한 중편소설도 존재하긴 하지만 전통적으로 그런 작품은 이른바 '장르 시장'(이건 정중한 용어이고, 좀 불손하지만 더 정확한 용어는 '도떼기시장')에서만 팔린다는 사실이다. 즉 훌륭한 추리 중편은 《엘러리 퀸 추리 매거진(Ellery Queen's Mystery Magazine)》이나 《마이크 셰인 추리 매거진(Mike Shayne's Mystery Magazine)》에 팔 수 있고, 훌륭한 과학 중편은 《어메이징(Amazing)》이나 《아날로그(Analog)》, 심지어 《옴니(Omni)》 또는 《환상 및 과학소설 매거진(The Magazine of Fantasy and Science Fiction)》에도 팔 수 있다. 그리고 희한한 일이지만 이 세상에는 훌륭한 공포 중편을 위한 시장도 분명히 존재한다. 앞에서 언급한 《환상 및 과학소설 매거진》도 그 중 하나다. 그밖에 「환상특급(Twilight Zone)」(미국 텔레비전 단막극 시리즈. 많은 작가들의 작품을 각색하여 사용했다. 텔레비전 시리즈의 인기에 힘입어 같은 이름을 내세운 장편소설이나 단편집을 시리즈로 발간했고, 한때 동명 잡지가 발행되기도 했다 — 옮긴이)도 있고, 찰스 L. 그랜트가 편집을 맡아 더블데이에서 출판한 「그림자(Shadows) 시리즈」처럼 독창적이고 오싹오싹한 작품들을 골라

소설 선집을 내놓는 경우도 많다.

그러나 '주류 문학'이라는 (거의 '장르 문학'만큼이나 우울한) 용어로 표현할 수밖에 없는 중편소설들은…… 맙소사, 시장성만 따진다면 골치깨나 아플 거다. 작가는 25,000 내지 35,000단어짜리 원고를 쓸쓸히 내려다보며 맥주병을 따고, 그의 머릿속에서는 외국 억양이 심하고 다소 능글맞은 목소리가 들려온다.

"안뇽하쉽네까, 쏜님! 우리 '혁명 항공싸'를 이용한 여행이 워떠셨습네까? 싸앙당히 즐거우셨을 걸로 짐자캅네다아, 네? 노벨라에 오쉰 걸 환영합네다, 쏜님! 이곳을 싸앙당히 좋아하쉴 걸로 쌩가캅네다아! 싸구려 씨가 한 대 피우쉽쑈! 뽀르노 싸진도 드림네다아! 페나안한 자쎄로 푹 쉬십쑈, 쏜님. 제 쌩각에 쏜님 쏘쎌은 아주 오오래오래 우리날라에 있게 될 거 같습네다아…… 안 그렇습네까아? 크아, 하, 하, 하, 하!"

우울하다.

옛날옛적엔 (작가는 한탄한다.) 그런 작품을 위한 시장도 실제로 존재했다. 《새터데이 이브닝 포스트(*Saturday Evening Post*)》와 《콜리어스 위클리(*Collier's Weekly*)》와 《아메리칸 머큐리(*American Mercury*)》 같은 잡지들이 있었다. 소설은 (길든 짧든) 이런 잡지들의 중요한 구성 요소였다. 소설이 너무 길어 한 번에 실을 수 없을 때는 3부, 5부, 9부 등으로 나눠 연재했다. 그 당시만 하더라도 소설을 '압축'하거나 '발췌'하는 따위의 백해무익한 발상은 아무도 하지 않았으므로 (오늘날의 《플레이보이(*Playboy*)》와 《코스모폴리탄(*Cosmopolitan*)》은 그 역겨운 만행을 갈고닦아 위험천만한 예술의 경지에 이르렀고, 그래서 요즘은 장편소설 한 권을

20분 만에 읽을 수 있다!) 소설마다 필요한 만큼의 지면을 사용할 수 있었다. 그 시절 나는《포스트》최신호가 나올 때만 되면 (이번에 레이 브래드버리의 신작 단편이 실린다는 예고가 있었으니까, 혹은 클래런스 버딩턴 켈런드의 최신작 마지막 연재분이 실릴 차례니까) 하루 종일 우편집배원을 기다리곤 했는데, 그런 추억을 간직한 사람이 나 혼자만은 아닐 것이다.

[안절부절못하는 성격 때문에 나는 손쉬운 놀림감이 되었다. 하복 반바지 차림에 햇볕을 차단하는 여름용 헬멧을 쓰고 어깨에는 가죽 가방을 멘 집배원이 드디어 활기찬 걸음으로 나타나면 나는 마치 화장실이 아주 급한 사람처럼 종종걸음을 치며 골목 끝까지 그를 마중나간다. 마음이 조마조마하다. 그러나 집배원은 다소 잔인한 미소를 지으면서 전기요금 고지서를 건네준다. 그것 말고는 아무것도 없다. 가슴이 철렁 내려앉는다. 그때서야 측은한 생각이 든 그는 마침내《포스트》를 내놓는다. 표지는 노먼 록웰(20세기 초반의 미국 생활을 해학적으로 표현한 화가. 가장 미국적인 화가로 손꼽힌다 ― 옮긴이)이 그린 아이젠하워의 미소. 피트 마틴이 쓴 소피아 로렌에 대한 기사. 패트 닉슨의 「그이는 멋진 사람이에요.」(여러분의 짐작이 맞다. 자기 남편 리처드 닉슨에 대한 얘기였다.) 그리고 소설들. 장편, 단편, 그리고 켈런드 소설의 마지막 연재분. 할렐루야!]

그리고 이런 일은 어쩌다가 한 번씩 일어난 게 아니었다. 매주 한 번씩이었다!(1821년 창간된《새터데이 이브닝 포스트》는 원래 주간지였다. 1969년 경영 악화로 발행을 중단했다가 1971년부터 격월간지로 바뀌어 속간되었다 ― 옮긴이)《포스트》가 오는 날이면 나는 동부 연안 전역에서 제일 행복한 아이였을 것이다.

장편소설을 게재하는 잡지는 지금도 있다. 《애틀랜틱 먼슬리(Atlantic Monthly)》와 《뉴요커》는 30,000단어짜리 중편소설을 만들어낸('생산한(gotten)'이라는 말은 쓰기 싫은데, 그건 '사생아(misbegotten)'라는 말과 너무 비슷하니까.) 작가가 겪어야 하는 출판의 어려움에 대해 각별히 동정적인 잡지들이다. 그러나 이 두 잡지도 내 작품은 잘 받아주지 않는다. 내 소설이 좀 평범하고 별로 문학적이지도 않고 때로는 (이걸 인정하자니 정말 가슴 아프지만) 그냥 형편없기 때문이다.

그러나 나는 바로 그 특징들이야말로 (칭찬할 일은 아니지만) 내 소설들이 성공을 거둔 한 이유라고 생각한다. 그 대부분은 평범한 사람들을 위한 평범한 소설이었다. 맥도널드의 빅맥 햄버거와 감자튀김의 문학적 등가물이라고나 할까. 나도 세련된 문장을 알아볼 수 있고 감명을 받을 수도 있지만 나 자신이 그런 문장을 쓴다는 것은 어렵거나 불가능하다는 것을 깨달았다. (내가 작가로 성장하는 과정에서 우상처럼 섬겼던 사람들은 대부분 문체가 아주 경악스러운 수준에서부터 아예 문체라는 것을 찾아볼 수 없는 수준 사이의 어딘가에 해당하는 패기 넘치는 소설가들이었다. 이를테면 시어도어 드라이저나 프랭크 노리스 같은 '싸나이'들.) 소설가의 재능에서 세련미를 빼버린다면 땅을 딛고 일어설 튼튼한 다리가 하나뿐인 셈인데, 이때 그 다리의 역할이 더욱더 중요할 수밖에 없다. 그래서 나는 언제나 최선의 노력을 기울이며 부지런히 썼다. 다른 말로 표현하자면, 비록 경주마처럼 빨리 달리지는 못하더라도 머리를 힘껏 쥐어짤 수는 있다는 뜻이다. (객석에서 누군가의 목소리가 들려온다. "당신도 머리가 있긴 있소?" 하하, 그래, 웃긴다, 짜샤, 꺼져버려.)

아무튼 이 모든 상황의 결과로 나는 여러분이 방금 읽은 중편들 때문에 아주 난감한 처지에 놓였다. 내 소설들이 꽤 성공해서 혹자는 내가 쇼핑 목록을 출판해도 잘 팔릴 거라고 말할 정도가 되었지만 (그리고 어떤 비평가들은 내가 지난 8년 남짓한 동안 해온 일이 바로 쇼핑 목록을 팔아먹는 거였다고 주장하지만) 이 중편들만은 출판할 길이 없었다. 단편 치고는 너무 길고 장편 치고는 너무 짧았기 때문이다. 내 말이 무슨 뜻인지 여러분도 이해할 수 있을까?

"니에, 쏜님, 알라들렀싸와요! 구두를 벗으쉽쑈! 싸구려 럼주나 한 잔 드쉽쑈! 곰방 '쌈류혁명 스틸밴드'가 와썰라무네 헹펜없는 칼립소를 연주할 껍네다이아! 싸앙당히 마음에 드쉴 걸로 쌩가캅네다이! 거그다 쉬간도 많으쉬니간요, 쏜님! 쉬간은 충분하쉽네다아. 왜냐문 제 쌩각에 쏜님 쏘쎌은 아아주······."

······ 오래오래 이 나라에 있게 될 거란 말이지? 그래, 그래, 알았어. 자네 어디 딴 데 가서 제국주의적인 가짜 민주정권이나 타도하지 그래?

그래서 나는 마침내 나의 하드커버 출판사 바이킹과 페이퍼백 출판사 뉴 아메리칸 라이브러리 측에 의사 타진을 해보기로 결심했다. 좀 색다른 탈옥 이야기, 으스스한 상호기생(相互寄生) 관계에 빠진 노인과 소년에 대한 이야기, 네 명의 시골 소년이 깨달음의 여행을 떠나는 이야기, 그리고 기필코 아기를 낳겠다는 의지를 가진 한 여인에 대한 무섭고 특이한 이야기 (어쩌면 클럽이 아넌 이상한 클럽에 대한 이야기인지도 모르지만), 이렇게 네 가지 이야기를 책 한 권에 담아내고 싶은 생각은 혹시 없냐고. 출판사들은 그러자고 했다. 그리하여 나는 네 편의 긴 이야기를 바나나 공화국 노벨라에서 무사히 탈출시킬 수 있었다.

요것들이 열러분 마음에 싸앙당히 흡족했길 발랍네다아, 쉬인 사쑤욱녀 열러부운.

참, 하루 일을 마치기 전에, 낙인 찍히는 일에 대해 한 가지만 더. 일 년쯤 전에 나는 편집자와 대화를 나누고 있었다. 빌 톰프슨이 아니라 새로 만난 편집자였다. 앨런 윌리엄스라는 친구였는데, 아주 똑똑하고 재치 있고 유능한 데다 정말 착했지만 평소에는 뉴저지 어느 구석에선가 배심원 노릇을 하느라 바빴다.

"『쿠조(Cujo)』가 제 맘에 쏙 들었어요."

앨런이 말한다. (진짜 털북숭이 개가 나오는 그 소설의 편집 작업이 끝난 직후였다.)

"그런데 다음엔 뭘 쓸 건지 생각해 보셨어요?"

문득 기시감이 찾아온다. 전에도 이런 대화를 나눈 적이 있었다. 나는 이렇게 대답한다.

"아, 그래. 생각해 보긴 했는데……"

"말씀해 보세요."

"중편소설 네 편을 모은 책은 어떨 것 같나? 그 대부분이나 전부가 그냥 일반 소설이라면? 자네 생각은 어때?"

"중편소설이라."

앨런은 내 기분을 맞춰주려고 노력하지만 조금 김빠진 목소리다. 그 목소리로 미뤄보건대 그는 방금 어느 작고 수상쩍은 바나

나 공화국으로 가는 '혁명 항공사' 비행기표 두 장을 받아쥔 기분인 게 분명하다.

"긴 단편 말씀이죠?"

"그래, 맞아. 그 책에 가령 『사계』 같은 제목을 붙이는 거야. 누가 보더라도 흡혈귀나 귀신 붙은 호텔이나 뭐 그런 내용의 책이 아니라는 걸 알 수 있도록."

"그럼 그 다음 책은 흡혈귀에 대한 거예요?"

앨런이 희망어린 표정으로 묻는다.

"아니, 그럴 것 같진 않은데. 어떻게 생각하나, 앨런?"

"그럼 혹시 귀신 붙은 호텔?"

"아냐, 그 얘긴 벌써 써먹었잖아. 『사계』 말이야, 앨런. 느낌이 좋지 않나?"

"아주 좋아요, 스티브."

그렇게 말하고 앨런은 한숨을 푹 쉰다. 이를테면 어느 착한 친구가 '혁명 항공사'의 최신예기 록히드 트라이스타의 삼등석에 앉자마자 바로 앞좌석 등받이 위로 부지런히 기어 올라가는 첫 번째 바퀴벌레를 보았을 때 내쉴 것 같은 한숨이다.

"자네가 좋아할 줄 알았는데."

"혹시 그 속에 공포 소설 하나만 넣을 순 없을까요? 딱 하나만요. 말하자면…… 평소에 쓰시던 소설 말예요."

나는 샌드라 스탠스필드와 매캐런 박사의 「호흡법」을 떠올리며 약간 (아주 살짝) 미소를 짓는다.

"하나쯤이야 어떻게 되겠지."

"좋아요! 그리고 새 장편 말인데요……"

"귀신 붙은 자동차(장편소설 『크리스틴(Christine)』을 가리킨다—옮긴이)는 어떨까?"

"바로 그거예요!"

나는 비로소 앨런이 행복한 마음으로 편집자 회의실로(혹은 이스트 라웨이의 배심원석으로) 돌아가게 될 것을 예감한다. 나도 행복하다. 나는 내가 창조한 귀신 붙은 자동차를 정말 좋아한다. 그리고 그 소설 때문에 많은 사람들이 어두운 밤에 붐비는 길을 건널 때마다 불안해할 거라고 생각한다.

그러나 나는 이 책에 실린 이야기들도 사랑했고 내 마음의 일부는 언제까지나 이들을 사랑할 거라고 생각한다. 이 이야기들이 독자 여러분의 마음에도 들기를 바란다. 그리고 좋은 소설이라면 마땅히 해야 할 일을 해주기를, 즉 여러분의 마음을 짓누르는 현실을 잠시나마 잊어버리고 한 번도 가본 적 없는 곳으로 떠날 수 있게 해주기를 바란다. 내가 알고 있는 가장 따뜻한 마법이 바로 그것이다.

자, 됐다. 이제 끝내야겠다. 그럼 다시 만나게 될 때까지 모두 정신 바싹 차리시길, 좋은 책 많이 읽으시길, 쓸모 있는 사람이 되시길, 그리고 행복하시길 빈다.

사랑과 기원을 담아,
스티븐 킹

1982년 1월 4일
메인 주 뱅거에서

옮긴이의 말

  십여 년 전, 오랜 친구 이경덕과 함께 번역했던 책이다. 친구에게는 첫 번역서였고 나에게는 두 번째였다. 그리고 우리가 알기로는 '최초 완역본'이었다. 우리가 직접 고른 작품인데, 번역이 다 끝난 후 비로소 출판사를 찾기 시작했다. 우리 같은 초보 번역가에게는 선택의 여지가 별로 없었다.
  번역하는 동안 느꼈던 설렘과 불안이 지금도 기억에 생생하다. 당시 우리나라는 해외 작가의 저작권을 보호하지 않았고, 따라서 지금의 기준으로 본다면 거의 모든 번역서가 '해적판'이었다. 해마다 노벨 문학상이 발표되면 열흘 안팎을 두고 여러 출판사가 앞을 다투어 수상자의 대표작 한 권을 우수수 쏟아내던 시절이다. 우리는 이 원고가 빛을 보기 전에 혹시 다른 출판사에서 같은 책이 먼저 출간되지 않을까, 과연 우리 원고를 사줄 출판사가 있기는 있을까, 몇 달 동안 노심초사했다.

……우리가 번역가로 살아갈 수 있을까?

초고가 완성되고 몇 번이나 교정을 본 후 나는 제법 만족스러운 원고가 되었다고 판단했다. 그래서 친구와 함께 출판사를 찾기 시작했다. 그리 오래 걸리지 않았다.

'황금가지'에서 이 책의 재출간을 원한다는 연락을 받았을 때 나는 오래 전에 번역한 작품이니 손볼 데가 꽤 많을 거라고 생각했다. 그런데 막상 일을 시작해 보니 '손보지 않아도 되는' 문장이 별로 없었다. 오역과 비문(非文)이 수두룩하고 이른바 '번역체'가 난무했다. 앞뒤가 안 맞는 문장, 내가 읽어도 도대체 무슨 뜻인지 알 수 없는 문장이 비일비재했다. 더구나 지금과 같은 인터넷이 없었던 시절, 모뎀을 이용한 PC통신과 신문 검색, 도서관 자료실 말고는 정보를 얻을 길이 없었으니 무지에서 비롯된 실수도 많을 수밖에.

예를 들어보자.

가을편 「스탠 바이 미」의 화자는 고등학교 때 랠프 엘리슨의 『투명인간(Invisible Man)』(국내 제목 『보이지 않는 인간』)에 대한 독후감을 썼는데, 처음에는 H.G. 웰스의 동명소설로 오해했다고 말한다. 그 부분에서 '포스터 그랜츠(Foster Grants)'라는 이름이 등장했다. 고유명사가 분명한데 아무리 찾아도 자료가 없었고, 줄곧 꺼림칙해서 이리저리 고민했지만 결국 인명으로 처리할 수밖에 없었다.

"나는 그 책이 붕대를 감은 남자와 포스터 그랜츠에 대한 공상과학소설인 줄로 알았던 것이다."

그런데 이번에 찾아보니 그 이름은 미국 선글라스 제조회사의 상표명이었다. 맙소사.

"나는 그 책이 온몸에 붕대를 칭칭 감고 '포스터 그랜트' 선글라스를 낀 남자에 대한 공상과학소설인 줄 알았다."

이런 식의 오역이 '즐비'했다. 이 정도로 엉망일 줄은 정말 상상도 못했다. (이 자리를 빌어 그때의 독자 여러분께 엎드려 사죄합니다. 그리고 풋내기 번역가의 무수한 실수를, 아니, 얄량한 '실력'을 너그럽게 용서해 주셔서 감사합니다.)

차라리 새로 번역하는 편이 더 쉽겠다는 생각이 들 만큼 길고 힘겨운 작업이었다. 고치지 않은 문장이 거의 없다.

멋모를 때는 그토록 즐겁고 신나게 일했건만 지금은 묵은 상처를 들여다보는 기분이랄까, 하루하루 부끄러움을 가늠 길 없었다. 그러나 거꾸로 자신감도 생겼다. 그래, 너 많이 컸다. 티끌까지는 몰라도 들보는 알아보는 눈이 생겼으니. 내 번역 인생에서 가장 큰 용기를 준 사건들을 꼽는다면 바로 이 책이 으뜸 아니면 버금이다. 역설 같고 과장 같지만 에누리 없는 진실이다.

이제 작품 자체에 대한 이야기를 해보자.

예나 지금이나 나는 스티븐 킹의 소설 중에서 이 책을 제일 좋아한다. '공포의 제왕'이라고 불리는 그가 단순히 대중의 '괴담 취향'에 기대어 인기를 유지하는 게 아니라는 가장 확실한 증거이기 때문이다. 당시 이 책이 아직 번역되지 않았다는 사실을 확인하고 쾌재를 불렀다.

십여 년 전에 썼던 '옮긴이의 말'에서 나는 분량을 기준으로 스티븐 킹의 작품 세계를 네 가지로 분류했다. 단편소설, 중편소설, 장편소설, 대하소설이 그것이다. 그 중에서 중편과 장편은 우리나라의 관행에 비춰보면 사실상 동일한 범주라고 볼 수 있다. 모두 책 한 권(때로는 두 권)으로 출간할 만한 분량이기 때문이다. 그러니 단편, 중장편, 대하소설로 단순화하는 편이 낫겠다. 스티븐 킹은 이 같은 세 가지 작품을 골고루 '대량생산'하고 '대량판매'한다. 참으로 놀라운 작가가 아닐 수 없다.

예나 지금이나 나는 스티븐 킹의 빼어난 작품은 단편이나 대하소설보다 이 책에 실린 네 작품과 같은 중장편에 더 많다고 믿는다. 작가 자신이 창작론 『유혹하는 글쓰기(On Writing)』에서 밝혔듯이 그는 '플롯보다 직관에 의존하는 편'인데, 그 이유는 그의 작품이 '대개 줄거리보다는 상황을 바탕으로 전개'되기 때문이다. 바꿔 말하자면 치밀한 계획보다 임기응변과 자연스러운 흐름을 중요시한다는 뜻이다. 이렇게 구성의 짜임새가 부족하다는 약점을 그는 희대의 '이야기꾼'다운 '입심'으로 보완한다. 때로는 입심이 플롯의 골다공증을 메우고도 남는다. 한없이 단순한 줄거리도 그의 입에서 흘러나오면 처음부터 끝까지 흥미진진하고, 원서로 천 쪽을 넘나드는 대작도 지루할 틈이 없다. 때로는.

간단히 말하자면 그의 단점은 구성력이고 장점은 '말발'이다.

조금 투박한 일반화라는 느낌도 들지만 작품의 분량에 따라 각각의 특징을 간략하게 정리하자면 다음과 같다.

먼저 단편은 스티븐 킹의 장점과 단점을 모두 최소화한다. 「전쟁터(Battleground)」, 「생존자(Survivor Type)」 같은 작품에서 알 수 있듯이 단편의 특성상 정교한 구성이 돋보이지만 특유의 입심을 마음껏 발휘하기에는 행동반경이 너무 좁은 까닭이다.

반면에 대하소설은 장점을 덜어내고 단점을 덧붙인다. 엄청난 분량에 비해 단순한 플롯을 입심만으로 지탱하기는 '제왕'에게도 쉬운 일이 아니기 때문이다. (물론 『스탠드』 같은 예외도 있다.)

마지막으로, 중장편은 장점을 덧붙이고 단점을 덜어낸다. 입심을 발휘할 공간은 넉넉하되 넘치지 않는다. 약점이라는 구성력도 중장편 정도는 충분히 감당하고도 남는다. 내가 좋아하는 작품은 이 범주에 거의 다 몰렸다. 『쿠조』, 『애완동물 공동묘지』, 『완전한 게임(The Long Walk)』, (내가 번역했지만 출판사에서 정한 제목이 마음에 들지 않는다.) 『듀마 키』……

그러나 분량이 어떻든 간에, 굳이 선택해야 한다면 나는 구성력 좋고 말발 없는 스티븐 킹보다 구성력 없고 말발 좋은 스티븐 킹을 선택하겠다. 그의 애독자들은 다 그럴 거라고 믿는다.

지난번에는 이 책이 다소 어색하게 세 권으로 쪼개졌지만 이번에는 딱 좋은 두 권으로 출간된다고 한다. 상권은 이경덕, 하권은 김진준이 번역했다. 여기서는 내가 번역한 가을편과 겨울편에 대해서만 잠깐 언급하고 싶다.

가을편 「스탠 바이 미」는 1986년 영화화되었다. 아깝게 요절한 리버 피닉스의 초기 출연작으로도 유명하다. 리버는 아주 똘똘해 보였고 적잖이 불량스러웠지만 귀여웠다. 영화든 소설이든 기억에 남는 부분은 거머리 장면과 파이 먹기 대회였다. 특히 '구역질 시퀀스'를 번역하면서 혼자 배꼽을 잡고 웃다가 끝내 눈물까지 흘렸다.

겨울편 「호흡법」은 이 책에서 제일 섬뜩했던 작품이다. 샌드라 스탠스필드를(혹은 그녀의 '시신'을) 움직인 힘은 체력이 아니라 정신력이었다. 그러고 보니 이 책에 실린 네 개의 작품은 모두 인간의 의지를 보여준다는 공통점이 있다. 우리가 정신력으로 해낼 수 있는 일은 무궁무진하되 천차만별이다. '잘난' 놈들은 몇 백만 명을 살리기도 하고 죽이기도 한다. 스티븐 킹은 아마 그 말을 하고 싶었을 것이다.

교정을 보는 과정에서 이 책이 예전에 생각했던 것보다 훨씬 더 매혹적이라는 사실을 깨달았다. 옛 선비가 말했듯이, '사랑하면 알게 되고 알게 되면 보이나니, 그때 보이는 것이 전과 같지 않으리라.' 이 작품의 매력은 독자들이 이미 알고, 그래서 '황금가지'의 『사계』가 나오기를 애타게 기다린 독자들이 많은 줄 안다. 출간이 이렇게 늦어진 것은 모두 내 탓이다.

'스티븐 킹덤'의 백성들에게 일러두고 싶은 말이 있다. 이 책은 판본에 따라 내용이 조금씩 달라졌다. 크게 중요한 차이는 발견하지 못했지만 문장이 추가되거나 삭제된 부분도 있고 몇몇 고유명사가 변경되기도 했다. 더구나 달라진 부분마다 장단점이 있거나 새로 오류를 만들어내기도 해서 어느 한 판본을 선택하기도 쉽지 않았다. 결국 처음에 사용했던 1983년판을 저본으로 하되 다른 판본이 더 좋아 보이는 부분은 적극 수용하기로 했다. 이 문제에 대해서는 그저 옮긴이의 판단을 믿어주시기를 바랄 뿐이다.

교정 작업이 한없이 늘어지는 동안 '황금가지'는 신기할 만큼 참을성 있게 기다려주었다. 더 나은 책을 내놓고 싶기는 번역자나 출판사나 한마음인데 현실은 그렇게 여유만만하지 않다. 그래서 더욱더 고맙고 기쁘다.

이 글을 쓰는 오늘은 내 생일이다. 딸내미가 속옷을 선물했다. 예년에는 더러 눈이 내리기도 했는데 올해는 봄날이다. 올해의 첫 봄날이다. 햇볕은 따뜻하고, 앞산 잔설은 밤새 말끔히 녹아버렸고, 군데군데 칼날을 내미는 씩씩한 새싹도 보인다. 아, 나는 겨울이 비틀거리며 퇴각하는 오늘 같은 날이 정말 행복하다. 게다가 교정 작업도 끝났다. 봄이다.

2010년 2월 말
김진준

옮긴이 | 김진준

연세대학교 사회학과 및 영문과를 거쳐 마이애미 대학원에서 영문학을 전공했다. 현재 전문 번역가로 일하며 역서로는 『총, 균, 쇠』, 『유혹하는 글쓰기』, 『악마의 시』, 『분노』, 『원수들, 사랑 이야기』 등이 있다.

스탠 바이 미

1판 1쇄 펴냄 2010년 4월 5일
1판 12쇄 펴냄 2025년 9월 11일

지은이 | 스티븐 킹
옮긴이 | 김진준
발행인 | 박근섭
편집인 | 김준혁
펴낸곳 | 황금가지

출판등록 | 2009. 10. 8 (제2009-000273호)
주소 | 06027 서울 강남구 도산대로 1길 62 강남출판문화센터 5층
전화 | 영업부 515-2000 편집부 3446-8774 **팩시밀리** 515-2007
홈페이지 | www.goldenbough.co.kr

도서 파본 등의 이유로 반송이 필요할 경우에는 구매처에서 교환하시고
출판사 교환이 필요할 경우에는 아래 주소로 반송 사유를 적어 도서와 함께 보내주세요.
06027 서울 강남구 도산대로 1길 62 강남출판문화센터 6층 민음인 마케팅부

한국어판 ⓒ 황금가지, 2010. Printed in Seoul, Korea
ISBN 978-89-6017-228-9 04840
ISBN 978-89-6017-226-5 04840(세트)

㈜민음인은 민음사 출판 그룹의 자회사입니다.
황금가지는 ㈜민음인의 픽션 전문 출간 브랜드입니다.

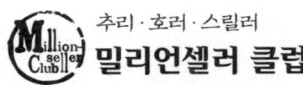

추리·호러·스릴러
밀리언셀러 클럽

1	리타 헤이워드와 쇼생크 탈출 사계 봄·여름	스티븐 킹	60·61	무죄추정 1·2	스콧 터로
2	스탠 바이 미 사계 가을·겨울	스티븐 킹	62	암보스 문도스	기리노 나쓰오
3	살인자들의 섬	데니스 루헤인	63	잔학기	기리노 나쓰오
4	전쟁 전 한 잔	데니스 루헤인	64·65	아웃 1·2	기리노 나쓰오
5	쇠못 살인자	로베르트 반 훌릭	66	그레이브 디거	다카노 가즈아키
6	경찰 혐오자	에드 맥베인	67·68	리시 이야기 1·2	스티븐 킹
7·8	고스트 스토리 (상)(하)	피터 스트라우브	69	코로나도	데니스 루헤인
9	경마장 살인 사건	딕 프랜시스	70·71·74	스탠드 1·2·3	스티븐 킹
10	어둠이여, 내 손을 잡아라	데니스 루헤인	75·77·78	4·5·6	
11·12	미스틱 리버 (상)(하)	데니스 루헤인	72	머더리스 브루클린	조나단 레뎀
13	800만 가지 죽는 방법	로렌스 블록	73	여탐정은 환영받지 못하다	P. D. 제임스
14	신성한 관계	데니스 루헤인	76	줄어드는 남자	리처드 매드슨
15·16	아메리칸 사이코 (상)(하)	브렛 이스턴 엘리스	79	러시아 추리작가 10인 단편선	엘레나 아르세니예바 외
17	벤슨 살인사건	S. S. 반다인	80	블러드 더 라스트 뱀파이어	오시이 마모루
18	나는 전설이다	리처드 매드슨	81·82·90·91	적색,청색,흑색,백색의 수수께끼	다카노 가즈아키 외
19·20·21	세계 서스펜스 걸작선 1·2·3	제프리 디버 외	83	18초	조지 D. 슈먼
22	로마의 명탐정 팔코 1 실버피그	린지 데이비스	84	세계대전Z	맥스 브룩스
23·24	로마의 명탐정 팔코 2 청동 조각상의 그림자 (상)(하)	린지 데이비스	85	텐더니스	로버트 코마이어
25	쇠종 살인자	로베르트 반 훌릭	86·87	듀마 키 1·2	스티븐 킹
26·27	나이트 워치 (상)(하)	세르게이 루키야넨코	88·89	얼터드 카본 1·2	리처드 모건
28	로마의 명탐정 팔코 3 베누스의 구리반지	린지 데이비스	92·93	더스크 워치 1·2	세르게이 루키야넨코
29	13 계단	다카노 가즈아키	94·95·96	21세기 서스펜스 컬렉션 1·2·3	에드 맥베인 엮음
30	마이크 해머 시리즈 1 내가 심판한다	미키 스 레인	97	무덤으로 향하다	로렌스 블록
31	마이크 해머 시리즈 2 내총이 빠르다	미키 스 레인	98	천사의 나이프	야쿠마루 가쿠
32	마이크 해머 시리즈 3 복수는 나의 것	미키 스 레인	99	6시간 후 너는 죽는다	다카노 가즈아키
33·34	애완동물 공동묘지 (상)(하)	스티븐 킹	100·101	스티븐 킹 단편집 모든 일은 결국 벌어진다 (상)(하)	스티븐 킹
35	아이거 빙벽	트레바니언	102	엑사바이트	하토리 마스미
36	뱀파이어 헌터 애니타 블레이크 1 달콤한 죄악	로렐 K. 해밀턴	103	내 안의 살인마	짐 톰슨
37	뱀파이어 헌터 애니타 블레이크 2 웃는 시체	로렐 K. 해밀턴	104	반환	리 밴스
38	뱀파이어 헌터 애니타 블레이크 3 저주받은 자들의 서커스	로렐 K. 해밀턴	105	하루하루가 세상의 종말	J. L. 본
39·40·41	제 1의 대죄 1·2·3	로렌스 샌더스	106	부드러운 볼	기리노 나쓰오
42·43	스티븐 킹 단편집 스켈레톤 크루 (상)(하)	스티븐 킹	107	메타볼라	기리노 나쓰오
44	아임 소리 마마	기리노 나쓰오			
45	링	스즈키 고지		**한국편**	
46·47	가라, 아이야, 가라 1·2	데니스 루헤인	1	몸	김종일
48	비를 바라는 기도	데니스 루헤인	2·3·4	팔란티어 1·2·3	김민영 (옥스타칼니스의 아이들 개정판)
49	두번째 기회	제임스 패터슨	5	이프	이종호
50	톰 고든을 사랑한 소녀	스티븐 킹	8	한국 공포 문학 단편선	이종호 외 9인
51·52	셀 1·2	스티븐 킹	9	B컷	최혁곤
53·54	블랙 달리아 1·2	제임스 엘로이	10	한국 공포 문학 단편선 2 - 두 번째 방문	이종호 외 8인
55·56	데이 워치 (상)(하)	세르게이 루키야넨코	11	한국 추리 스릴러 단편선	최혁곤
57	로즈메리의 아기	아이라 레빈	12	한국 공포 문학 단편선 3 - 나의 식인 룸메이트	이종호 외
58	데릭 스트레인지 시리즈 1 살인자에게 정의는 없다	조지 펠레카노스	13	한국 추리 스릴러 단편선 2 - 두 명의 목격자	최혁곤 외
59	데릭 스트레인지 시리즈 2 지옥에서 온 심판자	조지 펠레카노스	14	한국 공포 문학 단편선 4	이종호 외